«So hat er uns zu bieten, was in unserer Literatur Seltenheitswert besitzt: geistreiche Idyllen und scharfsinnige Stimmungsbilder, zarte Satiren und behutsame Pamphlete, weise Glossen und subtile Generalattacken.» (Marcel Reich-Ranicki)

Alfred Polgar, geboren am 17. Oktober 1873 in Wien als Sohn eines Musikers, übersiedelte 1925 nach Berlin, wo er für die Wochenschriften «Weltbühne» und «Tagebuch» das Theater-Referat übernahm. Seine von Geist blitzenden Kritiken füllen vier in den Jahren 1928 bis 1932 erschienene Bände. Polgar schrieb auch, alleine oder mit Egon Friedell, selber für die Bühne; nachhaltig berühmt wurde er aber für seine kurzen Prosastücke, die schon den Zeitgenossen als «menschlich, geistig, schriftstellerisch vom ersten Rang» (Oskar Loerke) galten und auch heute noch durch ihre sprachliche Meisterschaft und ihren Witz entzücken. Aus dem nationalsozialistischen Deutschland emigrierte Polgar nach Österreich und 1940 über Frankreich und die Pyrenäenpfade nach Amerika. Alfred Polgar starb am 24. April 1955 in Zürich. In der Reihe rororo liegt neben den «Kleinen Schriften 1–3» (rororo 23807, 23808 und 23809) außerdem «Das große Lesebuch» (rororo 23806) vor.

Alfred Polgar
Irrlicht
Kleine Schriften
Band 3

Herausgegeben von
Marcel Reich-Ranicki
in Zusammenarbeit mit
Ulrich Weinzierl

Rowohlt Taschenbuch Verlag

1932

Neuausgabe
Veröffentlicht im Rowohlt Taschenbuch Verlag,
Reinbek bei Hamburg, September 2004

Texte aus «Taschenspiegel»
mit freundlicher Genehmigung des Löcker Verlags, Wien,
aus «Handbuch des Kritikers»
mit freundlicher Genehmigung des
Paul Zsolnay Verlags, Wien.
Umschlaggestaltung any.way,
Barbara Hanke / Cordula Schmidt
(Foto: ulltein bild)
Druck und Bindung Clausen & Bosse, Leck
Printed in Germany
ISBN 3 499 23809 8

Irrlicht

Inhalt

Begebenheit

In R. gab es eine Panne. Wir stiegen also aus und sahen uns Häuser und Menschen ein bißchen näher an.

Der Ort R., im Österreichischen, ist uralt, er datiert seine Anfänge in das dreizehnte Jahrhundert zurück. Allem großen Verkehr liegt er weit ab; auch von dem Gewirr der Schleifen und Linien, die der Auto-Schwarm über die Erde zieht, kreuzt selten eine das Städtchen. Die Straße, aus der es besteht, ist schmal und hat an ihrem Anfang und an ihrem Ende je ein steinernes Tor, beide gemauert im dreizehnten Jahrhundert. Wenn das Auto die Straße rasch durchfährt, sind gewissermaßen die Vorderräder schon aus der Stadt, indes die Hinterräder noch nicht drin sind. Auch die Kirche ist sehr alt. Daß sie in einem früheren Jahrhundert ein Raub der Flammen und in einem späteren renoviert wurde, braucht nicht erwähnt zu werden. Jede ältere Kirche auf dem Land hat wenigstens einmal gebrannt, das ist schon so Brauch und Bestimmung, um die keine ländliche Kirche herumkommt. Der Friedhof, gewissermaßen der Nutzgarten des Gotteshauses (denn auf fromme Gedanken bringt die Menschen vor allem der, daß sie sterben müssen), ist, wie die meisten Landfriedhöfe, lieblich. Zumindest ist er das von oben beschaut. Eben wird ein frisches Grab geschlossen, die Frau Schuhmachermeister liegt darin. Man hätte noch versuchen können, sie ins Spital zu schaffen und zu operieren, sagt der Totengräber, aber die Alte taugte schon kaum mehr etwas Rechtes bei der Arbeit, und so lohnte es nicht der Mühe und Kosten. Die Hinterwand der Kirche hat, wo sie den Boden berührt, eine kariöse Stelle, ein Loch, eine Nische, wo nebst dem Werkzeug des Totengräbers Menschenknochen liegen, Papierblumen und Totenschädel, auf deren Stirnbein mit Tinte der Name des Herrn oder der Frau geschrieben ist, denen der Kopf zugehört hat. Man könnte anders den Eigentümer auch kaum noch mit Sicherheit agnoszieren.

Von den zwei Wirtshäusern des Ortes, mit Hotelbetrieb, hat das größere ein Radio.

Eben, vier Uhr nachmittags, erheiterte es die heitere Gesellschaft um den langen Holztisch durch heitere Musik, wie sie das Radio um solche Tageszeit ins Ohr der Welt zu träufeln pflegt, damit die Arbeit muntrer fortschreite oder das Faulenzen noch erquickender werde, als es ohnehin schon ist. Die Tafelrunde, eigentlich: das Tafelrechteck, freute sich in ortstümlicher Tracht ihres Lebens. Der Hitze wegen hatten die Männer die Röcke abgelegt, jedoch wunderlicherweise die Hüte aufbehalten, breitkrempige schwarze Tuchhüte mit mehreren goldenen Troddeln dran. Die Stimmung war ausgezeichnet, das Gespräch lebhaft, zuweilen auch erhob sich mehrstimmiger Gesang, übertönt vom beinernen Geklapper der Krüge, wenn sie, aufs Wohl, weich-kräftig zusammenstießen. Insbesondere einem graubärtigen Mann mit Brille wurde von den Tafelnden zugetrunken. Er stand dann jedesmal auf, legte die Pfeife beiseite und leerte mit ernster Miene seinen Krug. Hernach putzte er, niedersitzend, die Brille. Offenbar feierte man seinen Geburtstag.

Vor dem Wirtshaus neben einem Wagen, dessen Pferde eben abgeschirrt wurden, warteten zwei kleine Mädchen auf das, was kommen würde, und heulten. Sie trugen Zöpfe, je einen über jedem Ohr, und in jedem Zopf eine große dunkelblaue Schleife. Nun, warum heult ihr so? Weil die Mutter gestorben ist, vor einer Stunde war das Begräbnis. «Das sind die Schusterskinder», sagt der Kutscher und klatscht Stechfliegen tot, die auf dem Pferderücken ihr Trinkgelage abhalten. Der Mann mit der Brille ist der Vater. Und drinnen feiern sie keinen Geburtstag, sondern es ist der Schmaus nach dem Leichenbegängnis. So, durch Essen und Trinken, bekräftigen die Hinterbliebenen ihre Solidarität mit dem Leben. Vielleicht fühlt es sich geschmeichelt und bleibt lange.

Es begann zu regnen, und die zwei Kinder trabten, Hand in Hand, in die Wirtsstube. Man setzte sie an einen Nebentisch, sie bekamen Kaffee und Kirschenkuchen. Eine Frau aus der fröhlichen Gesellschaft zupfte die vier blauen Schleifen in den vier Zöpfen glatt und ermahnte die Mädchen, sich zu schneuzen. Die Jüngere schlief bald ein, den Kopf auf die Tischplatte gelegt, ein Stück Kuchen in der Faust. Die Ältere saß aufrecht und blickte starr in die Luft. Gewiß war sie ihrer Mutter ähnlich.

Dann brachen die fidelen Leidtragenden auf. Der Vater, schon nicht mehr ganz sicher im Schritt, kam an den Tisch der Kinder, nahm wortlos jedes bei der Hand und ging mit ihnen weg. Man wußte nicht, führte der Vater sie oder sie den Vater.

Inzwischen war die Panne behoben worden, und wir gingen zum Auto. Es stand infam überlegen da im dreizehnten Jahrhundert, glatt und geschliffen, Bogen und Pfeil in einem, und die Fliegen hatten nichts zu naschen an ihm. Als es beim Friedhof vorbei fuhr, grüßte der Totengräber, wir grüßten wieder, und die Reisegefährtin meinte, so einen Hut mit drei goldenen Troddeln hätte sie eigentlich erwerben sollen. Überhaupt sei der Ort süß.

«Möchten Sie hier gern ein paar Monate bleiben?»

Sie erwiderte schlagfertig: «Nein.»

«Warum nicht? Mit einem Menschen, den man liebt?»

«Liebe, auf die man angewiesen ist, weil nichts anderes da ist, verbraucht sich rasch», sagte sie. «Was, bitte, macht man hier am Abend?!»

Pendelversuch

Im Jahre 1850 erbrachte der französische Physiker Foucault durch seinen Pendelversuch einen neuen experimentellen Beweis für die Achsendrehung der Erde.

Es gehört zu den wesentlichen Charakterzügen eines Pendels, daß es seine Schwingungsebene im Raum unverändert beibehält. Befindet sich die Aufhängevorrichtung in fester Verbindung mit einem Objekt auf der Erde, so dreht sich diese gleichsam unter dem Pendel, welche Drehung von West nach Ost der Beobachter (wenn das Pendel genügend lang ist) als eine scheinbare Verschiebung der Pendel-Schwingungsebene von Ost nach West wahrnimmt. Also das ist der Foucaultsche Pendelversuch.

In Wien, wo man gegen die kosmischen Gesetze mit Recht einigermaßen mißtrauisch ist, wurde der Foucaultsche Pendelversuch schon einmal nachgeprüft, zu Anfang dieses Jahrhunderts in der sogenannten Rotunde im Prater. Es fanden damals gerade auf dem neben der Rotunde befindlichen Trabrennplatz Rennen statt, und natürlich gingen die Praterbesucher lieber zu diesen spannenden Wettläufen als zu einem kampflosen Walkover der Erde um sich selbst. Das Pendel hatte also wenig Zulauf und, wie ich glaube, auch keine gute Presse. Ich entsinne mich noch als eines sonderbaren Details, daß der Herr, der damals den Versuch leitete und erklärte, ein ganz kleines Pendel im Arm trug, ein Junges von dem Riesen, der aus der Kuppel herunterhing, ein süßes Pendel-Baby. Wozu er es brauchte, weiß ich nicht mehr.

Jetzt ist abermals das Experiment in Wien gemacht worden, vermutlich im Sinn der augenblicklich hier herrschenden Bestrebungen, den erschütterten Glauben an die Weltordnung wieder etwas zu befestigen; und da ich keinen Foucaultschen Pendelversuch auslasse, war ich auch wieder dabei. Das Experiment fand im Naturhistorischen Museum statt. Leider gab es wieder nur ein karges Häufchen von Zuschauern, das mit Augen sehen wollte, wie die Erde sich um ihre Achse drehe. Entweder glauben es ihr die Leute ohnehin, oder sie wollen das gar nicht wissen.

Genau in der Mitte der Museumsvorhalle war ein Stück des Bodens mit Zeichenpapier belegt. Darüber schwang das Pendel. Eine rote Linie auf dem Papier zeigte den Anfangsweg des Pendels an, eine blaue, die rote im Winkel von 1.5 Graden schneidend, den Weg, den das Pendel nach einer Stunde nehmen müsse. Es hing an einem Draht von 41 ½ Meter Länge und hatte als Schwungmasse eine mit Blei ausgegossene eiserne Kugel, weiland eine Bombe, die 100 Pfund wog. Die Aufhängevorrichtung höchst oben im Kuppel-Zenit möchte ich gern erklären, wenn man sie mir erklären möchte. Sie war jedenfalls sinnreich. Zu sinnreich für einen schlichten Zaungast der Physik. Am 28. Mai 1930, 10 Uhr vormittags, startete in Anwesenheit von zwölf Zuschauern, darunter einem Mittelschullehrer und einer Dame in Trauer, das Pendel. Um die Kugel war ein blaues Band geschlungen – in der Farbe jenem ähnlich, welches der Frühling wieder flattern läßt durch die Lüfte – und an das Band eine Schnur geknüpft, die das aus der Gleichgewichtslage gehobene Pendel an einem Eisenständer verankerte. Der Start ging so vor sich, daß die amtierende Museumsperson, beschattet von einem Hofrat der Naturwissenschaften, die dünne Schnur mittels eines Zündhölzchens durchbrannte. Zweimal mißlang der Ablauf. Erst das dritte Mal hielt sich das Pendel halbwegs an die vorgezeichnete rote Linie. Zwölf Menschen sahen ihm, das weich und lautlos in seiner luftigen Box hin und wider ging, andächtig pendeln zu und sprachen nur mit gedämpfter Stimme, um es nicht zu irritieren. Nach wenigen Minuten schon wich es ab! Alle, sogar der Hofrat, atmeten mit leichterem Atem. Es mußte ja abweichen, selbstverständlich. Wenn es nun aber – lieber Himmel, es gibt Dinge zwischen diesem und der Erde, die auch das exakteste Pendel verwirren könnten – wenn es nun aber doch nicht abgewichen wäre? Welche Verlegenheit und Bestürzung! Heutzutage geschieht ja so viel Unbegreifliches in der Welt, und warum sollten zu den positiven Überraschungen, die wir erleben, wie etwa, daß Schattenbilder plaudern oder daß man mit freiem Auge von hier nach Kalkutta sieht, warum sollten nicht auch verblüffende negative Überraschungen uns beschieden sein, wie etwa, daß die Schwerkraft plötzlich aussetzt oder auf einmal die Liebe keine Himmelsmacht ist, daß man mit gesundem Ohr die Stimme des Menschen nebenan nicht hört, daß man am hellen Tag den Nächsten, ja sogar die Nächste nicht sieht?

In neugekräftigter Gewißheit, die Erde drehe sich wie abgemacht um ihre Achse, verließen wir, die Dame in Trauer und ich, die hohe Halle. Draußen – ich kann als Schriftsteller von Profession die Bemerkung nicht unterdrücken –, draußen lachte die Maiensonne. Drinnen jedoch, an der Pforte des Museums, klebte eine Affiche: «Rettet den Wisent!» Es fehlt den Wienern nämlich ein Wisent. Für die Menagerie. Seine Anschaffung kostet 50 000 Schilling. Wer dazu beitragen will, daß der drückende Wisent-Mangel behoben werde, erwirbt einen sogenannten «Wisent-Schein» und mit ihm sich nicht nur ein Recht auf Eintrittskarten zu halbem Preis für den Schönbrunner Tierpark (das wäre das wenigste), sondern auch, wie die Affiche im Museum sagt, ein Verdienst um die Nachwelt.

In der Klemme

Auf der Bühne sind zwei Zimmer nebeneinander hingebaut, durch eine Tür verbunden. Eine Normalbühne. Also fehlt den Zimmern die vierte Wand, die der Schauspieler natürlich als vorhanden annimmt und respektiert.

Es ereignete sich, in der Hitze des Spiels, daß die Heldin des Dramas, als sie von einem Zimmer in das andere zu gehen hatte, die Tür, die nach innen zu öffnen war, nach außen drückte. Die Tür, das war ihr gutes mechanisches Recht, leistete Widerstand, die Dame suchte ihn mit Kraftanstrengung, «mit Gewalt», zu überwinden, die Tür blieb unnachgiebig, die Schauspielerin stieß und zog vergeblich. Das Publikum schwankte zwischen Lachlust, Mitgefühl und sekundärem Unbehagen (Verlegenheit auf der Szene bringt den Zuschauer in Verlegenheit), die Pause im Fortgang der Bühnenaktion wurde quälend groß. Endlich war die Tür so weit aufgezwängt, daß die Schauspielerin den Versuch wagen konnte, durchzuschlüpfen. Aber es ging nicht. Die Bedauernswerte blieb zwischen Tür und Angel. Wirklich, sie war, metaphorisch und im Sinn des Wortes, in der Klemme.

Wie sie aus dieser befreit wurde, das ist Nebensache. Ich meine nur, sie hätte doch gleich zu Beginn ihres Mißgeschicks lächerlich leicht sich selbst helfen können. Sie hätte ganz einfach, statt den Weg durch die Tür erzwingen zu wollen, durch die nicht vorhandene vierte Seite des einen Zimmers auf die freie Vorderbühne hinauszutreten, einen Schritt um die trennende Wand herum zu machen und durch die nicht vorhandene vierte des anderen Zimmers in dieses einzutreten brauchen. Die Zuschauer würden ihr den unwahrscheinlichen Weg nicht nur verziehen haben, sie wären, auch wenn sie gelacht hätten, sicher sogar ein wenig gerührt gewesen über den Vorfall; denn bei einem Kampf zwischen Mensch und Sache ist der Zuschauer am Ende doch auf der menschlichen Seite, und es liegt etwas Gewinnendes darin, wenn jemand, um eine Situation aus der Lächerlichkeit zu ziehen, mutig mitten in diese hineinspringt.

Aber warum hat die Darstellerin nicht den so bequemen Ausweg gewählt? Nur eine Sekunde hätte sie sich fortbegeben müssen aus der vorgespiegelten Welt, um sofort wieder in dieser zu sein. Sah sie vielleicht gar nicht den breiten, so leicht gangbaren Weg zur Rettung? War sie wie der in die Stube geratene Falter, der beharrlich gegen die Scheibe des geschlossenen Fensters fliegt und das andere daneben, das weit offensteht, nicht zur Kenntnis nimmt? Befand sie sich, die Arme, in dem so beliebten magischen Kreis, den das Theater um die Spieler zieht, und dem sie nicht entrinnen können, obschon keine materielle Grenze ihnen das verwehrt?

So kann es gewesen sein. Wahrscheinlicher aber ist, daß die Frau es einfach nicht wagte, auch in der hohen Not des Augenblicks nicht, sich über die Fiktionen des Spiels hinwegzusetzen. Daß sie unüberwindliche Hemmungen hatte, die Annahme, da stehe eine vierte Wand, aufzugeben. Daß sie es nicht über sich brachte, dieses Vorgetäuschte, obgleich es doch ohnehin nur von dem gutmütigen Nichtsehenwollen aller Beteiligten, der Spieler wie der Zuschauer, lebte, einen Augenblick zu verleugnen.

Das Theater selbst nimmt es mit der Wahrung der Illusion nicht so genau, es gibt oft die Täuschungen, mit denen es vor aller Augen wirtschaftet, als solche preis. Aus Bequemlichkeit. Aus Übermut. Auch um der Pikanterie des Spiels mit dem Spiel willen. Seine eigentliche Wirkung geht ja doch vom Geiste aus, vom Wort, und alles andere sind nur Hilfslinien, die zu verwischen gar nicht der Mühe lohnt. Das neuere Theater läßt sie sogar absichtlich stehen, unterstreicht sie vielleicht noch, um ihre subalterne Geltung recht zu betonen.

Also: da die brave Schauspielerin lieber das Stück schmeißen als durch die vierte, nicht vorhandene Wand gehen wollte, war sie, mehr vielleicht, als sie es sonst sein mag: Menschendarstellerin. Sieht man nicht, so weit das kurzsichtige Auge reicht, die Menschen gleich ihr tun? Blamieren sie sich nicht, sind sie nicht elend, schwitzen sie nicht in der Klemme, nur aus verzweifelter Angst, einen Trug zu betrügen, den das Szenarium ihres Lebens vorschreibt? Lieber stehen sie ein Dasein lang schief, als daß sie das Gesetz der Illusion übertreten, in das sie eingezwängt sind: der Illusion des Berufs, der Begabung, der Ehe, der unwandelbaren Grundsätze, der gesellschaftlichen Geltungen und so weiter ohne Ende.

Zirkus

Die Kinder, sie sehen es gerne; die Erwachsenen bemühen sich, es zu sehen wie die Kinder.

Kleine Affen aus Gummistoff, zum Aufblasen, werden an das Publikum verschenkt und bereiten dem Empfänger eine Freude, die höher zu bewerten ist als das bißchen Geld, mit dem er sich die Freude in jeder Spielwarenhandlung verschaffen könnte. Denn Leistung zu empfangen ohne Gegenleistung bringt absoluten Lustgewinn, der von Sinn und Brauchbarkeit der Leistung unabhängig ist; er wird fühlbar als sanfter Schauer im Rückenmark, wie wenn eine Flügelspitze des Glücks es gestreift hätte.

Zum Beginn: großer Aufmarsch der Tiere. Ein schönes Stück gebändigter Zoologie trottet durch die Manege. Gefangene im Triumphzug des Siegers, Repräsentanten eines unterjochten Reichs. Als letzter im Sklavenzug geht, an eiserner Kette, ein gefesselter Vizekönig, ein Leopard, und schlägt mit dem Schweif keinen furchtbaren Reif, sondern läßt ihn mensch-ergeben hängen.

Hernach werden Dressurwunder und Reitkünste gezeigt. Drei Mädchen – ihre Namen duften wie blaue Blumen: Dolinda, Elvie, Odette – bewahren, stehend auf alliterativ rundum rasendem Roß, ein Gleichgewicht, das die Zentrifugalkraft beschämt. Muntere Zebras, in ihrer natürlichen Sträflingstracht, spielen Ringelreihe-Spiele, an denen sich das Kamel, das Schiff der Wüste, so geduldig beteiligt, wie das Walroß, das Kamel des Meeres, am Ballspiel der Seelöwen. Diese haben die Konsistenz von riesigen Nacktschnecken und sind so durchdringend feucht, daß die Mutter sagte: «Beate, nimm das Taschentuch vor den Mund, sonst erkältest du dich.» Inmitten der Zebras und Kamele befindet sich der Spielleiter hoch zu Roß. Dieses, weil dem Gebieter Mensch verbunden, tut stolz, hat nichts zu schaffen mit Zebra und Kamel; es sitzt gewissermaßen selbst auf hohem Roß, das Roß. Demut der Pferde hinwieder lehren sechzehn Trakehner, hastig gehorsam dem Wink eines einzigen Mannes, den sie doch in ein paar Sekunden totstampfen könnten. Das können sie aber nicht, weil sie nicht richtig organisiert sind. Und wie erst erginge es dem Herrn in schmucker Kapitänsdress, wenn die sechs Elefanten sich einmal verabredeten, ihn wie zufällig ein bißchen anzurempeln! Aber Elefanten sind gute Bürger im Zirkus-Staat, haben eine dicke Haut und lieben die Obrigkeit. Manchmal kitzelt der Kapitän mit der Spitze seines kleinen Stabs, die ein zartes grünes Federbüschelchen ziert, ihre Rüssel. Wer genauer hinsieht, bemerkt im zarten Federbüschelchen einen scharfen Widerhaken. Auch Affen treten auf, die sehr possierlich sind, und dies ganz unvergleichlich mehr, wenn sie tun, was sie wollen, als wenn sie tun, was sie müssen. Oben, im wunderbar unverwirrten Gewirr der Draht- und Hanfseile, in der Takelage des Zirkus, schwingen an vier Trapezen vier Herren im Smoking, übers Kreuz in der Luft die Plätze tauschend, wobei das erste- und das zweitemal einer oder der andere ins Netz hinunterfällt wie eine reife Frucht vom Trapez-Ast, doch das drittemal klappt die Nummer, und der Chef der Truppe darf den Arm ausstrecken zu einem großartig stummen: voilà!

Empfindlichen Ohren ist es, als hörten sie durch den lustigen Lärm der aufspielenden Zirkuskapelle noch eine andere, weniger lustige Musik: das Seufzen und Ächzen der genötigten Kreatur. Und kurioserweise scheint es, als würde solche Musik am deutlichsten vernehmbar, wenn die lustigen Clowns auf der Szene sind. Drei haben eine Solonummer: der eine von ihnen macht den Sprecher, im unverbrüchlichen, durch die Zeiten bewahrten Idiom und Tonfall des Hanswursts, die beiden andern spielen, als Elefant maskiert, einen solchen. Es ist der Höhepunkt, wenn die Hinterbeine mit den Vorderbeinen ins Raufen kommen: anschauliches Beispiel einer «gespaltenen Persönlichkeit», sinnfällige Darstellung eines zerrissenen, mit sich selbst in Hader geratenen Ichs. Dann sind noch fünf, sechs andere Clowns da, als Salz in die Pausen gestreut, um diese schmackhafter zu machen. Der Humor, den sie nicht haben, hat sie, befiehlt ihnen, umzufallen, einander in den Bauch zu treten, zu torkeln und zu lallen. Sonderbarer Beruf! Wie kommt man zu ihm? Sind das Anfänger oder Aufhörer? Sind sie mit Lust bei der Lustigkeit, oder macht nur die Not sie zu Narren? Proben sie ihren Stegreif? Haben sie vorgeschriebene Rollen, oder hauen sie nach Laune, in der Eingebung des Augenblicks, dem Partner eine herunter? Sagt der Chef nach

Schluß der Vorstellung: «Mein Lieber, wenn Sie nicht öfter über Ihre Füße stolpern, werden Sie bei mir kein alter August werden!»?

Clowns erscheinen immer in Elendstracht. Durchlöcherte Schuhe, zerschlissene Kleider, Hüte, die nur noch aus Krempen bestehen. Die Powertee ist offenbar ein Ur-Element der Komik. Und selbst der Teufel hat sofort zumindest einen Minimalanspruch auf Gelächter, wenn er als armer Teufel erscheint.

Gespräch über Aberglauben

Es kam vor, daß Egon Friedell, der Schauspieler, nüchtern war. Dann redeten wir auch ernsthaft miteinander. Solche Entgleisung des Gesprächs gab es zum Beispiel in der Nacht vor seinem ersten Auftreten als Tubal im «Kaufmann von Venedig». Ich erklärte damals, beim Abschied vor der Haustür, meine Bereitwilligkeit, ihm morgen abend den Daumen zu halten; er meinte, Daumenhalten sei eine lächerliche Prozedur.

«Aber Schauspieler glauben doch an so was?»

Der Freund behauptete, er sei kein Schauspieler (wenn aber ich das sage, widerspricht er immer), kein Schauspieler im Sinn einer geistigen Zugehörigkeit zur Mimenkaste. Er habe nicht teil an deren kindlichen Gebräuchen und Riten. In seiner Garderobe gäbe es eine Flasche Kognak, aber keine Hufeisen, keinen vierblättrigen Klee, keine Schweinchen aus Stoff oder Zelluloid.

Wir gingen dann noch mehrere Male um das Haus herum und sprachen über Aberglauben, den er verwarf wie ich. Wäre die Stunde nicht so vorgerückt gewesen, der Dialog hätte gewiß in die Tiefe geführt.

So tat er dem Thema nur wie die Möwe dem Meer, dessen Oberfläche sie mit Flügelspitzen streift. (Dieses Bild ist gewählt, damit doch etwas Salz und Schwung in die kleine Geschichte komme.)

Es ergaben sich immerhin einige dialektisch haltbare Meinungen. Wie etwa, daß Aberglaube Ausdruck des schrecklichen Mißbehagens sei, mit dem der Mensch sich in ein unentwirrbares Geflecht von Ursachen und Wirkungen verstrickt sähe, daß es ihm Erleichterung schaffe, an schicksalbestimmende Faktoren glauben zu dürfen, und zwar an solche, die er halbwegs kontrollieren könne, was sich mit dem Faktor, den die Religion anbietet, mit Gott, nicht machen ließe. Der Glaube, so kamen wir überein, befriedigt das große, der Aberglaube das kleine metaphysische Bedürfnis. Immerhin, es ist kaum faßbar, daß auch Menschen von hohem Verstand («nicht nur Theaterleute», setzte der Freund hinzu), Skeptiker von Beruf, ausgepichte Alles-Leugner vor der Zahl 13 erschrecken, auf Holz klopfen und «unberufen» sagen, wenn vom Mißerfolg eines Kollegen die Rede ist, und mit höherer Zuversicht in oder an ihr Geschäft gehen, wenn sie auf dem Weg dorthin einem Schornsteinfeger begegnet sind.

Individueller Aberglaube, das heißt also persönlicher Aberglaube, zu dem die eigenste Lebenserfahrung verführt, ist schon töricht genug, aber genereller Aberglaube, Glaube an Glück oder Pech bringende Zeichen, die egal für alle gelten, ist etwas ganz Dummes. Schon deshalb, weil ja der Nachteil der einen meist zum Vorteil der anderen wird, und wenn ich Freitag, den dreizehnten, im Spiel verliere, doch einer da ist, der Freitag, den dreizehnten, gewinnt. «Am ärgsten mit dem Aberglauben treiben es die Schauspieler», sagte der Schauspieler, «Girardi hatte immer an einem Kettchen ein Amulett um den Hals hängen, das er während des Spiels küßte. Eine Kollegin von mir, da war ich selbst oft Zeuge, kann nicht ins Bett gehen, ehe sie nicht laut vor sich hingesagt hat: ‹Müde bin ich, geh' zur Ruh'.› . . . Warum machst du plötzlich so lange Schritte?»

Es war mir nicht angenehm, aber ich mußte ihm gestehen, daß dies so eine Sache sei. Ich kann nicht auf Fugen zwischen den Randsteinen des Trottoirs treten. Ich meide sie mit ängstlicher Sorgfalt. Unüberwindliche Hemmung, da kann man nichts machen.

Dem Schauspieler schien das vollkommen lächerlich. Wie könne ein vernünftiger Mensch sich nur so etwas einreden? Was sei denn dabei, auf Randsteinfugen zu treten? Gar nichts. Und er trat darauf, fest, immer wieder, herzhaft, mit Genugtuung und Freude geradezu.

Er provoziert das Schicksal, fühlte ich; und beschwor ihn, die gefährlichen Striche zwischen den Randsteinen zu meiden.

«Leicht gesagt!» erwiderte er. «Ich muß doch auf die verdammten Ritzen treten. Seit ich denke, muß ich das. Verstehst du? Gott behüte, daß ich eine auslasse!»

«Also, dann gute Nacht. Und viel Glück für morgen.»

«Wie?!?»

«Wollte sagen: Hals- und Beinbruch!»

«Das wirkt jetzt schon nicht mehr», sagte Egon traurig. «Also, du hast jedenfalls das Deinige getan, damit ich durchfalle.»

Heimat

DAHEIM! Anderswo sind Straßen, Mauern, Luft nur Auffänger von Geräuschen, selbst aber stumm. In der Heimat reden sie ihr Eigenes. Und wenn du auch nicht hörst, was, du fühlst doch, daß du die Sprache genau kennst, die sie sprechen, es müßte nur stiller sein ringsum und deine Aufmerksamkeit schärfer, dann würdest du auch verstehen, was sie sagen.

In der Fremde sind die Dinge wie vom Himmel gefallen. In der Heimat: wie aus der Erde heraufgewachsen. Es scheint dir, als hättest du alles, auch was du nie zuvor gesehen hast, schon gekannt, wie es noch klein war. Hier bist du mit den hochmütigsten Gegenden auf du und du, würdest sie ohne weiteres mit dem bloßen Vornamen ansprechen, wenn sie einen hätten. Anderswo findest du dich auch zurecht im Durcheinander der Straßen, aber in der Heimat siehst du die Wege, auch die vorher niemals von dir begangenen, ohne hinzuschauen. Ganz winzige Besonderheiten, die kein Fremder merken würde, reichen aus zur Orientierung, und wo sie fehlen, macht eine Art geheimnisvoller Witterung den Führer. Du brauchst deinen Beinen nichts zu sagen, sie laufen von selber dorthin, wohin sie dich bringen sollen.

Anderswo gibt es für dich nur Gegenwart, in der Heimat ist in das Heute so viel Gestern eingeschmolzen, so viel Gewesenes geistert um das Jetzige, so viel Altes blickt durch das Neue, daß hier die Zeit Ausdehnungen zu haben scheint wie der Raum, und also das Gefühl der Verlorenheit in ihr um ein zauberisches Etwas weniger stark ist. (Vielleicht steckt da eine Wurzel der Heimat-

Liebe.) So vertraut ist hier alles . . . und so gespenstisch! Das kommt daher, weil in der Heimat auch deine Toten sich ins Leben mischen, weil du ihnen begegnest, wo du ihnen, als sie da waren, so oft begegnet bist, weil an so vielem ein Widerschein noch haftet von ihren Gesichtern, und ein Echo ihrer Stimme in der Luft hängt, in der sie geatmet haben.

In das Straßennetz eingezeichnet – unsichtbar für andere – ist ein Netz von Spuren und Furchen: die hast du selber gezogen. Und du bringst sie nicht mehr fort aus deinem Bild der Stadt, auch wenn du mit noch so scharfen Wässern dir die Augen wäschst. Wo dein Schmerz und deine Wut geweint haben, da blieb ein Fleck, wo du die sogenannten Freudentränen vergossen hast, auch. Und das Komische ist, daß mit der Zeit die Flecke, die bitteren wie die süßen, ganz das gleiche Aussehen bekamen! Du kannst sie gar nicht mehr voneinander unterscheiden.

«In der Heimat, in der Heimat, da gibt's ein Wiedersehn», sangen die Soldaten. In der Heimat gibt es überhaupt nichts als nur lauter Wiedersehen. Auch was verschwand, kommt, wie Schrift mit sympathetischer Tinte aus dem Papier, sogleich wieder hervor, wenn dein Atem es ein wenig nur erwärmt.

In der Heimat sind Fenster und Menschen durchsichtiger als anderswo. In der Heimat hat die Luft einen Geschmack, wie sie ihn sonst nirgends hat – daß sie überhaupt nach etwas schmeckt, ist schon ein merkwürdiges Heimatsphänomen –, hat das Geräusch des Lebens einen ihm nur hier eigentümlichen Tonfall, redet die Stille ein besonderes Idiom, wie sie sonst an keinem Punkt der Welt es redet. Und auf kein Stück Erde schaut der Himmel, wenn er schaut, mit so charakteristischem Ausdruck herunter, wie auf jenes, das du Heimat nennst. Wenn du nichts sähest als ihn, du wüßtest doch gleich, daß du hier zu Hause bist.

Dies alles mitsammen und noch tausenderlei Unwägbares, Ungreifbares dazu macht den sogenannten Zauber der Heimat aus. Er faßt dich an, sowie du ihren Boden berührst, er ist stärker als du, äthergleich durchdringt er Gemüt und Gebein, du kannst nichts andres tun, als dich ihm widerstandslos hingeben. Besonders, wenn deine Heimat zufällig Wien sein sollte. Dort ist der Eingeborene, auch wenn er Jahrzehnte lang weg war, kaum daß er aus dem Bahnhof tritt, sogleich ganz in der Stimmung der Stadt, ist die Stimmung der Stadt sogleich wieder in ihm. Gerührt hebt er die Arme hoch, oder eigentlich: läßt er die Arme sinken, in den Schoß, und seine Seele spricht: Hier bin ich Wiener, hier darf ich's sein! Anderswo, in der Fremde, darf er das nämlich nicht. Es wäre zu riskant. Es wäre so, als wenn er, ein Stündchen zu ruhen, sich auf ein vielbefahrenes Bahngeleise legen wollte.

In der Heimat wandelt sich vieles, sie selbst, das ist auch eines ihrer Wunder, wandelt sich nicht. Unverändert wie ihr geographisch bestimmtes bleibt ihr seelisches Klima, bleibt die Spezies Mensch, die in ihm gedeiht, bleibt die Spirale, in der dort das Leben läuft – vielleicht mit der Zeit um eine Schraubenwindung höher oder tiefer –, bleibt die geistige Ausdünstung der Eingeborenen, bleiben die Regeln, nach denen sie irregulär sind, bleibt der Kanon für Bosheit und Tiefsinn, die sie, gereizt, von sich geben. Da kannst du das Überraschende mit Sicherheit erraten und dir von hundert

Fragen hundert schenken, weil du die Antwort im voraus weißt.

Deshalb, wenn deine Seele spricht: Heimat!, fühlt sie allsogleich (indem sie so spricht): du bist die Ruh!

Und darum ist es auch ein solches Vergnügen, in der Heimat begraben zu sein.

Das Urich

WENN man die Zeitung flüchtig liest, bleiben doch Wörter und Satzteile im Gedächtnis haften wie Stacheln der Klette am Kleid, wenn man über die sommerliche Wiese geht. Nicht leicht, sie loszubringen.

Es geschah mir sonntags beim Spazierenschlendern durch eine große Zeitung, daß dieses Satzstück hängen blieb: «. . . so spürt das Urich sich seiner übermächtigen Leidenschaften beraubt . . .»

Wo die Worte gestanden hatten, in welchem Zusammenhang, was vor, was hinter ihnen gewesen war, könnte ich nicht sagen. Sie waren aus dem Druckbild der Zeitungsseite ins Auge gesprungen, von dort ins Gehirn geglitten und hatten sich in diesem festgehakt. Nachts mengten sie sich in meine Träume. Mir erschien ein überlebensgroßes Urich, greulich anzusehen. Es schlug mit dem Schweif einen furchtbaren Reif, stellte sich auf die Hinterbeine, schrie jammervoll, daß es sich seiner übermächtigen Leidenschaften beraubt spüre. Ich sah das Ungeheuer ganz deutlich; aber nachher dann, im wachen Zustand, konnte ich es gar nicht mehr rekonstruieren.

Und seither nagt die Frage:

Wie sieht ein Urich aus? Zu welcher Tiergattung gehört es? Kommt es in unseren Breitegraden vor? Wird es gejagt? Läßt es sich domestizieren? Findet es als Zug-, Reit- oder sonstwie als Nutztier Verwendung?

Der große Brehm verweigert über das Urich jede Auskunft. Im Zoologischen Garten ist es nirgends zu finden. Auch versierte Kreuzworträtsellöser erinnern sich nicht, ihm jemals begegnet zu sein.

Der Name Urich klingt paläontologisch. Grau und Grauen der Vorzeit umdämmert ihn. Wahrscheinlich also ist die Kanaille ausgestorben. Das Naturhistorische Museum, befragt, ob es vielleicht Knochen, Zähne oder auch nur versteinerte Fußabdrücke eines Urichs beherberge, konnte leider nicht dienen. Auch im Konversationslexikon, wo alles vorkommt, kommt das Urich nicht vor. Es hätte dort seine Box zwischen Uribante, Fluß in Südamerika, siehe Apure ... und Uridrosis (griech.) Harnschwitzen. Nichts da, keine Spur von einem Urich.

Also blieb mir zur Befriedigung meines Verlangens, eine Vorstellung von diesem unauffindbaren Tier zu bekommen, nichts anderes übrig, als mir selber ein Bild vom Urich zu machen. Ich wußte aus jenem Zeitungssatz nichts, als daß es «übermächtige Leidenschaften» hat oder hatte. Jedenfalls handelt es sich also um einen Warmblüter, höchstwahrscheinlich um ein Säugetier. Ich stellte mir das Urich etwa in Elefantengröße vor, aber (wegen der übermächtigen Leidenschaften) viel schlanker und beweglicher, hochbeinig, ein Phänomen an Laufgeschwindigkeit und Sprungelastizität, mit pferdeähnlichem Kopf, gewaltigen Nüstern, deren Schnauben selbst die mutigsten Tiere des Waldes in die Flucht schlägt, mit langem, drahtigem Schweif, den es dazu benützt, sich selbst die Flanken zu peitschen, mit messerscharfem Gebiß, tückischen, nie ruhig blickenden Augen und stachligem Fell, das bei jeder Berührung Funken gibt. So streicht es wohl, des Schlafs kaum bedürftig, durch die heimatlichen Jagdgründe, immer spähend nach Beute für seine überhitzten Passionen. Wehe der Hirschkuh oder der Gazelle, die ihm in die Nähe kommt! Rücksichtslos tobt es an den zarten Geschöpfen sein Temperament aus, und selbst die Löwin ist vor den übermächtigen Leidenschaften des Urichs nicht sicher. Kaum minder arg treibt es das Urichweibchen. Die Paviane selbst, so protzig und liebesbereit sie auch immerzu tun, klettern schleunigst hoch, wenn sein heißer Atem den Wald durchweht. Das Urich frißt gewiß alles, was ihm zwischen die schrecklichen Zähne kommt, es baut, wegen der Möglichkeit jederzeitiger Abkühlung, sein Nest in der Nähe kalter Quellen und wird oder wurde vielleicht von den Eingeborenen als Gott verehrt. Beraubt man das Urich seiner übermächtigen Leidenschaften, dann führt es ein klägliches Dasein, läßt sich mit der Hand fangen und lernt bald auf Zuruf folgen, Pfötchen geben und über den schäbigsten Stock springen.

So beiläufig war die Vorstellung, die ich mir von einem Urich machte.

Obschon keine Gefahr bestand, ihm in zivilisierter Welt zu begegnen, war es nachher doch eine rechte Erleichterung, als sich herausstellte, daß das Urich überhaupt nicht in der Natur vorkommt, sondern au contraire nur in der Literatur, beziehungsweise in jenem Zeitungsaufsatz eines berühmten deutschen Autors, aus dem es mir nackt, nichts vorn, nichts hinten, ins Bewußtsein gesprungen war. Beim Nachlesen des Textes nämlich entpuppte sich das Urich als Ur-Ich. Als das reine, der menschlichen Kreatur eingepflanzte Ego. Auch ein relativ selten und dann fast immer nur gezähmt anzutreffendes Vieh, der ganzen Aufregung und Neugier nicht wert.

Aber das kommt davon, wenn man nur flüchtig die Zeitung liest.

Anna

Anna ist die Hausgehilfin, das Mädchen, Mädchen für alles. Den Titel «Dienstmädchen» hat die Demokratie wegen seines verletzend subalternen Beigeschmacks abgeschafft. Hingegen sagt man noch, zumindest in Wien: Dienstmann; weil nämlich in Verbindung mit dem Begriff «Mann» der Begriff «Dienst» etwas Würdigeres bekommt, die Vorstellung eines Tuns niederer Art sich ihm nicht so leicht assoziiert.

Zur Anna sagt man Anna, indes Anna zur Frau, bei der sie in Stellung ist, nicht Adele sagt, auch nicht Frau Popper, sondern «gnädige Frau», obgleich sie keineswegs auf Gnaden der Dienstgeberin angewiesen ist, sondern zu ihr in einem ordentlichen Vertragsverhältnis steht. Sogar wenn sie in der dritten Person spricht, sagt Anna «die Gnädige». In diesem Punkt haben es die deutschen Hausgehilfinnen demütiger als ihre englischen, französischen, italienischen Kameradinnen, deren Dienstsprache mit einem einfachen Missis, beziehungsweise Madame oder Signora, ohne unterwürfigen Zusatz, ihr Auslangen findet.

Anna erhebt sich des Morgens zu früher Stunde, das heißt sie steht früh auf – «erhebt sich» ist nichts für eine

Anna – und beginnt ihre Arbeit, wobei sie Schritte und Bewegungen dämpft, um niemand im Schlaf zu stören. Dafür geht Anna aber auch viel früher zu Bett als die Herrschaft, die oft erst in den Morgenstunden nach Hause kommt und ihre Schritte und Reden nicht dämpft, obschon Anna im Schlaf gestört werden könnte. Poppers sind keine schlechten Leute; sie denken nur nicht immer an Anna.

Wenn Anna etwas vergißt, versäumt, ist die Hausfrau ungehalten. Es würde nichts nützen, ihr mit warmem Blick einzuwenden: Soll gerade Anna fehlerlos sein und niemals irren? Wenn Anna Gefäße fallen läßt, sagt die Hausfrau: «Können Sie nicht aufpassen?» Wenn ihr selbst Gläsernes entgleitet, sagt sie nichts, sondern läutet der Anna.

Anna ist Stubenmädchen, Köchin, Zofe, Wäscherin und hat keinen Geliebten. Dieses kommt der Hauswirtschaft zugute, denn Anna träumt sich nicht weg von ihren Tätigkeiten. Kein fremder Stern verwirrt durch Anziehungskraft die Kreise, die ihr Sinnen und Mühen um Tisch, Herd, Waschtrog und die Garderobe der Gnädigen zieht.

Anna, obschon fast dreißig Jahre alt, ist ein Kind, das sich auch mit Geringstem freut, zum Beispiel mit einer alten illustrierten Zeitung oder mit einem Leichenbegängnis in der Nachbarschaft oder mit einer Karte für das Kino. Sie lebt vollkommen unberührt von den Strömungen der Zeit, deren Rauschen Poppers so oft nervös macht, sie hat keine politische, keine literarische Meinung und nur ein kleines Quantum Weltanschauung, die sich in den Satz zusammenfassen ließe: Es ist, wie es ist. In Annas Gemüt und Urteil wiegen alle Ereignisse gleich schwer, ein Erdbeben regt sie nicht mehr auf als ein in der Wäsche verloren gegangener Strumpf, fast könnte man sagen: nicht weniger. Sehr sonderbar ist die stets wache, doch nie verlangende Neugier, mit der sie die Zu-, Vor-, Zwischen- und Unfälle des Lebens ringsum zur Kenntnis nimmt, mit unbeteiligter, aber aufrichtiger Teilnahme gewissermaßen. Ihr Interesse hat für alles Verwendung und braucht nichts, hat immer Appetit und niemals Hunger. Redete man Sanskrit zu Anna: freundlich gespannt würde sie zuhören und ohne Zeichen des Nichtverstehens. Wenn man so sagen darf: ihr Geist ist Suppe für jeden Schnittlauch.

Der Kern ihres Wesens ist Zufriedenheit. Eine absolute Zufriedenheit, die gar kein Womit braucht, um zu sein, eine angeborene, gottgegebene Zufriedenheit, die alles, was in Fühlweite kommt, mit ihrer freundlichen Farbe färbt. Manchmal weint Anna ohne Grund, manchmal lacht sie aus eben demselben. Heiterkeit und Traurigkeit der Anna haben allgemeine Gründe, Gründe, die in der Menschen-Luft liegen, und von denen die Anna angerührt wird, weil sie ein naturverbundenes Geschöpf ist. Sie liebt farbige Postkarten, Blumen, Eisenbahnfahren und im Winter Erinnerungen an den verflossenen Sommer.

Anna ist der ideale Nebenmensch. Sie hat ein Innenleben, aber davon verrät sie nichts. Sie hat ein Schicksal, aber nur wenn sie allein ist. Ihre vollkommen gleichmütige Stellung zu den Tatsachen und Fiktionen des Daseins gibt ihr etwas ungemein Kühles, Klares, Luftreinigendes. Annas Klima ist das beste! Darum hält sich der Herr die Ohren zu, wenn Krach ist zwischen Anna und der Gnädigen, worauf dann diese mit berechtigter Bitterkeit sagt: «Aber deine Ordnung willst du haben?» ... «Nein, ich will sie nicht haben», würde der Herr erwidern, wenn er ein Held wäre.

Was das Aussehen anbetrifft, ist Anna ein neutrales Mädchen mit vielem Talent zur Hübschheit, die an ihrer Erscheinung nicht Erscheinung werden, um ihre Person sich nicht versammeln kann, weil Anna immerzu beschäftigt ist. Wenn Anna Zeit hätte, wäre sie bald anmutig. Wenn sie Zeit und Geld hätte, wäre sie nach kurzer Übung reizend.

Die Gnädige hat leicht schön sein, weil sie die Anna hat, das Mädchen für alles, das ihr jede Arbeit abnimmt, die häßlich macht, den Teint verdirbt, die Hände und die Haut.

Ach, was wäre die Anna für eine Anna, wenn sie wie die Gnädige eine Anna hätte!

Begegnung

Auf der Straße tritt mir ein Mann in den Weg: «Erlauben Sie, ich will zu Professor Fränkel.»

«Zu was für einem Fränkel?»

«Zu Professor Fränkel, wegen der Nieren.»

«Ja, bedaure, ich weiß nicht, wo der wohnt.»

Der Mann macht eine Gebärde, als wiese er eine ungebührliche Zumutung von sich: «Ich soll wissen? Ich bin aus Memel.»

Am Kinn hängt ihm ein dünner grauer Vollbart, der schief steht wie vom Wind auf die Seite getrieben. Er ist gut gekleidet, trägt eine wattierte Weste mit langen Ärmeln, auf dem Kopf ein Käppchen. Brille. Die Hände sind weiß, die Fingernägel schwarz. Die Hosen haben eine scharfe Bügelfalte und sind unten ausgefranst. Er sieht soigniert ungepflegt aus.

Wir gehen ins Kaffeehaus, um im Telephonbuch die Adresse von Professor Fränkel zu finden. Mein neuer Bekannter stellt sich vor. Er ist ein frommer litauischer Jude, der nach Berlin gekommen ist, ausdrücklich um, wie er sagt, kein Geschäft zu machen. Sondern wegen Professor Fränkel. Er gibt mir eine Visitenkarte. Darauf steht sein Name und unter dem Namen ein längerer Satz in fremder Sprache. Der Mann aus Memel übersetzt ihn mir: «Ich vertilge Mäuse, Ratten, Wanzen.»

«Kann man damit gut verdienen in Litauen?»

Er öffnet den Mund, zeigt auf ein paar Goldzähne im Oberkiefer: «Das hab' ich alles damit bezahlt.»

Er ist im Besitz von Anerkennungsschreiben höch- und allerhöchster Herrschaften. Unter anderm von einem aus dem kaiserlichen Rußland, wo er gastiert und die Ratten in Riga vertilgt hat.

«Vertilgen Sie nach einer besonderen Methode?» – «Ich hab' meine eigene.» – «Wie ist sie?» – «Geschäftsgeheimnis.»

Dieser Mangel an Vertrauen kränkt mich. Darum sage ich ihm: «Entschuldigen Sie, Sie sind doch ein frommer Jude? Wie können Sie lebende Wesen töten? Das ist doch im Gesetz verboten?»

Der Mann aus Memel scheint nicht erschüttert. Er lächelt überlegen. «Ich habe in den Schriften genau nachgesehen, was ich darf und was ich nicht darf. Hören Sie zu! Es gibt Wesen, welche sein sollen und welche nicht sein sollen. Etwas Feldmäuse zum Beispiel sollen sein, weil sie die Ackererde locker machen. Aber zuviel Feldmäuse sollen nicht sein, weil sie die Saat auffressen. Also die zuviel sind, die darf ich töten.»

«Und wie ist das mit den Ratten?»

«Ratten? Was wollen sie von den Ratten? Ratten sind große Mäuse!»

«Und wie steht es mit den Wanzen?»

Da denkt er eine Weile nach. Dann, indem er mit dem Finger behutsam eine Kurve in die Luft malt, als zeigte er der Logik den kleinen Umweg, den sie machen müsse, spricht er im Tonfall der Weisheit: «Wanzen darf man töten, weil dadurch brave Menschen zu Verdienst kommen.»

Gut gebrüllt, Mann aus Memel! Faßte er da nicht in einen knappen Satz den tieferen Sinn aller Kriegs-Ideologie?

«Wie viele Menschen leben bei Ihnen zu Hause vom Wanzen-Vertilgen?»

«Ich bin der einzige.»

«Da sind Sie also vielleicht einer der Gerechten, derethalben die Welt besteht?»

Er macht ein Schulterheben und Händebreiten, das bescheidene Ergebung in den Willen des Herrn ausdrückt, neigt den Kopf auf die Tischplatte. «Keiner der sechsunddreißig Gerechten weiß, daß er einer der sechsunddreißig ist.»

Daß es deren genau sechsunddreißig gibt, ist mir neu. Ich bin überrascht, daß so viele sind, hätte auf weniger getippt.

Aber der Mann aus Memel behauptet, so stehe es geschrieben. Er sieht kränklich aus, hat Schmerzen in den Nieren. Nierenschmerzen müssen sein, wegen des Professors Fränkel, wie der Professor Fränkel sein muß wegen der Nierenschmerzen.

Es ist alles sehr zweckmäßig verzahnt im Mechanismus der Welt.

Aus Aufzeichnungen eines Radiohörers

Ich habe einen kleinen Radioapparat, er heißt Nora, aber wir rufen ihn Mieze; das sind so Launen, wie der Mensch in seinem Übermut sie zuweilen hat.

Miezes empfindliche Teile, durch eine winzige Glocke aus Celluloid vor Staub behütet, sind ein grünes Zylinderchen mit Spiralfeder dran. Die Spiralfeder endet unten in ein nadelfeines Stück Draht, dessen Spitze an etwas Verknäultes, metallisch Glitzerndes rührt, das aussieht wie silbernes Gekröse. Gibt der Apparat nicht Laut, so hat die Nadel den richtigen Punkt im Gekröse verloren, und man muß ihn wiederfinden. Es ist dann ein schöner Augenblick, wenn die Beziehung mit dem Äther wieder aufgenommen erscheint, die gestockte Welle wieder fließt, das Schweigen plötzlich in Töne ausbricht, und der Mensch aus der Stille mitten in gemischten Chor fällt, der beharrlich fordert: «ich soll und muß ein' Buhlen haben.» Ach, wem sagt er das?!

*

Der Kopfhörer – eigentlich sollte es nicht: Hörer heißen, sondern: Töner – ruht, wenn er nicht benützt wird, auf der Tischplatte. Auch so, aus der Entfernung, gibt er Geräusch von sich, allerdings ganz dünnes, leises, als träumte ihm nur von Musik oder Rede.

Ich halte ihn von Zeit zu Zeit, ohne Kenntnis seiner augenblicklichen Geladenheiten, ans Ohr, lasse mich überraschen. (Wie heißt für das Ohr, was für das Auge ein Blick heißt? Ein Hör?)

Von Zeit zu Zeit also werfe ich einen flüchtigen Hör in den Äther. Da gibt es erregende Zusammenstöße tiefverschiedener Stimmungen: der eigenen und der, die sich aus der Hartgummi-Muschel tönend manifestiert. Etwa diese versichert, schon vormittags: «Ich bin ein froher Jägersmann, Halli!» Zugegeben. Aber es paßt nicht immer. Wie oft fällt solche Mitteilung ganz außerhalb des Gefühlsbezirks, in dem du dich gerade befindest! Wie selten stimmt, was du so auf gut Glück aus der rastlos fließenden Ätherwelle angelst, zu deiner augenblicklichen inneren Situation!

*

Radio-Übermittlungen haben für den Empfänger das Angenehme, daß er sie nach Belieben unterbrechen kann. Er muß nicht eine Sekunde länger zuhören, als er will. Jederzeit kann er das Gehör, das er geliehen hat, zurücknehmen, mitten aus dem Satz, dem Wort, der Silbe sich entfernen. Es liegt zwar, das ist nicht zu leugnen, etwas Rohes in solchem jähen Mundtotmachen, in solcher unsichtbaren Beleidigung des Sprechers hinterm Mikrophon (manche murmeln sogar, indes sie den Hörer mit gemeiner Plötzlichkeit vom Ohr reißen, eine unflätige Aufforderung hinzu). Aber bedenket, Radio-Abonnenten, wie oft das gemeine Leben in die Rolle des wehrlosen Zuhörers nötigt, wie sehr der Mensch, gefesselt durch Zivilisation, ausgeliefert ist dem Sprechgeräusch des Nebenmenschen ... und ihr werdet zu schätzen wissen die Gewalt, die euch verliehen ist: durch eine Handbewegung jeden Redefluß sofort erstarren machen, jede lästige Hör-Beziehung augenblicks abbrechen zu können.

*

Ich war vierzehn Tage fort und hatte vergessen, Mieze abzustellen. Vierzehn Tage lag der Kopfhörer auf dem Tisch, den Mund nach unten, der täglich von sieben Uhr früh bis Mitternacht, fünfzehn Stunden also, in die Tischplatte hineinredete, -musizierte, -dozierte. Ströme von Mitteilung und Belehrung rannen aus ihm. Von der Nachtpause abgesehen: ohne Unterlaß. Zwiesprache und Polemik, Humor und Börsenkurse, von so ziemlich allem, was Menschenherz bewegt, immer oder nur jetzt, empfing meine Tischplatte. Ganze Dramen und Opern liefen ihr in die Poren. Blumenzucht, Sprachlehre, Lyrik und Wetteransagen, die Stunde der Hausfrau, Gibt es ein Leben nach dem Tode?, und Schach für Anfänger kitzelten ihr das Holz. Schallplatten, viele Kilometer kreisend, ließen ihr Aufgespeichertes, gefiltert durch den Äther, auf meinen Tisch fallen. Er empfing Skat-Unterricht. Hunderterlei Stimmen, hohe und tiefe, kategorische und melodische, glatte und solche mit Vollbart erschütterten ihn, wenn auch nur in mechanischem Sinn und nur so leicht, wie schwingende Luft dies eben vermag.

Als der Kopfhörer wieder weggenommen war von der Tischplatte, zeigte sich dort, wo sein Mund gelegen und vierzehn Tage in sie hineingetönt hatte, nicht die geringste Trübung! Nicht einmal so winzige Spur wie die vom Hauch eines Atems war zurückgeblieben.

*

Wenn ich denke, ich hätte während der vierzehn Tage den Wasserleitungshahn offen gelassen!

Es ist doch gut, daß der Geist keine Substanz hat.

Eine kitzlige Frage

«Mein Herr!

Sie erweisen mir die Ehre, in einem aus Ville d' Avray vom 2. März dieses Jahres datierten, vier Seiten langen, eigenhändig geschriebenen Brief – er kann aber auch, ich weiß das nicht mit Sicherheit zu unterscheiden, hektographiert sein –, Sie erweisen mir die Ehre, folgende Frage an mich zu richten:

‹Quelle est votre maxime de vie ou votre devise?›

Diese Frage, wie Ihr wertes Schreiben mitteilt, richteten Sie an die zeitgenössischen Schriftsteller der ganzen Welt. Aus der langen Reihe der Autoren, die geantwortet haben, nennt Ihr Brief etwa hundert Namen. Eine wahrhaft imponierende Liste! Was gut und teuer ist im literarischen Bezirk der Zeit, steht da nebeneinander, in schlichter Aufzählung, Ruhm von Ruhm nur durch ein Komma getrennt. Eine mächtig klirrende Kette von Ganz- und Halbedelsteinen, Prachtstücke darunter aus dem geistigen Schmuck, mit dem die Welt von heute paradieren kann. Und dabei sind diese hundert Namen (die allein schon, so auf Ihrem Briefpapier versammelt, über dieses einen Widerschein des literarischen Sternenhimmels legen, der uns jetzigen leuchtet) nur Stichproben aus der Fülle der schreibenden Prominenzen, die Ihrer Frage Antwort gegeben haben. Sie zählen solcher Antworten bis zum 2. März 1930 bereits 1900! Nur ein törichter Pessimist könnte bezweifeln, daß sie es auf 2000 bringen werden. Haben Ihnen doch – es sei denn, Ihre Rundfrage liefe bereits seit sechs Jahren um die Erde – sogar längst Entschwundene geantwortet, wie etwa Mr. Anatole France, auf dessen Grab die Erde schon so hart geworden ist, daß das Blümchen Vergißmein in ihr gedeiht.

Es kann nur von Nutzen sein, über eine bedeutende Sache die Meinung möglichst vieler Köpfe zu hören, zumal solcher, die berufen sind, eine Meinung zu haben. Und wo wäre ein Thema, das lebhafter als das Ihre den Wunsch wecken könnte, die Stellung der hohen Geister von heute zu ihm zu erfahren? Was gäbe es für ein größeres gemeinschaftliches Maß aller Lebenden als das Leben? Welche Rundfrage hätte einen würdigeren, wichtigeren Gegenstand als dieses? Nicht einmal eine Rundfrage über den Tonfilm! Selbst auf diese noch könnte einer oder der andere Schriftsteller, der die Lächerlichkeit nicht scheute, erwidern, die ganze Materie sei ihm gleichgültig. Aber nicht hinter Gleichgültigkeit kann sich verstecken, wer befragt wird, wie er über das Leben denkt. Da käme Schweigen einem Auskneifen gleich, einem Bekenntnis umfassender Ratlosigkeit, und es spräche, es schriee aus solchem Schweigen die fundamentale Untauglichkeit des Schriftstellers, einer zu sein. Ein Mann der Literatur, der keine maxime de vie hätte! Das wäre etwa so wie ein Hund, dem der Geruchssinn fehlte, oder ein Chauffeur ohne Führerschein. Darum haben Ihnen auch bis zum 2. März dieses Jahres von denen, die für die Menschheit Lektüre ersinnen, schon 1900 – eine stattliche Zahl! – Bescheid gegeben. Unter ihnen ein paar Tote.

Sehr fein ist Ihre Frage so gefaßt, daß die Antwort präzise sein muß: ein Grundsatz; oder ein Wahlspruch. Deshalb haben Ihnen auch bisher von den zeitgenössischen Schriftstellern, die mitsammen einen furchtbaren Haufen ausmachen, nur 1900 – eine dürftige Zahl! – geantwortet. Gewiß, über kein Thema läßt sich leichter etwas oder vieles sagen als über das Leben. Aber diese Aussage in einen einzigen Satz zu pressen, der doch nicht weniger enthalten müßte, als den Extrakt aus den zusammengetanen Extrakten der Weltanschauung, des sittlichen Bekenntnisses und der Lebenserfahrung des Schreibers, in einen Satz, der sich wahrlich gewaschen haben müßte, und zwar mit den Quintessenzen aus allem Glauben und Wissen der Person, die sich zu dem Satz als zu ihrem Grundsatz fürs Leben bekennt: – also das hat seine ernsten Schwierigkeiten. Wie ernste, habe ich jetzt selbst, seit Empfang Ihres Schreibens auf gieriger Suche nach einer Lebensmaxime, erfahren. Jeder Grundsatz erwies sich entweder als zu weit oder zu eng, zu bequem oder zu schwer, zu beschämend gering oder zu offensichtlich verlogen. Jede Richtschnur hing locker oder strangulierte.

Im allgemeinen dürfte auch der berühmte Schriftsteller, wenn er seine Beziehung zum Leben genau und redlich überprüft, finden, daß er zu ihm so steht, wie zum schlechten Wetter: er wartet, bis es aufhört. Und verkürzt sich die Wartezeit mit lust- oder nutzbringender Beschäftigung. Aber die maxime de vie, die aus solcher Erkenntnis sich sublimieren ließe, wäre doch zu kläglich, als daß ich sie Ihnen anzubieten wagte. Wo nimmt man eine zulänglichere her? Jedes Lebewesen ist doch, wenn ich nicht irre, nur eine Emanation des Lebens, verhält sich zu ihm wie der Lichtstrahl zur Lichtquelle: wie lächerlich, wenn jener Grundsätze haben will, nach denen er mit dieser verfährt! Zur maxime de vie, die ein Mensch als für sich halbwegs gültig erachten könnte, taugte wohl nur eine aus der eigenen Daseinserfahrung gewonnene. Und selbst sie müßte den einschränkenden Zusatz tragen: bis auf weiteres. Weiß man denn, welche Erfahrungen nachkommen?

Es ist nicht verwunderlich, geehrter Herr, daß auch Autoren, die schon aus der Welt fort sind, an Ihrer Enquête sich beteiligt haben. Eigentlich wären ja zur Antwort auf ihre Rundfrage nur Tote berechtigt und in der Lage.

Als meinen Wahlspruch bitte ich vorzumerken: ‹Alle Menschen sind mangelhaft, ausgenommen die Damen.› So sagt Wilhelm Busch. Es gilt mir als maxime de vie, meinen Bedarf an ernster Lebensweisheit bei den großen Humoristen zu decken.»

Existenzen

Der Doktor, obgleich Doktor der Rechte, Reserveoffizier und neunzig Kilo schwer, stieß schon vor dem Krieg, wenn er sich Geld leihen wollte, auf große Schwierigkeiten. Er hatte hintereinander eine Reihe von Berufen, die er nicht ausübte, als letzten den eines Versicherungsagenten. Von Profession war er Geschehenlasser. Schwäche, Faulheit (die sitzt im Blute wie der Fleiß), Gutmütigkeit, Hasard und die neunzig Kilo zogen ihn tief hinab. Er besaß schließlich nichts mehr als den schlechten Anzug, den er am Leibe trug, und einen Strohhut (Girardi-Hut) mit halber Krempe. Zum Glück war Sommer, Sommer 1914. Und im guten alten Frieden konnte man ja zur Not von dem leben, was man nicht hatte. Als die Trompeten Weltkrieg und Moratorium bliesen, zog der Doktor frohen Sinnes, ausgerüstet mit seinem antiquarischen Zivilanzug, dem halben Girardi-Hut und einem unschätzbaren Leistenbruch, in die Etappe. Bevor er hinter die Fahnen eilte, übergab er mir, seinem Zimmernachbar bei Frau Ruzicka, ein verschnürtes und versiegeltes Paket, mit der Bitte, das Bündel, das seinen ganzen Besitz enthalte, treulich zu hüten. Ich hütete. Nach ein paar Jahren, und da der Doktor nichts mehr von sich hören ließ, öffnete ich, in Gegenwart der Vermieterin Therese Ruzicka und des Hausbesorgers Martin Büff, das Paket. Es enthielt etliche Dutzend leerer Versicherungsformulare.

Später erschien deren Eigentümer doch wieder an der trüben Oberfläche. Nicht mehr der ganze Mensch allerdings, nur noch zwei Drittel von ihm, sechzig Kilo. Heute sind es höchstens fünfundvierzig. Sie verlieren sich im Anzug von damals (zwischen dem und seinem Inwohner eine überlogische, unheimliche Dauerbeziehung ist, wie etwa zwischen Ruine und Gespenst) und tragen, auch im Winter, den Girardi-Hut. Der Doktor hat vieles versucht, was einer Arbeit ähnlich sieht. Er war Blutspender in Spitälern, Graphologe, Ausrufer auf dem Rummelplatz und sogar verheiratet. Jetzt ist er in einer Elendszone, die noch hinter der Not liegt. Turnusweise erscheint er bei den Leuten, die ihn kannten, wie er noch Handschuhe trug, und die meisten geben ihm auch, soweit sie selber etwas haben. Aber Fähigkeit sowie Bereitschaft der alten Bekannten, einem alten Bekannten chronisch zu helfen, ist auf ein Minimum gesunken, das zum Existenzminimum selbst für den Doktor nicht mehr ausreicht. Deshalb macht er auch gelegentlich eine Runde durch das Kaffeehaus, wo er in goldener grauer Vorzeit Stammgast gewesen ist, und tut so, als ob er die Schachtel Streichhölzer in seiner Hand verkaufen wolle. Er hat damit wenig Erfolg und selbst im Mißerfolg überlegene Konkurrenten. Da ist der feine alte Mann mit dem gepflegten Spitzbärtchen, der, kaum hörbar, elektrische Taschenlaternen und Notizbücher anbietet. Dem Feinen gelingt selten ein Geschäft, weil er zu schüchtern und leise ist, ein sanftes Windchen Armut, das vorübersäuselt, ohne ein Herz oder gar einen Groschen zu bewegen. Dann ist der Hinkende da mit den antiquarischen Büchern, der auch nichts verdient, weil er den Gästen so beharrlich zusetzt, daß ihnen der Justament hochsteigt. Und schließlich der Schwachsinnige mit dem Briefpapier, der überhaupt, glaube ich, noch nie ein Stückchen Ware angebracht hat. Das scheint er allerdings auch gar nicht zu erwarten. Wortlos legt er auf jeden Tisch eine Mappe Briefpapier und sammelt wortlos die Mappen wieder ein, beide Tätigkeiten, das Auslegen und das Wiedereinziehen, gewissermaßen im selben Atem durchführend, automatisch, wie eine Bußübung, zu der er verdammt ist, wie eine Zeremonie, die nichts bedeutet und bezweckt als sich selber.

Der Doktor ist in all seinem Jammer ein Gentleman geblieben. Es sah ihn, als er auf der Straße stand und wartete, ohne im geringsten zu wissen worauf, ein vorbeigehender Bekannter, einer aus dem Turnus, ging auf ihn zu, wollte ihm vielleicht etwas Geld oder zumindest die Hand geben. Doch da trat der wunderliche Schnorrer einen Schritt zurück und sprach die geflügelten Worte:

«Bitte, kommen Sie mir nicht zu nahe, ich bin verlaust.» Heißt das nicht getan, was ein armer Mann, wie Hamlet ist, vermag, euch Lieb' und Freundschaft zu erweisen?! Kürzlich sah ich ihn, den armen Mann, als plötzlichen Straßensänger. Er hatte in einer Nebengasse Posto genommen und sang. Zuerst: «Ich hab' kein Rittergut.» Die Passanten glaubten ihm das ohne weiteres, gaben aber nichts. Sie waren freilich auch weniger, um zuzuhören, stehen geblieben, als weil sie in der entsetzlichen Hitze jeden Vorwand, ein Weilchen haltzumachen, akzeptierten. Dies erfassend und erwägend, ließ der kluge Sänger, man ist nicht umsonst Intellektueller, sein Rittergut und erfand aus dem Stegreif ein feuchtes Lied: «Es rieselt die Welle.» Das war der ganze Text. Die Welle rieselte in Koloraturen, wässerig hinauf und herunter, es verbreitete sich suggestive Kühlung, und die erquickten Hörer reichten Münze.

Doch solche Zu- und Einfälle gibt es nicht alle Tage. Und die Bemühungen des Doktors, sich an der eigenen Glatze aus dem Dreck zu ziehen, müssen von Stunde zu Stunde, weil stets kraftloser, auch stets chancenloser werden. Sein Fall ist verzweifelt: er, seltsamerweise, ist es nicht. Er scheint so trainiert (gezwungenermaßen), nur für die nächsten Stunden zu denken, daß ihn die übernächsten gar nicht beunruhigen. Vor dem Morgen, es seinem Blick entziehend, steht das gigantische Heute. Und so kann man sagen: der Doktor hat keine Sorgen um die Zukunft. Vielleicht ist es deshalb, daß er durchaus nicht finstere, ja geradezu freundliche Augen rollt, wenn er, der augenblicklichen Hilfe bedürftig – nur dann zeigt er sich –, vor dem Kaffeehausfenster erscheint, den Kopf in die flache rechte Hand legt und mit der linken eine zweifelnde Bewegung macht, die das Fragwürdige jener Kopflage andeutet. Aus der Pantomime übersetzt: ich habe für heute noch kein Nachtquartier. Trotzdem, trotz dem freundlichen Gesicht, erweckt er, wie die Tragödie, nicht nur Mitleid, sondern auch Furcht. Weil nämlich durchaus nicht viel Einbildungskraft dazu gehört, die eigene Situation und die des Doktors vertauscht zu denken. Oder ist es vielleicht um unserer Tugenden willen, daß wir nicht dort stehen, wo er steht? Daß die Rollen so verteilt sind, wie sie sind?

Dort unten

An dieser vornehmen Gaststätte ist alles vornehm, also auch der Toiletteraum. Er treibt die Vornehmheit so weit, daß er seine Bestimmung durch keinerlei Aufschrift verrät, anonym bleibt. Eine schwere graue Plüschdraperie deckt die Tür, vor der ein physiognomisch geschulter Page Dienst macht. Kommen Herren vorbei, die etwas Beunruhigt-Suchendes im Blick haben, rafft der Page mit einladender Gebärde den Vorhang. Es ist ein Gipfelpunkt taktvoller Feinheit, mit der hier der Mensch auf die rechte Spur geleitet wird.

Die Würde, den ruhigen Adel des Raumes zu schildern, bedürfte es dichterischer Kraft. Hohe Kultur stellt sich hier schützend vor das Primitiv-Natürlichste.

Der Boden ist Mosaik, die Wände groß gekachelt, harmonisch schwingt an ihnen die Kurve der Nischen, eine Welle von weißem Marmor. Durch eine gläserne Decke senden verborgene Strahlenquellen Licht, das Wände und Winkel mild überströmt. Ernst, doch nicht unfroh, hebt sich vom Weiß der Nischenkette das Mattbraun der Zellen ab, Tür an Tür, in deren Edelholz der Marmor, wie auch umgekehrt im Marmor das Holz, sich spiegelt.

Die leitende Person am Ort, sozusagen der Kabinettschef, ist ein grauer Herr mit ebensolchem Schnurrbart und altmodischem Zwicker. Sein Schritt ist leicht, seine Hantierungen unhörbar. Auf großer geschliffener Platte, die von zwei Marmorsäulchen getragen wird, hat er nicht nur, selbstverständlich, die nötigen Toilettengegenstände, Manicure-Schatulle, Pomaden, Salben, riechende Essenzen und dergleichen, sondern auch vieles, was der innere Mensch plötzlich brauchen mag: Opium, Pyramidon, Mittel für und gegen Erregung (Kola und Brom), Mund- und Gurgelwasser. Der Alte klagt über die Härte der Zeiten. Sie wird ihm besonders dadurch fühlbar, daß heutzutage seine Gäste nur zahlen, wenn sie im anonymen Saal Größeres zu tun haben, nicht bloß ein Geringes. So ist es für den armen Mann bei jedem neu Eintretenden die gleiche nervöse Spannung: Wird der Gast dies wollen oder nur jenes? Marmor oder Holz? Auch, rügt er, bedienen sich manche Klienten der Kleiderbürsten oder der Nagelfeile, ohne an Zahlung zu denken; und viel zu sehr ist der Greis dem vornehmen Stil des Raumes angepaßt, als daß er fordern möchte, was nicht freiwillig gegeben wird.

Er ist mit der Zeit Verächter der Menschen geworden. Deshalb, weil er so oft ihre Grimassen im Spiegel beobachtet hat, zumal in dem Moment, wo, nachdem Frisur und Krawatte sitzen wie gewünscht, das Auge liebevoll sich ins eigene Auge schaut und die beiden miteinander, ohne Scham und Rückhalt, kokettieren. Man muß, meint der Alte, den brüderlich ermutigenden Abschiedsblick sehen, mit dem die Herren, alle ohne Ausnahme, ehe sie wieder an die Oberwelt steigen, ihr Antlitz im Spiegel prüfen, es mit höchstem Nachdruck auffordernd, der Prüfung gewachsen zu sein. Dann verstünde man, daß sie, leicht betäubt von einem sekundenlangen Ich-Rausch, das Zahlen vergäßen, sofern sie es überhaupt in Erwägung gezogen hätten.

Das höchste Trinkgeld, das er je bekommen hat: 4 Mark 73 Pfennig, empfing der Kabinettschef vor kurzem von einem Gast, der sofort nach Eintritt zahlte. Später hätte er es auch kaum mehr tun können, denn in der Kabine erschoß er sich. Es war ein Defraudant, den die Polizei suchte, und die 4 Mark 73 Pfennig der allerletzte Rest seines, bzw. des fremden Vermögens. So wurde der Alte Universalerbe des Verstorbenen. Er bewahrt ihm, trotz der Ungelegenheiten und der Störung des Betriebes, die der Mensch damals verursachte, ein gutes Erinnern.

Ja, es kämen auch in so bescheidenem Wirkungskreis wie dem seinen zuweilen absonderliche Dinge vor. Einmal boxten sich zwei Herren bei ihm da unten. Nach den ersten Runden erschien die Frau, um deretwillen es geschah (in der Erregung das Unerlaubte ihres Hierseins mißachtend) und rief abwechselnd: «Artur, um Gottes willen!» und «Emil, um Gottes willen!» Emil ging dann fort, Artur blieb noch, weil er Nasenbluten hatte. Die Frau riet: «Gib dir Watte in die Nase», da warf er ihr aber ein «Danke!» hin, das war wie ein geschliffenes Messer. Einmal wollte ein Betrunkener stundenlang nicht aus der Zelle, in die er sich eingeriegelt hatte, alle Bitten, doch endlich herauszukommen, lehnte er mit der Kundgebung ab, er befinde sich hier äußerst wohl, denke gar nicht daran, wo anders zu übernachten. Erst als ein Schutzmann ihn im Namen des Gesetzes beschwor, ging er und zahlte nichts. Nicht einmal das vorgeschriebene Minimum.

«Es ist unglaublich, was man so erlebt im Lauf der Jahre, auch wenn man gar nichts erlebt . . . und wie viel Phantasie man braucht, um auch nur von so geringer Wirklichkeit wie dieser hier sich eine Vorstellung zu machen!» Er sagte das nicht genau mit denselben Worten, aber dem Sinne nach war es dasselbe.

Sonntags, wenn sie während der Woche brav gewesen sind, nimmt der Greis seine Enkelkinder mit hinunter in die Pracht. Da haben sie ihr Märchen, ohne daß man ihnen eines erzählen müßte.

Sonnenklar

Du findest meine Nervosität bereits unerträglich. Und willst ihre Gründe wissen. Schön.

Es fing damit an, daß du Herrn . . . durchaus nicht kennenlernen wolltest. Das war schon ein Symptom dafür, wie sehr du dir des gefährlichen Reizes seiner Nähe bewußt warst und wie du in der Entfernung das einzige Mittel sahst, den Funken am Überspringen zu verhindern. Hernach, als das Zusammentreffen doch nicht zu vermeiden war, behandeltest du das fragliche Individuum äußerst kühl und zurückhaltend, was, naturgemäß, seinen Wunsch, diese Kühle in Wärme zu verwandeln, aufs lebhafteste steigern mußte. Zu mir bist du in seiner Gegenwart nicht um eine Spur weniger gut und freundlich, als du es sonst immer bist: wahrlich eine diabolische Methode, dem andern einzuheizen, ihn schmecken zu lassen, wie nett es sei, von dir geliebt zu werden! Und im Gespräch mit ihm trägst du eine Unbefangenheit zur Schau, die dem Mißtrauen, was hinter dieser Unbefangenheit stecken möge, weitesten Spielraum gibt. Erinnerst du dich deiner Erwiderung, als er sagte, jenes Theaterstück gefalle ihm? Du sagtest, daß dir das Theaterstück auch gefalle! Ein Aneinanderschmiegen der Meinungen, ein geistiges Zusammenrücken, das von einem körperlichen nicht mehr weit entfernt war. Und als er von seiner Freude an Boxkämpfen sprach, da erklärtest du deinen Abscheu vor diesen: eine Kreuzung der Ansichten also, die ihr penetrant Sinnliches in sich hatte. Du vermeidest seine Blicke, und wenn sie nicht zu vermeiden sind, begegnest du ihnen mit unbeteiligtem Auge, niemals wagst du das leiseste Zeichen verborgenen Einverständnisses, beim Hinausbegleiten aus dem Zimmer, wenn er – oh, er weiß schon, warum – hinter der übrigen Gesellschaft als letzter zurückbleibt, gehst du als erste voran, gibst ihm nicht das winzigste Stückchen Gelegenheit, dir ein heimliches Wort oder einen Spezialblick zuzulisten, kurz und schlecht: du bist immer und überall bestrebt, deine Stellung zu ihm durch dicke Schwaden von Gleichgültigkeit zu vernebeln, du tust so sehr alles dazu, Verdacht nicht aufkommen zu lassen, daß ein rechtes Lamm im Geiste sein müßte, wer ihn nicht faßte. Wenn er dich telephonisch anruft, kommst du ans Telephon und sprichst ganz konventionell mit ihm – aber was so ein konventionelles Gespräch bedeutet, das wissen wir, die um die Liebe und ihre Mimikry der Gleichgültigkeit wissen – oder du kommst nicht ans Telephon: und was soll der Mann da denken? Wie soll er deine Scheu, ein Telephongespräch mit ihm zu führen, deine Angst vor etwas so Harmlosem (hinter dem nur hysterischer Argwohn Besonderes vermuten könnte) sich erklären? Daß du mit mir in Lokale gehst, wo wir ihm begegnen müssen, ist schon eindeutig genug. Aber manchmal treibst du die Schamlosigkeit so weit, mich allein gehen zu lassen und zu Hause zu bleiben! Natürlich, so schön ungestört daheim, da läßt es sich wohlig an ihn denken und von ihm träumen, am besten im Bettchen, in das du, allein zu Hause, dich höchst auffällig früh und gern begibst. Ist in Gesellschaft von jenem Herrn die Rede, dann beteiligst du dich an der Debatte mit einer Wurschtigkeit des Tons und Tonfalls, die Bände spricht, was sage ich, Bände: Bibliotheken!, und machst dazu ein Gesicht, als ob du kein Gesicht machtest. Oh, mein Herzchen, diese Art, keine Maske vorzunehmen, ist die feinste Maskerade, und wie muß dir jener Mensch nahegehen, daß du, wenn auch nur sein Name fällt, sogleich dich ihrer bedienst? Kürzlich fragte ich dich gerade heraus, überfallartig: Möchtest du mit Herrn ... gerne schlafen? Ich war maßlos gespannt, ob du die Verlogenheit haben würdest: «nein», den unverschämten Mut: «ja», oder die sophistische Tücke: «was sind das für alberne Fragen?» zu antworten. Und was antwortetest du? «Sekkier' mich nicht!» Eine Wendung, würdig eines mit allen Salben geschmierten Aals. (Entschuldige das Bild, aber ich bin sehr aufgeregt.) In letzter Zeit häufen sich die Anzeichen, daß du zu innerst aufgewühlt bist. Zum Beispiel tatest du etwas, was du nie zuvor getan hast: du gingst wählen! Du, bei deiner Faulheit und asozialen Weltanschauung durchs Fernglas! Ein zwingender Beweis dafür, daß du in einer absonderlichen

Nervenanspannung lebst, die sich in irgendwelcher Aktivität zu entladen sucht. Und wie wähltest du? Zentrum! Ich müßte nicht Abonnent der «Psychoanalytischen Bewegung» sein, wenn ich solche Wahl nicht zu deuten verstünde. Was überhaupt dir zuzutrauen und wie elastisch in deinem Ich-Bezirk der springende Punkt der Punkte ist, das merkte ich jetzt wieder bei der Lektüre jenes Romans, von dem ich dir erzählt habe. Dort wird ein Mann geschildert, der, lebte er in Wirklichkeit, und gerietest du in Reichweite seiner erotischen Strahlung, deine Gefühle unweigerlich in Brand setzen würde. Sehr schmerzhaft fühlte ich das beim Lesen! Ich muß dir sagen, mein Schatz, wenn ich dich während der Lektüre bei mir gehabt hätte, ich hätte dir eine heruntergehauen.

Soll ich dir noch mehr Symptome für deine heftige Zuneigung zu dem bewußten Individuum aufzählen? Das stärkste Symbol wohl ist: die Ruhe, mit der du jetzt meine Darlegungen anhörst. Wären sie falsch, würdest du dich gegen sie auflehnen, obschon solche Auflehnung nur bewiese, daß dir das gute Gewissen fehlt, sie gelassen hinzunehmen. Also, warum ich nervös bin, kannst du jetzt verstehen. Dabei schweige ich davon, daß es mir ganz so vorkommt, als diente dir die offensichtliche Beziehung zu Herrn . . . nur dazu, mich von der richtigen Fährte, die zu einem andern Mann deiner Bekanntschaft führt, abzulenken. Ein wahres Glück bei all dem, daß ich nicht eifersüchtig bin.

Der zerstreute Professor

Von dem Göttinger Professor der Mathematik H. werden viele Anekdoten erzählt, die sein sonderbares Irregehen im Labyrinth der Alltäglichkeiten zum Gegenstand haben. Er versinkt in Grübelei und Spekulation manchmal so tief, daß die Außenwelt ihm entschwindet. Er ist immer mehr in Gedanken als in der drängenden Wirklichkeit. Und da die Gedanken eng beinanderwohnen, irrt er sich leicht in den Türen. Auch ist es oft, als ob sein Geist die Beziehungen zum Körper abbräche, diesen achtlos stehenlassend, wo er gerade steht, so wie der übliche zerstreute Professor den Regenschirm.

Ein Schüler des Gelehrten traf ihn auf einem Waldspaziergang. Der Professor stand regungslos, das Haupt gesenkt, inmitten einer vom Wege abseitigen Baumgruppe, in tiefstes Sinnen verloren. Der Schüler beobachtete ihn lange, eher er wagte, den Lehrer anzusprechen, mit vieler Entschuldigung, daß er den Denkprozeß störe, den eben der Professor einem gewiß schwierigen Problem mache. «Schwierig wie jede Entscheidung, junger Freund. Aber das Problem wird Ihnen unwesentlich vorkommen. Ich überlege, an welchem dieser vielen Bäume ringsum ich mein kleines Geschäft verrichten soll.»

Eine lächerliche Geschichte. Aber insofern der Betrachtung wert, als in jenem Zögern des Professors seine Überzeugung sich kundgab, daß zwischen allem, durchaus allem Geschehen rätselhafte Zusammenhänge sind; daß keine, auch nicht die winzigste Tat gesetzt werden kann, die nicht ihre Folgen hätte und diese wiederum die ihren und so fort in unendlicher Reihe; daß keine Bewegung erlischt, ohne Ursache neuer Bewegung geworden zu sein, kurz also, daß in gar keinem denkbaren Fall, auch nicht im allergeringfügigsten, die Frage: «So oder so?» mit der Antwort: «Es ist gleichgültig, ob so oder so» zu erledigen ist.

Die schönste Geschichte, die von dem Professor erzählt wird, ist diese: Er war mit seiner Frau bei Freunden zum Abendessen eingeladen. Als das Ehepaar aus dem Hause trat, bemerkte die Frau, daß ihr Mann kein tadelloses Hemd anhatte. «Du mußt ein anderes Hemd nehmen», sagte sie. Er ging, so zu tun, ins Haus zurück, kam aber nicht wieder. Frau H., nachsehend, wo er denn bleibe, fand ihn ausgekleidet im Bett liegend, friedevoll des Schlafs gewärtig. Er hatte nämlich, als er das Hemd ablegte, wie er das sonst natürlich vor dem Schlafengehen zu tun pflegte, sich in ebendiesen Tätigkeitsablauf hinein verirrt. Er war, von der Handlung des Hemdausziehens weg, in falscher Richtung weitergegangen. Er war am Kreuzweg, markiert durch das abgelegte Hemd, in die unrechte Spur geraten.

Ein krasser Fall von Zerfahrenheit. Aber nicht nur Professoren der Mathematik, auch gemeineren, allgemeineren Menschen widerfährt es, daß sie, Ziel und Absicht ganz verlierend, von einer Handlungsreihe in die andere hineingleiten, nur weil in jener eine Zwischenstelle zu passieren war, über die auch diese führte. Unser Erdenwandel ist ein verwickeltes System von zwangsläufigen Ablenkungen. Ohne es zu wissen, in Zerstreutheit des Gemüts und der Nerven, sagen wir B, nur weil wir A gesagt haben . . . und merken zum Ende erschüttert, daß ein ganz anderer Text gültig dasteht als der, den wir leben wollten.

Geschenke

MAN redete von gegebenem und erhaltenem Weihnachtsgeschenk, und jemand sagte, es sei heute schwer, etwas zu schenken, was Freude mache, denn in den meisten Fällen ärgere sich der Empfänger doch nur über das Geschenk, weil viel lieber als dieses ihm das Geld gewesen wäre, das es gekostet hatte.

Ein anderer widersprach: «Es ist nicht das Geschenk, das Freude macht, sondern das Erlebnis des Beschenktwerdens, das Mirakel des plötzlichen Besitzes, der nicht verdient, erworben, erarbeitet, erschwindelt wurde. Kinder fühlen das genau, kraft der Fähigkeit ihrer Phantasie, aus aller Realität das Wunder herauszufiltern. Deshalb, wenn sie auch ganz gut wissen, daß der Vater die Puppe im Laden gekauft und nicht der Weihnachtsmann sie vom Himmel heruntergebracht hat: Zauberei bleibt der Vorgang doch für sie.»

Einer am Tisch, geselliger Eremit und Skeptiker, sagte, daß in heutiger Zeit und Welt Geschenke, die nur den Zweck hätten, einen einzelnen zu erfreuen, überhaupt unsittlich wären.

Darüber nun, wessen Gabe die tauglichste gewesen sei, einer Vielheit von Menschen Freude zu bereiten, kam es zwischen den Teilnehmern am Gespräch zu einer jener Dreierkonkurrenzen, wie sie in vielen Legenden und moralischen Erzählungen stattfinden (der Erste sprach ... der Zweite sprach ... der Dritte aber sprach ...), und bei denen immer der Dritte, der mit dem Aber, recht behält.

Der Erste also sprach: «Ich habe das Geld, das ich sonst für Weihnachtsgeschenke an Familie und Freunde ausgegeben hätte, unter die Bettler der Straße verteilt.»

Der Eremit schüttelte das Haupt. «Almosen? Die schaffen nur dem Geber Erleichterung, indem sie ein wenig die Säure binden, die der Anblick von Not in der Seele des Gutmütigen erzeugt.»

Der Zweite sprach: «Ich habe meiner Frau als Weihnachtsgeschenk einen Freibrief ausgestellt, demzufolge sie ihr Temperament nach Wunsch und Laune ausleben darf.»

«Das ist schon immerhin etwas. Soweit ich die gnädige Frau kenne, wird Ihr Geschenk vielen Herren Freude machen. Aber eine Freude, die durch das Bewußtsein, andere würden ihrer auch teilhaftig, sehr herabgemindert, ja geradezu in ihr Gegenteil verkehrt wird.»

Der Dritte sprach: «Ich bin Schriftsteller. Ich habe ein Theaterstück geschrieben. Meine Frau sagt, daß es gut ist. Es wurde aufgeführt und hatte Mißerfolg bei den zünftigen Beurteilern.»

Der Eremit lächelte freundlich. «Erzählen Sie weiter, lieber Freund.»

«Es hatte Mißerfolg, der ihm schwarz auf grau bescheinigt wurde und also (das liegt in der Natur derartiger Sache) Lustempfindungen bei vielen weckte, ein das Blut auffrischendes Behagen, wie es so ganz und gar umsonst, ohne Mühe, Gefahr noch Einsatz vielleicht nur noch etwa der Frühling beschert. Er, der Mißerfolg, gab Trost denen, die in der Lotterie des gleichen Betriebs (also hier: der Stückeschreiberei) eine Niete gezogen hatten, und erhöhte das frohe Ichgefühl derer, denen ein Treffer zugefallen war, er besänftigte die Unruhe auch der Nichtinteressenten, die, bis zur Stunde des Mißerfolgs, doch von einem leisen Grimmen geplagt waren, ob sie in diesem Falle gut daran getan hätten, Nichtinteressenten zu sein, er wirkte entspannend und befreiend, er erlöste manche, die nur auf die Gelegenheit gewartet hatten, von dem Verdrießlichen solchen Wartens, er setzte andere instand, sich den Druck langverhaltener Mißgunst von der Seele zu tun, er belebte, wiederum dem Frühling vergleichbar, die moralische Landschaft, indem er gefrorene Brünnlein der Ranküne tauen und fließen machte. So ein Mißerfolg hat es in sich, meine Damen und Herren, daß er von den Köchen, die ihn für die Tafel der öffentlichen Meinung herstellen, nach vielerlei verschiedenem Rezept zubereitet werden kann, wie ein Weihnachtskarpfen, den manche gern in Pfeffersauce mögen, manche wiederum lieber gesüßt, mit Rosinen und Nüssen (auf polnische Art). Ob nun aber an ihm, an solchem Mißerfolg, die Gourmets mehr die Talentlosigkeit genießen, als deren Folge er sich deuten läßt, oder mehr das Pech dessen, dem er widerfuhr, oder sowohl als auch, beides . . . in jedem Fall ist er schmackhaft und hat Nährwert für das Gemüt, das ihn sich zu Gemüte führt.»

«Ich gebe Ihnen den Preis», entschied der Eremit, «aber nur, weil Sie der Dritte sind, der gesprochen hat. Verdient hätten auch Sie ihn nicht. Denn erstens einmal wird die Lust, zu der Ihr Geschenk vielen verholfen haben mag, aufgehoben durch den Kummer, den es Ihren Freunden bereitet hat . . .»

«. . . Darüber kann ich Sie vollkommen beruhigen . . .»

«. . . und zweitens ist ja Ihr Theaterstück, wie ich höre, gar nicht schlecht?! Das aber, mein Lieber, schüttet, wenn ich so sagen darf, einen vollen Wermutsbecher in den Freudentropfen, den sein Mißerfolg gespendet hat.»

«Also nicht einmal diese Genugtuung bleibt mir», sagte traurig der Schriftsteller und versank ins Abendblatt, das von Elend und Katastrophen strotzte.

Fachmann und Laie

In den Tageszeitungen las man von einem zum Tod Verurteilten, der in seinen letzten Stunden weder den Geistlichen bei sich sehen wollte noch Mutter, Frau, Braut, Kind oder sonst welche Verwandten, noch einen Freund oder eine Freundin, noch einen Hund, noch den Herrn Verteidiger, sondern nur den Scharfrichter. Er hatte den Wunsch, seinen Henker schon vor der entscheidenden, ersten und letzten, Begegnung kennenzulernen. Von ihm als dem eigentlichen Mittelsmann zwischen Leben und Tod erhoffte er sich bessere Vorbereitung auf diesen als von den Zusprüchen irdischer oder himmlischer Liebe.

In Journalen war das Bild des Scharfrichters zu sehen. Ein stattlicher Mann mit stattlichem Schnurrbart im runden, weichgepolsterten Gesicht, über dem der Segen guten Appetits und guter Verdauung ruhte.

Wie berichtet wird, wollte der zu Hängende von seinem Besuch vor allem wissen: Tut es weh? Und: Dauert es lange? Auf beide Fragen gab der Dicke mit dem Schnurrbart relativ tröstliche Antwort. Insbesondere über den Punkt, ob es weh tue, wußte er vieles zu sagen, das geeignet war, den Mißtrauischen zu beruhigen, und überdies versicherte er ihm, daß die ganze Prozedur, kaum daß sie begonnen, auch schon vorüber sei. Es muß, freilich auf grausiger Gefühlsebene, ein Gespräch gewesen sein, wie es viele Leute mit ihrem Zahnarzt führen, ehe sie sich seinen Instrumenten ausliefern. Zeitungsmeldungen zufolge verlief der Dialog zwischen dem Mörder von Rechts und dem von Unrechts wegen in korrekten Formen. Insbesondere der Scharfrichter hatte eine gute Presse. Es wurde ihm nachgerühmt, daß er sich durchaus entgegenkommend und freundlich zu seinem Klienten benommen habe, indes dieser eine gewisse Nervosität und Bitterkeit nicht zu unterdrücken vermochte.

«Also da bin ich. Guten Abend.»

«Mein Herr, Ihr ‹Guten Abend› klingt wie teuflischer Hohn, wenn Sie bedenken, was für ein Morgen diesem Abend folgen soll.»

«Ich wollte Sie keineswegs verhöhnen, aber man grüßt doch, wenn man ins Zimmer kommt. Nehmen Sie mir die Formalität, auch wenn sie leer war, nicht übel. Höflichkeit hat ja in der Regel etwas Verlogenes. Wie oft sagt man ‹geehrter Herr› und meint ‹schuftige Bestie› oder schreibt ‹hochachtungsvoll› und meint ‹ich spucke dir ins widerliche Gesicht›. Womit kann ich also dienen? Sprechen Sie ruhig. Ich habe Zeit.»

«Sie haben Zeit! Und ich habe zehn Stunden! Ich bin gesund, ich bin jung, in mir stecken noch gut dreißig bis vierzig Jahre, und ich habe zehn Stunden! Nach diesen zehn Stunden werden Sie mir eine Schlinge um den Hals legen und machen, daß ich ersticke. Das werden Sie besorgen, ohne daß auch nur Ihr Puls rascher gehen wird. Ohne Zorn, ohne Leidenschaft, ohne Haß. Wenn Sie ein Tier schlachten, tun Sie es, weil Sie sein Fleisch haben wollen oder seine Haut. Mich schlachten Sie zu keinem anderen Zweck, als um mich zu schlachten. Und ich bin ein Mensch, ich habe eine Seele, ich bin eine geistbegabte, unfaßbar fein und sinnreich konstruierte Maschine, zu unbegreiflich wundervollen Dingen fähig, ein Etwas, das die Welt wie ihr Kostbarstes behüten würde, wenn es nicht von einer Mutter geboren, sondern auf künstlichem Wege erzeugt worden wäre. Wie bringen Sie es nur über sich, wegen eines lumpigen Lohns sich zu der abscheulichen Handlung herzugeben, die Sie an mir verüben wollen?»

«Lieber Herr, man will leben.»

«Man will leben . . . das sagen Sie mir?!»

«Entschuldigen Sie, aber beim Gespräch mit einem Mann in Ihrer Lage ist es wirklich nicht leicht, allen Sprachwendungen auszuweichen, die etwas Verletzendes für Sie haben könnten. Fragen Sie lieber. Was wollen Sie wissen?»

«Wird es weh tun?»

«Ach, woher denn! Bei jeder Art natürlichen Todes durch Krankheit hätten Sie ärgere Schmerzen zu erleiden als durch die kurze Operation, die ich an Ihnen morgen früh vollziehen werde. Mein Vater ist an Krebs gestorben. Er hat was mitgemacht, kann ich Ihnen sagen! Vertrauen Sie meiner Geschicklichkeit und Erfahrung. Von mir gehenkt: das ist so, wie vom Schlag gerührt oder vom Blitz getroffen. Nur daß Sie in den beispielsweise angezogenen Fällen riskieren, nicht tot zu sein, sondern als Krüppel einem elenden Siechtum zu verfallen.»

«Woher wissen Sie, daß es nicht weh tut?»

«Weil Sie, nach den ärztlichen Kenntnissen, die ich mir empirisch angeeignet habe, sofort bewußtlos sind.»

«Was nennen Sie sofort?»

«Ein paar Sekunden.»

«Ein paar Sekunden! Das ist so, als wenn Sie sagten: eine Ewigkeit.»

«Wie geringschätzig Sie vorhin von zehn Stunden gesprochen haben, und jetzt machen Sie solches Wesen um ein paar Sekunden! Wir alle müssen sterben. Wir alle gehen in Angst und Unruhe herum, wann es sein wird und wie. Sie haben über beides Gewißheit, wie sie sonst nur Auserwählten, nur Figuren der Legende, zuteil wird. Schöpfen Sie aus dieser Gewißheit Stärke und Fassung. Das Leben ist ein Traum. Zufolge der unleidlichen politischen und wirtschaftlichen Verhältnisse ein böser. Seien Sie froh, daß Sie fortkommen. Wären nicht Richter und Gerichte, die mir ein bißchen was zu tun geben, könnte ich verhungern. Und ich bin ein starker Esser. Was weinen Sie? Wollen Sie den geistlichen Herrn? Wollen Sie Karten spielen? Was schreien Sie denn so? . . . Schließer, holen Sie einen Arzt, der Mann redet irre.»

Ob der Dialog in Wirklichkeit so verlief, ist ungewiß. Es stand kein Mikrophon in der Zelle, das Zwiegespräch als Kulturreportage einer weiteren Hörerschaft zu vermitteln.

Abschied vom Freunde

VIELE mit mir beklagen den Hingang des guten Freundes Konstantin zum Standesamt. Vor ein paar Monaten erst geschah es, und schon ist Konstantin so fern, so abgeschieden von allem, dem er früher zugehörig war, so entrückt dem Bezirk der guten Kameradschaft, daß nur noch Erinnerung seiner habhaft werden kann. Das freundschaftliche Gefühl, ausgestreckt nach ihm, erreicht ihn nicht mehr. Er ist da, um die Straßenecke herum da, und doch ganz und gar fort. Er spricht mit uns, Angesicht zu Angesicht, und es ist, als käme Gegenrede zur Rede, Antwort zur Frage von weither, auf gewaltigem Umweg, wie wenn einer seinem Nachbar um die Erde herum telephonierte. Konstantin erzählt von sich und verlangt vom Freunde zu wissen, aber die Erzählung hat das Gleichgültige einer Formalität, und das Verlangen schmeckt altbacken, saftlos, ein liegengebliebener Rest früherer Beziehung, schon ein wenig sauer und verschimmelt.

Konstantin, niemand kann das leugnen, hat es gut getroffen mit seiner Frau. Sie hegt ihn, umfriedet ihn, ist ihm Leib- und Seelengarde, die nichts durchläßt, was den Gleichtakt ihres Mitsammenseins stören könnte. Sie lieben einander, sind solidarisch gegen die übrigen, gegen das übrige, und stets, auch in Gesellschaft, allein. Eine Spezialluft weht zwischen ihnen, in der Licht und Schall besondere Brechung erfahren, eine Privatluft, die sich mit gemeiner, allgemeiner Atmosphäre nicht mischt. Ihr Gespräch mit Dritten ist chiffriertes Gespräch zwischen ihnen selbst, ihre Stille eine Geheimstille, die sie einander beziehungsvoll zuschweigen. Oft, in Gegenwart anderer, tauschen sie ein rasches, tropisch warmes Blickchen, wirft er ihr ihren Namen zu, bloß den Namen, ohne daß weiterer Text folgte. Es ist ein zärtlich verdröselter Name, der viel mehr Süßigkeit in sich hat als der richtige, wie die Rosine deren mehr hat als die Traube, und sie erwidert mit einem «Schluxi!», das etymologisch schon gar nichts mehr mit «Konstantin» zu tun hat, sondern ihr einst gradewegs vom Himmel auf die Lippe fiel. Blickchen und «Schluxi»: das ist Betonung und Bekräftigung der einmal vollzogenen Addition des Ich und

Du zu einem Wir, welches als geschlossene, selbständige, nach heimlichem Gesetz kreisende Welt sich demonstrativ abgrenzt gegen alles sonstige Sein ringsumher.

Konstantin, ich muß es zugeben, gedeiht unter der neuen Konstellation. Die Ehe schlägt ihm gut an. Sein Wesen war rauh, jetzt ist es geschliffen, glatt und ruhig. Viel Verwirrung brachte die Liebe in das Zeitmaß seiner Tage, nun dient sie als Metronom, das den Rhythmus eindeutig bestimmt und sichert. Er wollte und wünschte heftig durcheinander, nun stört nichts mehr die Ordnung des Wollens und Wünschens im Haushalt seines Innern. Die Stürme der Begierden und Leidenschaften drehen ab vor Konstantins jetziger Zufriedenheit, auf sanfter Welle schaukelt behaglich das Schiffchen seiner Existenz. Meeresstille und glückliches Auf-dem-Fleck-Bleiben. Er war ein Trinker und trinkt nicht mehr. Ein Raucher und raucht nicht mehr. Ein Unregelmäßiger und Willkürlicher: regelmäßig und unwillkürlich ist, wie und was er heute tut. Er war zerrissen, jetzt ist er genäht, sieht aus wie ganz. Er verlangte stets nach mehr, als er hatte, jetzt verlangt er das, was er hat. Er fraß das Leben mit wildem Appetit, der unausweichlich folgenden Beschwerden solchen Heißhungers nicht achtend, jetzt speist er es in vorsorglich eingeteilten Portionen, hygienisch zubereitet, und nur, was ihm bekommt, bekommt er. Er sah die Frau vor lauter Frauen nicht, jetzt ist es umgekehrt und Konstantin überzeugt, diese unnatürliche Optik sei die natürliche.

Er war einer, jetzt ist er ein halbes Paar.

Er war ein Kerl, jetzt ist er ein Schluxi.

Ach, sie haben einen guten Mann verheiratet! Und mir war er mehr.

Straßen-Ecke

DER Zeitungsverkäufer ruft alle zehn Sekunden den Namen seiner Zeitung (später setzt er noch hinzu: «zweite Ausgabe!») in die Winterluft, mehrere Male rasch hintereinander, erst in hoher Tonlage, dann um Oktaven tiefer. Vielleicht hilft ihm solcher Stimmwechsel gegen das Monotone der Beschäftigung.

Er bietet seine Ware auch an, wenn kein Passant in Hörweite ist. Als ob in dem Mann ein Sprechmechanismus aufgezogen wäre, der, automatisch ablaufend, alle zehn Sekunden Laut gibt. Dieser Zeitungsverkäufer, den die Maschine noch nicht schluckte, schluckte die Maschine. Er assimilierte sich ihr. Er schaltete seinen freien Willen aus, um eine Arbeit, die für jenen keinen Spielraum gibt, besser verrichten zu können.

Neben ihm hat, mit hoch beladenem Wägelchen, der Bananenverkäufer Posten gefaßt. «Riesenbananen, das Stück fünfundzwanzig Pfennig, sieben Stück eine halbe Mark, meine Damen!» Diesen Text wiederholt er, fast ohne Pause, viele Stunden lang im gleichen Tempo und Tonfall, mit der gleichen, nie schwächer oder heiser werdenden Stimme. Er betreibt sein Geschäft mit Laune, und es macht den Eindruck, als stehe er um ein kleines über der Situation, in der er sich befindet. Er ist, scheint es, Herr der Bananen, indes der Zeitungsverkäufer entschieden Sklave der schwärzlichen Papiere ist, die er feilbietet. Wie dieser ruft auch der Bananenhändler, wenn keiner vorbeigeht, sein Angebot in niemandes Ohr. Aber bei ihm wirkt das nicht maschinell, sondern so, als überwinde er, immerzu redend, besser die Zeit, als gebrauche er seinen beharrlichen Spruch wie eine Balancierstange, um über der Leere im Gleichgewicht zu bleiben.

Wenn er, früh am Abend, mit seinem Wagen fortgezogen ist, klafft in den Geräuschen der Straße, die lärmend genug ist, ein Loch. Viele Stunden noch fällt in dieses, regelmäßig und melancholisch wie der Tropfen aus der Wasserleitung, der Ruf des Zeitungsmanns.

Der Stiefelputzer, der auch an der Ecke seinen Stand hatte, ist seit einiger Zeit verschwunden, obwohl das Geschäft nicht schlecht ging. Ziemlich viele ließen sich bei ihm die Schuhe putzen, eingedenk der Maxime in den Untergrundbahnwagen: «. . . Grad' wenn der Mammon spärlich – sind blanke Schuh' am wenigsten entbehrlich.» Ein Satz, so widervernünftig wie einleuchtend. Er gehört zu den durchsichtigen und doch ganz dunklen Dichterworten, von deren tieferem Sinn auch angerührt wird, wer ihren gemeinen Sinn bestreitet. Also, wie dem auch sei, der Stiefelputzer ist fort, und seinen Platz hat jemand eingenommen, der gewissermaßen als Stiefelputzers Antinomie gelten kann: ein Mann ohne Beine. Seine Bettelstimme setzt sich schwer gegen Banane und Zeitung durch, obschon sie mit geschickt-indirektem Griff, nämlich mit dem Satz: «Danken Sie Gott, daß Sie Ihre geraden Glieder haben!» in das Gemüt der Vorbeikommenden langt. Kürzlich umwanderte zögernden Schritts ein Gentleman im Pelz die Straßenecke (es war ein verschlissener Pelz, aber immerhin ein Pelz), der Bettler mochte Hoffnungen auf diesen Wanderer setzen, aber der Pelz enttäuschte sie. Vor dem Schaufenster einer Eßwarenhandlung blieb er stehen und murmelte denen, die auch dort stehen blieben, in gebildetem Flüsterton zu: «Ich bitte Sie um eine

Kleinigkeit, vor kurzem war ich noch ein reicher Mann.»

Zeitung, Banane, Bettelnot. Eine belebte Straßenecke. Sie spricht den Geist an, den Leib, das Gemüt.

Der Herr, der gerade über der Straßenecke sein Zimmer hat, schimpft über den Lärm.

«Es ist nicht auszuhalten», sagt er, «den ganzen Tag geht das so bis in den späten Abend: ‹Danken Sie Gott, daß Sie Ihre zweite Ausgabe haben! Sieben gerade Glieder eine halbe Mark, meine Damen!›, immer wieder und wieder, ohne Pause. Die da unten tun mir ja leid, aber ich tue mir auch leid. Geht es mir denn um vieles besser, als den Leuten an der Straßenecke? Ist es denn noch so, daß der Besitzende besitzt? Ist nicht jeder materielle Wert Scheinwert geworden? Wird das Chaos die mit vollen Taschen nicht ebenso verschlingen wie die mit leeren? Ist heute der Begüterte weniger übel dran als der Arme? Macht nicht auch ihm die große Kälte ringsum die Haut schaudern?»

Gewiß tut sie das. Aber mit allem Respekt vor dem zeitgemäßen Kummer derer, die noch etwas ihr eigen nennen: bis auf weiteres ist der Dalles doch entschieden leichter zu ertragen, wenn man Geld hat.

Wahrheit führt irre

Das Gesicht ist ein Vexierspiegel der Seele, und die Physiognomie eine unsichere Wissenschaft. Nur wenn man genau weiß, was und wer einer ist, kann man es ihm von den Zügen ablesen. Auf diesen relativ verläßlichen Grundsatz sind die physiognomischen Untersuchungen

Lavaters, Goethes Freund, gestützt. Das Antlitz etwa Julius Caesars betrachtend, findet er in der Gesichtsbildung des großen Staatsmanns und Soldaten die unübersehbaren Zeichen staatsmännischer und soldatischer Größe. Fehlt solches Wissen um das Charakteristische der Person, aus deren Aussehen auf ihr Charakteristisches geschlossen werden soll, dann sind Irrtümer kaum vermeidbar. Deshalb ist auch bei dem anregenden Gesellschaftsspiel: «. . . Sage mir, ohne den erläuternden Text zu lesen, was für eine Sorte Mensch dieses Bild in der Zeitung darstellt . . .» Fehlraten die Regel, Ozeanflieger werden da leicht für Bankdirektoren gehalten oder umgekehrt, Sechstagefahrer für Nobelpreisträger, prominente Verbrecher für Filmstars.

Das Spiel kann man statt mit Bildern natürlich auch mit lebenden Personen spielen. Hier ist richtig zu erraten leichter, weil ja nicht nur das Gesicht des betreffenden Individuums, sondern auch dessen Haltung, Erscheinung, Gehaben Aufschluß geben. Sollte man meinen.

Ich bin mit dem Freund im Wirtshaus. Es kommt ein Paar herein, nimmt am Nebentisch Platz. Der Freund kennt die zwei und gibt zu raten auf, von welcher menschlichen Art der Mann und von welcher die Frau und wie die Beziehung der beiden zueinander sei. Er fragt das in einem zwinkernden Ton, so, als wollte er seine Gewißheit markieren, daß die Antwort falsch ausfallen müsse.

Der Mann am Nebentisch hat gemeine Züge. Einen Schädel wie eine Faust, bösewichtfarbenes Haar, kurzen Hals, Pratzen, eine Stimme, die aus dem Mund hervorkommt wie ein schlechtgelaunter Köter aus seiner Hütte. Er nimmt viel Platz ein. Die Frau sitzt bemitleidenswert klein und arm da, ein Pflänzchen neben einem dicken Stamm, der ihr die Sonne wegnimmt. Er ist unwirsch, sie verschüchtert. Er kümmert sich kaum um die Begleiterin, die von Zeit zu Zeit mit angstvollem Blick zu ihm aufschaut. Er ist ganz Brutalität, sie ganz Zartheit. Er kann nicht lachen, sie, offenbar, darf nicht. Er hat eine Stirn, so flach wie das Brett vor einer solchen, die ihrige ist durchmodelliert, und vieles könnte dahinter wohnen. Er schreit mit dem Kellner, sie legt krankenschwesterlich beruhigend die Hand auf seinen Arm. Er knurrt den Hausierer weg, sie kauft dem Mann ein Paket Zündhölzchen ab und schenkt es dem Pikkolo.

Also antwortete ich, meiner Sache gewiß, ohne Zögern:

«Der Mann ist Künstler, vermutlich Maler, eine differenzierte, empfindsame Natur. Er kann keiner Fliege etwas krümmen, steckt voll Hemmungen, ist scheu, weich, wärmebedürftig. Er weiß nicht, wohin mit der Fülle von Zärtlichkeit, die sein Nervensystem beunruhigen und ihm das Herz bis zum Platzen spannen. Er liebt die kleine Frau abgöttisch und ist ihr hörig. Er wagt in ihrer Nähe nicht recht zu atmen, aus Angst, sie fortzublasen. Er ist gutmütig bis zur Selbstaufgabe und von pudelhafter Dankbarkeit für jeden Brocken Güte, den ihr Blick, ihr Lächeln ihm hinwerfen. Sie hingegen ist eine Bestie, kalt und böse. Ungeistig, aber von schöpferischer Phantasie, wenn es gilt, ihn zu quälen. Seine rückhaltlose Ergebenheit reizt sie zum Mißbrauch ihrer Macht, sein sanftes Wesen, das er, zum Selbstschutz, hinter rauhen Manieren versteckt, ist ihrer Roheit ein beständiger Vorwurf, der diese steigert. Er brüllt Harmloses, sie lispelt Gift. Sie rächt sich an ihm, weil er, der Schwere und

Plumpe, der feine, zarte Mensch ist, der sie zu sein scheint.»

«Ganz falsch!» sagte triumphierend der Freund und schlug eine Lache auf, in der sein Triumph sich spiegelte. «Ganz falsch! Die beiden sind meine Wohnungsnachbarn, ich kenne sie genau. Das mit dem Maler stimmt beiläufig, der Mann ist nämlich Anstreichermeister. Aber sonst stimmt gar nichts. Schau dir die beiden doch an: ihr wahres Gesicht steht ihnen ja auf dem Gesicht geschrieben! Er ist ein ordinärer Kerl in jeder Beziehung. Säufer, und auch im nüchternen Zustand exzessiv wie ein Besoffener. Die Frau ist ein Engel. Er prügelt sie, mißhandelt sie körperlich und seelisch. Und du hast dich mit deinem Scharfblick hundertprozentig blamiert.»

Die beiden waren also genau so, wie sie aussahen! Merkwürdige und schmerzhafte Enttäuschung. Ich empfand diese Übereinstimmung zwischen Äußerem und Innerem, zwischen Oberfläche und Tiefe als unangenehmen Mißklang, den perzipieren zu müssen ein leichtes Schwindelgefühl hervorrief. Ist also selbst dies Trug, daß der Schein trügt? Wie soll man sich noch halbwegs auskennen, wenn die Masken nicht rechte Masken, sondern wirkliche Gesichter sind?!

Das mit der Blamage des Danebenratens aber war nicht so arg, denn schließlich, wenn einer hinterhältig und mit fallenstellerischer Stimme fragt: «Wieviel, glaubst du, ist zweimal zwei?», kann man doch nicht antworten: «Vier.»

Übrigens hat sich dann herausgestellt, daß die Frau Vergnügen daran findet, mißhandelt zu werden, und der Mann ihr den Gefallen tut. Und daß er sie aus Liebe nicht liebt, weil sie ihn nämlich nicht lieben würde, wenn er sie liebte. Die Menschen sind ja, selbst in bittersten Krisenzeiten, so kompliziert.

Ein unmöglicher Mensch

IM Traum habe ich meinen Freund, den sanftesten, feinsten, liebenswertesten Mann, Franz heißt die Anti-Kanaille, ermordet. Er hat mir nie etwas getan. Eben darin dürfte das Urmotiv der abscheulichen Traumtat gelegen sein. Der Ermordete ist schuldig.

Franz strahlt Güte aus, Bosheit ist ihm völlig fremd, das Giftgrün fehlt im Spektrum seiner Seele: läßt sich solche Mißgeburt auf die Dauer ertragen?

Zum Beisammensein mit ihm gehören eiserne Nerven, denn kein Verlaß ist da mehr auf die gültigsten Gesetze der Freund- und Bekanntschaft, alle Kampfregeln des trauten Umgangs mit Menschen sind aufgehoben. Da sitzt einer neben dir ohne Widerstand gegen dich, ohne Erwartung, ohne Anspruch. Er lauert nicht darauf, daß du ihn bejahst oder ihm das Stichwort bringst, dich zu verneinen. Niemals wirft er sein Ich als Trumpf ins Spiel, niemals setzt er sich in Szene, die andern nötigend, dieser Szene Zuschauer oder gar Mitakteure zu sein. Wenn er schweigt, reißt sein Schweigen kein Loch in die Luft, wenn er den Mund aufmacht, zieht es nicht, kurz, auf wahrhaft beklemmende Art ist er da, ohne eigentlich da zu sein. Du erzählst ihm vom Guten, das dir widerfuhr, und er reagiert nicht sauer, du erzählst ihm vom Schlechten, und er schluckt das ohne merkbar-heimliche Genießerfreude, dein Plus schneidet ihm nicht ins Fleisch und dein Minus erfrischt nicht seine Lebensgeister, die Frau, die du liebst, wird ihm nicht, nur weil du sie liebst, begehrenswerter, als sie ihm ohne das wäre, die Blöße, die du dir gibst, übersieht er geradezu schamhaft, und das Lächerliche, daß du absonderst, geht durch das Bewußtsein dieses unwahrscheinlichen Zeit- und Tischgenossen glatt hindurch, ohne dort den Mechanismus in Bewegung zu setzen, der es, dein Lächerliches, sogleich arretiert, ausarbeitet, schleift und färbt, zur fröhlichen Wiedergabe anderswo. Also schon dieses Betragen des Franz macht nicht nur den Verkehr mit ihm qualvoll unsicher, sondern rüttelt auch an Welt- und Menschenordnung, an aller Erkenntnis und Erfahrung, nach deren Regeln die sogenannte Geselligkeit vollzogen wird. Die Koordinaten biegen sich, das ganze System der Beziehung zum Nebenmenschen gerät ins Wanken, und man kennt sich nicht mehr aus.

Und wie treibt es Franz mit dem Leben überhaupt! Er phantasiert, was ist. Jeder Vorgang, von ihm gesehen, wird ein wenig magisch, jede Schlechtigkeit verzauberte Güte, aller Haß überkompensierte Liebe, und schon Klang wie Tonfall seiner Stimme lügen von den Dingen, sie ganz verfälschend, das Häßliche und Gemeine herunter. Gegenwärtiges wird bei Franz aller Rührung und Nachsicht teilhaftig, die dem längst Vergangenen zukommt, wenn er vom Heute redet, klingt es, als redete er von uralter Zeit, und weil also folgerichtig die Lebenden bei ihm die Benefizien des Totseins genießen, spricht er von ihnen nur Gutes. Wenn er erzählt: «Gestern bin ich auf der Straßenbahn gefahren», so wird, nur durch die Sprechmelodie, mit der er das vorbringt, die Straßenbahn zur güldenen Karosse, und nicht anders, wie er etwa von seinen Erlebnissen in der Redaktion, könnte Schneewittchen von ihren Abenteuern bei den sieben Zwergen erzählen, und wie sie nur dadurch gerettet wurde, daß sie rechtzeitig erbrach. Als Märchen sieht er die grause Wirklichkeit, unter seinem Blick und Wort schrumpft diese Welt voll Teufel zu einem Spielzeug mit herzigen Figürchen zusammen, verwandelt sich die Finsternis rundum in eine Nacht aus Tausendundeiner Nacht. Deshalb, auch deshalb, nennt man Franz einen Dichter, und deshalb mußte ich ihn, im Traum zumindest, erschlagen. Denn so viel Sanftmut und milde Denkungsart ist Hohn auf alle Natur und Kultur, so viel Geduld empört den Geduldigsten, und daß da einer atmet, dem die höllische Disharmonie des Lebens durchaus als Musik eingeht, muß jeden, der Ohren hat, zu leiden, rasend machen.

Freilich, Franz ist ein Weiser, entrückt, hienieden schon jenseits. Daß die Welt etwas zum Anschauen ist, ist Fundamentalsatz seiner Weltanschauung, sein tiefsinniger Wahlspruch lautet: «Genieße froh, was du nicht hast», Gut und Böse wägt er im moralisch-luftleeren Raum, wo beide gleich schwer wiegen, und seinem Gefühl gilt auch das Häßliche als wünschenswert, weil von diesem so schön das Schöne sich abhebt. Wüsten erscheinen ihm nur als Vorwände für Oasen. Welch ein gerissener advocatus dei!

Alles liebt er. Fiele ein Ziegelstein vom Dach, knapp an seiner Nasenspitze vorbei: Franz würde sagen, daß er verfallende Häuser liebe und die Schwermut abbröckelnden Gemäuers.

Nun er, von mir getötet, unter der Erde ruht, machen ihm gewiß die Würmchen viel Spaß. Gern sieht er ihrem verspielten Gekribbel zu, gibt den kleinen Dingern, die, mein Gott, doch auch leben wollen, Namen, und hat vermutlich schon seine Lieblinge unter ihnen.

Trauerfall

Eduard, Beamter im Ruhestand mit Altersbeschwerden – «Nach Jahren des Drucks der Druck der Jahre!», pflegte er zu sagen –, starb um zehn Uhr vormittags. Er hatte, wenn man seinen Reden während der Krankheit glauben darf, nichts dagegen. Auf die Frage: Wie geht es dir?, antwortete er zweideutig: Immer besser. Meist lag er ruhig, mit großen Augen zur Decke starrend, als warte er darauf, daß sie sich öffne und ihn hinauslasse, nach oben.

Zwischen der Frau und ihm bestand Abneigung, verwischt durch Gewöhnung. Infolge vieljährigen Beisammenseins auseinandergekommen, lebten sie in neutraler Gemeinschaft, in der ein Teil dem anderen weder Hilfe leistete noch Schaden zufügte. Also verursachte es der Witwe Mühe, rechtschaffen zu trauern; aber immerhin ging ihr das Ereignis, wenn auch nicht ans Gemüt, so doch an die Nerven. Die erste Stunde nach Eduards Hingang saß sie regungslos im Lehnstuhl, die Ellbogen auf die Knie gestützt, das Gesicht in den Händen verborgen.

Die Großmutter, noch sehr rüstig für und gegen ihr Alter, hatte die letzte Krankenwache übernommen, immer von der Furcht geplagt, Eduard könnte nachts sterben, gerade wenn sie mit ihm allein wäre. Zu ihrer großen Erleichterung endete dic Nacht früher als Eduard; und damit hatte sie, die Großmutter, gewissermaßen das Ärgste überstanden. Froh wie ein Belagerter den Entsatz, grüßte sie die Morgenstunde. So ärgerlich es sonst war, so erfreulich war es heute, daß in aller Frühe schon die Kinder der Nachbarswohnung Krawall machten.

Nachdem der Arzt die Decke über Eduards Kopf gezogen hatte, ging alles aus dem Zimmer, auf Zehenspitzen, teils um die Totenstille nicht zu stören, teils wie man von einem geht, der nicht merken soll, daß man dies tut. Die Großmutter stellte vorher noch die Medizinflasche von der oberen Platte des Nachttisches auf die untere und sagte der Köchin leise, sie möge einen starken Kaffee kochen.

In der Wohnstube zog sich die Witwe sofort in die beschriebene Stellung zurück, indes der Schwager um den Tisch marschierte. Todesfälle aus der Nähe waren ihm peinlich, und er hegte unbestimmte Befürchtungen, daß in irgendwelcher Konsequenz die Sache für ihn mit Geldopfern verknüpft sein könnte. Von Zeit zu Zeit trank er aus einem Bierglas Wasser, das er sich, die Hilfsbereitschaft von Mali, der unehelichen Tochter Eduards, ablehnend, selbst aus der Küche holte. Keinesfalls wollte er, in Rücksicht auf seine Nerven (das hatte er gleich erklärt), dabei sein, wenn man den Toten wegschaffe. Von diesem Vorgang wünsche er nichts zu merken.

Die Großmutter stand beim Fenster, sog sich mit Aug und Ohr an das Leben fest, das drunten vorüberlebte. Ohne den Blick von der Straße zu wenden, murmelte sie: «Es sind noch Datteln da und Schokolade.» Niemand nahm von der Mitteilung Notiz.

Nach und nach erschienen Freunde des Hauses, rauchten Zigaretten und waren verlegen. Es kam auch ein Verwandter, der schlecht hörte und deshalb schrie. Er behauptete mit dröhnender Stimme: «Ihm ist wohl!»

Der Schwager, einen Augenblick seinen Marsch unterbrechend, fragte, ohne Grund erbost: «Woher weißt du das so genau?» – «Wie?» – «Woher du das so genau weißt?» – «Nun erlaube mal!» Darauf erwiderte der Schwager nichts mehr. Er nahm sein Bierglas und ging zur Wasserleitung. Der Schwerhörige wollte ihm nach, aber die Großmutter, auf die Witwe deutend, hielt ihn mit einem vorwurfsvollen Augenzwinkern zurück. So machte er nur eine Handbewegung, die ausdrückte, es lohne nicht, zu streiten, setzte sich auf das Sofa und schüttelte mehrmals, in stets kleiner werdenden Schwingungen, den Kopf.

Am späten Nachmittag kondolierte persönlich ein Vetter, der wenig Beziehungen zur Familie hatte, aber bei ihr wegen seines Berufs, er schrieb für Zeitungen, in Ansehen stand. Er respektierte Haltung und Schweigen der Witwe, fragte nur, ob sie etwas zu sich genommen habe, griff, ohne Antwort zu erwarten, nach dem Abendblatt, das auf dem Tisch lag, und las. «Nichts», erwiderte trotzdem die Großmutter, «nicht einmal eine Tasse Kaffee. Sie hat starke Kopfschmerzen.» – «Dann gebt ihr doch Pyramidon.» Mali holte Pyramidon, der Schwager Wasser. Die Freunde saßen gedankenvoll, rauchten und suchten nach einem Abgang.

Es gelang, die Witwe zu einer Tasse Kaffee zu überreden. Mitten im Trinken setzte sie plötzlich ab:

«Albert!»

Der geachtete Vetter, in seine Lektüre vertieft: «Ja, was ist, mein Kind?»

«Albert! Gibt es ein Weiterleben nach dem Tode?»

Selbst ein Redakteur kann auf solche Frage nicht sofort erwidern. Albert sah einen Augenblick von der Zeitung auf, dann guckte er wieder, umblätternd, in sie, als wäre vielleicht auf der nächsten Seite die Antwort zu finden. Es galt ja auch, zu überlegen, ob der Witwe in ihrem besonderen Fall ein «ja» auf die gestellte Frage zum Trost oder zur Beunruhigung gereichen würde. Schließlich hob Albert die Achseln hoch und entschied im Ton eines Arztes, der sich mit seiner Prognose hinter die Allmöglichkeit der Natur zurückzieht: «Kann sein, kann auch nicht sein.»

Alle Anwesenden waren über dieses Versagen der Autorität ein wenig enttäuscht. Die Witwe nahm ihre Stellung wieder ein. Die Großmutter, taktvoll überbrückend, sagte: «Wir werden uns Rührei machen.»

Draußen läutete stark die Türglocke. Mali sowie der schwerhörige Verwandte gingen ins Vorzimmer. Man vernahm Schritte und Stimmen, dann kam der Schwerhörige wieder herein, schreiend: «Jetzt sind die Männer da, ihn holen!» Der Schwager, grün im Gesicht, griff nach seinem Bierglas; aber jetzt durchs Vorzimmer in die Küche zu gehen, schien ihm nicht geheuer.

Alle begleiteten den Sarg bis zum Haustor, der Schwager an der Queue des Zuges. Während sie die Treppen wieder hinaufstiegen, zischelte die Großmutter der Witwe ins Ohr: «Hast du bemerkt, wie Mali sich vorgedrängt hat?»

Der Vetter von der Zeitung, als er sich verabschiedete, riet den Hinterbliebenen, heute nacht Schlafmittel zu nehmen.

Abends wurde noch ein Päckchen abgegeben, für die Frau des Hauses. Es waren schwarze Ohrringe darin. Wann hat sie sich denn die bestellt?!, dachte intrigiert die Großmutter. Aber es waren schöne Ohrringe, Tropfen aus Jett, geschmackvoll und diskret. Schließlich, die Welt hört nicht auf, wenn einer stirbt, und darf man auch zweifeln, ob es ein Weiterleben nach dem Tode gibt, ein Weiterleben vor dem Tode, bis zu diesem, gibt es, das steht außer Frage.

Diminuendo

IRGENDWANN, irgendwo auf Erden war großes Unrecht geschehen. Das empörte Gabriel, dem an einer Besserung der allgemeinen Dinge gelegen war, und er hielt es für seine Weltbürgerpflicht, gegen das Unrecht zu protestieren. Alle Gutgesinnten billigten den Entschluß, auch die Frau nickte ja, aber man merkte, daß ihr Zweifel durch den Kopf gingen, mit dem sie nickte. «Woran denkst du?» . . . «Ich denke daran, daß unser Bub eine neue Hose braucht, die alte ist nicht mehr zu flicken.» Gabriel lachte sein breites, herzliches Lachen. Als die Frau verwundert fragte, was es denn da zu lachen gäbe, streichelte er ihr nur, ohne zu antworten, freundlich übers Haar. Andere aber sagten gerade heraus, daß es Gabriel und ihnen jetzt nicht um zerrissene Hosen ging. Sondern um die *Menschheit*.

Gabriels Protest hatte Schärfe und Schwung. Wie ein Pfeil stieg er hoch in die Luft und fiel aus ihr wieder herab, eine Unendlichkeit weit vom Ziel. Nun, das war zu erwarten, und Gabriel nicht entmutigt. Noch weniger die Freunde. Sie zogen die Lehre aus dem Vorfall, daß man sich beschränken müsse, sich begnügen damit, ins Nähere zu wirken, die Wirkung ins Ferne folge dann schon. Zuviel des Unrechts ist auf der Welt, als daß es sich ausrotten ließe; aber vermindern läßt es sich, wenn jeder in seinem Revier Jagd macht auf die tausendgestaltige Bestie. Was für Prachtexemplare von Unrecht könnte Gabriel schon in der eigenen Heimat finden! Die Frau hatte Bedenken, ob solche Nähe des Ziels nicht den Jäger selbst gefährde. «Das heißt, die Sache aus kleinem Gesichtswinkel klein sehen», erwiderte man ihr, «es geht aber um Größeres. Es geht um das *Vaterland.*»

Das Vaterland, beziehungsweise die Gewalten, von denen es beherrscht wurde, nahmen Gabriel die Wahrheit übel, die er ihnen sagte, und drohten mit Verfolgung. Er ließ sich dadurch nicht beirren, schlecht zu heißen, was ihm schlecht dünkte. Als die Frau Zweifeln Ausdruck gab, ob es klug wäre, mit dem Kopf gegen die Wand zu rennen, fragte Gabriel erstaunt: «Womit denn sonst?!» Und die Männer waren sich darin einig, daß es gar keinen besseren Sturmbock gegen Mauern gäbe, als eben solch einen Kopf wie den Gabriels. «Du bist tapfer und gerecht, aber was kann das helfen? Die Lüge ist an der Macht, an der Übermacht, und mit dem Aussprechen der Wahrheit wirst du nichts erzielen als höchstens deine eigene Genugtuung darüber, sie ausgesprochen zu haben.» . . . «Das wäre schon immerhin etwas, liebe Frau. Und überdies: ich handle, wie ich muß.» . . . «Ganz abgesehen von dem großen Beispiel, das er gibt», fügten die anderen hinzu, «und von der moralischen Stärkung, die sein Tun für Gleichgesinnte bedeutet.» . . . «Ja, aber . . .» . . . «Gar kein aber. Es geht um die *Idee.*»

Die Machthaber im Lande zitierten Gabriel vor ihr Gericht. Als er Frau und Kameraden die Rede vorlas, die er dort zu seiner Verteidigung halten wollte, sagte die

Frau: «Werden sie an ihm, wenn er so mit seinen Richtern ins Gericht geht, nicht noch ärgere Rache üben, als zu üben das Gesetz, wie sie es auslegen, ihnen ermöglicht?» Dieses Risiko bestünde allerdings, aber im Kampf, den Gabriel führe, müsse er es eben auf sich nehmen. «Kampf?! Die Partie ist doch so entsetzlich ungleich, daß man von Kampf gar nicht mehr sprechen kann. Ist das noch Kampf, mit bloßer Hand ins Rad der Maschine zu greifen? Die Maschine läuft weiter, die Hand wird zermalmt . . .» «Eine Heldin bist du nicht, liebe Frau.» Sie gab erbittert zu, es wäre ihr vollkommen egal, ob man sie dafür hielte oder nicht, und schwer nur ließ sie sich davon überzeugen, daß wohl sie so denken könne, aber nicht Gabriel. Denn worum ging es? Um den Repräsentanten der *Partei*.

Als man schon wußte, daß ein Schuldspruch gewiß sei, trat die Sorge in den Vordergrund: Was soll mit der Ortsgruppe XII (deren Seele Gabriel war) geschehen, wenn er fort ist? Jetzt ging es schon nur noch um die *Ortsgruppe XII.*

Das Urteil schickte Gabriel für lange Zeit ins Gefängnis. Trotz vielen Möglichkeiten und Gelegenheiten, die sich boten, unternahm er nichts zur Rettung seiner Person. Es war aber denen, die Gabriel liebten, nur geringe Erleichterung ihrer Sorge um ihn, daß sie den moralischen Wert seiner Haltung rühmen hörten, und was alles der Gang eines solchen Mannes ins Gefängnis manifestiere und symbolisiere. «Kopf hoch, liebe Frau», trösteten viele, «es geht um . . .» «Es geht um einen Menschen!» unterbrach sie heftig solche Troste (und worum sonst noch es ginge, wollte sie gar nicht wissen), «es geht um einen Menschen, der ein wertvolles Gehirn hat und ein nobles Herz und einen schwachen Magen. Es geht um *Gabriel.*»

Aber der Regen der Tränen regnet jeglichen Tag und allerorten. Es wird soviel gelitten ringsum, innerhalb und außerhalb der Mauern, daß das Leid des einzelnen von den anderen recht mitempfunden nur wird, solange es noch frisch ist und also schmackhaft für den Güte-Appetit des Nebenmenschen ... Den meisten, die sich zu Gabriel bekannten, ging es bald wieder um anderes als um ihn.

Körperlich am ärgsten litt er im Kerker an Schlaflosigkeit, weil ihm sein gewohntes, unentbehrliches Schlafmittel fehlte. Die Freunde, um zu helfen, setzten, wie man zu sagen pflegt, Himmel und Erde in Bewegung (aber der Himmel ist weit und die Erde zäh), und wahrlich, es ging um Wichtiges, das großen Opfers wert war, wenn es auch nicht um die Menschheit, das Vaterland, die Idee, die Partei oder die Ortsgruppe ging, sondern nur um *Phanodorm-Pillen.*

Nämlich, mit den Problemen, die entstehen, wenn der Mensch eine Tat in die Welt wirft, verhält es sich umgekehrt wie mit den Wellenkreisen, hervorgerufen durch den ins Wasser geworfenen Stein: die Probleme fangen weit an und werden enger, immer enger und enger. Bis sie schließlich zur Tolstoi-Frage zusammenschrumpfen: wieviel Erde braucht der Mensch?

Ein Spaßvogel

SEIT vierzehn Jahren ist der dicke Herr Laubner Sommergast in Sankt G. Die Hoteldiener, den Briefträger, die Marktfrauen neben der Kirche, den Steuermann des alten Raddampfers, der mit vielem Rauch und Pfiff den See befährt, duzt er und spricht mit ihnen im ortsüblichen Dialekt, der allerdings Laubners eingeborene Mundart nicht ganz zudeckt. Dem Briefträger schenkt er Zigaretten, mit den Marktfrauen erörtert er die politischen Dinge, mit dem Steuermann Fragen der Navigation, und auf dem Friedhof von Sankt G. möchte er begraben werden, der schönen Aussicht wegen. Er hat dem Totengräber das Versprechen abgenommen, ihn kopftief zu legen, so daß das Grundwasser nicht bis an die Füße kommt, weil das für seinen Rheumatismus schlecht wäre. Nicht einmal der Gedanke ans Sterben trübt ihm den Humor! Er sieht so harmlos aus, wie er ist, der Herr Laubner, fast schon ein Fünfziger, ein friedliebender, in der Sommerfrische sehr gelockerter Bürger, dem die einfachsten Daseinsinhalte: schauen, hören, essen, schlafen, reden und der Spannungen des Geschlechts teilhaftig werden, dem dies also genügt, sich des Lebens als bescheidener Mitspieler wie als nie gelangweilter Zuschauer zu erfreuen. Besonders zu Sankt G., wo die Menschen so gemütlich sind und Spaß verstehen.

Laubner ist nämlich ein Spaßvogel. Die Fröhlichkeit, die ihm das Herz erfüllt, projiziert er nach außen: so hat er allmählich sich tief in die Täuschung hinein verirrt, das Leben sei heiter; wie wenn ein Autofahrer nachts die närrische Impression hätte, die Straße sei aus eigenem hell, indes es doch die Schweinwerfer an seinem Wagen sind, von denen sie Licht bekommt.

Heute früh ist er besonders guter Laune. Es ist Sonntag, der Urlaub kaum eine Woche alt, abends gibt es Bauernball, und die Morgensonne schon wärmt bis in den Magen hinein. Die Frauen gehen in bunten Pyjamas zum Strand, «wie gefüllte Blumen», sagt Laubner. Einer gefüllten Blume ruft er nach: «Fräulein, Ihre Hose hat ein Loch», und auf die erschreckte Frage: «Wo?» setzt er hinzu: «Sonst könnten Sie ja nicht hineinschlüpfen.» Solchen Schabernack treibt er mit den Nebenmenschen.

Jetzt hat er seiner Frau eine Ansichtskarte geschrieben, mit vielen Unterschriften von Leuten, die nicht da sind, und geht in den Tabakladen, eine Postmarke kaufen.

Im Laden ist niemand, die Verkäuferin legt im Zimmer nebenan einen Säugling trocken, sie hat den Eintretenden nicht kommen gehört. Laubner findet, die Situation verpflichte zu einem Scherz, und da sieht er, daß das Schubfach, mit Münzen und ein paar Geldscheinen drin, offensteht. Rasch greift er hinein, langt eine Fünfzig-Schilling-Note heraus, steckt sie in die Hosentasche. «Liebe Frau, Ihnen wird man noch einmal den ganzen Laden ausräumen, wenn Sie so schlecht aufpassen.» . . . «Ach, das gibt es nicht», wird die Frau antworten, und: «Was ist denn das?» wird Laubner sagen, und ihr mit der Banknote vor der verdutzten Nase herumfuchteln.

Es kam aber nicht so. Noch vor der Verkäuferin aus dem Nebenraum trat ein Mensch von der Straße her in den Laden, ging gleich auf Laubner zu, packte ihn beim Handgelenk: «Jetzt hab' ich dich erwischt, du Gauner, hergeben das Geld!» Laubner schreit den Menschen an, ob er verrückt sei, die Verkäuferin stürzt herein, sieht sprachlos auf die Streitenden, andere Leute, vom Lärm gelockt, kommen ins Lokal. «Ich habe durch die Tür beobachtet, wie er Geld aus der Lade genommen hat.» Laubner, knallrot im Gesicht, holt die Fünfzig-Schilling-Note aus der Tasche: «Aber um Gottes willen, das war doch nur . . .» Die Menschen im Laden starren ihn stumpf und böse an, die Verkäuferin schlägt die Hände zusammen: «Fünfzig Schilling, Jesus, Maria und Josef!» Der, welcher Laubner überrascht hatte, sagt: «Feiner Herr das, holt's den Gendarmen.» «Aber ich habe ja nur einen Scherz gemacht!» Das hätte Laubner nun nicht sagen sollen. Das verschlechterte seine Situation mehr, als es das Eingeständnis des Diebstahls getan hätte, denn Scherze mit Geld, heutzutage, empfinden die Leute von Sankt G. wie Gotteslästerung. Die Verkäuferin jammert, daß ihr vorige Woche auch schon zehn Schillinge gefehlt hätten, die Obstfrau, die zum Publikum gestoßen war, stellt mit einem erbarmungslosen Blick auf Laubner fest, bei ihr stimme es schon ein paar Tage nicht mit dem Geld. «Aber liebe Frau Haberl, Sie kennen mich doch . . .!» «Mit mir tratscht er alleweil», sagt Frau Haberl über ihn hinweg zu den anderen, «und wenn ich nicht hinschau' . . .» Hierbei macht sie die Gebärde des Stehlens. Das Kind im Nebenraum schreit, was die Erbitterung der Anwesenden gegen Laubner merkbar steigert.

Der Gendarm mit einer Suite von barfüßigen Buben betritt den Laden. Er gebietet Schweigen und Sprechen: «Haben Sie die fünfzig Schilling aus der Lade genommen?» . . . «Ja, aber . . .» «Das können Sie später erzählen, jetzt kommen S' mit.» Und obschon Laubner, verstört und gebrochen wie er war, nichts tat, das den Anschein hätte erwecken können, er wolle nicht mitkommen, fügte der Gendarm noch hinzu: «Ich verhafte Sie im Namen des Gesetzes!» Diesen klingenden, würdigen, von allen Schauern der Machtvollkommenheit umwitterten Satz hat er selten Gelegenheit auszusprechen, Autoschnellfahrer werden nur aufgeschrieben, und Strolche ohne viel geredetes Zeremoniell beim Kragen genommen. Aber hier war die Chance einer richtigen Amtshandlung gegeben, gegen einen richtigen Delinquenten, noch dazu gegen einen Stadtmenschen, noch weiter dazu gegen einen, der mit der ortsüblichen Mundart den ihm eingeborenen, in der Angst sich hemmungslos offenbarenden, Tonfall nicht zudecken konnte.

Also wurde Laubner zum Amt gebracht und von dem Funktionär dort, weil auf frischer Tat ertappt, in den Gemeindekotter gesperrt. Kein Bitten und Protestieren nützte ihm, auch alle Versuche der Bekannten, ihn loszukriegen, schlugen fehl. Die Gerechtigkeit in Sankt G. war viel zu ausgehungert, als daß sie den einmal geschnappten, seltenen Bissen so leicht wieder freigegeben hätte. Ein Fall: das war an sich schon ein Glücksfall!

Der Gemeindediener, zugleich Zellenaufseher, hatte die Tür hinter Laubner zugesperrt und war mit dem Schlüssel ins Wirtshaus gegangen. Niemand konnte zu dem Gefangenen, nicht einmal der Funktionär, der das Einsperren verfügt hatte und, menschlich unnahbar hinter Gesetz und peinlicher Vorschrift verschanzt, zu seinem Bedauern nichts tun konnte, als bedauern, daß er nichts tun konnte.

Die Leute im Ort besprachen lebhaft das Ereignis wie den Menschen, den es anging; und binnen wenigen Stunden hatte Laubner Ruf und Leumund eines Gewohnheitsverbrechers. Alles, was in den letzten Sommern irgendwem in Sankt G. abhandengekommen war, praktizierte die Einbildungskraft der dem guten Sommergast

(Gott weiß warum) plötzlich so aufsässigen Ansässigen in die Taschen des redlichen Mannes, aus Geschwätz fügte sich eine würgende Kette, in welche die Tat, die er nicht begangen hatte, sich als ein Glied unter vielen anderen bequem hineinpassen ließ, zauberisch schnell war ein rechter Bösewicht-Mythos um Herrn Laubner gesponnen.

Was in seinem erschütterten Geist vorgegangen sein, welche Ängste und Erwägungen ihn zu dem radikalen Entschluß gebracht haben mögen, sich im Arrest mit seinen Hosenträgern am Fensterkreuz aufzuhängen, weiß natürlich niemand. Vielleicht glaubte er an eine Unmöglichkeit, sich von dem Verdacht, der auf ihm lastete, reinigen zu können. Vielleicht hörte er, dämonisch verstärkt, die Stimme seiner Frau, welche schrie: «Du mit deinen verfluchten idiotischen Späßen!» Auch sollen Ratten im Gemeindekotter von Sankt G. sein, vor welchen Tieren Laubner sein Leben lang heftigsten Abscheu empfand. Manche erklären die unerklärliche Tat schlechtweg mit «Nachtgedanken», die den Gefangenen in seiner Zelle wohl heimgesucht haben. Mir scheint am plausibelsten die von Kennern des Laubnerschen Innenlebens aufgestellte Hypothese, wonach die Einsicht, die Menschen verstünden keinen Spaß mehr, ihn zur Verzweiflung gebracht habe. Das Licht, das er selbst auf seinen Weg geworfen hatte, erlosch: Dunkel überall und kein Zurechtfinden mehr. Die Witzigkeit, deren er voll war, ging, so kann man sich das auch vorstellen, plötzlich in Fäulnis über, und das Gift aus solcher Fäulnis zerfraß ihm die Seele. Er mag die Vision einer Welt gehabt haben, von deren Bau der heitere Verputz gänzlich abgefallen war, und was dann da stand, muß ihm so roh, kalt und häßlich erschienen sein, daß er um keinen Preis weiter dort wohnen wollte.

Einige zweifeln, trotz allem, an Laubners gutem Gewissen (aber nur, weil ihnen, aus weltanschaulichen Gründen, das Gemeine immer das Wahrscheinlichste dünkt), und halten dafür, daß der Zettel, den Laubner hinterließ: «ich bin unschuldig», der letzte Aufsitzer war, den der Spaßvogel sich geleistet hat.

Der Debütant

DER junge Mann war sehr aufgeregt. Morgen sollte, das heißt: mußte er es also versuchen. Er hatte rechte Angstgefühle, wie eben ein Debütant vor dem ersten öffentlichen Auftreten sie hat, und war seines Textes, obschon dieser nur aus wenigen Worten bestand, kaum sicher.

Der Mißerfolg blieb auch nicht aus.

Den alten erfahrenen Freund wunderte das keineswegs. «Gewiß», sagte er, «du bist noch ungeschickt und ohne Routine. Aber dein Kardinalfehler liegt nicht im Technischen (das läßt sich erlernen), sondern tiefer, im Seelischen. Du mußt dich vorerst einmal innerlich entschieden umstellen. Das ist das Wichtigste. Noch immer, mein Sohn, glaubst du nicht recht an die Wirklichkeit und Gültigkeit deiner Lage, nimmst sie als vorübergehende Prüfung, als Episode, nicht als Schicksal, willst vor dir selber die Täuschung aufrecht halten, du spieltest eine Rolle, maskiertest dich also nur als das, was du doch bist. Aber so, mit der linken Hand gewissermaßen, mit halber Hingegebenheit und einer Menge innerer Vorbehalte kann man nicht betteln. Du mußt dich bis in den letzten Seelenwinkel durchtränken mit dem Bewußtsein des Niedrigen und Erbärmlichen deiner Sache: nur aus ihm kommt die gute Eingebung, das zweckgemäße Wort, die wirksame Gebärde. Der Situation, in der du dich befindest, wirst du nur gerecht, wenn du alle kindischen Versuche aufgibst, über ihr zu stehen.»

«Sollte ich nicht lieber etwas feilbieten, Zündhölzer, Schnürsenkel?»

«Nein, das ist schlecht. Wenn du andeutest, daß du noch irgend etwas hast oder tust, daß du etwas geben willst, um nehmen zu können, bleibst du im Kreis bürgerlicher Konvention und wirst als Nebenmensch behandelt. Was aber das bedeutet, weißt du. Du erregst, in so kläglicher kommerzieller Verkleidung, höchstens Mitleid, nicht Furcht. Hingegen als geradezu-Bettler, wenn du in den bedrohlichen Farben des Nichts daherkommst, wirkst du nicht nur beklagenswert, sondern auch erschreckend; und solche Fledermaus der Wirtschaftsnacht zu verscheuchen, opfern die Menschen viel leichter einen Groschen. Der kleine, geheime Zusatz von Furcht, mein Freund, ist es, der das Mitgefühl produktiv macht und den Pfennig in der Tasche des Nächsten lockert. Also bettle nicht gar zu sanft und demütig. Es muß die Menschen aus deinem Blick und deiner Stimme nicht nur etwas Jammervolles, sondern auch etwas Unheimliches anfallen, etwas, zu dem man nicht gern mit dem Rücken steht. Deine Ohnmacht soll der, den du anbettelst, auch wie dunkle Kriegslist spüren, deine Klage wie Anklage, deine Geducktheit ein wenig wie Ansatz zum Sprung.

Noch ein paar Fingerzeige:

Übergehe Leute, die zufrieden scheinen, und mach'

dich an jene heran, denen selbst die Sorge ins Gesicht geätzt ist. Von ihnen bekommst du eher etwas.»

«Weil sie mehr Verständnis für meine Not haben?»

«Nein, aber weil sie in dir das gespenstische Bild der Endphase sehen, zu der ihr eigenes Schicksal hintreibt. Sie empfinden ihre Gabe als eine Art Versicherungsprämie gegen dieses. Ein wunderlicher Trugschluß . . . aber immerhin. Sie schenken etwas ihrem fernen Spiegelbild, wenn sie dir etwas schenken.

Hab' ein Auge auf Menschen, die aus dem Wirtshaus kommen. Ihr voller Magen wird zum Fürsprecher für deinen leeren. Herr mit Dame ist günstig: er geniert sich vor ihr, dir nichts zu geben. Ehepaare laß natürlich aus. Bettle lapidar. Aber deutlich, nicht vermurmelt. Denn das klingt schuldbewußt und erleichtert es dem Angesprochenen moralisch, dich zu übersehen. Den scheuen Blick, wie gesagt, mußt du dir abgewöhnen. Ich weiß, du hast Hemmungen, weil du jung bist. Früher hättest du ja auch riskiert, daß man dir sagte: ‹Schämen Sie sich nicht? So ein junger, gesunder Mensch, und bettelt!› Heute bliebe solche pädagogische Wendung den Leuten im Schlunde stecken. Also leg dir ein großes, offenes, hartes Auge zurecht. Du sollst den Menschen, von dem du etwas herauskriegen willst, mit deinem Blick nicht anflehen, sondern anschießen, deine Pupille sei wie gespannter, auf ihn zielender Bogen. Aber den Kopf kannst du dabei trotz allem ein wenig senken. Schau von unten hinauf, aus dem Abgrund gleichsam, in den du gefallen bist. Kopf tiefer, junger Mann, es wird schon gehen! Labor vincit omnia. Zu deutsch: Arbeit überwindet alles.»

Indem er diese Sentenz aussprach, mußte der erfahrene Greis, von ihrer schamlosen Unzeitgemäßheit angerührt, lachen. Und der Debütant, obschon ihm gar nicht lustig zumute war, konnte nicht umhin, in das Gelächter einzustimmen.

Bahnsteig

Ich gehe zum x-ten Male das Geleise entlang, bis dorthin, wo es aus der Halle ins Freie läuft. Und alle Plakate an der Wand kenne ich bereits auswendig.

Dampfwolken in der Ferne, Lichter, Bewegung erweisen sich immer wieder als optische Täuschungen, das heißt, es ist immer noch nicht der erwartete Zug, was da dampft und leuchtet, und wenn sich etwas auf den Schienen draußen bewegt, dann entfernt es sich, kommt nicht näher.

Noch mehrere Leute warten auf dem Bahnsteig. Wir kennen uns schon gut untereinander.

In den Zug drüben auf dem Geleise wird eingestiegen. Er steht so morgendlich und munter da, gut ausgeschlafen, unternehmungslustig; seine Lokomotive raucht, als ob ihr das schmeckte, als paffe sie ihre Morgenzigarre nach dem Frühstück.

Auf unserer Seite kommen Männer mit Wägelchen und blauen Schürzen, bilden in Abständen Spalier neben dem Geleise und gucken auch hinaus, ob er, auf den wir alle warten, schon um die Ecke biegt, ob das leise Keuchen von Ferne her schon sein Atem ist. Sie warten ohne Herzklopfen, die Männer.

Jetzt dampft der Zug drüben ab und gibt den Blick frei auf Leute, die mit Hüten, Taschentüchern, Händen winken. Es macht den Eindruck, als winkten da alle allen, die eben fortgefahren sind, adieu, nicht jeder einzelnen einem einzelnen. Ein Kollektiv von Zurückgebliebenen grüßt die sich Entfernenden.

Ich bin eine Viertelstunde vor dem fahrplanmäßigen Eintreffen des Zuges auf dem Bahnsteig.

Auf unserer Seite bimmelt ein Glöckchen. Sehr aufregend und geheimnisvoll klingt das, wie vom Himmel gefallen.

Dann gehen die Männer mit den blauen Schürzen wieder weg, denn der Zug hat eine Viertelstunde Verspätung.

Wir Wanderer auf dem Bahnsteig sehen uns beschämt und verlegen an. Sehr blamiert fühlen wir uns, voreinander und überhaupt. Die Frau mit dem kleinen Kind an der Hand führt dieses auf die Toilette. Etwas muß man ja mit der gestreckten Zeit anfangen.

Und nun kommt ein Zug eingefahren, aber es ist ein ganz kleinbürgerlicher Stadtbahnzug, kein Hauch von Ferne oder Reiseromantik umwittert ihn. Wie Vögel, denen man den Verschlag geöffnet hat, schwirren die Passagiere aus. Sie haben kein Gepäck, höchstens Körbe oder Aktenmappen; niemand erwartet sie.

Unserer fährt majestätisch ein, in schönem Ritardando, mit aller Würde einer überstandenen langen Fahrt.

Ich werde der Person, derentwegen ich auf dem Bahnsteig bin, zur Begrüßung sagen: «Nun laß dich einmal anschauen, wie du aussiehst.» Aber vorderhand kann ich sie noch nirgends entdecken. Bis sie plötzlich neben mir steht und spricht: «Wo hast du eigentlich deine Augen?» ... «Komisch, ich habe dich gar nicht gesehen.» ...

«Komisch? Ich finde das gar nicht komisch.» . . . «Hast du deinen Gepäckschein?» . . . «Der Träger hat ihn, aber wo ist der Träger? Jetzt können wir ihn suchen. Ich habe dir doch ausdrücklich geschrieben, du sollst mich nicht abholen.»

Bei der Sperre stellt sich heraus, daß ich meine Bahnsteigkarte verloren habe. Sie findet das – ich weiß nicht, warum – ungemein charakteristisch für mich.

Mir ist, als ob sie gar nicht weg gewesen wäre.

Nutzen des Bridge

Bridge ist ein Schutzmittel gegen die Schrecken der Geselligkeit. Es erleichtert das Beisammensein mit Menschen, da es von jeder Notwendigkeit einer anderen Gesprächsbeziehung zu ihnen als der durch das Spiel gebotenen enthebt, also die sogenannte Konversation, welche eine Pein und Anstrengung ist, ausschaltet. Bridge hat weiter den Vorzug, daß man, in die Karten blickend, dem Nebenmenschen nicht ins Gesicht zu schauen braucht: dieses kann also, da es nicht zur Kenntnis genommen werden muß, so unangenehm sein, wie es will. Dasselbe gilt für die Inwendigkeit, für die geistig-seelische Art des Partners. Mag er auch noch so ein Ekel sein, es fällt nicht ins Gewicht, wenn er nur seine Bridge-Funktion klaglos erfüllt.

Sehr fatal ist es natürlich, wenn die Spieler, bevor zum Kartentisch gegangen wird, erst (in der Meinung, das gehöre sich, der Formalität halber) etwas zwangloses Geplauder zu markieren sich verpflichtet fühlen. In anständigen Häusern ist man aber von dieser Übung längst abgekommen. Heutzutage betritt ein wohlerzogener Gast das Zimmer mit den Worten: «Guten Tag, wer gibt?»

Bridge spielen bekanntlich immer zwei gegen zwei, aber die Paarungen wechseln. Wer während einer Viertelstunde dein Freund war, ist während der nächsten dein Feind, und umgekehrt. Hiedurch ähnelt das Bridgespiel, mit Respekt zu sagen, dem Leben (wo ebenfalls gerne der Kamerad von gestern sich in den Gegner von heute verwandelt), es unterscheidet sich aber vorteilhaft von ihm insofern, als es eben keine Dauerbeziehung zuläßt. Man wird im Bridge den Partner sicher los, auch wenn der Rubber mit ihm noch so lange dauert. Man wird gewissermaßen fortwährend geschieden und neu verheiratet, was dem Gemüt so zuträglich ist wie dem Körper abwechslungsreiche Kost.

Von Unternehmungen, deren Eingang und Ablauf nicht allein durch den eigenen Willen bestimmt werden, sagt man bekanntlich, den Hochmut des allzu Selbstbewußten geißelnd: «Dazu gehören zwei!» Zum Bridge gehören sogar vier. Das ist eine Erschwerung für die Sache, aber ein Vorteil für viele Personen, die ihr dienen, für die große Menge derer, die ohne Bridge nichts waren und nichts geworden wären, die niemand weder gebraucht noch gewollt hätte und von denen nun jeder, dank dem Bridge, etwas ist, nämlich: ein Vierter. Man ahnt gar nicht, wie viele Menschen heutzutage professionelle Vierte sind! Und weiter eigentlich nichts. In dieser Eigenschaft aber, als Vierter, gerät mancher mit Leuten zusammen, die sonst nie von ihm die geringste Notiz genommen hätten, für die er, würde er das auch noch so heftig angestrebt haben, nicht einmal als entferntester

Bekannter in Betracht gekommen wäre. So wirkt das Bridge sozial ausgleichend und lehrt uns, selbst den unscheinbarsten Menschenbruder nicht hochmütig zu übersehen: es könnte ein brauchbarer Vierter in ihm stecken.

Auch der moralische Nutzen, den das Bridgespiel für seine Ausüber im Gefolge hat, ist erheblich. Es stärkt das Ich-Gefühl, da nach kurzer Praxis am Bridgetisch jeder glaubt, dem anderen weit überlegen zu sein, und fördert doch die Bescheidenheit, da nach längerer Praxis jeder einsehen lernt, daß er ein Patzer ist. Es lehrt, die Schwächen des Gegners auszunutzen und seiner Stärke nicht kostspieligen Widerstand zu leisten. Es zwingt zu logischem Denken und verhilft, auch hier dem Leben vergleichbar, gleichzeitig zur Einsicht, daß alles logische Denken ohnmächtig ist gegen das Schicksal, das die Karten mischt. Es ist schließlich, besser als die Politik, ein Werkzeug der Annäherung zwischen den Völkern, die an seinem grünen Tisch leichter als an jedem anderen zur Verständigung miteinander kommen.

Natürlich könnte und sollte der Mensch seine freien Stunden zu etwas Besserem verwenden als zum Bridgespielen. Aber dieser Gesichtspunkt fällt weg in einer Epoche, in der die meisten Leute kaum noch etwas anderes haben als Zeit; und diese auf irgendeine Weise totschlagen müssen, um nicht von ihr totgeschlagen zu werden.

DASS es allen oder zumindest den meisten schlecht geht, befreit von vergeblicher Mühe, bei andern Hilfe zu suchen. Viel Kränkung und Demütigung erspart man sich so, und viel Hader mit dem eigenen Gott, dem man nicht vorwerfen kann, daß der des Nachbarn besser sei. Wo alles klagt, hat Klagen keinen Sinn, und also kannst du die feine Haltung des Stoikers einnehmen, da die ordinäre des Jammerers zu gar nichts führt. Vom Mitgefühl, das sich manche vielleicht noch leisten könnten, käme doch nur ein so verschwindend geringes Bruchteilchen auf dich!

*

Das Glück ist abgebaut und somit auch der Neid. Die Möglichkeiten sind klein geworden und somit auch die Wünsche. Die Hoffnungen sind auf ein Mindestmaß reduziert und somit auch die Enttäuschungen. Daß die Zukunft so dunkel ist, macht die dunkle Gegenwart um Grade heller, daß alles ringsum schwer wurde, stellt ein relatives Gleichgewicht her, und die Mühe, sich dem Dasein anzupassen, wie es heute ist, gibt quälendem Erinnern an das Dasein, wie es einst war, keinen Raum. Der Miseren sind so zahlreiche, daß wir eine über die andere vergessen. Ein wahres Glück, diese Fülle von Sorgen! Jede einzelne würde uns zerschmettern, alle mitsammen stützen sich wechselseitig, bilden, gegeneinander gespreizt, eine Art Dach. (Letzte Chance bei Haus- und Welteinstürzen.)

*

Vorteile der Krise für das Privatleben:

Die persönlichen Gründe zur schlechten Laune lassen sich mühelos hinter den allgemeinen verstecken.

Liebe, alte Kleider und die Klassiker kommen zu Ehren.

Der Egoismus entledigt sich seiner Verschleierungen. Man trägt ihn heute nackt. Hierdurch wird der Verkehr mit dem Nebenmenschen um vieles einfacher und sauberer.

Das Falsche und Brüchige vieler sogenannter Lebensfreuden wird offenbar. Es zeigt sich in den meisten Fällen, daß Vergnügen kein Vergnügen ist.

Und die Steigerung der Lebensangst hat Minderung der Todesangst zur Folge.

*

Wir sind in die Krise «einrückend gemacht» worden, wie seinerzeit zum Militär (Freiwillige tun diesmal wenige mit). Niemand kann mehr über sich selbst bestimmen: das bedeutet große Ersparnis an Entschlußkraft und geistigem Aufwand. Der Wirkungs-Radius des freien Willens ist auf ein Winziges zusammengeschrumpft, du lebst weniger, als du gelebt wirst, bist also nur mehr zu lächerlich geringem Teil dir selbst für dein Schicksal verantwortlich. Mit den eingeschränkten Rechten an das eigene Ich erscheinen auch die Pflichten gegen dieses auf ein behagliches Minimum herabgesetzt. Eine höhere Gewalt, die Not, befiehlt, du hast ihr zu gehorchen, nicht dem eigenen Triebe. Du brauchst und sollst dir keine Gedanken machen, das würde die aufgezwungene Disziplin, den blinden Gehorsam nur erschweren. So hat der Mensch endlich Ruhe vor sich selber, was ein leichter und bekömmlicher Zustand ist.

Die Armen und die Schnorrer, die unendlich vielen, die immerzu unten vegetierten und vergeblich nach oben wollten, erleben jetzt das großartige Naturschauspiel, daß dieses Oben zu ihnen hinuntersteigt. Es ist vollbracht! Traum der Armen, daß ihre Lebensführung sich jener der Bessersituierten angleichen möge, geht, auf umgekehrtem Wege, in Erfüllung. Das Ziel, das sie nie zu erreichen wußten, erreicht jetzt sie, und das Niveau, auf das sie niemals kommen konnten, kommt zu ihnen!

Ein Vorschlag

Ein kürzlich in Berlin unternommener Versuch, Bilder lebender Künstler im Lizitandowege an den Mann zu bringen, ist gescheitert. Begreiflich. Bilder sind kein lebenswichtiger Gegenstand, nur schwer trennt sich, wer Bares hat, von diesem, und die Kunst hat schlechte Zeiten in Zeiten, in denen die Mäzene selber dringend einen Mäzen brauchen.

Es wird sich heute überhaupt kaum eine Ware, sei sie nun edel oder profan, finden lassen, die, zur Auktion gestellt, die Menschen anreizt, einander mit Kaufofferten zu überbieten. Wirklich gesucht und begehrt ist in unseren Tagen nur ein einziger Artikel: Geld. Deshalb müßte man jetzt, glaube ich, umgekehrte Auktionen veranstalten, nämlich Geld ausbieten und zusehen, was es sich die Interessenten kosten lassen, in den Besitz der seltenen Sache zu kommen. Eine solche Geldverlizitierung hätte ungeheuren Zulauf und sichern Erfolg.

«Es gelangen zur Versteigerung: 1000 Mark, wer bietet?»

Sämtliche Anwesende springen von den Sitzen auf, heben beide Hände hoch, überschreien einander mit äußerster Stimmkraft, es geht wilder zu als bei irgend welcher politischen Versammlung, der ganze Saal – soweit die Auktion nicht, was notwendig sein dürfte, auf freiem Felde stattfindet – tobt von entfesselter Sammlerleidenschaft, das ausgebotene rare Stück zu erobern.

Die Angebote drängen und übersteigern sich:

«Meine Bibliothek!»

«Mein Auto!»

«Unsern gesamten Familienschmuck!»

«Meine politische Gesinnung, mit allem weltanschaulichen Zubehör!»

«Drei Kilo erstklassiger Militär-Film-Exposés!»

«Einen Posten als Theaterdirektor!» (Heiterkeit, in die auch der Auktionator und die berittene Schupo einstimmen.)

«Eine Villa im Grunewald!»

Der Auktionator wiederholt: «Eine Villa im Grunewald – zum ersten – zum zweiten – ... gibt niemand mehr?»

«Eine Villa in Dahlem plus Überlassung der Hausfrau!» (Lebhafter Widerspruch: «Das möchte ihm so passen! ... verdienen will er auch noch dabei!»)

«Meinen guten Namen!»

«Meine linke Hand!»

«Den ganzen Arm!»

«Meine Bereitschaft zu allem und jedem!»

Und so weiter.

Damit ein bißchen Ordnung und System in die Sache komme, wird es sich empfehlen, die Geldversteigerungen für bestimmte Kategorien von Angeboten zu spezialisieren, also etwa eine Geldauktion, wo nur Sachwerte, eine andre, wo nur ideale Werte in Zahlung genommen werden.

Nicht auszudenken, bis zu welchen Höchstleistungen an Opferwillen die Aussicht, so ein schönes Stück wie etwa einen Tausendmarkschein von beglaubigter Echtheit zu erstehen, die unübersehbare Schar der Interessenten hinreißen würde. Für irgend etwas heute Geld zu bekommen, ist entsetzlich schwer, aber für Geld alles Mögliche zu bekommen, ist ganz leicht. Vielleicht wäre von hier aus überhaupt die stehengebliebene Wirtschaft in Schwung zu bringen, indem Ware und Geld ihre Rollen tauschen, dieses zum Verkaufsobjekt und jenes zum Zahlungsmittel wird. Sie kennen alle das hübsche Gesellschaftsspiel: Was müßte man Ihnen zahlen, damit Sie dies oder jenes tun? Wenn man es nun umgekehrt spielte: Was wären Sie imstande zu tun, wenn man Ihnen so und soviel zahlte?, . . . die Antworten würden zeigen, welch heroischer materieller und geistiger Opfer der Mensch fähig ist, wenn nur sein Idealismus durch das rechte Zauberwort wachgerüttelt wird.

Drehorgel

STRASSENSÄNGER gibt es jetzt viele, bemüht, durch den Zauber der Musik zu rühren der Menschen steinern Herz. Sie singen, einzeln oder im Verein, von Liebe, vollen Bechern, fröhlicher Wanderschaft und dergleichen Unaktualitäten mehr, haben auch Rührendes in ihrem Repertoire, aber rührender als die rührenden sind die muntern Lieder des Straßensängers, der das Leben hoch leben läßt, weil er anders nicht zu leben hat.

Trübseliger noch als fidele Straßensänger sind Drehorgeln, die es auch noch gibt oder schon wieder gibt. Eine Drehorgel, heutzutage, unter demselben Himmel, zu dem der Tonfilm schreit! Eine Drehorgel im Zeitalter des Radio, wo jeder Bürger, und nicht nur sonntags, seinen Tauber im Topf hat!

Diese hier, auf die grau geregnete Vorstadtstraße hingestellt, macht einen ganz besonders kläglichen Eindruck. Wie hervorgekratzt aus langjährigem Grabe, und gezwungen, noch ein Restchen nachzuleben. Von Zeit zu Zeit, sie ist es eben nicht mehr gewöhnt, geht ihr die Luft aus, sie verschluckt ein paar Töne ganz, oder holt sie, nach der asthmatischen Pause, in übertriebenster Eile nach. Lärm der Autos und der Straßenbahnen deckt ihr Gewimmer zu. Ihr dürft sie Anachronismus nennen.

Trotzdem oder eben deshalb bleiben Vorübergehende stehen und gucken, ein bißchen schief, auf das Musikgespenst. Aus den Geschäftsläden ringsum, in die selten jemand hineinkommt, kommen die dort beschäftigten Nichtbeschäftigten heraus, dankbar für die Unterbrechung der Tagesmonotonie, und machen bekümmertheitre Miene zum lächerlichen Spiel.

Der Mann, der die Kurbel dreht, ist so mager wie der Klang seines Instruments, mit dem er wahrscheinlich in langer Verbundenheit gealtert ist. Gleich ihm dem Leierkasten eng verbunden, aber durch effektives Kettchen, vollzieht ein Affe Luftsprünge. Ob aus Übermut oder aus getarnter Schwermut oder in Erfüllung einer unter Strafsanktion ihm auferlegten Pflicht, possierlich zu sein, oder weil ihn friert: wer blickt in die Tierseele? Möglich auch, daß der Affe, der noch dünner ist als sein Herr (man könnte ihn wie eine Boa um den Hals legen), daß er hüpft, weil er Hunger hat. Bewegung als Nahrungsersatz.

Das Geschäft scheint nicht gut zu gehen. Während der Minuten, in denen ich zusah, waren die Einnahmen gleich null. Ein Schelm, heißt es, der mehr gibt, als er hat. Was haben die Menschen heutzutage? Zeit. Davon gaben sie etwas dem Drehorgelmann. In einem Stockwerk des Hauses, vor dem er werkelte, öffnete sich ein Fenster, eine Frau sah heraus, der Mann zog bitt-grüßend die Kappe, die Frau verschwand vom Fenster und kam mit einem Kinde wieder, dem sie den Affen zeigte. Das Kind klatschte in die Hände. Also, wenn auch kein materieller, so doch zumindest ein kleiner moralischer Erfolg.

Was aber, Zeitgenosse, glaubst Du, spielte die Drehorgel? Was quäkte sie mit ihrer verwesten Greisenstimme? Die Melodie, zu welcher der Text lautet: «Ich bin ja heut so glücklich, so glücklich, so glücklich», und dann weiter: «Ich möcht' vor Glück zerspringen, zerspringen, zerspringen». Dieser Jubelsang jammerte aus dem Leierkasten.

Darüber fing es, begreiflicherweise, heftiger zu regnen an. Die Frau oben schloß das Fenster, die Passanten gingen weiter, die Geschäftsleute in ihre Läden zurück, der Affe steckte den Kopf zwischen die Hände, und der Geist der Zeit, welcher natürlich wie überall auch bei diesem geringen Vorfall zugegen war, stand da wie vom Schlager gerührt.

Die Uhr

Es ist, sogar für mich selbst, uninteressant, daß mir die goldene Taschenuhr abhanden gekommen ist. Doch in Zeiten, wo soviel Wichtiges unwichtig wurde, gewinnt, einem Gesetz der Ausgleichungen folgend, das Unwichtige an Wichtigkeit; die kleinen Ereignisse haben gute Tage in Tagen, wo die großen so groß sind, daß sie, wie etwa die Drehung der Erde, sich der direkten Wahrnehmung entziehen.

Die goldene Uhr war sehr dünn, aber ihre Dünnheit hatte nichts unangenehm Pointiertes. Von ihren zwei Deckeln trug jener über dem Zifferblatt in der Handschrift der Person, die mir vor vielen Jahren die Uhr geschenkt hatte, den Satz eingeprägt: «Trag mich nicht zum Onkel.» Das hieß: Trag mich nicht zum Pfandleiher. Der Pfandleiher mußte jedesmal lächeln, wenn er die Inschrift las. Eine kapriziöse Uhr war sie, mit Launen und Mucken, aber beiläufig zeigte sie doch die rechte Zeit, und ganz genau, wie spät es ist, wollen wir ja gar nicht wissen. Infolge ihrer Flachheit hatte sie ein hauchdünnes Uhrglas nötig, das leicht zerbrach. Ein paar Quadratmeter Glas wird sie im Lauf des Vierteljahrhunderts, das sie mit mir beisammen war, schon verbraucht haben. Sie kränkelte oft, und auf Steinboden zu fallen, vertrug sie gar nicht. Zuweilen verschwand sie unerklärlicherweise, kam aber immer wieder. Diesmal wird sie nicht wiederkommen, die Zeit ist nicht danach, nicht nur zwischen Mensch und Mensch, auch zwischen Mensch und Ding haben sich die Beziehungen sehr gelockert, und «Eine goldene Uhr? Heutzutage?» meinte der Mann im Fundamt, «die kriegen Sie nicht wieder.» Hoffentlich geht es ihr gut bei dem, der sie gestohlen hat. Er soll nicht vergessen, das Glas, wenn es hin ist, sofort erneuern zu lassen, denn die Uhr ist äußerst empfindlich gegen Staub. Bleibt sie stehen, so ist's nicht notwendig, gleich mit ihr zum Uhrmacher zu laufen. Sie nimmt nach ein paar Stunden rätselvoller Rast von selbst wieder die Arbeit auf, und manchmal genügt ein leichtes Rütteln, sie in Gang zu setzen.

Kurios, daß sie nun fremden Leuten egal dienen wird wie mir. Lange Jahre miteinander Tag und Nacht, das schafft selbst zu so unpersönlichem Maschinchen ein persönliches Verhältnis. Wie vieler Spannung, Nervosität, Ungeduld war ihr belebtes Zifferblatt Spiegel und Verstärker, wieviel quälendes, beglückendes «Erst» oder «Schon» hat sie, in Sekunden zerlegt, dem Auge rapportiert, wieviel Erwartung zu Grabe getickt, wie vieler Freude rücksichtslos ein Ende bereitet, wieviel Angst mit winzigen Hammerschlägen breitgeklopft. Aber in diesen Punkten ist schließlich eine Uhr wie die andere.

Die jetzt mir Dienste tut, wird kaum gestohlen werden. Es ist eine den allgemeinen und meinen besonderen Verhältnissen angepaßte Uhr, aus blechähnlichem Material, unempfindlich und robust. Bleibt sie, obschon aufgezogen, stehen, hat sanftes Rütteln keine Wirkung. Aber wenn man sie ein paarmal fest auf den Boden wirft oder gegen die Wand: diese Sprache versteht sie, ein Kind ihrer Zeit. Ihr Ticktack ist mit Rasselgeräuschen verbunden, ihr Anblick unerfreulich, ihre beiden Zeiger sind streitsüchtig, verhaspeln sich gern und hindern einer den andern am Weiterkommen. Daß Stunde auf Stunde folgt, läßt sich, wenn die Uhr geht, von ihrem Zifferblatt ablesen, nur welche Stunde eben daran ist, nicht.

Die Uhr war billig. Die nächstbessere im Laden kostete schon eine ganze Menge. Sie hatte ein Schweizer Werk.

«Und eine Uhr in mittlerer Preislage gibt es nicht?»

«Nein.»

«Das ist aber ein weiter Sprung von diesem Preis zum nächst höheren!»

«Ein Sprung, mein Herr, so weit eben wie von hier nach der Schweiz», erwiderte die Verkäuferin.

Sie war aus Prag und deshalb, obschon lieb von Angesicht, formulierte sie so treffende Antworten. Aber es wird ihr nichts nützen. Sie wird altern hinter ihrem Ladentisch, und dem Chef wird es nicht einfallen, sie zu heiraten. Denn im Leben geht es zu wie im Leben und nicht wie im Tonfilm.

Der Sport und die Tiere

In jedem Zweig des Sports, soweit dieser nicht zu seiner Ausübung eigener Geräte bedarf, erscheinen auch die besten menschlichen Leistungen kümmerlich, verglichen mit jenen der Tiere. Die Tiere sind großartige Sportler; vor dem, was sie auf sportlichem Gebiet zuwege bringen, können wir uns verstecken.

Zum Beispiel ist das Schwimmen der Fische, das kann man wohl sagen, über jedes Lob erhaben. Ihre Schwimmmethoden sind vollkommen, ihre Ausdauer, auch auf langen Strecken, sowie die Geschwindigkeiten, welche sie erzielen, beschämen alles, was der Mensch in dieser Hinsicht leistet, und länger als sie, nämlich ein Leben lang, hält es kein Tauchweltmeister unter Wasser aus. Ja, sogar wenn sie tot sind, exzellieren sie noch als Rückenschwimmer. Dabei sind sie sehr konservativ in ihrer Schwimmtechnik, offenbar weil diese zu verbessern kaum noch möglich ist. Schon die kleinen Fische schwimmen wie die Erwachsenen und fühlen sich im Wasser wie in ihrem Element.

Wie hoch entwickelt der Flugsport bei den Vögeln ist, bedarf keiner Schilderung. Mit besonderem Neid blickt der Mensch auf die Sicherheit ihres Fluges, die eine fast absolute, hundertprozentige ist und nur in einem Punkt vor der des Menschenflugs nichts voraus hat, nämlich darin, daß auch die Vögel herunterfallen, wenn sie abgeschossen werden. Im Sportflug also sind sie uns weit über, im Kriegsflug hingegen leisten die Menschen mehr, indem ihre Fliegerbomben und -torpedos weit wirksamer sind als das, was die Vögel, und seien es auch die aggressivsten Raubvögel, aus der Luft fallen lassen.

Als Schwerathlet hat der Elefant nicht seinesgleichen. Weit- und Hochsprung, für Menschen eine gewaltige Anstrengung, ist für das Geschlecht der Katzen ein Katzensprung. Turner von solcher Kühnheit und Gelenkigkeit wie die Affen gibt es in keinem Turnverband der Erde, auf dem Gebiet der Hochtouristik werden wir niemals in die Nähe dessen kommen, was in diesem Sportzweig die Gemsen leisten, kein menschlicher Schwergewichtler nimmt es im Ringen auch nur mit einem Mittelgewichtsbären auf, und zahllos sind die Tiere, die im Laufsport alles, was Menschenfüße können, als kläglichen Dilettantismus erscheinen lassen. Ich erwähne da nur das Wiesel, dessen Schnelligkeit so groß ist, daß man von ihm mit vollem Recht sagen darf, es laufe wie ein Wiesel.

In allen erwähnten Sportzweigen (und wahrscheinlich habe ich einige, die noch dazu kämen, vergessen) halten die Tiere den Rekord. Sie halten ihn auch durch manche Dauerleistungen, die nicht als sportlich in des Wortes hohem Sinn gelten können, aber von uns doch sportlich gewürdigt und gewertet werden. Zum Beispiel bringt kein menschlicher Dauertänzer es zuwege, sich ohne Unterbrechung während so vieler Stunden um die eigene Achse zu drehen, wie das die Tanzmäuse mit imponierender Unermüdlichkeit zu tun imstande sind, der Langschlaf des Murmeltiers schlägt alle menschlichen Standardleistungen auf diesem Gebiet, und welcher Durstkünstler hielte es so lange, ohne zu trinken, aus wie ein Kamel?

Nun ist allerdings, einer gerechten Einschätzung halber, zu erwähnen, daß die Tiere zu ihren sportlichen Großtaten durch besondere Körperhilfen, die ihnen von der Natur mitgegeben sind, befähigt werden. Schwimmhäute und Flossen erleichtern das Schwimmen, Flügel und hohle Knochen das Fliegen, der Affe mit seinen opponierbaren Daumen an beiden Füßen hat es nicht schwer, ein genialer Turner zu sein, mit vier Beinen läßt es sich selbstverständlich rascher laufen als mit zweien und so weiter. Im Sportwettkampf zwischen Mensch und Tier steht also die Partie nicht egal. Aber sie wird wieder halbwegs ausgeglichen durch etwas, was nur der Mensch sein eigen nennt, wogegen es den Tieren jeder Kategorie fehlt: nämlich durch den sogenannten Geist, der eine Spezialität des Menschen ist.

Der Geist ist es, der dem Sportsmann die Flossen, Flügel, das zweite Beinpaar ersetzen muß. Sozusagen: der Geist verwandelt sich geheimnisvoll in Körperliches.

Und es ist klar, daß von seiner Substanz um so mehr aufgebraucht wird, je weiter diese mystische Verwandlung fortschreitet, je geeigneter also der Mensch sich macht, es den Tieren gleichzutun. Dabei wäre noch anzumerken, daß die großen Geschicklichkeiten, die der Sport erfordert, erst dann sich voll auswirken, wenn sie dem Sporttreibenden unbewußt geworden sind, wenn er seinen Körper dahin gebracht hat, im richtigen Augenblick automatisch das Richtige zu tun. Auch solcher Automatismus stellt eine Art Umwandlung von Geistigem in Körperliches dar.

Hier haben wir vielleicht eine Erklärung für die tiefgehenden intellektuellen Veränderungen, die, im Antlitz sich spiegelnd, an vielen dem Sport ergebenen Individuen so auffallend merkbar werden. Nichts ist umsonst, und jedem das Seine! Man schwimmt nicht wie ein Fisch und läuft nicht wie ein Wiesel, ohne etwas spezifisch Fischiges oder Wiesliges erworben und dafür etwas spezifisch Menschliches abgegeben zu haben.

Exakter Nachweis

EINER englischen Gruppe von Aufklärern unter wissenschaftlicher Führung ist es geglückt, im Versuchswege den Nachweis zu erbringen, daß es nicht, wie Zauberer und Abergläubige noch immer behaupten, möglich sei, aus einem Ziegenbock einen Jüngling zu machen. Das überzeugende Experiment fand, unter Beobachtung aller von der Magie vorgeschriebenen Riten, auf dem Brocken statt. Sein Mißlingen gelang. Der Ziegenbock, obschon ihm als gezwungenem Teilnehmer an solchem

Versuch dies niemand hätte verargen können, fuhr nicht aus seiner Haut.

Leute, die auf dem Brocken dabei waren und genau zugeschaut haben, wie der Bock sich nicht verwandelte, erzählen, es sei den Experimentatoren doch ein wenig schwummerig bei der Sache gewesen, sie hätten im entscheidenden Augenblick einige nervöse Furcht verraten, daß das unwissende Tier sich am Ende doch der Vernunft widerspenstig und der Magie spenstig zeigen könnte, und erleichtert aufgeatmet, als ihr Zutrauen in die Naturgesetze, per negationem, recht behielt.

Immerhin eröffnet das Brocken-Experiment den realistisch eingestellten Wissenschaftlern ein neues, weites Feld. Eine Fülle lohnender Aufgaben winkt ihnen, wenn sie sich nicht mehr nur mit dem, was ist, sondern auch mit dem, was nicht ist, beschäftigen und dafür, daß es nicht ist, auf dem Versuchswege die Beweise erbringen werden. Die kühnste Phantasie kann den Umfang des Gebiets, das sich da der Experimentierlust erschließt, nicht vorstellen, denn wenn schon die Zahl der Richtigkeiten, die sich beweisen lassen, unendlich ist, um wieviel unendlicher, sozusagen, ist erst die der Unrichtigkeiten, die sich als solche auch beweisen lassen, in welcher erdrückenden Majorität befindet sich das, was nicht zutrifft, gegenüber dem, was zutrifft! Zwei und zwei macht vier; schön ... aber was ist das gegen die grenzenlose Mannigfaltigkeit dessen, was zwei und zwei alles nicht macht?!

In diesem Zusammenhang möchte ich die interessanten Versuche erwähnen, die angestellt werden, um gewisse Sprichwörter auf ihre Stichhaltigkeit hin zu überprüfen. So gelang es kürzlich einem Forscher, durch fortgesetzte genaue Beobachtung zweier Krähen auf empirischem Wege ganz einwandfrei festzustellen, daß eine Krähe der anderen nicht die Augen aushackt.

Was übrigens die Verwandlung eines Ziegenbocks in einen Jüngling betrifft, so wäre zu bemerken, daß dieser Versuch, umgekehrt gemacht, sehr oft glückt. Ich selbst war schon wiederholt Zeuge, wie ein Jüngling sich in einen Ziegenbock verwandelte. Es bedurfte hierbei als Hilfsperson, zum Gelingen des Experiments, nicht einmal einer reinen Jungfrau.

Der Anzug

DER Dichter hatte zwei Anzüge und eine Frau. Er trug sie, die Anzüge, abwechselnd. Die Frau nähte ihnen fehlende Knöpfe an und putzte Flecke, die öfters auftraten, mit Benzin fort.

Er hieß Maximilian. In wärmeren Augenblicken nannte ihn die Frau Milian, in kälteren Max, in Gesellschaft Maxim.

Eines Tages erlitt der blaue Anzug eine schwere Rißwunde. Er zeigte auch sonst peinliche Spuren des Verfalls. Maximilian wollte ihn verschenken, aber die Frau warf einen Blick auf die Zeiten, einen in den leeren Kleiderschrank, einen auf Maximilian . . ., und mit dem Seufzer, den sie tat, verwehte die Schenk-Idee.

Für den blauen hatte die Frau überdies eine Schwäche. Vielleicht, weil er so empfindlich war, vielleicht, weil an ihm, der aus Tagen stammte, in denen dem Haushalt Geld und Liebe geleuchtet hatten, noch ein Widerschein dieses Leuchtens haftete, vielleicht, weil der Mann in dem blauen Anzug, wenn auch nicht gerade wohlsituiert, doch noch immerhin situiert aussah, so daß niemand ihn für einen Dichter gehalten hätte.

Der Schneider war ein kleiner, ein ganz kleiner Schneider. Das Schaufenster seines Gassenladens lockte durch ein Modeplakat, auf dem, in vollkommenen Kleidern erstarrt, glattrasierte Herren und solche mit flaumweichem Spitzbart aneinander vorbeilächelten. Im Laden spielten der Meister und der Bürstenmacher von nebenan Karten. Die Rückseite des Schaufensterplakats diente ihnen als Merkblatt für ihre Spielergebnisse. Erschienen Kunden, was nicht oft geschah, so brachten sie nur geringe Flickarbeit an geringen Kleidern, also wurde der blaue Anzug, der hergerichtet, geputzt und gebügelt werden sollte und auch im abgenutzten Zustande noch repräsentierte, mit Achtung empfangen. Der Meister hatte sein Wohlgefallen an dem Stück. Er besah es, besah die Kundschaft und nickte wehmütig mit dem Kopf, was Verschiedenes bedeuten konnte. Hernach schnaufte und hustete er, denn er litt an Asthma.

Die Frau, mißtrauisch auf den Hustenden blickend, legte ihre Hand mit schützender Gebärde auf den Anzug, wie die Löwin die Tatze auf ihr Junges legt, wenn diesem Gefahr droht. Aber es war kein Grund zur Besorgnis. Als der Meister den Anzug in den Kasten tat, schob er das dort hängende Kleider-Proletariat rechts und links entschieden zur Seite, schuf besonderen Raum für den besonderen Gast. Ablieferungstermin: Mittwoch. Der Mittwoch kam, doch nicht kam der Anzug. Donnerstag, nach einer unruhigen Nacht, gingen Frau und Mann zum Schneider. Der Laden zu, die Rollbalken hinuntergelassen. «Max, versteht man das . . .?» «Vielleicht ist er fortgefahren, zum Wintersport.» Die Frau ging auf diesen trübseligen Humor nicht ein, sondern ins Bürstengeschäft nebenan. Verstört kam sie wieder auf die Straße. «Der Schlag hat ihn getroffen . . .» «Tot . . .?» «Tot!» Und nicht ohne leise Bitterkeit sagte sie wiederum, diesmal allerdings mehr für sich selber: «Versteht man das?»

Auf dem Weg nach Hause redeten sie vom Sterben und dachten hierbei an den Anzug. Und dachten, wie beschämend es sei, daß sie jetzt an ihn dächten. Peinlich, sich an die Ewigkeit gemahnt und zugleich um ein Paar Hosen in Unruhe gestürzt zu fühlen!

Anderen Tags war der Laden wieder offen. An Stelle des Modeplakats hing eine handgeschriebene Todesanzeige. Und auf dem Stuhl vor dem Ladenpult, für Kunden bestimmt, fror der Schwager des Hingegangenen. Leicht und rasch, berichtete er, sei der Schneider gestorben, mit der Zeitung in der Hand, und solchen Tod könne jeder sich nur wünschen. Maximilian und Frau drückten dennoch ihr Beileid aus, ehe sie nach dem Anzug fragten. Von diesem wußte der Schwager nichts. Mitsammen suchten alle drei im Kleiderschrank und überall in der Werkstatt. Später kam noch die Schwester des Verstorbenen hinzu und suchte auch. Aber der Anzug war fort und blieb fort. Die Leidtragenden, Maximilian und Frau, drängten, nunmehr kalten und immer kälteren Tones, in die Hinterbliebenen, irgendwo müsse er doch sein. Solchem Drängen setzte der Schwager ein Achselzucken entgegen, und die Schwester, den Blick nach oben gewandt, sagte: «Ja, ja, wenn einer die Augen schließt!» So, als wollte sie sagen: nicht nur der Tod selber sei ein Rätsel, sondern auch um ihn herum alles rätselhaft, und in seiner dunklen Sphäre das spurlose Verschwinden von Kleidern zwar eine Unerklärlichkeit, aber gewissermaßen eine begreifliche Unerklärlichkeit.

Maximilians Frau ließ sich hierdurch nicht beruhigen, der Schwager schrie: «Wir sind ehrliche Leute!», die Schwester begann zu weinen, und der Dichter (wär er's sonst?) tröstete sie: «Hin ist hin!» Es blieb unklar, ob er den Schneider meinte oder den Anzug.

Der kam nicht wieder. Die Frau beschuldigte niemand, aber wenn sie der verliebten Augen sich erinnerte, die der Meister dem Anzug gemacht hatte, fühlte sie in der Herzgegend Stiche eines unheimlichen, lästerlichen Mißtrauens. Es verdichtete sich zwar nicht bis zur gespenstischen Mutmaßung, der Schneider hätte den Anzug mit hinübergenommen, und auch die Variante, er sei absichtlich gestorben, um sich von dem schönen Stück zeitlebens nicht trennen zu müssen, verwarf sie (obschon ungewöhnlichen Lösungen geneigt und mit den Grundbegriffen der Psychoanalyse oberflächlich bekannt) . . ., aber daß zwischen dem Hingang des Mannes und dem Entschwinden des Anzugs Zusammenhänge bestünden, dabei blieb sie.

«Du kannst doch logisch denken, Max. Also, bitte, wo kann er hingekommen sein?»

«Wenn ich alle Möglichkeiten genau überprüfe», antwortete Max, «wie sein Verschwinden zu erklären wäre, komme ich zu dem Resultat, daß wir ihn doch lieber hätten verschenken sollen.»

«Dann wüßten wir wenigstens, wo er ist, freilich! . . . Armer Milian, jetzt hast du nur noch einen Anzug.»

«Und dich, Liebste!»

Bar-Besuch heute

Von langer Reise heimgekommen, fragte er nach den alten Freunden. Sie waren teils verarmt, teils verelendet, viele auch verzogen, einige von ihnen sehr weit weg, bis auf den Friedhof.

Aber Sybil, die Sängerin, lebte noch. Bestimmt treffe er sie in der X-Bar, jeden Abend von neun Uhr ab sei sie dort.

Nun, wundervoll. Hat sie noch Lust und Laune, Nachtlokale zu besuchen, dann muß es ihr gutgehen!

In die Bar kam er als erster Gast, setzte sich hinter einen Pfeiler, einerseits wegen des kümmerlichen Anzugs, den er trug, andererseits um seine Barschaft zu zählen. Sie bestand aus einem Fünf-Schilling-Schein und drei Schillingen. Soviel, drei Schilling, kostete der Bar-Besuch, alles in allem, Konsumation, Garderobe und Musikabgabe eingerechnet. Immerhin fast dreißig Prozent seines Vermögens. Aber was tut man nicht, eine geliebte Freundin zu überraschen, die außerdem ja bestimmt sagen wird: «Hallo, alter Kamerad! Brauchst du vielleicht Geld?»

Um 9 Uhr kam Sybil. Sonderbar, wie pünktlich! Das pflegte sie früher nicht zu sein. Sie war hier zu Hause, man merkte es schon an der vertrauten Art, wie das Büffet-Fräulein grüßte und die Eintänzerin, an deren Tisch Sybil sich setzte. Nun also, hochmütig ist sie nicht geworden, noch immer hat sie ihre Schwäche für Außenseiter der bürgerlichen Welt.

Der Mann am Klavier ... ist das nicht Dr. M.? Sybils alter Verehrer?

«Ja», sagte der Eintänzer, «so heißt er.»

«Und spielt hier Klavier?»

«Ja, das heißt, er spielt umsonst. Nur aus Freundschaft für Frau Sybil. Wissen Sie, die hat einmal bessere Tage gesehen, da fällt es ihr jetzt schwer, sich als Bar-Sängerin herzustellen. Ich war auch nicht immer Eintänzer. Ich habe studiert, leider. Schade um die verlorene Zeit ... Ist das nicht rührend von dem Doktor, daß er der Frau zuliebe sich jeden Abend da ans Klavier setzt? So gehört alles ihr.»

«Was ... alles?»

«Was die Leute auf den Teller legen, dort beim Ausgang.»

«Kellner, die Schnapskarte!» sagt der Mann hinterm Pfeiler.

Dann kommen ein paar Gäste, der Doktor spielt zur Einleitung und Begrüßung den Donau-Walzer, mit eigenen Variationen, und der Mann hinterm Pfeiler studiert die Getränkekarte, Abteilung Schnäpse. Er kann sich nur schwer entschließen. Der billigste kostet zwei Schilling, und wenn man für heute und morgen und übermorgen und überübermorgen und die folgenden Tage nur fünf Schilling hat, und nach menschlicher Voraussicht niemand sprechen wird: «Hallo, alter Kamerad! Brauchst du Geld?», so verpflichtet das auch den Leichtsinnigsten zur Ökonomie.

Die Sängerin singt Glück, Liebe, Lebenslust. Fallobst aus Tonfilm und Operette, das schon gefault hatte, als es noch frisch war. Sybil macht demonstrativ vergnügte Augen, fordert das Mitleid hinweg, steht, die Tapfere, lässig an den Marterpfahl gelehnt. Ach, wie herzzerreißend auswendig kennt sie die furchtbaren Texte! Mit welcher Selbstverständlichkeit fließt das musikalische Spülicht ihr von den Lippen!

In den Gesangspausen erledigen Eintänzer und Eintänzerin einen Pflicht-Tanz; aus ihrer Tanzbewegung ist auch der letzte Tropfen Freude an dieser längst ausgeraucht. Von den Gästen tanzt niemand. Es sind durchwegs Bekannte der Sängerin, und nur da, um ihr das Da-Sein zu erleichtern. Heroisch unterdrücken sie den Anspruch auf schlechte Laune, der ihnen reichlich zukommt, trinken, was vor ihnen auf dem Tisch steht, in sorgsam eingeteilten Schlückchen. Alle, von dem Mann hinterm Pfeiler abgesehen, kennen einander.

Aber viele Tische bleiben leer, teils aus Gründen des wirtschaftlichen Überhaupt, teils weil es Unruhen auf den Straßen gab, die dem ohnehin aussterbenden Geschlecht der Nachtbummler den Weg ins Amüsement verleideten. So war man heute in der Bar ganz unter sich, und dieses Unter-Sich-Sein in solchem Raum, als dessen Sinn erscheint, daß man in ihm eben nicht unter sich ist, hatte etwas Gespenstisches, hatte das Unwahrscheinliche eines lebenden Bildes, dessen Figuranten in einem Krampf gespielter Natürlichkeit erstarrt sind. Sybil singt: «Ich bin ja heut so glücklich, so glücklich wie noch nie.» Manche murmeln den Refrain mit, sogar der Herr am Klavier; und einer Zuhörerin laufen plötzlich Tränen über das lachende Gesicht.

«Ja, um Himmels willen, warum weinst du denn?» . . .

«Weil es so lustig ist», antwortet die Frau. Wirklich, das ist auch der Grund, weshalb sie weint. Und keine Spur Ironie steckt in ihrer Antwort.

Der Mann hinterm Pfeiler studierte noch immer die Schnapskarte. Endlich siegte in ihm die wirtschaftliche Vernunft, er bestellte nichts mehr, ging fort. Als er am Klavier vorüberkam, sagte Sybil: «Gute Nacht, mein

Herr», sah ihn an, aber erkannte ihn nicht. Das tat ihm weh und wohl. Und da sie noch hinzusetzte «Auf Wiedersehen», gab es ihm einen Ruck in der Seele, der sich bis zu den Fingern, die den Geldschein in der Hosentasche krampfhaft festhielten, fortpflanzte. So geschah es – Gott helfe ihm, er konnte nicht anders –, daß er die fünf Schilling auf den Teller legte.

Nachher war ihm leid um sie. Aber im Augenblick, da er sich von ihnen trennte, hatte er das Gefühl, zu handeln wie ein Held von Knut Hamsun. Etwa wie der wunderbare Herr Nagel aus dem wunderbaren Roman ‹*Mysterien*›.

Die gute Kinderstube

Kürzlich ist die gute Dottoressa Montessori gestorben. Ich habe sie leider nicht gekannt, aber sie liebgewonnen, als ich – es ist schon ziemlich lange her – ein Kinderheim kennenlernte, nach ihren Ideen erbaut, eingerichtet, geführt.

Es beherbergte Kinder von drei bis sechs Jahren, Kinder armer und ganz armer Leute. Am Morgen wurden sie hingebracht, abends wieder abgeholt, tagsüber freuten sie sich des Lebens, eines Lebens ohne Zwang, wenn auch mit Erziehung, von der die Kinder unmerklich überlistet wurden. Was sie lernten, lernten sie in des Wortes eindeutigem Sinn: spielend. Was sie spielten, führte ihnen erste Elemente der Erkenntnis und des Wissens zu.

In die Kunst des Lesens zum Beispiel werden sie dadurch eingeführt, daß sie Gegenstände, also etwa einen

Schlüssel, ein Stück Holz, eine Zwirnspule, auf jenes der in Reihen hingebreiteten Kartenblättchen zu placieren suchen, auf dem der Name des betreffenden Gegenstandes geschrieben steht. Haben sie sich die Stelle, wo das Ding hingehört, einmal gemerkt, so haftet ihnen mit diesem auch das Letternbild des Wortes, das es nennt, im Gedächtnis. Schreiben wurde ihnen auf besonders schlaue Art beigebracht: durch den Tastsinn, für das Kind der früheste, sicherste Vermittler von Wahrnehmungen und Eindrücken. Es begreift, indem es be-*greift*. Buchstaben, Ziffern, aus Sandpapier geschnitten und auf eine Unterlage geklebt, lehren die darübergleitende Hand ihre Formen; die Hand behält diese Formen in Tasterinnerung und überträgt das Erinnerte, hat sie später den Schreibgriffel zwischen den Fingern, ohne Mühe auf die Schiefertafel oder das Papier.

Hier, in diesem Kinderheim, war die Republik der Zwerge, wie sie im Märchenbuch steht, nur daß die Zwerge keine Bärte hatten und nicht weise waren, sondern von ungetrübter Ahnungslosigkeit, dem einzig reinen, leider so bald versiegenden Quell irdischen Glücks. Möbel, Einrichtungsgegenstände hatten das Format, das Geschöpfen von vier Dezimeter Höhe entspricht. Die Klinken, welche die Kleiderschränkchen öffneten (jedes Kind hatte sein eigenes), die Hähne der Wasserleitungen und Duschen wie die Lichtschalter waren in Greifhöhe für Liliputaner angebracht. Es gab Wasserklosetts en miniature. Die ganze Welt der Dinge in diesem Haus – und nichts fehlte, was eine Wohnung zur Wohnung macht – war angepaßt dem Maß der kleinen Menschen und wirkte doch in ihrer vollendeten Zweckmäßigkeit keineswegs als Puppenstube.

Es war vor dem Mittagessen. Zwei Kinder, die Kellnerinnen du jour, hatten bereits gespeist (denn nachher werden sie die anderen bedienen), deckten jetzt die Tische, falteten Papierservietten mit himmlischer Bedachtsamkeit auf genauestes Zusammenpassen der Ecken. Der Hausfrauengeist, der sich später leicht als grausiger Dämon entpuppt, war in die beiden Mädchen gefahren. Auf einem winzigen elektrischen Ofen kochte ein winziges Lebewesen in einem winzigen Topf Birnenkompott. Rührend, wie die Köchin rührte. In ihre Schürze eingestickt hatte sie einen Kreis, den ein Dreieck schnitt, und das wiederholte sich an der Tür ihres Kleiderschranks, auf allen Gegenständen ihres persönlichen Gebrauchs. Erst die Sachen der älteren Kinder, der Fünf- und Sechskäsehochs, waren mit Buchstaben oder Namenszug gemerkt; die der Jüngsten trugen geometrische Figürchen als Erkennungszeichen. Ich fand diesen Einfall, den Jüngsten eine Art Wappen zu geben, sehr liebenswürdig; wenn ich auch nicht ganz genau sagen könnte warum.

Turngeräte, Handwerkszeug, Toilettenspiegel und zugehörige Utensilien: alles nach Zwergenmaß geformt, aber durchaus tauglich zur praktischen Verwendung. Eine Welt im Verkleinerungsspiegel, bis ins letzte konsequent. Die Wasserklosetts habe ich schon erwähnt, aber zu flüchtig. Schwer, sie nicht «süß» zu nennen. Man versteht, daß Kinder, denen derlei geboten wird, zur rechtzeitigen Erfüllung ihrer Verdauungspflicht nicht erst angehalten werden müssen. Sie macht ihnen Vergnügen. Ein Phänomen, das sich bei den Menschen erst im späten Alter wieder zeigt.

An das Haus angeschlossen war ein Garten. Zwiefach:

ein Kindergarten. Im Winter bot er Winterfreuden, wie sie in dem bekannten Liedchen: «O, o, o – wie sind wir Kinder froh –, wenn wir unter Scherz und Lachen – einen großen Schneemann machen usw.» besungen werden. Ich benutze den Anlaß, um Zweifel an der psychologischen Stichhaltigkeit einer Strophe dieses, die Vokale durchreimenden Liedes zu äußern, nämlich der U-Strophe, welche heißt: «U, u, u – ich weiß schon, was ich tu! – Meine guten Eltern lieben – nie sie kränken, nie betrüben – u, u, u – ich weiß schon, was ich tu!» Schwer, sich ein Kind vorzustellen, das, nachgrübelnd, was es wohl tun könne, plötzlich die Inspiration hat, es werde seine guten Eltern lieben.

In dieses Haus, wo die Menschen neben- und miteinander waren, als wäre Friede auf Erden und der Zweck des Daseins die ungestörte Sorglosigkeit von Leib und Seele, schien auch bei finsterem Himmel die Sonne, und von der stillen oder lauten Lebensfreude, die es erfüllte, lag ein Abglanz auch auf den Gesichtern der Großen, die den Kleinen dienten.

Wenn die Kinder sechs Jahre alt wurden, mußten sie fort von der freundlichen Insel, wurden überliefert der richtigen Schule, dem Leben in Lebensgröße, das – nach aller Erfahrung – die Engelchen oder zumindest die Mehrzahl von ihnen auf nein und nein in Subjekte, zu vieler Teufelei fähig, verwandelt. Deren Kinder werden vermutlich auch wieder Engelchen sein und auch wieder etwas Teufel-Ähnliches werden. Das ist der Lauf der Welt. Aber während einer Stunde im Montessori-Haus mochte man bezweifeln, daß er es durchaus sein müßte.

Das Meer

Am schönsten ist das Meer im Kino. Entweder brandet es da, gegen ausgesucht zerklüftete Felsen schäumend, mit einer Gewalt, die das Herz bewegt, ohne den Magen zu erschüttern, oder es liegt in Abendruhe, indes ein sanfter Lichtschauer, vom Monde her, ihm über den Rücken läuft. In der freien Natur kommt das Meer nicht immer so tadellos vor.

Sein Anblick, dem sich die Begriffe: Unendlichkeit und Erhabenheit assoziieren, lenkt die Seele von den Kleinlichkeiten des Alltags ab, vorausgesetzt, daß man keine Sorgen hat, welche von dieser Ablenkung ablenken. Eigentlich stimmt das mit der Erhabenheit nur für Meer-Betrachtung von der Küste aus. Befindet man sich als Schiffspassagier auf dem Meer selbst, so wird die Vorstellung: «Meer» überdeckt von der Vorstellung: «Wasser». Sozusagen: man sieht das Meer vor lauter Wasser nicht. Jedoch vom Ufer her genossen, übt das Meer stets und zuverlässig seine, oft beschriebenen, Wirkungen auf das Gemüt.

Weder die alle Natur vergewaltigende Technik noch die Wirtschaftskrise konnten dem Meer etwas anhaben. Eine Möwe wirkt noch immer schöner als das schönste Flugzeug, und der Reichtum des Meeres, wie es am zweiten, beziehungsweise fünften Schöpfungstage «mit allem, was darin ist» (seither sind noch Unterseeboote hinzugekommen) geschaffen wurde, überdauert die Erschütterungen des kapitalistischen Systems.

Von den Schönheiten des Meeres etwas Neues zu sagen, ist kaum möglich. Man soll deshalb originellere Betrachtungen und Schilderungen dieser Schönheiten gar nicht erst versuchen, das Wesentliche steht alles schon im Homer oder im Baedeker.

Populär in bürgerlichen Kreisen wurde das Meer durch seine Ablagerungen von Sand, welcher zahlreich ist wie Sand am Meere und von diesem angeschwemmt wird, damit die Badenden etwas Weiches haben, worauf sie sich nach dem Schwimmen ausruhen können. Wenn man sich nackt in diesen Sand legt, bleibt er am Körper kleben. Es ist der sauberste Schmutz, der sich denken läßt, und kleidet gut gewachsene Frauen sehr vorteilhaft.

Zum Unterschied von der Landschaft, welche nachts schläft, ist das Meer ewig wach, und obgleich es unendlich viel Zeit hat, läßt es sich doch keine, sondern arbeitet rastlos wie ein Verfluchter, der die Ewigkeit einholen muß.

Vor den Bergen zeichnet sich das Meer dadurch aus, daß es viel geheimnisvoller ist als jene. Der Gipfel eines Berges ist erreichbar, zumindest, in schwierigeren Fällen, mit den Augen, der Grund des Meeres aber ist, von der kleinen Minderheit der Taucher abgesehen, unerreichbar, auch den Blicken. In jedem Sinn des Wortes also ist das Meer «tief», das heißt: rätselhaft, nicht zu durchschauen, spottend auch des sinnreichsten Kommentars.

Was es noch besonders vor dem Gebirge voraus hat, ist seine Beweglichkeit. Durch diese seine Beweglichkeit und Wendigkeit bekommt das Meer etwas von einer lebendigen Kreatur, und der Mensch zumal fühlt sich dem Meer, im Hinblick auf dessen Unberechenbarkeit, Tücke und darauf, daß es so vieles in sich birgt, was die Götter gnädig bedecken mit Nacht und Grauen, nah verwandt.

Geschichte ohne Moral

Sonntag, drei Uhr nachmittags, sagte der Gymnasiast Leopold, jetzt müsse er fort, denn der Autobus zum Fußballmatch fahre Punkt drei Uhr fünfzehn von seinem Standplatz ab.

«Und deine Schularbeiten für morgen?» fragte die Mutter.

«Die mache ich am Abend.»

Tante Alwine meinte, es sei schade ums Geld für die Autofahrt, so ein junger Mensch könne auch zu Fuß gehen.

Es wurde Abend, und Leopold war noch nicht zu Hause. Und dann kam die Nachricht, daß der fahrplanmäßig um drei Uhr fünfzehn von seinem Standplatz abgegangene Autobus in einen Graben gestürzt und sämtliche Insassen schwer verletzt seien.

Die Mutter, aus der Ohnmacht erwacht, klagte sich immerzu an, sie hätte Leopold nie und nimmer erlauben dürfen, seine Schularbeiten erst am Abend zu machen. Jetzt büße sie für ihre elterliche Schwäche.

Der Vater verfluchte das Fußballspiel und den Götzen Sport überhaupt.

Tante Alwine schrie: «Hätte er nicht zu Fuß gehen können wie tausend andere Jungen?»

Ihr Mann schüttelte bedeutsam den Kopf: «Heute ist der dritte August, der Sterbetag unseres seligen Großvaters. Daran hätte man denken müssen.»

Die Großmutter mütterlicherseits sprach zu sich selbst: «Kürzlich bin ich ihm auf eine Lüge gekommen. Ich ermahnte ihn: ‹Wer lügt, sündigt, und wer sündigt, wird bestraft.› Da hat er mir ins Gesicht gelacht!»

Das Mädchen für alles sagte dem Kohlenmann: «Na, sehen Sie? Wie ich Ihnen erzählt habe, daß mir heute früh zwei Nonnen begegnet sind, da haben Sie sich über mich lustig gemacht!»

Hernach ging das Mädchen für alles hinunter zu den Portiersleuten, um mit ihnen den traurigen Fall zu bereden. «Ja», sagte sie, «am Ersten wollten sie aufs Land fahren. Aber weil die Schneiderin mit den Kleidern der Gnädigen nicht fertig war, sind sie noch dageblieben. Wegen der dummen Fetzen.»

Die Portiersfrau meinte: «Am Sonntag sollen Kinder und Eltern zusammenbleiben . . . Aber bei den besseren Leuten gibt's ja kein Familienleben mehr.»

Emma, das eine der beiden Fräulein vom Konditor im Nebenhaus, machte sich bittere Vorwürfe wegen ihrer Prüderie. Hätte sie dem armen jungen Mann nicht nein gesagt, dann wäre er heute nachmittag mit ihr gewesen und nicht beim Fußball.

Bobby, der Dobermann, dachte: «Gestern hat er mir einen Tritt gegeben. In der ersten Wut wollte ich ihn ins Bein beißen. Leider, leider habe ich es nicht getan. Sonst wäre es ihm heute kaum möglich gewesen, zum Fußballmatch zu gehen.»

Spätabends kam, vergnügt, Leopold nach Hause. Das mit dem Fußballmatch hatte er nur vorgeschwindelt. In Wirklichkeit war er mit Rosa, dem anderen Fräulein vom Konditor nebenan, auf einer Landpartie gewesen, die, schien es, einen zufriedenstellenden Verlauf genommen hatte.

Die Mutter umarmte ihren Sohn in hemmungsloser Rührung.

Der Vater gab ihm ein paar Ohrfeigen.

Die Großmutter mütterlicherseits faltete die Hände und betete stumm: «Lieber Gott, ich danke dir, daß er wieder gelogen hat.»

Die Stufe

DAS Kinderfräulein bezichtigte den fünfjährigen Hans der Lüge. In der Tat, er hatte gelogen, aber er wollte das durchaus nicht zugeben.

«Also hast du gelogen?»

«Nein.»

«Überlege es dir gut: Du hast nicht gelogen?»

«Nein.»

«Na schön, ich werde es ja bald genau wissen!»

«Wieso wirst du es wissen?»

Das Kinderfräulein hatte veraltete Erziehungsmethoden. Es sagte: «Wir gehen jetzt nach Hause. Hast du gelogen, so wird die dritte Stufe der Treppe, wenn du auf sie trittst, unter dir einbrechen, und du wirst tausend Meter tief hinunterfallen.»

Hans wurde blaß. Er sprach kein Wort mehr auf dem Nachhauseweg. Er überlegte, ob er nicht doch die Lüge gestehen solle, konnte sich aber, denn er war ein Charakter, nicht hierzu entschließen.

Nun standen sie vor der Treppe.

«Ich frage dich zum letzten Mal: Hast du gelogen?»

Der kleine Knabe schüttelte, und sein Herz schlug heftig, den Kopf.

Vor der dritten Stufe machte er eine Sekunde halt. Langsam, sehr zögernd, setzte er die Fußspitze auf sie, probierte vorsichtig, probierte noch einmal etwas kräftiger, stellte den einen Fuß auf die Stufe, schließlich mit heroischer Selbstüberwindung auch den zweiten. Es geschah nichts.

Der Lügner, auf die Stufe deutend, rief strahlenden Angesichts:

«Sie muß verdorben sein!»

Idyll

Das kleine Städtchen in nächster Nähe der großen Stadt ist reich an Wegen, die höher, sogar hoch hinauf führen ins Waldinnere.

Von der Unruhe, von den Unruhen, die über Welt und Land hereingebrochen sind, schlagen dunkle Wellen auch in das Städtchen. Auch in seinen Straßen gehen die Schutzleute paarweise, mit aufgepflanztem Bajonett, auch auf seinen Menschen lastet Unbehagen und Bedrohung, auch hinter seinen blanken Fenstern, selbst wenn ihnen zierliche Erker mit Blümchen vorgelagert sind, wohnt die Furcht.

Gleich in naher Nachbarschaft aber, eine Viertelstunde zu Fuß ist es bis dorthin, wohnt der sogenannte Friede.

Das heißt, es wohnt niemand dort. Nur Wiesen sind da und Bäume und ein Bach, welcher murmelt, aber (Labsal dem worte-müden Ohr und Geist) keinen Text. Es riecht nach Erde, Heu, von vieler Sonne gekochtem Holz, der Abend ruft den Wind wach, der seinerseits den Abend herzuwehen scheint. Und aus dem Wald kommt eine Kutsche mit zwei Pferden bespannt.

Der Mann auf dem Bock lädt zu einer Fahrt nach dem

sehenswerten Hirschenhof ein. «Herr Direktor», sagt er. Belehrt, daß ich Generaldirektor bin, schämt er sich seines Irrtums.

Die Zeiten sind schlecht, auch für Generaldirektoren und für Kutscher zweispänniger Wagen. Wir vereinbaren als Preis der abendlichen Spazierfahrt zum Hirschenhof eine Flasche Bier und zehn Zigaretten.

Der Hirschenhof liegt einsam und heißt so, weil er in umzäuntem Gehege Damhirsche hält, alte und junge, dunkle und lichte, ein ganzes Rudel zartbeiniger, großäugiger Geschöpfe, die, gierig nach Brot, das ihnen als Leckerbissen gilt, ihre weichen Schnauzen durch die Lücken des Drahtgeflechts zwängen. Sie bekommen reichlich, was sie wollen, und haben es überhaupt um vieles besser, haben körperlich und seelisch viel weniger zu leiden als anderswo hinter Drahtgittern verwahrte Säugetiere. Auch müssen sie nicht exerzieren. Der Wirt und Besitzer ist ein tierfreundlicher Mann, er hält Vögel, Katzen, Hunde sowie einen Radiokasten. Es war gerade Stunde der Nachrichten, und wie diese, schwarz und übel, ausflossen in die geduldige Landschaft, war es, als ergösse sich eine Kloake in Reines. Hernach ging, mit Recht, die Sonne unter, es wurde kalt und finster, die Katzen fauchten den Hund an, der ihnen das Futter wegfressen wollte, der Wirt weigerte sich, den abscheulichen süßen Likör, den er als Kirsch auf den Tisch gestellt hatte, gegen rechtschaffenen Schnaps umzutauschen, der Kutscher trank entgegen dem Übereinkommen schon die zweite Flasche Bier, und der Lautsprecher erbrach Schallplatten.

In der Gaststube, an deren Wand ein Gewehr und Uniformstücke hängen, führen zwei ländlich Gekleidete eine politische Unterhaltung. Man hat sich heiß geredet, und eine große Zufriedenheit über die angenehme Erhitzung, die stattgefunden hat, strahlt neben dieser aus den Mienen der Sprechenden. Noch ein älterer Herr, der Zeitung liest, ist in der Stube. Etwas, was ihm die Zeitung zur Kenntnis bringt, macht ihn stutzig; und in eine Pause der politischen Debatte nebenan wirft er die Frage: «Woran ist der Riegelbauer eigentlich gestorben ...?» «Der Schlag hat ihn getroffen!» Merkbar ungern hört das der Mann, er geht ins Freie, starrt böse zu den Sternen hinauf, die gleichgültig zurückschauen. Ich glaube zu erraten, was ihn bedrückt – der Gedanke: es kommt immer näher, es schleicht sich an, es mäht sich durch, zu meiner Ähre hin. Kürzlich der und jener, jetzt auch der Riegelbauer, rechts und links fallen die Leute, im Frieden wie im Krieg, nur in jenem etwas langsamer. Ein Weilchen noch: und dich selber trifft der Schlag, die Kugel, das Los.

Deshalb vermutlich steht der ältere Herr dann auch so nachdenklich vor der gläsernen Kiste, in der Forellen nach Größe schwimmen. Eine hat das offene Maul an die Wand gedrückt, der Mann klopft mit dem Fingerknöchel von außen an die Stelle. Und wehmütig nickt er mit dem Kopf, als wollte er sagen: Noch lebst du und stehst doch schon auf der Speisekarte.

Der Lautsprecher ist abgestellt worden, weil oben im Stockwerk das Dreimonatskind des Wirts jämmerlich geschrien hat.

Jetzt ist alles still, Kind und Radio, die Vögel, die Hirsche, Hund und Katzen, vom Schweigen der Forellen ganz zu schweigen. In der Gaststube wird die Lampe angezündet. Ihr Licht fällt scharf auf die Flinte an der

Wand und auf das Blechschildchen daneben, das den wohlschmeckenden Apfelsaft «Lucinde» empfiehlt.

«Ein schöner Abend heute», sagt der Wirt. Er setzt noch hinzu: «Hier ist Friede, was?»

Das läßt sich nicht leugnen. Einsamkeit, Damhirsche, Lucinde, Waldweben, ein schlafender Säugling und ein abgestellter Lautsprecher ergeben zusammen den Eindruck: Friede. Gewehr, politisches Gespräch, die unverschämte Zeche, die der Kutscher gemacht hat, und der Tod des Herrn Riegelbauer sind zwar störend gegen solchen Eindruck gesetzt, aber unterstützen ihn doch auch, gewissermaßen kontrapunktisch.

Auf der Heimfahrt erzählt der Kutscher, unterm funkelnden Sternenhimmel, daß der Hirschenhof in Schulden erstickt und die Damhirsche gepfändet sind. Der Säugling, aber davon habe der Wirt keine Kenntnis, sei nicht von ihm. Nur ein einziger Gast wohne im Hirschenhof, der ältere Herr, dem der Tod des Riegelbauer so nah gegangen ist. Er hat's mit dem Magen, wahrscheinlich Krebs. Der eine der zwei politischen Debattierer, der junge Kerl mit der Glatze, ist der Geliebte der Wirtin.

Der Kutscher ist überaus freundlich-gesprächig auf der Heimfahrt. Er hofft, doch etwas bares Geld aus dem Generaldirektor herauszuschlagen.

Deshalb hält er auch mitten im Wald seine Pferde an, damit wir hören können, wie schön die Nachtigall schlägt.

Bescherung

In der Woche vor Weihnachten kam der alte Mann auf die Idee, durch Verkauf von Christbäumen etwas Geld zu verdienen. Er ging weit hinaus in den winterlichen Wald und kehrte mit einem Bündel von Nadelbäumen auf dem Rücken in sein Asyl zurück, einen Schuppen, wo die Straßenarbeiter ihr Werkzeug aufzubewahren pflegen. Ein Recht, dort zu nächtigen, hatte der Mann nicht, er hatte auch gewiß kein Recht, Bäume aus dem Wald fortzutragen. Doch machte er sich darüber wenig Gedanken. Er war ein ehrlicher Mensch, und eben um das zu bleiben, mußte er für sich den Begriff des moralisch Zulässigen etwas weitherziger auslegen. Seine Not sagte nicht, sie kenne kein Gebot; aber sie war aus taktischen Gründen gezwungen, die Bekanntschaft hie und da zu verleugnen.

Der alte Mann hatte nichts, nicht Besitz noch Arbeit noch irgendwen, der den Mittler hätte machen wollen zwischen ihm und der Welt, damit er diese nicht als völlig sinnlose Zumutung empfände und ablehne. Zuweilen, das kam vor, fragte er sich deshalb, wozu er denn eigentlich lebe, und fand keine andere Antwort als diese: dazu, um mir den Kopf zu zerbrechen, wovon ich leben soll. Immerhin ist auch solches Kopfzerbrechen eine Art von Tätigkeit und Beschäftigung – und so lange der Mensch derlei hat, hat er etwas, das ihn ans Dasein bindet. Man weiß gar nicht, wie sehr manchen nur die Schwierigkeit zu leben, noch am Leben hält.

Der Mann bot also seine Tannenbäume in der Stadt zum Verkauf aus. Auch dazu hatte er natürlich kein Recht. Und damit Konkurrenz und Polizei ihm nicht in den Handel pfuschten, wählte er als Standort eine entlegene Straße im entlegenen Bezirk. Dort wohnten freilich nur ganz arme Leute, aber nur für solche auch hätten die Christbäume des guten Alten getaugt, denn es waren klägliche Bäume in zerschlissenem Nadelkleid, unterernährt, dünn, rachitisch wie die Kinder, für deren Weihnachtstisch allein derlei Tannen-Ausschuß in Betracht kommen konnte. Nur ein einziges Stück war darunter, das hatte Kraft und Haltung. Für dieses zimmerte der Mann auch ein hölzernes Bodenkreuz. Und damit der Sturm dem Prachtstück nichts anhaben könne, nagelte er das Holzkreuz fest an den Boden, steifte der Tanne noch überdies durch geeignete technische Maßnahmen das Rückgrat. Sie sah jetzt wirklich nach einem richtigen Christbaum aus. Und solchen Eindruck verstärkte der Mann noch dadurch, daß er abends eine kleine Laterne mit rotem Schutzglas an die Spitze des Stammes hing. Sie war dem Werkzeugschuppen der Straßenarbeiter entlehnt und diente sonst zur Nachtzeit als Warnung vor Löchern im aufgerissenen Pflaster.

Der Mann hatte seine Freude an dem Baum, und die Vorübergehenden vielleicht auch.

Aber niemand kaufte das preiswerte Stück, und niemand kaufte eins von den anderen Bäumchen. Es war sechs Uhr abends, am 24. Dezember, und fünfzehn Grad Celsius unter Null. Durch die entlegene Straße im entlegenen Bezirk ging niemand mehr als der eisige Wind, der das Laternchen schaukeln machte, was so aussah, als gäbe der Baum, wie das die Männer von der Eisenbahn tun, irgendwem irgendwohin Signal. Doch niemand beachtete es. Aus Fenstern da und dort schimmerte Kerzenlicht, überall schon war das himmlische Kind geboren worden und die diesjährige Konjunktur für Christbäume also endgültig vorüber. Der alte Mann dachte wiederum einmal darüber nach, wozu er lebe, und gab sich wiederum die gewohnte Antwort. Aber war es Kummer über die Entwertung seiner Ware auf Null, war es eine durch Kälte, Hunger und Einsamkeit gesteigerte Oppositionslust, kurz, diesmal genügte dem Frager die bewährte Antwort nicht. Er geriet vielmehr in ausgesprochen lebensfeindliche Stimmung. Es kränkte ihn über die Maßen, daß sein stattlicher, mit so viel Müh beschaffter und betreuter Baum weihnachtlich ungenützt bleiben sollte. Mitleid überwältigte sein Herz, Mitleid sowohl mit sich selbst wie auch mit dem Baum, der doch wirklich allen Anspruch darauf hatte, Lichter zu tragen und mit schmückendem Zeug behängt zu werden.

Und wie der Mann so grübelte, was er vielleicht doch noch für sich und für den Baum tun könne, fand er eine Lösung. Er hängte seine Kleiderlumpen an die Äste, legte sich auf die steifgefrorene Erde und überließ das weitere den fünfzehn Graden unter Null.

Der Polizist, der den Tannenbaum mit dem wunderlichen Aufputz und darunter das schon aus seinen Hüllen genommene Weihnachtsgeschenk als erster sah und entsprechend amtshandeln mußte – obwohl er gerne schon wieder in der Wachstube gesessen wäre, wo auch ein Christbäumchen stand, zwischen Gummiknüppeln, Rosinenstollen, Notizbüchern, Punsch und Handfesseln –, brummte: «Schöne Bescherung!»

Er meinte das aber nicht im rechten festtäglichen Sinn.

Tessin

NACH dieser Fremde hat, wer einmal dort war, Heimweh.

Hier sind die Zauber des Südens ohne dessen Teufeleien, ohne Staub und schwelende Hitze, ohne die Radikalismen einer von wilder Sonne gehetzten Natur.

Hier mehrt der See die Schönheit von Berg und Himmel, die in ihm nochmals sind und keines Spiegels, der schmeichelte, bedürfen.

Hier setzt die Landschaft für ihr Sommerkleid tausendundeine Farbe nebeneinander, zu Kompositionen von berückender Vielfalt und Kühnheit der Muster; und jeden Tag fast hat sie etwas Neues anzuziehen. Bis zu felsigen Höhen hinauf drängt die bunte Üppigkeit, und wo der kahle Stein sich gegen sie behauptet, steht er da wie ein von Blumenketten gefesselter Wilder.

Hier, am tessinischen See, sind die Nachtigallen im nächtlichen Konzertieren so unnachgiebig wie Grillen, die Giftschlangen zutraulich, die Pensionswirtinnen nicht neugierig. Hier gibt es niemals schlechtes Wetter, nur zuweilen nicht gutes. Der Herbst reicht tief in den Winter hinein, nur ein Tunnel von wenigen dunklen Wochen trennt ihn vom Frühjahr. Der Sommer ist stark und groß, aber auch sein glühender Tag eingefaßt von kühlem Morgen und kühlem Abend wie ein Rubin von stilleren Edelsteinen.

In solcher Landschaft, verwöhnt von den vier Elementen, in solcher Landschaft, die der Sterne noch um einige mehr hat als unendlich viele und der Gründe, ihrem Schöpfer zu danken, noch mehr als Sterne, wo der Nostrano wächst, der das Herz so federleicht zu Kopf steigen macht – in solcher Landschaft ist es gut, obschon sonstwo auch nicht schlecht, verliebt zu sein, und selbst wenn es nicht gut wäre, könnte man schwer anders. Es liegt wohl an den klimatischen Verhältnissen des Tessins, daß dort Gleichgültigkeit rasch und unrettbar welken muß, Gefühl aber immerzu grünt, wie der Tannenbaum im Liede.

Die den Vorzug haben, hier daheim zu sein, sind Lebensbejaher, Weltfreunde, bescheidene, heitere, bewegliche und leicht bewegte Menschen, leidenschaftlich eingenommen für Spaß und Spiel und ein problemloses Dasein. Zumindest denke ich mir sie gerne so. Vornehme Ticinesen habe ich nicht kennengelernt, aber die Leute aus dem Volk sind gut zu dem Wanderer, führen den in ihrer Landschaft oder Sprache Irrenden auf den rechten Weg, und nicht einmal der Erwerbssinn vermag die Freundlichkeit, die den Eingeborenen eingeboren ist, völlig zuzudecken. Italisches vivace und schweizerisches pesante kreuzen sich in ihrem Temperament, und das Ergebnis solcher Kreuzung ist eine Art von behaglichem Sanguinismus, der an das Heute glaubt und am Morgen nicht zweifelt. Hier sind die Kinder sichtlich froh, daß sie gemacht wurden, und die Alten schieben mit zäher Hartnäckigkeit, so weit sie können, das Sterben hinaus.

Am Tessiner See gibt es viel schöne Geselligkeit und viele schöne Einsamkeiten. So gute Nachbarschaft halten beide miteinander, daß die Verführung groß ist, hier den Traum vom Frieden auf Erden zu träumen. Man wird aber auch im Tessin rechtzeitig geweckt.

Denn natürlich, auch im Tessin ist das Leben nicht nur heiteres Spiel. Aber zumindest die Kulisse für ein solches ist aufgestellt, und die Szene «stimmt zur Entzückung».

Was Größeres ließe sich von Orten, Menschen, Stunden rühmen, als daß sie im Widerstreit der Phantasie gegen die mörderische Wirklichkeit nicht zum Feinde halten? Und den frommverwegenen Glauben, es könnte so etwas geben wie Waffenstillstand zwischen Mensch und Schicksal, nur langsam ad absurdum führen?

Kreisel

(Studie über einen Zeitgenossen)

1.

KENNEN Sie Kreisel, R. Kreisel, Mister R. Kreisel?

Törichte Frage, natürlich kennen Sie ihn. Aber kennt er auch Sie, das heißt, nimmt er Notiz von Ihrem Vorhandensein, berührt, zumindest gelegentlich, seine weitgeschwungene Lebenskurve die Ihre? Wenn's nicht so wäre, täte mir das Ihrethalben leid, nicht nur, weil Kreisel zur Gattung der nützlichen Bekannten gehört und überhaupt ein Original ist, eine Seltenheit, wie etwa ein sanftes Wildschwein oder ein graziles Nilpferd oder ein edler Mensch, sondern vor allem deshalb, weil, bestünde gar keine Beziehung zwischen Euch, damit der unumstößliche Beweis erbracht wäre, daß Sie ein Niemand sind. Es darf nämlich als ausgeschlossen gelten, daß Kreisel zu jemand, der Jemand ist, keine Beziehung hätte. Wo die Farben: Erfolg, Berühmtheit, Geld, Name aufgezogen sind, dort weht auch sein Fähnchen im lichtblauen Winde. Er ist für jene Werte etwa das, was die Punze für das Edelmetall: Zeichen der Geltung. Wo Kreisel seine

Hand oder auch nur seine Augen und Ohren im Spiel hat, ist es ein Spiel, das auf Gewinn steht. Mit wem er Umgang pflegt, der darf, je vertrauter der Umgang ist, umso mehr an sich und seine Chancen glauben, wem er Freund sagt, der hat gewiß gute Verbindungen zum Schicksal und von diesem eine Empfehlung in der Tasche. So sind auch die paar Ausnahmen zu erklären, wo Kreisel sich um Leute kümmert, die weder durch Besitz noch durch Namen oder Überall-Bekanntheit legitimen Anspruch auf sein Interesse hätten. Sicher steckt dann in diesen scheinbar Unbedeutenden, die er doch bemerkt, Anwartschaft auf ein Emporwachsen in die Sphäre der Namhaften, Begüterten, Erfolgreichen. Denn Kreisel hat den Instinkt, den Riecher für Auf- und Untergang im Stern-System der Gesellschaft. Wo er sich häufig macht, wo er wie's Kind im Hause ist, dort sind großer Name oder großes Geld seßhaft, wo er sich selten macht, dort ist bald Ate, die dunkle Göttin, wie's Kind im Hause.

Aber man würde Kreisel unrecht tun, deutete man seine Sympathie für die, die oben sind, als aus eigennützigen Absichten erflossen. Im Gegenteil. Er will nichts vom Glück der Glücklichen als dessen vertraute Nähe, nichts von den Millionen des Millionärs als ihre Atmosphäre, als einen Stammplatz im Bereiche ihrer sozusagen: immateriellen Ausstrahlung. Er ist kein Anbeter des Ruhms, doch mit Sammlergier und -Ehrgeiz bemüht um seine Kollektion ihm vertrauter Berühmtheiten, unablässig dabei, die Sammlung zu vervollständigen, beschädigte Stücke abzustoßen, Dubletten zu tauschen. Eine Liebhaberei wie jede andere. Richtig verstanden: Kreisel macht sich wenig aus Geld und Namen, er hat nur eine rechte Passion für Leute, die jenes oder diesen besitzen. Und wird, aus solcher Passion, in der Beziehung zu ihnen, die unendlich viel mehr haben und sind als er, der gebende Teil. Welch ein Kauz! Denen die Tafel reich gedeckt ist, die lädt er an seinen Tisch, den Vielgeliebten gilt seine Liebe, die ans Ziel Gekommenen fördert er und wärmt, die in praller Sonne sitzen. Er kann sehr böse werden, wenn einer, der alles hat, was er braucht, nichts von ihm will. Arrivierte, die das ohne seine Hilfe wurden, haben mit der Entschuldigung, daß sie diese nicht benötigten, bei ihm kein Glück.

Kreisel hat naturgemäß sehr viele Freunde und es fällt ihm nicht leicht, sein Interesse gerecht an sie zu verteilen. Er ist aber, das hat er von Reinhardt gelernt, Meister der Massen-Regie. Man muß ihn etwa in der Halle eines Salzburger Hotels zur Festspielzeit sehen, wo das, was Kreisel Leben nennt, teils durchfließt, teils auch brandet, wie er da, vom Wirbel der zu- und abfließenden Gestalten nicht erfaßt, doch ihn erfassend, dasteht in der Fülle der Beziehungen, das Auge noch dem einen, das Ohr schon dem andern zugewandt. Mich erinnert Kreisel in Vollbetrieb an jenen wunderlichen Typ von Hofmusikanten, das Entzücken meiner Kindheit, der, jedes Glied und Gelenk spezial beschäftigt, viele Instrumente auf einmal spielte und noch durch Wackeln mit den Ohren irgendetwas zum Tönen brachte.

Kreisel *allein* wirkt unheimlich. Wie ein Mittelpunkt ohne etwas drum herum.

Dieser wunderliche Mann könnte die Überzahl der Menschen, in deren Schicksal er hospitiert, gefühlsmäßig nicht bewältigen, wenn er sentimental wäre. Von solcher Schwäche hält er sich aber frei. Ihm steigt so leicht nicht das Herz zu Kopf, und zur Rührung hat er ein Verhältnis wie der große Hund zum kleinen Kind: im Bewußtsein, daß nur gespielt wird und daß ein Schnapper genügen würde, der Belästigung ein Ende zu machen, duldet er sogar, daß sie, die Rührung, ihn «übermannt». Kreisels Wärme schmeckt immer frisch, weil sie, so paradox das klingt, in seinem Gemüt wie eingekühlt ist. Freunde, Bekannte, die es, aus ideellen Gründen, kaum noch lohnt, so zu nennen (etwa weil sie zu heftig durchgefallen, zu arg verarmt oder sonstwie uninteressant geworden sind), werden dennoch von Kreisel gewissenhaft in Evidenz geführt; sozusagen als Landsturm seiner amikalen Formationen. Tote, also die sind für ihn wirklich gestorben! Kreisel kennt da keine Gefühlsübergänge, keine verschwommenen Nicht-mehr und Doch-nochimmer. Der Federzug, mit dem Gott eine Kreatur aus dem Buch des Lebens strich, ist noch nicht trocken, und schon hat auch Kreisel sie aus seinem Adreßbuch gestrichen. Jedoch setzt er pietätvoll hinter den Namen des Abgeschiedenen ein Kreuzchen; er hat sich so – kommt Zeit, kommt Tod – in seinem Notizbuch schon einen netten kleinen Friedhof zusammengekreuzelt. Trotz solch scheinbarer Herzenstrockenheit, trotz dem Phlegma, mit dem er Pfeil und Schleudern des Geschicks (sowohl die, die ihn selbst, wie jene, die andere treffen) hinnimmt, ist Kreisel durchaus das, was man einen guten Kerl nennt. Der berühmte weiche Kern in harter Schale kommt bei ihm vielfach vor, in verschiedenster Lagerung. Und neben seiner leidenschaftlichen offiziellen Güte für die, denen es ohnehin gut geht, übt Kreisel auch verborgene Güte an kleinen Leuten. Ganz verborgen bleibt sie nun wohl auch nicht, sondern schwitzt durch die sie umhüllende Diskretion wie Fettes durch das Papier, darein es gewickelt ist. Aber es gibt in Kreisels Seele überdies noch eine letzte, echteste, heimlichste Güte, von der nur der liebe Gott etwas weiß und die Kinder.

Was wäre nicht noch alles von diesem des Merkens würdigen Kreisel zu erzählen! Von der Eigenart seiner Sitten, Kulte und Gebräuche, von seiner hoffnungslos scheuen Liebe zur Liebe, dem leidvollen Urgefühl, als dessen Kompensation und Überkompensation Kreisels Leben und Taten erst recht zu begreifen sind, von seinem kräftigen, nur ein wenig starren, Nietzsche bestätigenden Humor (Wiederkunft des Gleichen), von seinem Verständnis für Künstler und Mißverständnis für Kunst, seiner Beziehung zu Frauen, Idealen und anderen Luxusdingen des Daseins, von . . . aber das würde alles zu weit führen, beziehungsweise zu nah.

Kreisel erfreut sich, das wird man verstehen, höchster Beliebtheit. Er ist heiter, klug, helläugig und -hörig, bis an den Rand gefüllt mit «gesundem Menschenverstand». Irgendwo hat auch das klarste Hirn seine trübe Stelle, hat auch der Vernünftigste seinen kleinen Wahnsinn: Kreisels eingeborene Narrheit ist der gesunde Menschenverstand, den er unablässig an die ihm Nahen verfüttert, in ernsteren Fällen auch vor Zwangsernährung nicht zurückscheuend. Nun ist ja der gesunde Menschenverstand gewiß gesund, bekömmlich, nahrhaft. Etwa wie Kartoffelschmarren. Aber immer nur Kartoffelschmarren, zur Stillung jeden Appetits, als einzige Diät für jeden Fall von Stoffwechselstörung – das hält sobald keiner aus, und deshalb begegnet Kreisel hier oft trotziger Widersetzlichkeit, die ihn beleidigt und kränkt.

Eingesponnen in ein vielmaschiges Netz von Beziehungen zur Welt der Namhaften, Sicheren, Anerkannten, Vielhabenden, lebt Kreisel neunundneunzig Prozent seines Lebens in der Projektion auf andere. Wie er das eine übrigbleibende Prozent verwertet, wo er seine eigentliche Existenz hat, wo sein privates Ich steckt und wie es beschaffen ist, darüber gibt es Annahmen, aber keine Gewißheit. Als einzige Gewißheit darf gelten, daß Kreisel Jemand ist . . . andernfalls hätte er sich schon längst von sich zurückgezogen.

Ich sagte bereits, daß er im Verhältnis zu den Menschen, die mehr haben und sind als er, stets die Rolle des gebenden Teils spielt, von keinem etwas will, nie für seine Person und sein Schicksal, falls er eines haben sollte, Teilnahme oder auch nur Aufmerksamkeit fordert, nichts von den oberen Zehntausend, die seine Freunde sind, oder besser, deren Freund er ist, beansprucht, als von ihnen in Anspruch genommen zu werden. Eine seltsame Art von uneigennützigem Schlemihl, wirft er nur anderer Leute Schatten. Er ist unbestimmt und doch repräsentativ: wie «Jedermann» in dem schönen Spiel von diesem. Und wie er lebt, wird er sterben. Ohne Bitte, ohne Wunsch, allein, niemand zur Last, spurlos entschwindend.

Aber nicht, ohne vorher in seinem Adreßbuch den Namen Kreisel durchgestrichen und dahinter ein Kreuzchen gesetzt zu haben.

II.

Seit vielen Monaten ist Kreisel in Amerika. Während dieser ganzen Zeit hat er kein Lebenszeichen von sich gegeben. Kürzlich kam eine Frau aus Los Angeles und berichtete, daß es Kreisel gut gehe. Das freut die vielen, die ihn gerne haben, mit Recht gerne haben, denn er ist ein angenehmer Mensch, gescheit, voll Verständnis dafür, daß das Leben nicht zu verstehen ist, zumindest nicht von den Lebenden. Die Kreatur fällt ins Dasein wie man ins tiefe, uferlose Wasser fällt: was kann sie denn schon, vollauf beschäftigt, sich, solange es geht, an der Oberfläche zu halten, was kann sie denn schon wissen von dem Element, das sie trägt und gefährdet?

Kreisel besitzt in jeder Hauptstadt Europas und Amerikas eine kleine Bibliothek, die er nicht liest, und eine Braut, die nicht auf ihn wartet, was sein Leben ungemein verschönt und erleichtert. Er hat Gemüt, mit Kühlräumen ringsum, die seine Empfindungen vor dem Zerfließen und Ranzigwerden behüten. Sein Wesen ist unpathetisch und lügelos, er geht lieber zehnmal zu Offenbachs «Orpheus in der Unterwelt» als selbst garkeinmal zu dem von Gluck. Er vertraut der Habgier und Eitelkeit als den festen Traversen, die den Bau der menschlichen Beziehungen sichern. Er liebt die Kinder, weil man bei ihnen am wenigsten friert, und das schlechte Wetter, weil man dann nicht schwitzt. Er glaubt an die Oberfläche der Menschen und läßt sich von ihrer Tiefe nicht täuschen.

Jetzt ist er bereits sehr lange in Amerika und hat gar nichts von sich hören lassen. Spricht schon dies für seine Lebensklugheit – die es herausbekommen hat, daß Anker lösen muß, wer frei fahren will –, so spricht noch mehr für sie, daß er während der ganzen Zeit niemals auch nur die geringste Neugier gezeigt hat, zu erfahren, was in dem Menschenkreis vorgehe, den er verlassen hat, und in den er doch mit Interesse und Beziehung mannigfach eingesponnen ist. Leben die Freunde noch und was treiben sie und wie sind sie aus ihren Komplikationen heraus- und in welche neuen hineingekommen, wer begehrt jetzt wen, wer hat seine Freiheit an die Liebe verraten und führt nun an der Seite der oder des Geliebten ein glückliches Scheinleben, und wem ist, leider Gottes und dank diesem, was Schlimmes widerfahren – o Schadenfreude, schöner Götterfunke, Tochter aus dem Café Elysium –, wer verdient und wer ist bankrott, und wer ist hinzugestoßen, und wer ist abgetreten, und wer ist mit wem böse oder gut oder schon wieder nicht, und überhaupt, was gibt es Neues?

Nichts dergleichen hat Kreisel während langer Zeit gefragt.

Warum nicht? Schlägt ein hartes Herz ihm in der weich gepolsterten Brust? Keineswegs. Aber er, Kenner des Theaters, kennt eben als solcher auch das Leben, welches zumeist eine formlose, zerrinnende, unscharfe Nachbildung des Theaters in Gelatine ist, ein Stück, gestopft mit Überflüssigem, ermüdend durch entsetzliche Weitläufigkeiten und Wiederholungen, aufgehalten von sinnlosen, törichten Figuren, belastet mit völlig unwesentlichen Episoden. Und deshalb, weil Kreisel das weiß, macht er Striche! Ausgezeichnete, kräftige, radikale Regiestriche.

So hat er jetzt viele Monate Europa gestrichen. Wenn er heimkommt, wird sich aller Inhalt der gestrichenen Szenen mühelos in einen Dialog von fünf Minuten zusammenfassen lassen. Und es wird kein Bruch in der Komödie sein, kein Riß in ihren Zusammenhängen und kein Loch in ihrer logisch-psychologischen Entwicklung.

Das Leben ist ermüdend, weil wir es, wie Roman-

Schmieranten, in die epische Breite ziehen, weil wir das Getue und Gerede, dessen es voll ist, nicht zu kürzen und seinen wässerigen Inhalt nicht zu komprimieren verstehen. Würfen wir mehr hinaus, ginge mehr hinein. Kreisel, der Weise, lebt ökonomisch. Ist er in Amerika, so ist er nicht auch in Europa. Eines schön nach dem andern, keine verwirrenden Gleichzeitigkeiten! Die Szene, die einer eben lebt, wird er nur gut leben und zur Zufriedenheit der Mitspieler, wenn er seine ganze Aufmerksamkeit unabgelenkt ihr widmen kann. Deshalb: Ruhe hinter den Kulissen!

Ist Kreisel wieder daheim, wird er sehen, daß er gar nichts versäumt, aber sich eine Menge unfruchtbarer Perzeption erspart hat. Er wird Resultate bekommen, ohne in das Gewirr vorangegangener Rechnungen und Verrechnungen verstrickt gewesen zu sein. Menschen und Dinge stehen dort, wo sie gestanden sind, oder sie stehen nicht mehr dort . . . jedenfalls ist die Situation jetzt so, wie sie jetzt eben ist. Wo aber sind die Worte und Schreie, die ihr Werden begleiten, die Erregungen und Nöte und Fragen und Klagen und Seufzer und Hilferufe und Krisen und Kämpfe und Witze und Gebärden? Hin sind sie, wie Mückenschwärme eines vergangenen Sommers.

Den klugen Kreisel haben sie nicht gestochen.

III.

Der Mensch weiß sehr wenig von sich selbst, sehr wenig von der Geheimdiplomatie des eigenen Ich, die dessen Wandel bestimmt – welche Vermessenheit, vom Nebenmenschen wissen zu wollen, wie er (herausgeschält aus dem Kostüm, das zu tragen die Rolle, die er spielen will oder muß, ihn nötigt) beschaffen sei! Fehlerquellen unserer Meinung über den Nebenmenschen schalten wir wohl am besten dadurch aus, daß wir uns so wenig wie möglich von seiner Tiefe beirren lassen in dem Urteil, zu dem wir auf Grund dessen, was von seiner Oberfläche abzulesen ist, gekommen sind.

*

Vernachlässigt das Urteil über den Nebenmenschen nicht allzusehr die, uns und vielleicht auch ihm selbst unbekannten, physiologischen Bedingtheiten, denen sein Tun und Lassen unterworfen ist? Da erzählt etwa ein seelenkundiger Thebaner die Geschichte einer Ehe, die lebenslanger Kampf war zwischen den Partnern, legt mit Scharfsinn die psychologischen Eigenheiten bloß, aus deren Gegeneinanderwirken solcher Kampf sich entzünden mußte – und was stellt sich dann bei der Autopsie heraus? Daß das Ganze weit weniger ein Streit der Charaktere als vielmehr einer der Eingeweide gewesen ist, daß zwanzig Jahre lang nicht die Geister von Mann und Frau, sondern sein Herzklappenfehler mit ihrer Obstipation gezankt haben.

*

Woher rührt Kreisels Geltung bei so vielen? Woran liegt es, daß diesen, mit den Jahren an Beleibtheit wie Beliebtheit stetig zunehmenden Mann im Unterbewußtsein auch die bejahen, die ihn bewußt verneinen, daß ihm auch manche Gegner ablehnend zugeneigt sind? Beleibtheit – Beliebtheit: die beiden sind im Fall Kreisel nicht nur klanglich, sondern auch logisch nah beisammen.

Kreisels Erscheinung und Art, sein physisches wie geistiges Wesen atmen: Ruhe. Seine Emanation wirkt abregend, allzu Wichtiges entwichtigend, Fieber dämpfend. In ihrem Wirkungsbereich schlägt der Begriff «Ruhe» als gebrauchsfertige Substanz nieder, wird fühlbar, greifbar, schmeckbar. Kreisel ist in diesem Punkt ein rechter Zauberer, vollbringt an Aufgeregten mit selten versagendem Gelingen das Wunder der Beruhigung, das Kalmirakel sozusagen. Am breiten Damm seiner Vernünftigkeit brechen sich die Wellen der Leidenschaft, der Sturm, den sein nüchternes Wort bespricht, sänftigt sich zum ungefährlichen Winde. Kreisels Klima ist das beste! In ihm genesen, sofern es nicht um hoffnungslose Fälle sich handelt, die an Überhitzung, Überspannung, Überwertung, Übersteigerung oder sonst einem üblen Über leiden. Mit Kreisel-Strahlen behandelt, gewinnen die verwickelten Fälle ihre verloren gegangene Einfachheit wieder, durch Kreisels optische Hilfen sehen die von irgend welchem Licht oder Irrlicht Geblendeten wieder deutlich. Man könnte auch sagen: es fallen ihnen die Schuppen aufs Auge, die von Gnaden der Natur höchst absichtsvoll dorthin getan sind.

Klar, daß solcher Mann viel geschätzt und geliebt wird, viel geschätzt und geliebt zu werden verdient. Denn was braucht der Mensch heutiger Tage nötiger (vom Geld abgesehen) als das heilige, heilende Elixier Ruhe? Was taugte ihm besser als das Mittlere, Gemäßigte, Kühle, Normale, durchschnittlich Gültige, als Gleichgewicht und der durch nichts zu verrückende praktische Standpunkt?

*

Kreisel kennt das Natur-Gesetzbuch der menschlichen Beziehungen und handelt nach ihm. Er glaubt in keinem Fall an Zuneigung, die so groß wäre, daß sie das Wohlergehen des anderen über das eigene zu stellen vermöchte. Er weiß, daß Freundschaft keine Nutz-, sondern eine Zierpflanze ist. Er spielt nie die Komödie, als meine er, Gefühl könne die Grenze, die einen Egoismus vom andern ewig scheidet, niederlegen. So wenig er jemals sein eigenes Ich-Geheimnis preisgibt, so wenig zeigt er Lust, hinter das der anderen zu kommen. Er weiß, daß Beziehungen am besten halten, wenn sie nicht binden, und ungültig werden, wenn ein Partner sich auf sie beruft. Er weiß, daß Freundschaft in den meisten Fällen aus dem Schwächegefühl des Einzelnen gegen die ungeheure Majorität der übrigen erwächst, daß sie gleichsam eine Schutzmaßnahme des Menschen gegen die Menschheit darstellt, einen Bund von Teilen wider das Ganze. Er kennt die gesunden Techniken des Verkehrs: das Ausweichen, das Nicht-Fragen, die rechtzeitige Erblindung und Ertaubung. Damit im Widerspruch steht allerdings zuweilen eine wunderliche Neigung, anderen die Krücken wegzuziehen, an denen sie humpeln, das kunstvoll gefügte System von Mißverständnissen und Täuschungen, in das ihr Leben (zu ihrem Heil) eingesponnen ist, durch sogenannte Wahrheiten zu zerstören. Seine Feindschaft ist milde, seine Sympathie unerbittlich.

*

Ein wohlunterrichteter Führer durch den dunkelsten Kreisel sagte von ihm: «Achtundneunzig Prozent dessen, was Kreisel gegen das Gespinst von Phantasien, Wünschen, Träumen, in dem der Mensch erbarmenswürdig verzappelt, einzuwenden hat, ist richtig . . . aber nur um der anderen zwei Prozent lohnt es sich, zu leben.»

Ein neues Jahr

Wir numerieren die Jahre. Eigentlich wäre es netter, ihnen nicht eine kalte, nüchterne Zahl anzuhängen, sondern einen Namen. Oder einen Titel, wie ihn Bücher führen. Wäre es nicht schön, ein Jahr zu beginnen, das etwa «Rose-Marie» hieße? Oder: «Der gute Freund» oder «Segen der Liebe»? Man denke nur, was solche Neuerung allein schon für die Briefpapier- und Kalenderindustrie bedeuten müßte, ganz zu schweigen von dem mystischen Einfluß des Namens auf das Jahr, das ihn zwölf Monate lang trüge. Wie es zu heißen hätte, müßte eine internationale Kommission bestimmen, deren Spruch sich die ganze zivilisierte Welt widerspruchslos zu fügen gewohnt ist, also etwa der Völkerbund oder die «Association universelle des idéalistes», die es ebenfalls nicht gibt. Diese Kommission sollte auch das Recht haben, einen großen Menschen dadurch zu ehren, daß sie das Jahr nach ihm benennte. Um wieviel mehr und dauerhafter würde solche Ehrung über gemeine Sterbliche erhöhen, als der ziemlich kompromittierte Nobelpreis!

Vorläufig numerieren wir noch. Wir nähern uns, seit Christi Geburt gezählt, schon der Zahl 1937. Nein, wie die Zeit vergeht! Und dies ist noch das Beste, was sie tun kann. Eine schwere Wolke von Gemeinheit, Grausamkeit und Dummheit hängt über ihr, und kein Lüftchen kündet an, daß von irgendwoher ein Wind sich erheben wolle, das «schwüle Gedünst» (Rich. Wagner) fortzuwehen. Also bleibt nur die Hoffnung, daß es, mit der Zeit, vergehen werde. Diese läuft ja, seit sie das vielbesprochene Tempo hat (was allerdings ein Unsinn ist, wie die Wendung «der Raum hat Raum» einer wäre), in so sprudelnder, schäumender Hast dahin, als könnte sie's gar nicht erwarten, in die Ewigkeit zu münden. Von der Angst gejagt, hinter ihr zurückzubleiben, geraten die Menschen außer Atem, und bis sie darauf kommen, daß ihnen bei langsamerem Tempo Enttäuschung und Tod genau so gewiß sind wie bei höchstgesteigertem, haben sie die besten Chancen, ihr Leben zu nützen, versäumt. «Nimm dir Zeit, sonst nimmt sie dich!» könnte ganz gut irgend ein Weiser gesagt haben.

Wie das kommende Jahr sich gestalten mag, das wissen nur die wenigsten, und die sagen es vernünftigerweise nicht. Wozu denn auch? Das Gute, das sie künden könnten, wird auch als Überraschung willkommen sein, und die Übel, die sie voraussagen, wüßten wir ja doch nicht abzuwenden; denn vermöchten wir's, so wäre ja der Prophet, der sie vorausgesagt hat, keiner gewesen. Viel Wahrscheinlichkeit hat immer die Voraussage für sich, daß das neue Jahr zwölf Monate währen, reich an Geburts- und Todestagen und, wenn es schön sein, dann Mühe und Arbeit sein wird. Eine bessere Prognose, dies lehrt die Erfahrung, können wir keinem Jahr stellen. Oder weiß jemand eines zu nennen, von dem die Menschen sich schwer getrennt, zu dem sie gesprochen hätten: Verweile doch, du bist so schön!? Hat schon jemals einer in der Silvesternacht «Prost Alt-Jahr» gerufen? Man ist immer froh, dieses losgeworden zu sein, und erst wenn wiederum ein Jahr in Schmerzen vergangen ist, sieht man reuig ein, was man an dem vorhergegangenen gehabt hat. Ein und dasselbe Jahr hält man höchstens ein Jahr lang aus, keine Minute länger.

Sollen wir fürchten, daß das kommende Jahr sein wird wie das gewesene, oder sollen wir's hoffen? Das ist die Frage. *Eine* ziemliche Gewißheit besteht: An den ewigen Sternen über uns wird die nächste Zukunft, verlaufe sie, wie sie wolle, kaum etwas ändern. Auch künftighin werden die Schwingenspitzen des Schwans in alter Herrlichkeit glänzen, wird in unverminderter Kraft das W der Kassiopeia flammen, wird kein Edelstein aus dem Gürtel des Orion gebrochen werden, und nach wie vor, glanzvoll aufgeschirrt, Räder und Deichsel aus lauterem Gold, der Große Wagen auf seinem Standplatz stehen. Das Sternenzelt dürfte intakt bleiben. Von der anderen Kantschen Gewißheit, dem Sittengesetz in unserer Brust, möchte ich das nicht mit solcher Sicherheit behaupten.

Jedenfalls nähert sich, um den 21. Dezember herum, die Erde wieder der Sonne, der Tag «nimmt zu», setzt Sekunden an, Knospen, in denen Licht reift und Wärme. Aus der Tiefe der Dunkelheiten geht es aufwärts. Diese Änderung der Fahrt-Richtung ist es offenbar, die den Menschen um Neujahr herum zur guten Laune anreizt und ihn so geneigt macht, den Menschenbruder zu umarmen, beziehungsweise ihm die Gurgel umzudrehen. Ob er sich für dies oder jenes entscheidet, ist Sache der Weltanschauung.

Von armen Leuten

1. Rede des Wohltäters

LIEBER Freund, ich habe Ihnen also – hier sind Zigaretten, bitte – das Geld gegeben, von dem Sie mir versichern, Ihnen werde es über alle Schwierigkeiten hinweghelfen, und ich werde es ganz bestimmt, wenn auch erst nach einiger Zeit, auf Heller und Pfennig zurückerhalten. Was den ersten Punkt dieser gutgemeinten Versicherung anlangt, so teile ich aus Erfahrungsgründen Ihren Optimismus nicht. Schwierigkeiten wie die Ihren haben eine hartnäckige Neigung zur Rezidive, sodaß jedem chirurgischen Eingriff, der sie beseitigt, über kurz oder lang wieder ein solcher folgen muß. Wobei ich Sie zu beachten bitte, daß den Eingriff hier eigentlich der Kranke am Arzt vornimmt und daß dieser es ist, der allen Schmerz der Operation zu erdulden hat. Was den zweiten Punkt Ihrer Zusicherung betrifft, das Versprechen der Wiedergabe, so wissen wir beide genau, daß dieses Versprechen mit größter Wahrscheinlichkeit sich als Versprechen im anderen Sinn des Wortes, im Sinn der Fehlleistung, herausstellen wird. Ich für mein Teil, seien Sie beruhigt, nehme es als rein formale Wendung zum Abschluß der von uns getätigten Transaktion, eine Wendung, der nicht mehr innere Wahrheit zukommt als etwa dem Hochachtungsvoll unter einem Brieftext.

Darüber jedoch, nicht wahr, sind Sie sich klar, daß von nun ab unsere Beziehung durchaus eine andere geworden ist? Der Waagebalken – ich spreche von jener Waage, die unsere beiden Ich bisher einander hielten – steht seit heute schief. Lieber Freund, in dem «lieber Freund», mit dem ich Sie bei Ihrem Eintritt begrüßte, hatte sowohl das «lieber» wie das «Freund» noch eine viel dichtere Substanz als in dem «lieber Freund», mit dem ich diese Rede an Sie begann, und das schon durchweht ist von einem leisen Hauch jener Kühle und Gleichgültigkeit, der die Worte leer bläst, sie zu Sprach-Attrappen verwandelt, für die Seele dessen, dem sie gelten, so ganz ohne Nährwert wie für den Magen des Schauspielers das Pappendeckel-Huhn, das ihm auf der Bühne serviert wird. In Ihrer Stellung zu mir – mögen Sie selbst, in allen menschlichen Gegebenheiten, von uns zweien der Bessere sein, der Wertvollere – hat sich, und seien Sie noch so durchdrungen davon, daß Ihr Stolz und Ihre Würde unangetastet geblieben sind, mit dem Empfang meiner Wohltat ein Schatten von Befangenheit eingeschlichen. Der Ton, in dem wir von jetzt ab miteinander verkehren werden, wird bei Ihnen um eine Schwebung unsicherer, bei mir um eine Schwebung überlegener sein. Gewiß, ich, da ich ein feiner und feinnerviger Mensch bin, werde Sie davon nichts merken lassen . . ., aber ebenso gewiß werden Sie, da Sie ein feiner und feinnerviger Mensch sind, beständig auf der Lauer sein, ob Sie nichts dergleichen merken.

Also das ist Ihr starkes Minus bei der Sache. Was bringt sie nun mir an Schaden oder Nutzen?

Reden wir offen. Wir dürfen das. Denn unsere Zeit, zwar erbarmungslos wie ein strengster Wintertag (das einzige, was bei derartigem Frost halbwegs warm hält, ist ein dreifach gefütterter Egoismus), hat doch das Gute, auch so schneidend klar zu sein wie solch eisdurchklirrter Tag. Wollten wir selbst der Wahrheit, wie sie ist, nicht ins Auge sehen, so sieht sie doch uns ins Auge, mit so bannendem Tierbändiger-Blick, daß kaum anderes übrig bleibt, als ihr zu gehorchen. Machen wir uns also nichts vor von Menschenfreundschaft und -brüderschaft, die mit manchen anderen Göttern entflohen sind; sofern sie nicht als politische Verbrecher in Gefängnissen sitzen. An dem vielen Elend, das es zu bemitleiden gibt, hat sich das Mitleid stumpf gerieben, die Not ist so verhaßt, daß unwillkürlich der Notleidende von solchem Haß etwas abbekommt, und in den Schlachten der Wirtschaft haben wir, wie in denen des Kriegs, gelernt, den Anblick von Verwundeten und Toten mit Gleichmut zu ertragen. Verknüpfen Sie das Sittengesetz: Liebe deinen Nächsten wie dich selbst mit dem Naturgesetz: Jeder ist sich selbst der Nächste . . ., so haben sie die trügerische Kompromiß-Formel, die unsere Beziehung zum Nebenmenschen, ausgenommen den Fall, daß wir in ihn verliebt sind, regelt. Zudem wissen Sie ja, oder sollten es wissen, daß der Mensch nichts, absolut nichts tut, von dem er nicht seinen materiellen, geistigen oder moralischen Nutzen hätte. Auch wer ein sogenanntes Opfer bringt, rechnet (vielleicht allerdings, ohne daß er es weiß) zumindest mit einem Zins-Ertrag an Hochgefühl, den für ihn das Opfer abwerfen wird. Von diesem Hochgefühl jedoch abgesehen – das etwa so lange Zeit andauert wie eine Schneeflocke braucht, um auf einer heißen Herdplatte zu schmelzen –, erwachsen dem Wohltäter nur Nachteile aus seiner Wohltat. Vor allem läuft er Gefahr, daß die Zumutung, der er einmal nachgegeben hat, erneut an ihn gestellt wird und immer wieder, bis ihm schließlich das Bedauern hochkommt, sein Geld hinausgeworfen zu haben statt gleich beim ersten Mal den, der es haben wollte. Sehr leicht weiter wird er zum Gegenstand der Abneigung für das Individuum, das seiner Hilfe teilhaftig wurde, denn die Verpflichtung zur Dankbarkeit drückt und quält und wird schließlich, so wunderlich verkehrt das ist, dem übelgenommen, der sie aufgeladen hat. In eine dialogische Formel gebracht: «Warum sprechen Sie schlecht über Herrn X.?» – «Weil er mir etwas getan hat.» – «Was?» – «Gutes. Aber das ist keine Entschuldigung.»

Leben Sie wohl, lieber Freund. In der bestimmten Erwartung, daß Sie nicht so taktlos sein werden, es zu tun, bitte ich Sie, sich nur immer, wenn Sie wieder etwas brauchen, vertrauensvoll an mich zu wenden.

II. Kummer des Bekümmerten

Dem alten Porträtmaler, Künstler im ruhelosesten Ruhestand, geht es . . . man darf kaum noch sagen: schlecht. Es geht ihm sozusagen überhaupt nicht mehr. Von keinem seiner Bekannten, heißt es, verlangt er jemals auch nur die geringste Hilfe. Wovon er lebt, das weiß niemand. Aber heute schwebt ja über sehr vielen Existenzen geisterhaft dieses Fragezeichen, gekrümmt wie der Mensch, wenn er getreten wird.

Seit ich ihn kenne, trägt der Maler denselben romantischen Schlapphut à la Bohème, eine schwarze, sehr locker gebundene Riesen-Schmetterlings-Krawatte und, auch im strengsten Winter, ein dünnes, einstmals graues, jetzt schicksalsdunkles Cape, das im Winde flattert. Wenn er so daher weht, schwarz durch die weißgeschneite Straße, ein komplizierter, vielfittiger Rabe, schauen ihm die Leute verdrießlich nach, als wäre ihnen ein Unglücksbote begegnet, und die, welche Poe gelesen haben, denken: «Nevermore!»

Der Maler hat neurotische Angst, das Gespräch könnte auf sein Elend kommen. Deshalb redet er gleich nach dem «Guten Tag» von Malerei und steigert sich in künstlich zornige Klage über den Verfall der Kunst. Seiner Meinung nach verhungern die, welche sich heute Künstler nennen, rechtens. Von dem Einwand, solches Verhungern dürfte doch wohl auch andere Gründe haben als die Talentlosigkeit der Generation, etwa den Zeitenlauf, Krieg und Krise, und daß heute wenig Leute Geld ausgeben wollen oder können, um ihre langweilige Visage in Öl einlegen zu lassen, davon will der Alte nichts wissen. Erstens, weil er der Ansicht ist, die Porträtisten der Gegenwart würden schlechte Maler geworden sein, auch wenn sie mit drei Händen zur Welt gekommen wären, und noch mehr erstens, weil er auch schon Gesprächen über allgemeine Not ausweicht, in Angst, es könnte dabei an seinen eigenen Jammer gerührt werden.

Ich achte die liebens- und lobenswerte Marotte des braven Mannes. Und wenn wir einander begegnen, sind wir dermaßen sofort bei der Malerei, als wäre das Thema brennend.

Kürzlich ist es mir aber trotzdem widerfahren, daß ich die blödsinnige, leere Frage an ihn richtete: «Wie geht es Ihnen?»

Das geschah vor einem Lebensmittelladen, an dessen Schaufenster der Maler (noch schwärzer, verhungerter und dürrer, als ich ihn zuletzt gesehen hatte) neben einem anderen, auch betrüblich aussehenden Herrn sein Auge sättigte. Ich dachte anfangs, die beiden gehörten zusammen. Aber mein Freund ließ den Betrüblichen stehen und ging mit mir weiter, sodaß sie doch wohl einander fremd gewesen sein dürften. Damals nun, wohl aus blanker Verlegenheit, fragte ich: «Wie geht es Ihnen?»

Der Alte zog den Schlapphut mit heftigem Ruck tief in die Stirn, als wollte er etwas nicht sehen, das zu sehen er genötigt würde. Dann, auf den Mann vor dem Lebensmittelladen deutend, rief er mit einer resignierenden Gebärde der hochgehobenen und gleich wieder in die Hänge-Lage kraftlos zurückfallenden Arme: «Mein Gott, man möchte ja so gerne helfen ... aber man kann nicht!»

III. Gegendienst

Ein ehemaliger Schulkamerad, seit langer Zeit in unheilbarer chronischer Armut, erhält von mir, sooft der Zufall, den Absichten des Kameraden treulich verbündet, eine Begegnung zwischen uns herbeiführt, etwas Kleingeld. Manchmal erhält er es auch nicht, aber es hat dann wirklich einen zwingenden Grund, warum er es nicht erhält.

Trotzdem in vieljähriger Praxis solcher Ablauf unseres Zusammentreffens bereits ganz selbstverständlich, automatisch geworden ist, hält der Kamerad es doch jedesmal für notwendig, seine Bedürftigkeit, auf die er wirklich nicht zu deuten brauchte, damit man sie bemerke, mit Worten in grelles Licht zu setzen, oder besser: in grelles Dunkel. Überdies fügt er stets noch irgend etwas hinzu, das auf das Unverschuldete seiner Situation hinweisen soll. Ich sehe immer, wenn ich ihn kommen sehe, der unausweichlichen Schilderung, dem unausweichlichen Hinweis mit vorweggenommener Ungeduld und Nervosität entgegen, bin deshalb stets gerade in höchster

Eile und verabschiede mich so rasch, daß er seine Elends-Rede gleich nach dem ersten vehementen Anlauf zu ihr abstoppen muß, wie ein Rennreiter sein Pferdchen nach falschem Start. Wozu nimmt er sich auch immer wieder die Mühe? Wozu die Formalitäten? Er weiß doch ganz genau, daß ich die Beziehung, wie sie nun einmal zwischen uns sich herausgebildet hat, keineswegs als eine nach sittlicher Ordnung gerechtfertigte ansehe, sondern durchaus als Willkür-Spiel des Schicksals, und für blanke Laune der Natur oder Kultur halte, daß er von mir gelegentliches Kleingeld bezieht und nicht ich von ihm. Vermutlich wird sein Betragen von dem noblen Gefühl und Wunsch diktiert, für die geringe Gabe doch auch etwas zu leisten. Trotzdem steigert sich mit jedem Zusammentreffen mein Mißbehagen vor der unvermeidlichen Begleitrede, ich bin immer mehr gerade in höchster Eile; und das vorletzte Mal habe ich es dahin gebracht, daß das Pferdchen überhaupt nicht vom Start kam.

Dies nun scheint den Kameraden ernstlich verstimmt zu haben. Denn das letzte Mal, als wir uns sahen, redete er kein Wort. Wir gaben uns schweigend die Hand, das Kleingeld wechselte hiebei von der einen in die andere hinüber, und dann ging jeder seines Wegs. Aber nach ein paar Schritten blieb der arme Mann stehen, wandte sich um, rief: «Hallo, eine gute Nachricht! . . .»

«Ja, was denn? . . .»

«Ich habe schon Wasser in den Beinen! Lang kann's nicht mehr dauern!» Und er nickte und winkte mir zu, als wollte er sagen: «Na, also, diesmal hat es doch gelohnt zuzuhören, wie?»

Tischnachbarin

Die Tischnachbarin als Problem kommt nur in feineren Häusern vor. Dort, wo gespeist, diniert, soupiert wird. Bei gewöhnlichen Leuten, dort wo man schlechtweg ißt, gibt es zwar auch die Erscheinung der Tischnachbarin, aber sie tritt in so anspruchsloser Form auf, daß sie der Forschung kaum Anlaß gibt, sich mit ihr zu beschäftigen.

In nobleren Häusern, wie gesagt, ist die Tischnachbarin ein Problem.

Vorerst für die Hausfrau. Eine Tischnachbarin muß richtig placiert werden, und das ist nun keineswegs so einfach, wie der schlichte Gast es sich vorstellt. Neben ihrem Mann darf sie nicht sitzen, das leuchtet ohne weiteres ein; wozu sonst denn ginge das Paar in Gesellschaft, als um zu vergessen, daß es ein Paar ist? Die Dame darf auch nicht neben ihren Freund gesetzt werden, weil solche Anordnung leicht als absichtlich erschiene, gleichsam: Ihr sollt wissen, daß wir wissen. Der Platz neben dem Herrn, der gern Freund der Dame würde, kommt auch nicht in Frage, denn das sähe aus wie taktlose Protektion, Vorschubleistung. Weiters ist – zumindest in Häusern, die auf vollendeten Geschmack auch in geringen Lebensfragen Wert legen – dafür zu sorgen, daß die Tischnachbarin einen Nachbarn bekommt, der zu ihrer Haarfarbe und politischen Gesinnung, zu ihrem geistigen Anspruch und ihrem Jahres-Budget paßt.

Viel schwieriger noch als für die Hausfrau stellt sich das Problem der Tischnachbarin für den Gast dar, dem sie widerfährt. Schon daß er, naturgemäß, zwei Nachbarinnen bei Tisch hat, eine rechts und eine links, also zu doppelseitigem liebenswürdigem Getue, zu ausdrucksvollem Grimassieren mit beiden Gesichtshälften genötigt ist, schafft ihm Pein. Was aber die eigentliche, ihm zugewiesene Tischnachbarin anlangt, so wird sie in jedem Fall ein Quell des Unbehagens für den Kavalier an ihrer Seite. Ist sie reizvoll, lenkt sie vom Essen ab. Ist sie es nicht, drückt sie auf den Appetit. Hat sie Geist, bringt sie den Nachbar in die peinliche und lächerliche Situation, auch zu tun, als hätte er welchen. Redet sie, muß er interessiert zuhören, schweigt sie, muß er reden, sonst entstehen schwere Pausen der Verlegenheit.

Besonders gefährlich ist jene Tischnachbarin, der man nie zuvor begegnet ist. Wie beginnt der Gentleman da die Unterhaltung? Der gesellschaftlich erfahrene Mann hat ja stets ein paar zuverlässige Wendungen vorrätig, um den ersten Kontakt mit der Tischnachbarin herzustellen, wie etwa: «Ist Ihnen die Gesellschaft auch so unerträglich wie mir?» oder: «Um wievieles lieber säße ich jetzt bei einem Glas Bier im Wirtshaus!» oder: «Nicht eine einzige hübsche Frau ist da!» oder: «Immer dieselben zuwideren Gesichter!» oder: «Wenn der Abend nur schon überstanden wäre!» . . . Aber viele Tischnachbarinnen ziehen doch eine vom Fleck weg sinnliche Unterhaltung vor und lenken deshalb das Gespräch sofort aufs Kino. Einfacher ist die Sache, wenn die Dame die Initiative ergreift und das erste Wort spricht: da sind doch gleich Tonart und Tempo der Konversation eindeutig bestimmt. So hatte ich einmal eine Tischnachbarin, deren erste Worte, nachdem ich ihr vorgestellt war, lauteten: «Komisch! Ich habe fest geglaubt, Sie sind schon tot.» Da war doch gleich ein gemütlicher Ton angeschlagen und das Gespräch gut in Schwung gebracht.

Die ideale Tischnachbarin ist jene, die dir deutlich zu

verstehen gibt, daß sie dich von der Pflicht, sie zu unterhalten, enthebt. Aber für eine Frau von soviel Gutartigkeit, Geschmack und Feingefühl, für ein so unbelastendes, verständiges Geschöpf fühlst du augenblicks eine derart heftige Sympathie, daß es dich drängt, ihr diese zu beweisen. Und so ist wieder nichts mit der Ruhe.

Deshalb sagt auch schon Sophokles: «Me genesthai ariston!» Zu deutsch: gar nicht eingeladen werden ist das beste.

Tod eines Wortes

DAS Wort: Liebe, wie sie es sprach, hatte sein besonderes Leben. Es ist ja zwischen vieler Leute Lippen und scheinbar dasselbe, ob nun der oder jener es gebraucht, aber wie kein Menschengesicht einem zweiten gleich ist, selbst bei fast vollkommener Identität seiner Einzelzüge und ihrer Anordnung, so geben dieselben Lettern in derselben Folge doch in jedem Mund, der sie zum Wort formt, ein Verschiedenes nach Inhalt, Sinn, Bedeutung. Denn in das Wort fährt etwas von der Seele dessen, der es spricht, und mit dem Atem, der es tönen macht, wird ihm auch jener Atem höherer Ordnung eingehaucht, der im Schöpfungsakt den toten Stoff belebt. Zu welcher Art Leben, das kommt auf die «Entelechie» an, auf die geheimnisvoll bestimmende Kraft, die das Mögliche zum Wirklichen werden läßt.

Also das Wort: Liebe, wie sie die zwei Silben sagte und meinte, hatte sein besonderes Leben. Ein rundes, volles, großes Leben, das Licht verbreitete und Wärme, im kleinen Raum der Wirklichkeit sowohl wie im unendlichen der Phantasie; das dem, für den es da war, selbst Lust und Mut zum Leben ins Herz listete und dort beglückenden Glauben weckte. Woran eigentlich, das wäre schwer zu sagen. Aber jedenfalls einen Glauben, der auch als Irrglaube ein guter Glaube war und seine sprichwörtliche Fähigkeit, selig zu machen, bewährte. Heilkräfte übte das Wort an vielen Wunden, zauberisch ließ es die Nöte des Daseins zu Nichtigkeiten schrumpfen, und im Bereich seiner Strahlung kamen böse Gedanken nicht auf, verzogen sich wie Gespenster vorm Tageslicht. Es war ein Wort, das viele andere Wörter überflüssig machte. Ein reiches Wort, bei dem es die arme Seele gut hatte. Ein Wort von solcher Fülle des Inhalts, daß es unerschöpflich schien. Ein kluges Wort, das sich gegen alle noch so scharfsinnige Dialektik, die ihm zusetzen mochte, überlegen behauptete. Ein moralisches Wort, in dessen Geltungsbezirk es keine Sünde gab. Ein starkes Wort, von dem behütet der Feige das Fürchten verlernte. Ein Wort voll von herrlichem Ernst, von herrlichem Spaß. Und scheinbar so gefeit gegen die Unentrinnbarkeit des Endes, daß sich in hypergläubigen Augenblicken zwanglos das Wörtchen «ewig» ihm verband.

Aber eines grauen Tages, selbstverständlich, begann das Wort doch zu kränkeln. Es verlor an Farbe und Gewicht. Es büßte seine Frische ein, seine Spannkraft, und, was das Schlimmste, seine unbedingte Zuversicht in sich selbst. Es zeigte bedrohliche Untertemperatur, wurde leicht müde, und, mußte es übern Berg der Verdrießlichkeiten – ach, was war das sonst für ein müheloser Spaziergang! –, ging ihm bald der Atem aus. Was fehlte ihm? Nichts als alles. Nichts als der Wille zum

Leben. Bedrückend traurig mitanzusehen, wie vorzeitig es nun alterte, viel früher, als bei seiner scheinbar so kräftigen Konstitution zu erwarten gewesen war, an jedem Tag gewissermaßen um Monate.

In schonungsvoller Verhehlung besseren Wissens tat sie so, als glaubte sie an eine nur vorübergehende Schwäche des hinsiechenden Wortes. Aber sprach sie es jetzt aus, klang das schon so, als lese sie's von einem Grabstein ab. Zuweilen versuchte das Wort noch so etwas wie Kraft und Wärme vorzutäuschen: herzzerreißend traurig sah sich das an.

Und eines Tages war es tot, das Wort, mausetot.

Mit vielen Spezereien ihres reichhaltigen Verstandes balsamierte sie es ein. Eine gute Zeit noch lag es so herum, gruselig anzuschauen mit seinem gespenstischen Anspruch auf die Fiktion der Lebendigkeit. Schließlich wurde das verschrumpelte Ding ihr und ihm gleichermaßen lästig und lächerlich, und sie verschenkten die Mumie an einen Hausierer, der mit ausgestopften Erinnerungen handelte, mit antiquarischen Leidenschaften und zerrissenen Unzertrennlichkeiten.

Aber es gibt eine Auferstehung. Und ich glaube, das Wort «Liebe» wird in ihrem begabten Mund noch einmal, oder mehreremal, lebendig werden. Wenn auch, leider, in anderer Inkarnation.

Die Ersten

ADAM und Eva lagen im Grase und sonnten sich. Sie taten den ganzen Tag nichts anderes, und schwer lastete auf ihnen der Segen ungetrübter Harmonie. Ein Löwe schmeichelte sich heran, gab Pfötchen und wollte spielen, eine Giftschlange hatte sich als Reif um Evas Arm gewunden und glitzerte, ein Raubvogel schwebte zu Häupten der Ruhenden, fächelte ihnen Kühlung zu und hätte aus der Hand gefressen, wenn etwas drin gewesen wäre.

«Adam, sieh, wie zutraulich die Tiere sind!»

«Die Ameisen und Ohrwürmer leider auch», erwiderte Adam und gähnte. «Übrigens sind die Tiere nur zu uns so freundlich, fressen aber einander auf. Zumindest die Fleischfresser unter ihnen tun so. Hast du das noch nicht bemerkt?»

«Von etwas müssen sie doch leben», sagte Eva und lächelte gütig. «Außerdem sind ihrer doch so viele! Wenn sie sich nicht gegenseitig vertilgten, würde das Paradies für uns zu eng. Die Tiere vermehren sich ja immerzu. Ist dir das noch nicht aufgefallen?»

Aus ihrer Stimme klang so etwas wie leiser Vorwurf.

Natürlich war auch dem Adam aufgefallen, daß sich die Tiere immerzu vermehrten. «Eigentlich sollten wir das auch tun», meinte er nachdenklich. «Wenn ich nur wüßte, wie. Im Traum war mir schon oft so, als wüßte ich's.» Und gleichsam als Erwiderung auf den Vorwurf in ihrer Stimme fügte er noch hinzu: «Ich habe nicht erst seit heute das Gefühl, daß du dich mit mir langweilst, Eva.»

«Keineswegs.»

«Doch, doch. Wenn wir mehr wären als nur zwei, brächte das Abwechslung in unser paradiesisches Dasein.»

Eva sah ihn von der Seite an. «Mit anderen Worten: ich genüge dir nicht mehr?» Sie fragte das teils gekränkt, teils schelmisch.

Adam überhörte die Frage. Er hatte es während der langen Zeit, die sie schon mitsammen waren, zur Meisterschaft gebracht im Überhören dessen, was die Gefährtin sagte. Anders hätte er im Paradies sein Paradies auf Erden nicht gehabt. Er stand auf, hob einen schweren Stein vom Boden hoch, warf ihn mit Schwung in den gleichmäßig temperierten See, so daß der ewig blaue Himmel, der sich darin spiegelte, zerbrach.

«Adam, was haben dir der liebe Stein und das liebe Wasser getan?»

«Nichts. Aber ich tue ihnen ja auch nichts. Der Stein freut sich ganz gewiß, daß er frei durch die Luft fliegen darf, und dem Wasser ist sicher der Anlaß willkommen, aufzuspritzen und Schaum zu machen.» Es war ein Unterton von Bitterkeit in seiner Rede.

«Was ist mit dir los, Mann? Was fehlt dir?»

«Wenn du es durchaus wissen willst: ein Feind! Unser Idyll ist ja tadellos, aber es macht mich . . . wie soll ich das nur sagen . . . es macht mich matt und leer. Diese unbedingte grenzenlose Fügsamkeit der Wesen und Dinge ringsum drückt auf meine Lebensgeister. Ich möchte etwas haben, was gegen mich ist. Ich brauche einen Feind!»

Eva, ein Höchstmaß von Zärtlichkeit in Blick und Miene: «Kann ich dir das nicht sein?»

«Du?»

«Ja. Du sagst doch immer, ich sei dir alles. Warum dann nicht auch dein Feind?»

Adam war gerührt über ihre Bereitschaft, ihm zu helfen. Aber er hatte seine Bedenken. Er war doch weit größer und stärker als die Frau, versprach sich also nicht viel von einem so wenig adäquaten Widerpart, von einem Gegeneinander so ungleicher Kräfte. Außerdem mißtraute er Evas Fähigkeit, sich, selbst bei bestem Willen, mit der Feindrolle zurechtzufinden. Sie lebte ja in vollkommener, durch nichts zu erschütternder Eintracht mit allem Lebenden und Unbelebten, ließ alles gelten, was und wie es war, hatte auch für Ohrwürmer mitfühlendes Verständnis und intimen Umgang mit Schlangen, von deren Glätte und kriecherischem Wesen Adam, soweit die Satzungen des Paradieses ihm das erlaubten, sich abgestoßen fühlte.

Er trug seinen Zweifel dem Engel vor, der zeitweilig zur Inspektion herunterkam. «Du unterschätzest sie», sagte der Engel.

«Sie ist doch so schwach!»

«Ihre Schwäche ist ihre Stärke.»

«Das verstehe ich nicht.»

Der Engel schmunzelte gutmütig. «Sollst und kannst du auch gar nicht. Du brauchst überhaupt nichts zu verstehen. Daß du es nicht brauchst, Adam, würdige als eine der größten Wohltaten und Annehmlichkeiten, deren du hier teilhaftig wirst.»

«Eva ist von allen Lebewesen jenes, das mir am nächsten steht. Wird sie es da über sich bringen, gegen mich zu sein?»

«Sei unbesorgt. Du wirst in diesem Punkt auf deine Rechnung kommen.»

«Ein Feind muß doch weh tun können? Und Eva tut mir wohl, schon durch ihren Anblick. Oft sogar in einem ganz merkwürdig beunruhigendem Ausmaß. Kann ein Geschöpf dem andern zugleich wohl und weh tun?»

Der himmlische Bote nickte: ja.

Aber Adam kam von der Vorstellung, Eva tauge schlecht zum Feind, nicht los. «Es würde doch gut sein», sprach er dringlich zum Engel, «wenn mehrere gegen mich, den Starken, wären. Zum Kräfteausgleich. Könnte nicht etwas geschehen, damit wir zwei einsamen Menschen hier gleichartige Gesellschaft bekämen?»

Der Engel zuckte die geflügelten Achseln, erwiderte bedeutungsvoll nichts. Und da Adam weiter in ihn drang, sagte er dunkel: «Meinem Schweigen, o Adam, magst du entnehmen, daß ich dir keine Antwort gebe.» Worauf er entschwand.

Aber in den Zweigen des Baumes, um dessen Stamm Eva mit ein paar Schakalen Haschen spielte, rundete sich schon der Apfel, der später die traurige Geschichte der Menschheit ins Rollen bringen sollte.

Erinnerung an einen schlichten Mann

ACHTUNDSIEBZIG Jahre ist der Schneidermeister Franz Sedlak alt geworden. Er war, obgleich schon halb gelähmt, bis in die letzten Tage seines Lebens bei der Arbeit, freilich nur noch geringer Arbeit, wie: Knöpfe annähen, Flecke wegputzen, vielleicht auch etwas bügeln hie und da, Kleinzeug der Schneiderei, die so in des alten Meisters Händen zu ihren Anfängen dortselbst zurückkehrte. Über einen weiten Umweg von Jahrzehnten. Was für berghohe Haufen von Knöpfen mag der fleißige Mann zeit seiner Tätigkeit angeheftet, wieviel tausende Meilen Zwirn eingefädelt und vernäht, wieviel Hektar Stoff verschnitten haben und Maß genommen ohne Maß!

Er hatte die Güte und Freundlichkeit eines Schneiders aus dem Märchen, eine sanfteste Gemütsart, die schon in seiner Rechtschreibung, in der die harten Mitlaute grundsätzlich abgeschafft waren, sich spiegelte; er schrieb etwa: gombled für komplett, Fuder für Futter, Dasche für Tasche. Als ein großer Künstler seines Berufs konnte der Brave, auch als er in Blüte stand, kaum gelten, seine Vorstellungen von elegant, obwohl er das Wort gern im Munde führte, deckten sich nicht mit jener, die der vollkommene Gentleman haben mochte.

Seit seiner Gehilfenzeit, also seit etwa sechzig Jahren, bewohnte Herr Sedlak dieselbe Wohnung in der Wiener Vorstadt, seit sechzig Jahren ging er, Donnerstag und Sonntag, in dasselbe Gasthaus. Er war ältestes Mitglied der Bürgervereinigung seines Bezirks, wider die Regierung nur in der Hitze des Stammtischs, von den Freuden des Kriegs blieb er durch ein verkürztes Bein, von denen des Anschlusses ans Hitler-Reich durch seinen rechtzeitigen Tod bewahrt. Er besaß zwei Erinnerungsmedaillen der Feuerwehr, war dreimal verheiratet und trotzdem oder deswegen, wie er nicht ohne Stolz erklärte, niemals verliebt gewesen, nur in seinen jüngsten Tagen bis zur Bügeleisenhitze eifersüchtig. Er hatte auch sonst keine Laster, frönte dem Spiel (vom kleinen Lotto abgesehen), dem Wein, der Politik nicht über ein bürgerliches Normalmaß hinaus. Die weiteste Reise, die er je unternommen hatte, führte ihn westlich bis Linz, östlich bis Bratislava. Aus solcher Fremde und Ferne kam er stets raschestens zurück, denn die unübersehbaren Dimensionen der Welt beunruhigten sein maßvolles Schneiderherz. Er nahm kleine Raten und war, bekam er sie nicht, ein sanfter Mahner, er ließ, mochten die Zeiten noch so trübe sein, keinen 1. April ohne Schabernack vorübergehen. Das schwarze Krawattchen, zwei Zentimeter kurz, das er stets zu tragen pflegte, wirkte im Kragenschluß wie ein Tintenklecks. Er half zu Hause mit beim Kochen und Waschen, und so klein, so ganz winzig klein waren die Ansprüche, die er ans Leben stellte, daß schon dessen ganzer schändlicher und grausamer Geiz dazu gehörte, sie nicht zu erfüllen. Er empörte sich niemals, vertrug sich mit allen Menschen, und wenn seine Frau auch behauptete, der Franz sei «so viel sekkant», konnte sie doch nicht recht sagen, worin denn eigentlich seine Sekkaturen bestünden. Einmal nur, und dies kaum ein Jahr vor seinem Tod, klagte Frau Sedlak, ihr Mann sekkiere sie mit Eifersucht. Da mag es ihm wohl mit der Liebe gegangen sein wie mit der Schneiderei: an ihrem Ende fiel sie, die Kreisbahn schließend, in ihren Anfang zurück.

Im letzten Jahrfünft vor meinem Abschied von ihnen, März 1938, ging es den Sedlaks, sogar diesen bescheidenen Sedlaks, jämmerlich schlecht. Niemand zahlte, und was an Bestellungen kam, erhöhte nur die Arbeitslast des Meisters, nicht sein Einkommen. Dennoch lachte er immerzu. Lachen, das war seine Manier und Manie, sein Trick, seine physiognomische Schrulle. Sein Gesicht war bis an den Rand gefüllt mit fertigem Gelächter, das bei leisestem Antippen überlief, bei leisester Berührung hervorkam wie das Feuchte aus einem vollgesogenem Schwamm. Er lachte beim «Guten Tag» und beim «Adieu», wenn er Geld bekam und wenn er keines bekam, und seine Antwort auf die Frage, wie es ihm gehe oder wie das Wetter sei, steckte in einer reich gefalteten Krause von Gelächter. Er lachte nicht nur so: «ha ha», wie man's schreibt oder spricht, nicht nur mit dem Mund, sondern mit seiner ganzen Person, mit dem Bauch, mit den Schultern und mit den Augen, die über dem verbogenen, an der Nasenspitze waagrecht sitzenden Kneifer strahlend freundlich in die unfreundliche Welt guckten. Er lachte auch, so ein Lachkünstler war er, wenn er, mit einer Speckkreide die Anatomie des Anzugs verbessernd, ein paar Dutzend Nadeln zwischen den Zähnen hatte; niemals hat er eine verschluckt. Er lachte leise, als ihm klar wurde, es gehe zu Ende, er lachte noch, als ihn die Männer zur Operation holten, und seine Alte mit dem Seufzer: «Wenn ich dich nur noch lebend wiederseh'!» ihm ein Bildchen des heiligen Nepomuk mitgab, das er aufs Herz legen müsse. Aber als er mit den Blicken Abschied nahm von Bügeleisen und Plättbrett und dem Zuschneidetisch und den zwei vollgespickten Nadelkissen, da lachte er nicht, denn solche Trennung von wirklichen Lebensgefährten, die geht an die Nieren. Seine Leiche dann, selbstverständlich, die lag da, als ob sie lächelte. Dies wird, zum Trost der Hinterbliebenen, eben Verstorbenen gerne nachgesagt, besonders jenen, die bei Lebzeiten wenig Grund zu lächeln hatten.

So elend es dem alten Sedlak in der letzten Zeit auch ging, pünktlich zahlte er doch, wie seit einem halben Jahrhundert schon, die monatliche Rate an den Bestattungsverein. Glanzvoll und den Leidtragenden zur Herzensfreude, durfte er dann das so Gesparte und Gesammelte, als die Stunde gekommen war, verschwenden. Die Todesanzeige, ihm gewidmet, auf schönstem, steifem Papier gedruckt, hatte einen Trauerrand aus Moiré von mindestens Dreifingerbreite, und für die Schillinge, die der Verein an Begräbniskosten zahlte, wurde dem abgeschiedenen Schneider ohne weiteres alles zuteil, was ein besserer Toter nur verlangen kann. Das war, nach den lockenden und restlos erfüllten Verheißungen der Firma:

Sarg, Einbettung, Rasieren, Verlöten, Vergurten, Verketten und Verschrauben, Träger, Bahrtuch, Paramente, Warenumsatzsteuer, Sargtransport, Rechnungsstempel, Trauerkarten (mit Moirérand) und noch vieles andere, Männerchor und Kanzleigebühren inbegriffen.

Auch das Leben dieses schlichten Mannes hatte wohl, bei einfachstem Inhalt, tiefen Sinn. Viel zu tiefen, als daß eines Menschen Geist ihn enträtseln könnte. Er nähte und lachte, sieht man von den nebelumhüllten Zeiten frühester Kindheit ab, rund siebzig Jahre lang. Er hatte keinen ernsteren Konflikt auf Erden und wird hoffentlich, mit Hilfe des heiligen Nepomuk, im Himmel keinen haben. Ich bewahre freundliche Erinnerung an ihn und eine nicht bezahlte Rechnung: «Ein Anzug gebutzt und Fuder ausgebesert . . . drei Sch.»

Schlafwagen

WENN der Zug hält, öffnet sich der sanfte Dämmerweg, der ins Traumland führt, und auf Zehenspitzen nähert sich der Schlaf. Aber das Rattern des Zuges verscheucht ihn wieder. Es gibt Leute, die behaupten, bei ihnen sei es umgekehrt, das Geräusch der drehenden Räder wiege sie in Schlummer, und das Aufhören der Bewegung reiße sie aus ihm. Und dann folgt das Beispiel vom Müller, der sogleich erwacht, wenn die Mühle stillesteht. Der Müller ist mir zuwider und ich will von ihm nie mehr etwas hören.

Das Kopfkissen ist quälend weich. Wenn man es zusammenknüllt, damit es doch einige Konsistenz bekomme, wird es ganz klein, kleiner als der Kopf, der auf ihm ruhen soll. Ruhen! Bei solchem Geratter und Geschüttel!

Es ist zehn Uhr abends, um neun Uhr früh sind wir am Ziel der Reise. Also noch elf lange Stunden. Wenn ich das Licht abdrehe, verstärken sich alle Geräusche: es ist, als ob sich's die Akustik nun gut sein ließe, weil ihr die Optik nicht mehr das Terrain streitig macht. Also mag das Licht brennen. Ich liege mit offenen Augen und sehe meiner Hose auf dem Rechennagel pendeln zu. Manchmal schwingt sie wie im Sturm.

Eine Station. Draußen das oft beschriebene Geräuschegewirr, ein Stück aus dem eisernen Bestand der Eisenbahn-Impressionen. Unser Schaffner ist sicher froh über die Abwechslung, die ihm jedes Halten des Zuges bietet, das bißchen frische Luft, das Gespräch mit den Bediensteten auf der Station. Er ist ein netter Mensch und hat mich allein gelassen im Abteil. Vermutlich wäre ja auch ohne seine Protektion das obere Bett leer geblieben, aber er hat so getan, als ob er weiß Gott was für Schwierigkeiten hätte, es nicht zu vergeben.

Ach, ist es schön, wenn der Zug stillesteht! Die Hose hängt in beruhigender Ruhe am Nagel, nichts klirrt, nichts dröhnt, nichts schüttelt, ich bin so froh, wie ich daheim des Morgens war, wenn sie Adieu sagte, meine brave alte Aufräumefrau, die immer so viel herumtat mit Säubern und Putzen, und ich mochte doch schon längst, daß sie ginge, und wollte sie nicht kränken, ihr das zu sagen, und wurde immer nervöser und hatte das Gefühl, als sei eine große Fliege im Zimmer, die ja auch nichts tut, als daß sie von Zeit zu Zeit summt, aber schön wäre es immerhin, wenn sie wegflöge. Und jetzt ist sie wirklich fort und mir behaglich zumute. Der Boden wird weich, samtweich, es sinkt sich gut hinein in ihn, die Erscheinungen lösen sich auf, haben kein Gewicht mehr, ihre Form verfließt wie ein Gebilde aus Schnee in der Wärme, und jetzt tut es einen Ruck, etwas fällt leicht klirrend zu Boden. Es ist meine Uhr, die Hose weht, und der kurze Traum von Traum und Schlaf ist schon wieder ausgeträumt.

Wieviel Uhr? Drei Uhr morgens. Noch sechs Stunden. Ich war auf dem Korridor, der Schaffner saß in seiner Box und trank eine Flasche Bier. Es ist kalt draußen, sagte er, und wir haben Verspätung. Er wohnt in der Stadt, wo wir ankommen werden, in einem kleinen Vorstadthotel, achtzehn Stunden hat er nach Fahrtbeendigung dienstfrei, dann geht es wieder die Strecke zurück. «So eine Nacht, Herr Schaffner, vergeht langsam, wie?» «Nicht so arg», meint er, denn hie und da schläft er ein halbes Stündchen sitzend in seiner Dienstkammer, und wenn der Zug hält, weckt ihn das sogleich auf, wie den Müller, wenn u. s. w.

Sonderbares Gefühl, in einem Bett zu liegen und hingerissen zu werden durch die Nacht. Dazu dreht sich außerdem noch die Erde um sich selbst und um die Sonne. Schwer, da nicht nervös zu werden.

Das Kopfkissen ist ein unförmiges glühendes Knäuel geworden, ich höre den Puls meiner Schläfenader. Die richtige Lage im Bett, die Entspannung verspricht, ist nicht zu finden, und je lebhafter ich mir ein wogendes Ährenfeld vorstelle, desto munterer werde ich. Wir sind wieder in einer Station. Jemand geht draußen den Zug entlang und schlägt mit dem Hammer an die Räder (Bahn-Impressionen). Ich versuche es mit Zählen, bei fünfhundert gehe ich wieder in das Ährenfeld, in dem ich jetzt Mohn wachsen lasse, wegen der nahen Verbindung von Mohn zu Schlaf. Es gibt Menschen, denke ich mit Neid, die schlafen in der Bahn wie zu Hause. Sie machen am Start die Augen zu, und wenn sie sie wieder öffnen, sind sie am Ziel. Und andere sind, die wohl auch nicht schlafen können, aber dabei die wertvollsten Dinge denken, indes ich in der Schlaflosigkeit bin wie ein Tier im Käfig, das nichts tut als, Leere im Herzen und im Kopf, von Wand zu Wand laufen.

Plötzlich steht jemand vor dem Bett, der Schaffner, und sagt, jetzt sei es aber höchste Zeit, er hätte schon wiederholt hereingeschaut, der Herr sei aber nicht wachzukriegen gewesen. Doch ich glaube, das sagte der Mann nur, um mir menschenfreundlich das Gefühl des Gut-Geschlafen-Habens zu suggerieren, von dem so viel abhängt für die Handlungen und Entscheidungen des kommenden Tags.

Abschied

1.

Sie steht am offenen Coupéfenster, er unten auf dem Bahnsteig, knapp neben dem Geleise, den Gepäckträgern im Weg, deren «Achtung!» ihn immer wieder auszuweichen zwingt. Zuweilen dreht sie den Kopf nach hinten, guckt, ob Hutschachteln, Koffer, Tasche noch da sind. Alles Notwendige, das gesprochen werden mußte, ist schon gesprochen worden. Ja, sie hat nichts vergessen. Ja, sie hat ihr Billet, ihren Paß, ihren Gepäckschein, sie wird sofort nach Ankunft telegraphieren, sie wird gesund bleiben und an ihn denken, so wie er an sie denken und gesund bleiben wird. Aber es sind noch fünf Minuten bis zur Abfahrt, und von solchen fünf Minuten dauert jede zumindest zwei.

Als wäre die Zeit selber unter die Zeitlupe genommen, so langsam kriecht sie hin. Der Mann auf dem Bahnsteig und die Frau im Coupéfenster blicken einander liebevoll an, aber ihr heimliches Ich, und, wenn's der Partner nicht merkt, auch das Auge schielt nach der großen Bahnhofsuhr. Beide suchen nach irgend etwas, an das, ja nicht zu vergessen, der andere vielleicht noch erinnert werden könnte. Nichts mehr fällt ihnen ein. Und wie einen flauen Geschmack im Munde spüren sie die Verlegenheit dieser letzten Abschiedsminuten, die schwerer mit Worten zu füllen sind als sonst Stunden und Tage des Beisammenseins.

Diese letzten Minuten, bevor der Zug sich in Bewegung setzt, haben ein Gift in sich, das auch die lebendigsten Interessen- und Gefühlsbeziehungen zwischen zwei Menschen (zwischen dem, der wegreist und dem anderen, der dableibt) in einer Art von Krampf erstarren läßt. Es treten Lähmungserscheinungen des Gehirns und der Zunge ein. Alle Quellen des Gesprächs scheinen wie festgefroren. Und in dem vielfältigen Geflecht von Drähten, die, Gedanken und Empfindungen hin und wider tragend, zwischen den zwei Lebewesen gespannt sind, ist der Strom ausgeschaltet.

In solchen endlosen Abschiedsminuten benimmt sich auch der Unbefangene gezwungen, hat selbst die Wahrheit etwas Unechtes, nämlich einen Beigeschmack von leerer Formalität. Er meint es, wie er es sagt: «laß es dir gut gehen, schreib' oft, gib acht auf dich!», aber er sagt es nicht nur, weil er es so meint, er sagt es auch, um etwas zu sagen, um über das Peinliche der letzten Minuten ihr und sich hinüberzuhelfen. Es ist Herzensbedürfnis, zu fünfzig Prozent gemischt mit Zeremonie.

Endlich setzt sich der Zug doch in Bewegung ... und im selben Augenblick ist die fatale Starre gelockert, treten tausend Dinge, an die noch hätte erinnert werden müssen, ins Gedächtnis, drängen tausend Worte, die noch zu sagen gewesen wären, auf die Lippen. Und das Gefühl der Erleichterung, daß der Abschied überstanden ist, wird sofort zugedeckt von dem Gefühl der Bangigkeit, die jeder Abschied von einem geliebten Menschen mit sich bringt. Warum sind diese letzten Minuten auf dem Bahnsteig so quälend und gequält? Weil wir uns ihres besonderen Anspruchs auf Gefühl und Gefühlsdauer bewußt werden ... und beide glaubhaft doch nur aus dem Unbewußten zu produzieren vermögen.

II.

Regen ist eine Naturerscheinung, die, je nachdem, Behagen oder Mißmut erzeugt, diesen bis zu Selbstmordgedanken, jenes sogar bis zur Freude am Vorhandensein des Nebenmenschen steigern kann. Das hängt ganz vom Regen ab.

Es gibt nämlich vielerlei Regen. Guten, freundlichen Regen, der die Luft melodisch bewegt wie Insektensummen; schüchternen Regen, tonlos wie Bettlerlitanei, den man nicht beachten muß, wenn man nicht will; ordinären, groben Regen, der die Ohren mit Klatsch füllt von der Gemeinheit der Welt; grünen Regen, der gut riecht und das Herz befruchtet, grauen, der es mit melancholischem Flor zudeckt, ganz farblosen, lang und fade und wässerig wie ein kritischer Essay. «Alles ist eitel»-Regen, «Schlaf, Kindchen schlaf»-Regen, den übersinnlichen Regen, der jeglichen Tag regnet, ganz zu schweigen von dem Regen, der, durch löcherige Schuhsohlen apperzipiert, die Natur als Feind der besitzlosen Klasse erscheinen läßt. Es gibt unglaublich viele Arten von Regen; kein Mensch lernt sie aus.

Dann ist auch ein großer Unterschied zwischen dem Regen, der so herunterfällt, daß man deutlich fühlt: hier wird ein bestimmtes Quantum Naß ausgeleert, und jenem, der etwas Grenzenloses hat (Grenzenloses im Charakter), der herabströmt, als käme er aus einem Loch in der Ewigkeit. Besonders dieser Regen wirkt gesellschaftsbildend, fördert Liebe und Haß, das Bedürfnis nach näherem Zusammenrücken wie das nach Alkohol. Er verwandelt das Haus, das dir Obdach gibt, zum Schiff, umrauscht von einem unendlichen vertikalen Meer.

Sein ganz besonders Trauriges hat der Herbstregen. Der Wind heult, die Bäume ringen ihre Äste, der Himmel weint, weil der Sommer Abschied nimmt. Und daß es kalte Tränen sind, die da fließen, macht die Stimmung völlig trostlos. Das ist der rechte, «laß fahren alle Hoffnung!»-Regen.

Toddy und die Schwämme

TODDY, der Hund, gehörte zur Gattung der Rattler und hatte auch noch andere schlechte Eigenschaften. Er war gefräßig, trieb sich herum auf den Straßen, und der Herr konnte ihn nicht leiden. Die Beziehung der Frau zu Toddy war unbestimmt. Bestimmt war nur, daß sie's nicht leiden konnte, daß der Herr den Hund nicht leiden konnte. Hierdurch versteifte sich die Abneigung des Herrn gegen Toddy zur Feindschaft.

Für den Abend jenes schicksalhaften Tages, an dem das politische Wetter sich fürchterlich über der Stadt entlud, so fürchterlich, daß sie in Schrecken erstarrte, und nichts, was sonst ihre Menschen bewegte, zur Geltung kommen konnte gegen das, was sie jetzt lähmte, für den Abend jenes Tages hatten der Herr und die Frau Gäste eingeladen. Sieben wurden erwartet, drei Damen, vier Herren. Es gab, vielmehr es hätte geben sollen, als Glanzstück der Mahlzeit: Schwämme auf Siebenbürgerart, ein schwer herzustellendes Gericht, dessen Rezept, vom Ahn vermacht, im Hause als Geheimnis gehütet wurde. Am Abend saßen der Herr und die Frau allein an dem für neun Personen gedeckten Tisch, alle sieben Gäste waren ohne Absage weggeblieben, aber die Absagen brachte schon das Maschinengewehr-Taktak draußen und der Lichtschalter drinnen, der, angedreht, die Glühbirnen kalt und dunkel ließ. Das Ehepaar aß, bei unheimlicher Kerzenbeleuchtung, Eier; die Schüssel mit den Schwämmen stand im Eisschrank, der aber, da der elektrische Strom nicht strömte, jetzt nur ein gewöhnlicher Schrank war, ohne Eis. Selbst Toddy ging an diesem Abend nicht auf die Straße, schon deshalb nicht, weil das Haustor fest verschlossen blieb, er kratzte sich am heimischen Herd und steigerte durch Kläffen die sehr berechtigte Nervosität des Herrn und der Frau.

Es wurde Morgen und wieder Abend, und während dreimal vierundzwanzig Stunden geschah Grausiges in der Stadt, die in ihrem inneren Bezirk das kalte, in ihren äußeren Bezirken das heiße Fieber schüttelte.

Viele Uhren standen still, weil man vergessen hatte, sie aufzuziehen, und manches Herz, weil es vergessen hatte, seinen Schlag vorsichtig zu dämpfen. Und es wurde abermals Morgen und Abend, geschehen war geschehen, hin hin, die elastischen Menschen kamen drüber hinweg, wie sie schließlich, außer über ihren eigenen Tod, über alles hinwegkommen, gehorsam flammten wiederum die Glühbirnen, das Haustor stand bis neun Uhr abends offen, Toddy trottete durch die Straßen, der Frigidaire buk kristallisch vollkommene Würfelchen aus Eis, und in seiner kühlen Hut harrten die Schwämme nach Siebenbürgerart des Augenblicks, wo sie doch noch zu Tische kämen.

Die Uhren gingen wieder, und auch das Leben, welches in Städten bekanntlich pulst, fand zurück in den Takt, aus dem es gekommen war. Deshalb erneuerten der Herr und die Frau ihre Einladung an die sieben Gäste: aufgeschoben war nicht aufgehoben. Fraglich erschien nur, ob das Schwämme-Gericht nach einer Woche, wenn es diese auch im Kühlkasten zugebracht hatte, noch auf die Tafel oder ohne diesen Umweg gleich ins Klosett kommen sollte. Der Herr hatte Zweifel. Deshalb gab er vorerst einmal Toddy eine Portion der köstlichen Speise zu fressen. Was riskierte der Herr schon dabei? Toddy schlang sich voll, und zeigte noch Stunden später keine Spur von Vergiftung. Satt und unternehmungslustig begab er sich auf die Straße. «Die Schwämme sind tadellos», sagte der Herr.

Man hatte gespeist. Man saß beim Kaffee und plauderte über Theater, Politik, das Zubereitungsgeheimnis der Schwämme nach Siebenbürgerart, über das Kino im allgemeinen sowie über das Leben im besonderen. Ins Zimmer aber kam Resi, die Köchin, auffallend blaß, und meldete, ein Mann warte draußen, der den Herrn zu sprechen wünsche.

Der Mann war ein Mann aus dem Volk. «Auf der Hundemarke steht ihre Adresse», sagte er im Ton des Beileids und wies auf Toddys Leichnam.

«Tot?!»

«Hin ist er, freilich.»

Nun geschah in raschem und dramatischem Ablauf folgendes: SOS-Ruf an den Arzt: nach Erscheinen des Doktors schonende Verständigung der Gäste, daß sie Gift im Leibe hätten; Panik; deren Bändigung durch den Arzt und den Hausherrn: Toddy hatte vor vier Stunden die Schwämme gefressen, die Gäste erst vor einer halben Stunde, also war noch Zeit zur Rettung. Im Badezimmer wurde allen Teilnehmern am Schmaus der Magen ausgepumpt, als letzter der Resi; soziale Abstufungen müssen sein.

«Ein Glück, ein wahres Glück, daß der Mann den toten Hund noch rechtzeitig gefunden und gleich hergebracht hat», sagte der Doktor. «Und wohin darf ich die Rechnungen schicken?»

«An mich bitte», antwortete groß der Hausherr, «die Herrschaften sind selbstverständlich meine Gäste.»

Man saß noch ein Weilchen verlegen und benommen beisammen, sprach aber nicht mehr über das Zubereitungsgeheimnis der Schwämme nach Siebenbürgerart, sondern nur über das Leben, beziehungsweise das Kino.

Bis wiederum die Resi erschien und meldete, der Mann warte noch immer draußen.

Der Hausherr, indem er etwas Münze aus der Tasche

nahm, begab sich zu dem des Dankes würdigen ehrlichen Finder.

«Ich wollte nur noch sagen», sprach dieser, «daß ich wirklich nichts dafür kann! Er ist mir direkt in den Wagen hineingelaufen. Seit zwanzig Jahren bin ich Taxichauffeur, aber das ist der erste Hund, den ich überfahren habe.»

Der Herr steckte die Münzen wieder in die Tasche. Sein Antlitz war von Schmerz verzerrt.

«Wie man so ein häßliches Vieh nur so liebhaben kann», dachte, nicht ohne Rührung, der Chauffeur.

Nachts ließ die Frau ihrem Kummer über des Rattlers Hingang freien Lauf. Der Herr tröstete sie: «Sieh, die Welt ist aus den Fugen, leider! Und unser armer Toddy eben ein Opfer mehr der aufgeregten politischen Tage, in denen wir leben.»

«Was hatte Toddy mit Politik zu tun? Ein Hund!»

«Immerhin war er Zeitgenosse. Und das rächt sich, meine Liebe!»

Künstler

In den kleinen Landort sind Künstler gekommen. Artisten. Auf dem Grasplatz vor der Bude der Obstfrau haben sie ihre Pfosten und Bretter aufgeschlagen und quer über die Stangen, die den Eingang markieren, ein breites Band mit der Aufschrift «Varieté» hingenagelt. Zwei Reihen Holzbänke rechts und links, angeordnet im Halbkreis, stellen Verbindungen her zwischen Eingang und Hintergrund des Schauplatzes. Den Hintergrund bildet der Wagen. Er ist Wohnraum, Eßraum, Schlafraum, Waschraum, Magazin, Künstlergarderobe und noch vieles andere mehr. Seine Wände sind außen bemalt; die Malerei hat der Regen heruntergewaschen, was ihr gut bekam, denn jetzt scheint sie, obschon kaum ein paar Monate alt, wie von lange her. Armut kommt rasch zu Patina! Der ganze Wagen ist so, als hätte ihn eine längst entschwundene Zeit hier verloren und vergessen, und wenn das kleine Auto, das dem Wagen angeschirrt ist, mit ihm loszieht, sieht es aus, als führe der Enkel den Urgroßvater. Der Enkel selbst lahmt auch schon, zermürbt von Wettern und Strapazen.

Chef des Unternehmens ist Herr Billon, der vom frühen Frühjahr bis zum späten Herbst mit seinem Varieté durch die österreichischen Lande fährt. Direktor Billons künstlerisches Personal ist sehr einheitlich: es besteht aus der Familie Billon. Und die Familie wiederum aus elf Personen: aus Vater, Mutter, einem Neffen, der als Clown sich betätigt, und acht Kindern des Ehepaares, von denen das älteste neun Jahre, das jüngste vierzehn Monate alt ist. Die Kinder turnen, tanzen, arbeiten an Trapez und Ringen, der Vierjährige macht einen dummen August en miniature, der Neunjährige ist bemerkenswert im Handstand auf einem schwankenden Bau übereinandergestellter Stühle, deren unterster mit den vier Beinen auf vier Flaschen aus Holz steht. Wenn der Neffe Clown nach vollbrachtem Exerzitium die hölzernen Flaschen von der Bühne trägt, versäumt er, zu meiner leisen Enttäuschung, aus ihnen einen tüchtigen Schluck zu tun. Dennoch bekommt der Clown, nach altem Brauch, vom Direktor, den er zum Narren hält, viele Ohrfeigen, die aber nur klatschen, nicht treffen. Der Geist ist immun gegen die Roheit der Materie.

Das Vierzehnmonat-Baby trainiert auch schon. Es übt Purzelbaum und Kopfstand, lernt bereits die Kerze und den Rückwärtsbogen. Früh krümmt sich, was ein Parterreakrobat werden soll. Gefaulenzt wird nicht in der Truppe Billon. Bei meinem Besuch zur Mittagsstunde, während der Topf mit Suppe umging, übte am Gerät, sprang, schlug Rad, was nicht eben löffelte, und zwei Hündchen, die Vater Billon auch noch ernährt, damit sie helfen, ihn und die Seinen zu ernähren, gingen, ohne daß es ihnen wer geschafft hätte, auf den Hinterpfoten, gleichsam mitgerissen von der allgemeinen artistischen Bewegung.

Direktor Billon hat kein leichtes Leben. Der köpfereichen Familie, zwei Hunden und einem Auto muß sein Varieté die Existenz ermöglichen. Dazu kommt: Instandhaltung der Geräte, Kostüme, Steuern, Musik, und in Orten, wo die Eingeborenen kein Herz für die Kunst haben, auch noch Platzmiete. Der Direktor schafft es, und allein hierzu schon gehört echte artistische Begabung. Die Kinder, wirtschaftlich gesehen, sind freilich, weil Arbeitskameraden, nicht nur fressendes, sondern auch zinsendes Kapital, aber ihre Leistungsfähigkeit steht mit ihrem Appetit in einem verhängnisvollen Zusammenhang. Der Sommer, in dem für das ganze Jahr verdient werden muß, dauert fünf Monate, der Winter eine Ewigkeit. Da ist die Truppe festgefahren, wirklich auf totem Geleise, denn ihre Winterquartiere sind zwei ausrangierte Eisenbahnwaggons am Rande der großen Stadt, wo diese schon abtröpfelt ins Ländliche.

«Möchten Sie den Artistenberuf aufgeben, wenn Sie anderswie Ihr Brot verdienen könnten?»

Der Direktor glaubt durchaus nicht an die Möglichkeit eines solchen Anderswie. Auf dieser wirtschaftlichen Einsicht ist seine Liebe zur Kunst gegründet. Es bleibt ihm wie so vielen (von der Wirklichkeit im zwiefachen Sinne des Wortes: abgestoßenen) Zeitgenossen wenig anderes übrig, als sich dem Ideal zu verdingen, das noch schlechter zahlt als jene und überdies größtenteils nicht in bar, sondern mit inneren Befriedigungen und anderen Nonvaleurs. Herr Billon will das nicht wahrhaben. Er folgt, indem er Varieté im Umherziehen betreibt, väterlicher und großväterlicher Überlieferung, angeborener Passion, unabweisbarer Bestimmung. Er setzt Hoffnungen in das Talent seiner Sprößlinge, denen bald das richtige Varieté winkt, verspricht sich auch einiges von der neuen Tyrolienne der zwei Jüngsten und der Clownszene mit dem Hut. Aber die eigentliche Glanznummer des Varietés, die auch vor anspruchsvollerem als Dorfpublikum sich sehen lassen könnte, bleibt doch Direktor Billons wirtschaftlicher Balanceakt. Nur wenig Schillinge beträgt sein Tagesbudget, und auf so dünnem Draht hält er, zehn Menschen auf dem Buckel, das ökonomische Gleichgewicht.

Qualis artifex!

Die Kinder blicken ein bißchen ernst drein, aber keineswegs unglücklich. Applaus, sagen die Eltern, ist den Kleinen lieber als Schokolade.

Während der Abendvorstellung machte der helle Mond die zwei Glühbirnen überflüssig. Er goß eine feine Tunke von Unwirklichkeit über Kunst und Künstler, und wie aus seinem Licht gesponnen funkelte das Silberflitterröckchen der kleinen Suse am Trapez.

Kultur

Im Tessinischen, in der Gegend von Ascona, gibt es einen kleinen Ort, der heißt Arcegno. Man hat mir erzählt, daß die Tessiner, wenn sie jemand übelwollen, diesem Jemand wünschen: «Bürgermeister von Arcegno sollst du sein!»

Diese kleine Siedlung ist nämlich von denen, die sie einst besiedelten, fast völlig verlassen; bis auf ganz wenige stehen die aus rohbehauenen Steinen gefügten Häuschen leer. Die sie bewohnten, sind ausgewandert, nach Amerika zumeist. In ihrer Verlassenheit macht die Ortschaft einen zwar pittoresken, aber auch tristen Eindruck. Das Leben ist fort, nur die Kulissen, zwischen denen es sich bewegte, stehen noch und machen in der Seele des Wanderers die Gefühlssaiten: Verfall, Untergang, Tod schwingen.

Die Pointe von Arcegno aber ist eine elektrische Glühbirne, schwankend an schlaffem, quer über die leere Straße gezogenem Draht. Sie hängt da in der steinernen Einsamkeit als ein Sinnbild der Kultur: mit ihrem Zauberlicht erhellend, wie entzaubert, traurig, gottverlassen es ringsum geworden ist.

Später Geburtstag

An dem Zwischenfall, geboren worden zu sein, schleppt man ein Leben lang. Über ihn kommt niemand auch nur einen Tag früher als am letzten hinweg. Sich mit ihm abzufinden, damit vergeht die ganze Zeit, die hier bewilligt ist; ihn für Augenblicke zu vergessen, erscheint als die einzige Möglichkeit, seiner Konsequenzen für Augenblicke nicht tragisch bewußt zu werden. «Nicht geboren werden ist das beste», sagt der griechische Dramatiker. Deshalb wohl hat sich der Brauch eingebürgert, über den Geburtstag, das heißt die kalendarische Wiederkunft des Tages, der das war, dem von ihm Betroffenen durch Wünsche und Gaben hinwegzuhelfen. Überwiegend durch Wünsche. «Geburtstagskind» sagen wir auch von dem alten Esel, der bereits zum x-tenmal es ist: hier wird schon im Wort das dauernd Hilflose, Ohnmächtige, Rührende der Kreatur erfaßt, das mit ihr geboren wurde und ihr anhängt wie die Haut, aus der sie nie fahren kann, ihre zeitlebens dauernde Angewiesenheit auf väterlichen Schutz, die entweder als religiöses Bedürfnis oder als Geldkomplex in Erscheinung tritt.

X-ter Geburtstag. Sehr entfernt vom Anfang, sehr genähert dem Ende! Aber solche Näherung bringt schließlich jeder Tag, nicht nur der ans Geborenwordensein erinnernde, und wenn man in ihr etwas Schlimmes sähe, müßte bereits der ganz erste, mit Null zu beziffernde Geburtstag als verhängnisvoll empfunden werden; er würde es auch gewiß, wenn in jenem Lebensstadium der Mensch schon Fähigkeit zur Beurteilung seiner Situation hätte. Die meisten kehrten gewiß sofort wieder um, ohne die Entwicklung der Dinge, in die sie ohne ihren Willen hineingeraten sind, abzuwarten.

Es ist interessant, wie sich, erschaut von solch höherem (zumindest im räumlichen Sinn höherem) Aussichtspunkt, von solchem Tag mehrere Jahrzehnte überm Meeresspiegel des Nichts, die Landschaft ringsum, die durchschrittene sowohl wie die andere, darstellt. Weit hinten das dunkle, ungeheure Massiv der nicht erlebten Vergangenheiten. Hernach ein schmaler goldener Streifen: die erste Kindheit, das Zauberland erster bewußter Wahrnehmungen, in dessen Bezirk die kranke Seele, methodisch geführt, wiederkehren muß, um zu genesen. Und dann: Nebel! Dünner Nebel, dichter Nebel, Nebel in Fetzen, Nebel in Schwaden. Große Strecken durchwanderter Zeit: eine einzige rauchfarbene amorphe Masse, Jahre, eingehüllt in undurchlässiges, zähes Grau. Hier und da aus Rissen in ihm taucht noch schwach Erkennbares auf. Etwa, wo ein Weg entscheidend sich wandte; wo eine Tränenspur, tief eingeätzt, im Sande nicht verlief; wo Erkenntnis, jäh vom Himmel herabgefallen, ein abgrundtiefes Loch in den Boden schlug. Gipfel stechen aus dem Nebelmeer, Gipfel, zu denen Liebe hinangeleitete und die (o aller Geheimnisse Geheimnis!) gar nicht da waren, ehe die Liebe auf sie führte. Auch ein paar Menschen entdeckt das scharf eingestellte Fernglas der Erinnerung, Figuren, Figürchen, die eine Strecke lang Begleitung waren dem Wanderer. Und mit Verwunderung stellt er fest, daß er die vielen Gestalten, die noch mit ihm leben, von den vielen, die schon tot sind, kaum mehr zu unterscheiden vermag. Was in Richtung Zukunft wahrzunehmen ist von so spätem Geburtstag aus, kann der Mann nicht sagen. Er hat, aus Angst, sich nicht umgedreht.

Kleines Selbstexamen zum Geburtstag:

«Nun, mein Geburtstagskind, nachdem du einen so langen Lebenskursus durchgemacht hast – keinen Tag bist du, das ist anzuerkennen, der Schule ferngeblieben –, zeig einmal, was du weißt. Also: Warum hast du dieses getan und dieses nicht? Was weißt du überhaupt von dir? Was von den anderen? Worüber bist du dir klar? Welche Zweifel haben sich in dir beruhigt?»

Keine Antwort. Verlegenes Schweigen.

«Mein Sohn, deine Erwartung, daß dir nach diesem höchst bedauerlichen Ergebnis der Prüfung nun gestattet würde, den Kursus zu wiederholen, ist trügerisch. Du bist durchgefallen, endgültig.»

Das kleine Mädchen bekam zum elften Geburtstag eine Torte mit elf Kerzen darauf. Eine liebenswürdige Sitte. Ihre Beobachtung empfiehlt sich nicht für Geburtstage, an denen schon mehr Kerzen sein müßten als Torte. Da ist es besser, die Zahl der Jahre mit Zuckerschrift, in Ziffern, auf die Schokolade zu schreiben. Aber wenn man dennoch bei den Kerzen bliebe, würden sie, angezündet, ein viel helleres Licht geben als die illuminierte Geburtstagstorte der Elfjährigen: Symbol für die mit den Jahren zunehmende Erleuchtung . . . die eine der unangenehmsten Altersbeschwerden ist. Wohl dem, der sich bis in die Greisenzeit hinein seinen Narrensinn zu erhalten weiß! Wenn das Sprichwort in der Umkehrung (Sprichwörter in der Umkehrung haben meist genau so recht wie in der Originalfassung), wenn das gewendete Sprichwort auch sagt: Torheit schützt vor Alter nicht – so schützt sie doch vor dessen fataler Würde und hat überdies das Gute, daß sie, wie ein Schleier vorm Auge, den Blick in den Spiegel wohltuend trübt.

Sport als Erzieher

Bei einem kürzlich stattgehabten Fußballmatch zwischen zwei Wiener Sportvereinigungen kam es zu Unstimmigkeiten der Fußballer untereinander, ferner zu Unstimmigkeiten zwischen ihnen und dem Schiedsrichter, zwischen diesem und dem Publikum, zwischen den Leuten im Publikum untereinander, zwischen dem Publikum und den Fußballern, und schließlich zwischen der Gesamtheit der Anwesenden und der Polizei. Diese Unstimmigkeiten führten zu verbalen Auseinandersetzungen und in deren Folge zu Fuß- und Handgreiflichkeiten. Als der Schiedsrichter, nach heldenhaften Versuchen, zwei halfbacks aus dem Clinch zu lösen, mit zerschlagenem Nasenbein auf dem Boden lag, übernahm das Publikum dic Leitung des Spiels. Es gelang ihm durch forsch vorgetragenen Angriff, die Fußballer in deren Kabinen zurückzudrängen. Nach Ablauf der Halbzeit dieser Unternehmung stand das Spiel 20:3, das heißt zwanzig Verwundete (darunter drei schwer) bei den Zuschauern und drei (darunter einer schwer) bei den Fußballern. In der darauffolgenden Phase des Spiels, das das Publikum unter sich allein ausmachte, gab es viele Fouls und zu wenig Tragbahren. Schließlich endete das Match mit einem klaren Sieg des Polizeiteams, dessen Stürmerreihe Vorbildliches leistete. Es war ein ereignisreicher Fußballkampf, der noch Stunden nachher zu erregten fachmännischen Debatten zwischen den Teilnehmern führte, die sich zumeist allein, ohne Bemühung der Rettungsgesellschaft, in ihre Wohnungen begeben konnten. Die auf dem Sportplatz gesammelten ausgeschlagenen Zähne wurden dem Institut für Kultur der Leibesübungen abgeführt.

Und darum Räuber!

In Wien stand ein Achtzehnjähriger, dem Eltern und Lehrer das beste Zeugnis ausstellten, unter Raubanklage vor Gericht. Er konnte den Raub nicht leugnen, und die Richter mußten ihn verurteilen. Was aber hatte den jungen Mann dazu geführt, ein Verbrecher zu werden? Der Wunsch, nach Schweden zu reisen! Und warum wollte er gerade nach Schweden? Aus Schwärmerei für Greta Garbo! Er war besessen von dem unwiderstehlichen Verlangen, die Luft von Greta Garbos Heimat zu atmen, die Erde zu berühren, wo die Wiege der Vielgeliebten gestanden hatte. Diese unwahrscheinliche Motivierung seiner Tat wurde von allen Zeugen im Prozeß vollauf bestätigt. Wirklich, nichts anderes hatte den Jüngling zum Räuber gemacht. Er schwärmte, sagte der Vater aus, seit frühester Jugend für die Garbo. Sie beschäftigte sein Denken und Trachten, und oft äußerte er das heftige Verlangen, wenn schon nicht die Göttliche leibhaftig, so doch das Land, die Stadt zu sehen, wo sie das Licht der Welt oder besser: wo die Welt ihr Licht erblickt hatte. «Und darum Räuber (und Mörder)!» heißt es bei Friedrich v. Schiller, der auch ein Schwärmer war, aber dessen Ideale, wie etwa: Freiheit, Größe, adeliges Menschentum, mehr abstrakter Natur gewesen sind. Freilich gab es damals noch keinen Film. Dessen Erzeuger haben es, das muß man sagen, schwer. Was sollen sie «drehen», wenn selbst die gekurbelte Schönheit und Reinheit empfängliche Zuschauer zur Kriminalität verführt, wenn selbst Süßigkeit und Schönheit, wie der Föhn sie über die Welt ausschüttet, es in sich haben, als Gift zu wirken?!

Herr Lederer

(Eine Legende von heute)

HERR Lederer hieß nicht nur so, sondern war es auch. Er kaufte und verkaufte Leder. Von der mehr oder minder großen Spannung zwischen Einkaufs- und Verkaufspreis wurde die mehr oder minder große Spannung zwischen Herrn Lederer und seinen Mitmenschen bestimmt. Gingen die Geschäfte gut, wuchs Herr Lederer in eine Höhe, eine Würde, welche die Vertraulichkeit entfernte. Gingen sie schlecht, empfand er Gefühl der Zusammengehörigkeit mit aller Kreatur, bis hinunter zu der Katze, für die er sonst wenig Sympathie hatte, insbesondere, wenn sie ihn (gelagert vor dem elektrischen Kamin, in dem eine rot beleuchtete Attrappe ein glühendes Holzscheit vorstellte) mit Augen anstarrte, in deren giftgrünem Blick Aufmerksamkeit, Mißtrauen und Drohung sich mengten. Um dieses Blickes willen, der etwas von einer Erpressung in sich hatte, duldete der Mann das Tier.

Die Geschäfte gingen gut, sehr gut, glänzend, Leder ist ein zeitgemäßer Artikel in einer gestiefelten Zeit, die festes Schuhwerk braucht zum Treten und Zertreten. Herr Lederer stand auf Gipfelhöhe. Seine finanzielle Rüstung war so undurchdringbar dicht, daß er über Menschen und Katzen gleichmütig hinwegsehen durfte.

Herr Lederer hatte einen Sohn, dem, nächst dem Geschäft, seine Liebe galt, obgleich der Junge, aus weltanschaulichen Gründen, Meinung und Urteil des Vaters verwarf und mißachtete. Der Alte ließ das hingehen.

Wenn auch sein Herz zäh und undurchlässig war wie Boxcalf, als Vaterherz war es weich wie jenes zarteste Antilopenleder, das Samtleder heißt und mit dem man die Linsen der empfindlichen optischen Instrumente putzt. Damals, als Lederer auf Gipfelhöhe stand, geschah es, daß Panik ausbrach unter vielen, weil die Woge des Hasses, künstlich hervorgetrieben, wider sie anrollte. Auch das Erdreich, in dem die Grundmauern von Lederers goldenem Turm verankert waren, wurde von der Woge unterhöhlt. «Geh fort aus diesem Lande», sagte der Sohn. «Mir tun sie nichts», erwiderte der Vater. «Aber ist denn zu ertragen, was sie anderen tun?» ... «Mein liebes Kind, du hast einen heißen Kopf, zur Führung der Geschäfte jedoch bedarf es eines kühlen. Und das Leben will geführt werden wie ein Geschäft: Mit Verstand, sine ira, berechnend auf weite Sicht möglichen Gewinn und Verlust. Ich wiederhole: mir werden sie nichts tun. Nimm überdies zur Kenntnis: 1. es ist alles nur halb so schlimm; 2. ich stehe den Vorgängen als leidenschaftsloser Beobachter gegenüber; 3. ich stelle mich auf den Boden der Tatsachen; 4. ich bin Mitglied des Golfklubs.»

Der Sohn hatte eine gerade Nase, einen geraden Rücken, eine gerade Seele. Er wußte natürlich, daß er war, was er war, von Gottes Gnaden oder Ungnaden, aber daß nun plötzlich für ihn und seinesgleichen jedes Unrecht als Recht gelten sollte, erschien ihm so niederträchtig absurd, wie wenn verfügt worden wäre, er sei ein Geschöpf minderer und verächtlicher Art, weil er zur Gruppe der Menschen zähle, die 1 m 67 lang sind, oder zur Kategorie der Grauäugigen. Er empörte sich wider das Empörende, und das hatte Ungelegenheiten zur

Folge. Als sie ihn zwischen ihre Fäuste bekamen, schlugen sie ihm die Nase und den Rücken und die Seele krumm, so daß er am Ende wirklich als das Geschöpf erschien, das er nach ihrer Lehre und Vorstellung zu sein hatte. Der Vater beweinte des Sohnes Schicksal. In der Tat, es wurde ihm schwer gemacht, ein leidenschaftsloser Beobachter der Vorgänge zu bleiben.

Eines Tages fand der alte Lederer unter dem Posteinlauf einen Brief, der ihm Röte der Freude in die Wangen trieb. Der Brief kam von amtlicher Seite und enthielt die Bestellung auf einen gewaltigen Posten Leder. Kein Wunder, daß die Firma Heinrich Lederer solchen Auftrag bekam, denn sie lieferte solide Ware, preiswerte; und der Chef des Hauses stand auf dem Boden der Tatsachen.

«Wer hat Recht gehabt?» sprach er, hochgemut, zu sich selbst. «Es ist alles nur halb so schlimm.»

Es geschah im stürmischen Ablauf der Begebenheiten, daß alles doppelt und dreifach so schlimm wurde, daß Herr Lederer nicht mehr Mitglied des Golfklubs sein konnte, daß der Boden der Tatsachen, auf dem er stand, sich öffnete und den frommgläubigen Mann, beziehungsweise sein Hab und Gut, verschluckte, indes er, der Boden, der Rotte Korah einen geradezu idealen Marsch- und Exerzierplatz abgab. Noch lange nachher, im Exil, wunderte sich Herr Lederer darüber, daß ihm so mitgespielt werden durfte, wo er doch den Vorgängen ein leidenschaftsloser Beobachter und als Lederhändler untadelig gewesen wäre. Er bewahrte in seiner sonst leeren Brieftasche die amtliche Zuschrift, die ihm Anerkennung aussprach über die Qualität der Ware, die er geliefert hatte, kurz bevor der Volkszorn wider ihn ins Rasen kam. Er saß, fern der Heimat, am kalten Ofen und verstand die Welt nicht, so wenig wie die Sprache des fremden Landes, das ihm Asyl bot. Die Katze, Gefährtin im Elend, hatte ihren Frieden mit dem alten Mann gemacht, dennoch mußte sie, nachdem alle Versuche Lederers, in der Filmbranche Fuß zu fassen, gescheitert waren, zu Ernährungszwecken geschlachtet werden.

Der Sohn lag auf dem Boden der Zelle, und einer, der sich das erlauben durfte, trat ihn kräftig in den Bauch. Da der Getretene hiezu lächelte, wurde der Tritt kräftiger wiederholt. Aber das Lächeln schwand auch jetzt nicht aus dem Antlitz des Gepeinigten. Dies verwunderte den Peiniger und alle Zuschauer, es wurde ihnen unsicher zu Mute, so daß sie abließen von dem Objekt ihrer Lust und Erbitterung. Der Vorfall sprach sich herum, unter mancherlei Mutmaßungen, wie die erstaunliche Standhaftigkeit des Sohnes der Mißhandlung gegenüber zu erklären wäre. Einige meinten, hohe moralische Kräfte hätten ihn befähigt, die Marter lächelnd zu erdulden. Andere neigten zur Ansicht, der Mann sei schon hinüber gewesen, als er die Tritte empfing. Die Legende aber spricht von einem Wunder und sagt, er habe – obschon noch am Leben, bei Bewußtsein und im vollen Besitz seiner Empfindungsfähigkeit – keinen Schmerz verspürt, weil der Stiefel, der ihn trat, innen die Firmenmarke H. L. eingeprägt zeigte, also aus Leder väterlicher Provenienz hergestellt war.

So sagt die Legende, und wir wollen ihr glauben. Denn die Zeit und was in ihr geschieht lehrt Tag um Tag, das Unmögliche als möglich, das Unwahrscheinlichste als das Wahrscheinlichste anzunehmen, den Unsinn als des

Sinnes voll gelten zu lassen, und an überwirkliche Kräfte zu glauben, die hinter der Wirklichkeit, diese bestimmend, ihr geisterhaftes Spiel spielen.

Langes Leben

EINE ungarische Zeitung ist auf den Einfall gekommen, die ältesten Leute des Landes zu fragen, welchen Lebensgewohnheiten sie ihr erreichtes hohes Alter verdanken. Die eingegangenen Antworten sind niederschmetternd für Hygieniker und Moralisten. Neunzig Prozent der befragten alten Herren bekennen sich als leidenschaftliche Raucher seit frühester Jugend und frönen dieser Leidenschaft auch heute noch. Alle sind Fleischesser und halten nicht viel von mäßiger Nahrungszufuhr und Diät. Alle waren und sind, wenn auch keine Säufer, so doch Trinker und erblicken in einem guten Tropfen so etwas wie ein Lebenselixier, selbst wenn der Tropfen über den Durst getrunken wird. Einer der Befragten stellte geradezu als sittliche Forderung den Satz auf: «Man soll nie versäumen, wenn man das Geld dazu hat, sich einen kräftigen Schnaps zu kaufen.» Kein tiefes Axiom, aber beachtenswert dadurch, daß es auf eine vieljährige Erfahrung sich stützen kann. In puncto Liebe gehen die Ansichten der Befragten insoweit auseinander, als die einen dem Ehestand, in dem sie sich befinden, eine lebensverlängernde Wirkung zusprechen, indes die anderen die gleiche Wirkung für den Junggesellenstand, dem sie treu blieben, reklamieren. Enthaltsam, was die sündhaften Freuden des Daseins betrifft, war keiner der beneidenswerten alten Ungarn. Sie liebten Wein und

Weib. Wie sie's mit dem Gesang hielten, davon berichtet die Enquete nichts. Heutige Menschen aber fürchten mit Grund als den bösesten aller Lebensverkürzer nicht den Tabak und nicht den Alkohol und nicht die Liebe, sondern die Politik. Gegen deren permanente Angriffe auf die seelische und körperliche Volksgesundheit nützt alle Hygiene, selbst wenn sie etwas nützte, gar nichts.

Aber der Frühling

UND trotzdem naht wieder ein Frühling. Die Dunkelheit der Abende wird lichter, schon setzen ungeduldige Sträucher, der Kälte nicht achtend, die ersten harten Knospen an, und der Mensch, hineinhorchend in sein dummes Herz, glaubt dort ein Knistern zu vernehmen wie von leise brechendem Eis. Der Frühling kommt. Verlorene in der Wirrsal ihres Geschicks liebäugeln heimlich mit der Möglichkeit, trotz allem sich wieder zu finden, den Alten ist es, als fielen ein paar Jahre von den müden Schultern, die nun leichter tragen, Sterbende, obschon sie wissen, daß sie's sind, träumen von Gesundheit. Frühling. Die Natur schickt sich an, ihre süßesten Gnaden auszuschütten über eine Welt, die dieser Gnaden nicht würdig ist. Daß sie ihrer dennoch immer wieder teilhaftig wird, stärkt den Glauben, sie sei noch nicht völlig verworfen vor dem Angesicht des Ewigen, festigt die Hoffnung, er wolle noch ein paar Millionen Jährchen Geduld mit ihr haben, damit sie sich besinne auf die Glücksmöglichkeiten, die ihr gegeben sind, und ablasse, mit so verbissenem Wahnwitz an deren Verschüttung zu arbeiten.

Der Frühling kommt, so sicher wie der Tod. Es sind diese beiden Sicherheiten, die die Waage irdischen Geschehens im Gleichgewicht halten.

Im Licht der Statistik

EINE Zeitung in Detroit erzählt, daß in den letzten zehn Jahren in der ganzen Welt ungefähr zwei Millionen Billardkugeln hergestellt wurden. Billardkugeln müssen aus Elfenbein verfertigt werden, Elfenbein liefern die Elefantenzähne, und aus einem Paar solcher Zähne kann man, selbst wenn es schon mächtig entwickelte Zähne sind, maximal sieben Billardkugeln herstellen. Zur Erzeugung der produzierten zwei Millionen waren also etwa 600 000 Elefantenzähne notwendig, demnach zur Gewinnung dieser Zähne 300 000 Elefanten! Die Zeitung in Detroit kommt auf Grund dieser statistischen Erwägung zum Schluß, daß die Billardspieler es sind, welche die Elefanten ausrotten. Die 300 000 armen Dickhäuter fielen gewissermaßen, was immerhin apart ist, nicht wie anderes Wild als Opfer der Kugeln, die man in sie hineinpfefferte, sondern als Opfer der Kugeln, die man aus ihnen herausschund (ich hoffe, daß schund die richtig gebildete Mitvergangenheit von schinden ist). Der Mensch lebt so dahin und hat keine Ahnung von den Zusammenhängen! Ist den Billardspielern bewußt, daß um ihretwillen in den Wäldern Indiens und Afrikas immer dünner und seltener der Trompetenruf der sympathischen Rüsselträger ertönt? Daß um ihretwillen Untergang droht dem Geschlecht der letzten Riesen unter den Quadrupeden? Und wenn die Billardspieler das wüßten, würde das ihre Freude an dem geglückten Stoß über die Hand oder an der haargenau sitzenden verkehrten Quart mindern? Und wie viele von ihnen verdienten einen Leumund, wie ihn der Elefant hat, von dem schon der große Buffon rühmt, er sei sanften Charakters, gelehrig et d'une merveilleuse intelligence? Könnten die Elefanten menschlich fühlen und erwägen, dann müßten die Millionen Billardkugeln allerdings ein Trost für sie sein, ein non frustra vixi, eine Beruhigung, daß doch etwas von ihnen übrig bleibt, wenn sie hingegangen sind. Aber das Tier ist unvernünftig. Es zeigt kein Interesse an einer Verlängerung seiner Erdentage-Spur über den Tod hinaus.

Der letzte Schritt

Auf dem Wege vom Entschluß zur Tat ist schon mancher, knapp vor Ende des Weges, im Geiste niedergebrochen. Denn mit jedem Schritt näher heran an das Ziel verliert dieses etwas von dem Reiz, den ihm die Entfernung gab. Erstrebtes, will es uns endlich zufallen, macht oft gar keinen erstrebenswerten Eindruck mehr, Wunschträume verwandeln sich knapp vor dem Augenblick ihrer Verwirklichung in Angstträume.

Deshalb ist auch schon mancher auf dem Wege von Verlobung zur Heirat umgekehrt. Aber keiner so in des Wortes Sinn: fluchtartig, wie der brave Schneidermeister K., von dem die Zeitungen erzählen: Er wollte sich mit der Tochter eines angesehenen Bürgers seiner Stadt trauen lassen. Als jedoch das Paar vom Standesbeamten aufgerufen wurde, war der Bräutigam verschwunden. Die Braut fiel in Schrei- und Wutkrämpfe. Nach einer halben Stunde brachte ein Bote ein Schreiben des Bräutigams, in dem dieser die Verlobung aufhob. «Mein Freiheitsbedürfnis», so schreibt er, «ist mir nie in meinem Leben so deutlich geworden, wie in dem furchtbaren Augenblick, da ich diese Freiheit opfern sollte. Ich hatte das Gefühl, vor dem dunklen Tor eines Gefängnisses zu stehen. Jetzt erst habe ich begriffen, was Dostojewski im Augenblick der drohenden Hinrichtung gefühlt hat.»

Der Schneidermeister übertrieb gewiß mit seiner erschütternden Vision vom Ehestand. Er ist ein gebildeter Schneidermeister, der Dostojewski gelesen hat und sich gern ein wenig pathetisch ausdrückt. Aber die Angst, die ihn überfiel, als es ernst werden sollte, schimmert doch sehr deutlich durch die dick aufgetragenen Farben des Bildes, als das ihm, eben da er im Begriffe war, in sie zu treten, die Ehe erschien. Ich glaube, der gute Mann dachte dabei nicht an die Ehe im allgemeinen, sondern an die ganz besondere, die ihm drohte. Er übertrug das Wesen seines Fräuleins Braut – von deren cholerischem Temperament die «Wut- und Schreikrämpfe», die der Zeitungsbericht meldet, eine Ahnung geben – auf die ganze eheliche Institution und empfand so vor dieser den Schrecken, den er vor jener hatte. Der neuern Seelenlehre ist solcher Vorgang nichts Rätselhaftes. Auch das dunkle Tor, vor dem der Schneidermeister zurückschauderte, wird sie auf ihre Art zu deuten wissen.

Versteher unserer Zeit werden sagen, der Vorfall enthülle einen kranken Zug im Charakterbild des heutigen Menschen, nämlich seine Angst vor Entscheidung, seine

Scheu vor Gewißheit, seine tiefinnerliche Abneigung, sich in eine geschlossene, begrenzte Lebensform einzufügen. Betrachten wir aber den Brief des Eheflüchtlings genauer, so kommen wir zu einer andern Deutung seines Verhaltens: der Mann lief vor dem selbstgewählten Schicksal im letzten Augenblick davon, *weil er zu viel Phantasie hatte.* Er malte sich die Ehe aus . . . und das verträgt keine Situation des Lebens! Wären wir nicht mit so glücklicher Blindheit geschlagen, wir würden nicht nur nicht heiraten, wir würden überhaupt nichts unternehmen, nichts wagen, nichts erstreben. Die Welt stünde still, wenn alle Menschen die verhängnisvolle Gabe jenes Schneidermeisters hätten, aus der vorgestellten Erfüllung schon alle Enttäuschung, die sie mit sich bringen muß, herauszuschmecken.

Auf den Künstler gekommen

Es geschah in Wien, daß in das Atelier eines Malers, eines «Kunstmalers», eingebrochen wurde! Daraus könnten Optimisten schließen, wie gut es den Malern gehen müsse, wenn sie sogar von Dieben heimgesucht werden, die also bei ihnen etwas zu finden hoffen. Näher aber liegt der Schluß, wie schlecht es den Einbrechern gehen mag, daß sie sogar schon bei Malern ihr Glück versuchen. Es ist etwa so, wie wenn Wölfe, vom Hunger gequält, Vegetarier würden und Baumrinde zu knabbern anfingen. In der Tat, solcher Versuch, heutzutage und in Mitteleuropa, aus dem Atelier eines Bildermalers etwas wie Geld oder Geldeswert wegtragen zu wollen, deutet auf eine trostlose Lage des Diebsgewerbes.

Kommt für dieses nicht bald eine bessere Konjunktur, werden wir es noch erleben, daß die Männer des Dietrichs und der Blendlaterne (sozusagen «von Stufe zu Stufe» gleitend) sogar auf die Schriftsteller kommen. Aber diese sehen solcher Eventualität mit Ruhe entgegen. Wie die Verhältnisse liegen, kann heute der Einbruch bei einem zeitgenössischen freien Schriftsteller nur so verlaufen, daß die Einbrecher, wenn sie nicht ganz verhärtete Burschen sind, etwas aus der eigenen Tasche dort lassen.

Was hilft

In Hotelhallen, Gast- und Caféhäusern der Schweiz sind kleine, glasverschalte Kästchen aufgestellt, in denen nach Einwurf von zwanzig Rappen ein zierlicher Kran sich in Bewegung setzt und (gelenkt von einer kleinen Schraube, die die Hand des Spielers bedient) hinuntertaucht bis auf den Boden des Kästchens, nach einer oder der andern der dort lagernden Kostbarkeiten: Zigarettenetuis, Uhren, Parfum, Brieftäschchen und dergleichen tastet und, wenn er eine gefaßt hat, sie nach außen dem glücklichen Spieler zuführt. Gewöhnlich kommt der Kran wohl einem der lockenden Gegenstände nahe, legt sich dort ein Weilchen faul nieder, versucht dann mit schwachem Griff die Beute zu packen, greift aber zumeist daneben oder rutscht an der Glätte des Objektes ab und kehrt wieder nach oben in seine Ruhelage zurück. Der Klient vor dem Kästchen reagiert auf diesen Ablauf des Vorgangs mit einem schmerzenden Gefühl des Getäuscht-Seins und Verdrossenheit.

Es soll welche geben, denen der Kran schon etwas gehoben hat, aber sie sind rar, die enttäuschten Spieler in überwältigender Mehrheit, und also hat die Spielerei sozusagen eine schlechte Presse. Ich kenne einen Mann, der, erbittert über die Lässigkeit und Kraftlosigkeit des Krans, seinen Ärger in einem heftigen Faustschlag gegen das Kästchen entlud, worauf das Wunder eintrat, daß der Kran, eingeschüchtert, wirklich eines der ausgelegten Dinge erwischte und dem cholerischen Herrn auslieferte. Auf Grund dieser Erfahrung verläßt sich der Mann jetzt gar nicht mehr auf die kleine Drehschraube, sondern arbeitet vom Fleck weg mit der Faust und hat so der widerspenstigen Apparatur, wie er glaubwürdig erzählt, schon einen hübschen Posten brauchbarer Kleinigkeiten entboxt. Hier wird im winzigen Geschehen eine Wahrheit erhärtet, die auch im größeren sich glorreich offenbart, nämlich, daß heutzutage mit Fleiß, Beharrlichkeit, Geschicklichkeit keine Erfolge zu erzielen sind, wenn nicht Gewalt sekundiert, und daß auf den Zufall nur der chancenvoll rechnen kann, der ihm mit Entschiedenheit brachial nachhilft. Nicht nur Individuen, ganze Staaten und Weltanschauungen schon sind kraft dieser Erkenntnis und ihrer Nutzanwendung hochgekommen.

Zwei Seelen wohnen, ach . . .

Vor den Richtern stand ein Mann, eines Eigentumsdeliktes, das er nicht leugnete, bezichtigt. Zu seinem Vergehen, sagte er, wäre er genötigt worden, weil ihm eine Vorstrafe, durch die er bemakelt sei, immer wieder alles Bemühen, sich an einer – so selten gefundenen! –

Arbeitsstätte zu halten, vereitelt hätte. Zu jener Vorstrafe aber war er, die Polizeiakten bestätigen es durchaus, auf äußerst wunderliche Art gekommen, auf eine Art, die das Zwiespältige menschlichen Wesens so hell wie tragisch erleuchtet; und die würdig wäre, daß ein Dramatiker sich ihrer als Stoffs bemächtigte.

Vor Jahren nämlich war der Mann, ein bettelarmer Mann, Zeuge eines Schiffbrandes gewesen. Alle Passagiere des brennenden Schiffes schienen bereits gerettet, als eine der geretteten Frauen, aus kurzer Ohnmacht erwachend, nach ihrem Kind schrie, das noch in der Kabine sei. Niemand wagte sich in das rauch- und feuerumhüllte Schiffsinnere. Aber unsern Mann (den Angeklagten) rührte das Jammern der Frau. Er setzte sein Leben aufs Spiel, rettete das Kind, rettete mit dem Kinde das Handtäschchen der Mutter, das in der brennenden Kabine zurückgelassen worden war ... und nahm aus der Handtasche Geld, eine große Summe. Wegen dieser Tat wurde er angeklagt und verurteilt.

Lebensretter und dabei Dieb, Held und Verbrecher in einem Atemzug! So eng beisammen wohnen Dunkel und Licht in der Seele, so scharf durchkreuzen einander die hohen und niedern Triebe, so groß und im gleichen Augenblick so klein vermag der Mensch sich zu zeigen, so wenig schützt ihn, daß er dem Sittengesetz in seiner Brust gehorcht, davor, auch dem Dämon ebendort hörig zu sein. Oh, es gibt Kompromisse zwischen dem Gott und dem Teufel in uns!

Pendelgesetz

«Also», sagte der Richter, «Sie sind diesem alten Herrn ohne jeden Grund an die Gurgel gesprungen, was bei ihm, allein schon durch den Schreck, den er erlitt, eine mehrtägige Gesundheitsstörung zur Folge hatte . . .»

Der Angeklagte, selbst ein Greis auf Zitterbeinen, gab den Überfall zu; nur daß dieser ohne Grund erfolgt sei, dem widersprach er. «Es schwebt zwischen mir und dem Herrn Kläger seit dreißig Jahren eine unausgetragene Streitsache. Vor dreißig Jahren hat er mir eine Frau, an der mein Herz hing, mit List abspenstig gemacht.»

Auf einen fragenden Blick des Richters erwiderte und beschwor der Kläger, daß er sich der Affäre, auf die der Beschuldigte anspiele, durchaus nicht mehr erinnern könne.

«Das mag schon sein», gab der Angeklagte zu. «Die Frau, um die es sich handelt, ist bereits lange tot. Ich zweifle nicht daran, daß der Herr seitdem noch mit vielen anderen Frauen zu tun gehabt hat, so daß jenes Erlebnis, von nachfolgenden Erlebnissen überlagert, seiner Erinnerung entschwunden sein mag. Sehen Sie nur, wie rüstig er noch heute, fast ein Achtziger, aussieht, mit seinen roten Bäckchen und seinem selbstzufriedenen Bauch, den er nicht wie eine unangenehme Last trägt, sondern wie einen Ranzen gehäuften, zusammengesparten Gutes.»

Der Herr meinte, sein Bauch gehöre nicht zur Sache. «In gewissem Sinne doch!» behauptete der andere. Der Richter schloß sich der Meinung des Herrn an. «Und in Ihnen, Angeklagter, war die Erinnerung an jenen Konflikt noch so lebendig, Ihre Rachsucht noch so ungemindert, daß Sie, selbst ein Greis, dem alten Mann zu Leibe gehen mußten? Man sollte denken, aus so weiter Perspektive wie aus der von dreißig Jahren nachher, müßte auch eine bedeutsamere Privat-Angelegenheit als die, von der Sie uns da erzählen, zur Winzigkeit zusammenschrumpfen. Und finden Sie nicht, daß in den letzten drei Jahrzehnten einiges in der Welt vorgefallen ist, geeignet, Liebesgeschichten von anno dazumal unbeträchtlich erscheinen zu lassen? Wirklich, ich staune. Seit Ihnen der Kläger, wie Sie meinen, ein Unrecht zugefügt hat, ist ziemlich viel Wasser ins Meer, ziemlich viel Blut über Meer und Land geflossen. Es hat den Erdteil unterhöhlt, Mauern, für die Ewigkeit bestimmt, niedergelegt, heilige Ordnungen weggetragen, Millionen Leben ersäuft ... und den kümmerlichen Fleck in Ihrem Gemüt nicht weggewaschen?»

«Herr Richter, Sie haben die Dame nicht gekannt. Sie war sehr hübsch. Ihr Leib so angenehm wie ihr Geist» (der Kläger, obschon er sich wirklich durchaus nicht erinnerte, machte ein befriedigt-schlaues Gesicht). «Was aber Ihr Verwundern darüber anlangt, daß die Fülle der Zeit und des großen Geschehens nicht imstande gewesen sei, die Erinnerung an jenes Erlebnis auszulöschen, die Gift-Residuen, die es in meinem Gemüt zurückgelassen hatte, zu entgiften, so verweise ich auf ein Wort des von mir wie von keinem sonst geschätzten Schriftstellers Polgar, welches lautet: «Liebe ist ein privates Weltereignis». Wunden und Erinnerungen, die sie schlägt, bluten lange. Kaum jemals schließen sie sich ganz. Man könnte auch sagen: auf kein Unkraut trifft die Beobachtung, daß es nicht verdirbt, so sicher zu, wie auf das harte Blümchen «gekränkte Liebe». Die Flucht der Jahre hat ihm nichts an, geht über es hinweg wie der Eisenbahnzug über das Gras-Zeug, das zwischen den Geleisen wuchert . . . Nun aber, nach Wahrung des Standpunktes, muß ich etwas gestehen, nämlich: auch ich hatte den Vorfall, die Frau, den Schmerz um sie vergessen, ganz und gar vergessen. Er tauchte erst auf, aus der Tiefe, als ich dem Kläger, von dem ich seit längster Zeit nichts mehr gesehen, gehört, gewußt hatte, zufällig wieder begegnete. Das heißt – und hier liegt die Erklärung meiner, wie ich zugebe, recht unverständlichen Tat –, nicht ihm, sondern einem, den ich für ihn hielt! Es war ein steinalter Mann, der ihm ähnlich sah, ähnlich hieß, den die Kellner auch «Herr Doktor Meier» ansprachen und der, wie ich von ihnen erfuhr, Pensionist desselben Berufs war, in dem mein Widersacher sich seinerzeit umgetrieben hatte. Ich will nicht alle Momente aufzählen, die mich in meinem Irrtum bestärken mußten . . ., kurz, ich war überzeugt, der Mann wäre identisch mit jenem, der mir seinerzeit die Frau ausgespannt hatte. Bei seinem Anblick stieg versunkene Rachlust hoch, aber eben dieser Anblick schlug sie sogleich wieder nieder. Ein kümmerlicher Greis, der mühsam am Stock sich vorwärts schleppte, halbblind, eine Menschenruine, verfallen im zwiefachen Sinn des Wortes! Die Erscheinung rührte mich. Worin nun, du arme Kreatur – dachte ich –, unterscheiden sich dein Triumph von damals und meine Niederlage? Es schien mir wunderlich egal, ob er oder ich jenen errungen, er oder ich diese erlitten hätte, und mit jedem Mal, das ich ihn wiedersah, wich mehr und mehr die Erbostheit aus mir, wandelte sich in Mitleid, das Mitleid in Zuneigung. Gefühl der Solidarität mit ihm gegen den Tod erwachte, warm und sanft durchfloß Regung der Brüderlichkeit mein Herz, wahrhaftig, ich begann den alten Kracher zu lieben! Ausgerechnet (oder, um mich korrekter auszudrücken), just zu dieser Zeit führte mir mein Pech den rüstigen Achtziger da in den Weg. Ich wußte augenblicks mit schmerzhafter Plötzlichkeit, das sei der Richtige, das sei *mein* Meier! Und da geschah es. Sie müssen begreifen, Herr Richter: wäre ich dem echten Meier *vor* dem Meier begegnet, den ich fälschlich für jenen angesehen und mit dem meine Seele Frieden und Freundschaft geschlossen hatte, niemals hätte, was an Groll wider ihn in meinem Unterbewußtsein die Zeit überdauert haben mochte, niemals hätte es die Spannkraft gehabt, sich so heftig zu entladen. Aber die Süßigkeit, die das Zusammentreffen mit der leidigen Kopie in mir entwickelt hatte, verwandelte sich beim Anblick des Originals in Gift. Der Hieb, der diesen Herrn da traf, kam sozusagen nicht aus der Ruhelage, darum geriet er so heftig. Der Pendel war so weit in der Richtung: Güte, Verzeihen, Verstehen geschwungen, daß er nun, dem Pendelgesetz folgend, in gleich großer Amplitude nach der anderen Seite ausschlug.»

«Sie sind beide alte Männer, bitten Sie den Kläger um Entschuldigung und versöhnen Sie sich mit ihm.»

Der Angeklagte tat so. Er bedauerte, dem Herrn eins in die Fresse geschlagen zu haben. Aber daran sei eben jener Dritte schuld. Und überdies gäbe es Dinge, die man niemals überwinde, die man vermutlich auch ins Grab und in die Ewigkeit mitnähme. Alte Feindschaft rostet nicht. Wenn Marius und Sulla heute auferstünden, würden sie gleich nach Verwindung des ersten Staunens über ihre neue Existenz dort weiterstreiten, wo sie vor zwei Jahrtausenden aufgehört hatten.

«Tout comprendre c'est tout pardonner», äußerte, mit konzilianter Gebärde, der Beleidigte.

Der andere sprach zu sich selbst: «Ein Ekel, heute wie damals! Jedenfalls, seine Backpfeife hat er bekommen. Spät, aber doch.»

«Enfin», dachte, obschon er sich durchaus nicht an die alte Geschichte erinnern konnte, Doktor Meier, «die Frau habe *ich* gehabt und nicht der zuwidere Mensch da. Es ist zwar lange her, aber immerhin.»

Idyll

Im Hause sind zwei Kätzchen, drei Wochen alt. Ein schwarzes, ein licht- und dunkelgrau gestreiftes. Mitsammen haben sie in der hohlen Hand Platz. Das schwarze ist pechschwarz, teufelsschwarz, das graue hat weiß passepoilierte Ohren. Wenn man die Kätzchen hochhebt, – und wer, der ihrer habhaft werden kann, täte das, mit vielerlei Tönchen des Entzückens, nicht? –, greinen sie in dünnerer Fistelstimme, als sie sonst irgendein Lebewesen hervorzubringen vermöchte. Mancher Besucherin muß man die Katzenkinder rasch wieder wegnehmen, weil sie sonst in Zärtlichkeit zerdrückt würden; es gibt auch kaum eine, die nicht den Wunsch, sie zu zerdrücken, äußern würde. Seit kurzem fangen die herzigen Bestien (selbst das Böse en miniature ist herzig) schon an, sich mit der Umwelt selbständig zu befassen und erste schüchterne Spielbeziehungen aufzunehmen. Sie berühren einander mit zaghaften Pfoten, und in dieser Geste, die gewiß nur vom Annäherungsbedürfnis diktiert ist und von Neugier, läßt sich schon, keimhaft vorgebildet, die Figuration des Prankenhiebs erkennen. Das graue Kätzchen zappelt heftig, wenn man es faßt; das schwarze duldet den zärtlichen Griff nach sehr kurzem, mehr formellem Widerstand. Es ist ein Weibchen. Die Mutter Katze gibt ihren Jungen in zwangloser Folge zu trinken und leckt sie sauber. Zuweilen verschleppt sie eines von den Kindern unter den Diwan oder in die Küche zwischen Herd und Wand; vermutlich eine Art Erziehungsmaßregel oder Strafe («in der Ecke stehen»). Darin erschöpft sich das Familienleben. Im übrigen geht die Mutter Katze ihre eigenen Wege, die zumeist Jagdwege sind. Sie wird im Haus «die Alte» genannt, obschon sie selbst erst vor acht Monaten geboren wurde. Noch nicht einmal ein einziges Mal hat sie das volle Rund der Jahreszeiten durchgelebt, die Institution des Herbstes ist ihr noch fremd – und doch schon: «die Alte»! Das Jagdglück ist ihr hold, kaum ein Tag, an dem sie nicht, stundenlang geduldig auf den günstigen Augenblick wartend, einen Vogel erwischt und abwürgt. Die kleinen Kätzchen sehen dem interessiert zu, lernen Raubtier. Peter, der Schäferhund, zählt dreizehn Jahre, er muß also, obschon noch recht gesund, bald sterben, die Natur wird ihm kaum noch groß prolongieren, sein Kapital an Erdenzeit ist so ziemlich aufgebraucht. Peter scheint das zu wissen und ist bestrebt, solange noch das Lämpchen glüht, ein Maximum an Fraß in sich hineinzukriegen. Die Katzen beschnüffelt er dann und wann, aber nur im Vorübergehen und mehr automatisch als zweckbewußt. Dritte Tierspezies im idyllischen Verein ist ein Menschenkind, doppelt so alt – sechzehn Monate – wie die Katze, die schon Kinder hat und schon mit Lust das Geschäft des Tötens betreibt. Das Menschenkind befindet sich tagsüber in einer Gehschule, einer Art Käfig ohne Decke, in dem es betrunken von Neuheit des Daseins herumtorkelt. Es hat Angst vor den Kätzchen und der Katze, hingegen keine vor Peter, was auf eine naturnähere Beziehung zwischen Mensch und Hund als zwischen Mensch und Katze zu deuten scheint. Inmitten der Menagerie – deren Warmblüterbestand man sich noch durch gelegentlich heranirrende Hühner und eine Salat stechende Köchin Marie komplettiert denken muß – steht ein Streckfauteuil, und auf ihm ruht, einen Teller mit Butterbrot zur Seite, die Hausfrau, liest in der Zeitung, daß gestern (wie alle Tage) an verschiedenen Orten der Welt viele Leute umgebracht wurden, «aber in Spanien, in Spanien tausendunddrei», und unterbricht nur zuweilen ihre Lektüre, um mit einer Klapper aus Galalith dem Bedürfnis des Kindchens nach Zerstreuung und Beachtetwerden zu entsprechen. Das Kind, hört es die Klapper, greift ins Leere. Eine Aktion, die es im Verlauf seines hoffentlich langen Lebens noch oft wiederholen wird und mit gleichem selbstverständlichem Mißerfolg. Es wird schon sehen!

*

Das war im Sommer. Im frühen Herbst nahm das Idyll eine tragische Wendung, Vorzeichen kündeten sie an. Die Köchin Marie verließ den Dienst, um in ihrem heimatlichen Tal bei der Erntearbeit zu helfen; aber in Wahrheit ging sie, weil sie Lieb' im Leibe hatte und für den Anspruch, der solchen inneren Zustand begleitet, so weit sie auch im Nahen suchte, keine Erfüllung fand. Sie nahm trockenen Abschied von Frau und Kindchen, aber tränenfeuchten von Hund und Katzen. Viele Wund-

Spuren trug sie im Gesicht und an den Händen, Narben ihres Bedürfnisses nach Zärtlichkeit, das von den liebkosten Tieren zuweilen ungeduldig abgelehnt worden war. Die Katzen, weicheren Regungen selten unterliegend und durch nichts zu bestechen, ihnen so gar nicht artgemäße Gefühle wie Freundschaft oder Anhänglichkeit auch nur zu markieren, nahmen den Weggang der Köchin in Gleichmut hin. Der Hund heulte bitterlich ... und wenige Tage später starb er. Ob aus Kummer über die Trennung von Marie, oder weil ihn das Leben ohne die Überfütterung, die sie ihm hatte zuteil werden lassen, nicht mehr freute, das steht dahin. Kurz darauf ereignete sich das Unglück mit dem schwarzen Kätzchen. Es war ein besonderes Exemplar seiner Gattung, heiteren Gemüts, ein Raubtier nur aus ererbtem Muß, nicht aus Lust am Morden, und wenn es auch schon eifrig Mäuse fing und tötete, es dachte sich (das merkte man) nicht viel dabei, es lief und sprang einfach nach dem, das sich bewegte, nach Mäusen wie nach Wollknäueln, immer war alles nur Spiel, und daß die zartere Konstitution einer Maus solches Spiel um vieles schlechter verträgt als ein Wollknäuel, den der Umstand begünstigt, daß kein organisches Leben in ihm ist, also dafür konnte die Katze nichts. Zum Verhängnis aber wurde Ludmilla, so hieß das possierliche Geschöpf, ihre wunderliche Leidenschaft für Glänzendes, Schimmerndes, Glitzerndes. Ludmilla jagte nach Sonnenflecken, die zwischen den Bäumen zitterten, und stundenlang ging sie, sinnlich erregt, um die gläserne Kugel im Blumenbeet herum, wie sonst Katzen nur um den heißen Brei. Ja, sie strebte zum Licht! Ist dies schon beim vernunftbegabten Menschen ein gefährliches Streben, das sich an ihm rächt, beziehungsweise an ihm gerächt wird . . . um wieviel mehr bei solchem jeder geistigen Kontrolle entratendem Wesen, wie ein drei Monate altes Katzenkind es vorstellt. Eines strahlend schönen Herbsttages wurde die Gartenwiese gemäht, die Sense blitzte silbrig, und mit einem Sprung, der, Zeugen behaupten das, etwas Ekstatisches gehabt haben soll, stürzte die Katze in das Funkelnde hinein. Da wurde einmal das Bild vom Tod mit der Sense Wirklichkeit.

Allen, die das schwarze Kätzchen kannten, wird die Nachricht von seinem jähen Hingang ein ehrlich bedauerndes «Ach Gott!» entlocken. Sein Leben war kurz, aber reich an Spaß und Freude, die es anderen machte. Segen der Anmut ruhte auf seiner Ruhe und seiner Bewegung. Wie es war, war es vollkommen, gab vieles, verlangte nichts. Und in den Gesichtern der Menschen, ihm zugewandt, verdämmerte die Bosheit.

Der Hausfrau nahm das Ereignis jede Lust an weiterem Landaufenthalt. Sie packte ihre acht Sachen und fuhr nach London.

Auf dem Balkon

Auf dem Balkon des hoch überm See gelegenen friedevollen Häuschens, dessen Fenster die Sommer-Abendsonne spiegelten (wie in ruhigen Atemzügen entließ der Schornstein Rauch), tranken gute Menschen guten Wein. Es war eine Gesellschaft von geistig anspruchsvollen Leuten, bewandert in den Vergnügungen des Denkens, gewohnt, hinter die Dinge zu sehen, nicht nur aus dem Glauben, sondern auch aus dem Zweifel Süßes zu schmecken und an der Wirklichkeit die Unwirklichkeit, die in ihr steckt, mit wahrzunehmen. Die auf dem Balkon waren nicht taub für den Jammer der Welt, und wenn ihr Herz auch zuweilen, müde des Gefühls, in harten Schlaf sank – die Natur fordert ihre Rechte, sagt man in solchem Fall –, so war es doch ein Schlaf, der sich mit qualifizierten Träumen ausweisen konnte, Träumen von Gutsein oder zumindest von Gutseinwollen.

Die Aussicht vom Balkon war zauberisch schön, besonders für den Hausherrn, der ein reicher Mann war, vor gemeinen Nöten sicher, soweit das die aus allen Fugen geratene Wirtschaft der aus allen Fugen geratenen Zeit zuließ. Er sah über den kleinen europäischen See hinüber bis nach Südafrika, wo ihm in blühenden Kupferminen die Dividende reifte.

Die Sonne war von dem Häuschen weggeglitten, sie färbte nur noch die westlichen Gipfel, und langsam überschleierte das durchlässige Dunkel der Julinacht Tal und Berg. Man machte Licht. Gewiß wären die Falter hineingeflogen und verbrannt, wenn es nicht Licht von Glühbirnen gewesen wäre, die so poetischen Faltertod nicht ermöglichen. Das enttäuschte Kleingetier wurde lästig. «Die Natur hat leider ihre Mucken und Mücken», sagte jemand. Aber das verdarb den anderen die gute Laune nicht.

Tief unten, am andern Ufer des Sees, ringelte sich (ein gliederreiches Würmchen, jetzt Glühwürmchen) der Eisenbahnzug die vorgezogene Spur entlang. Aus der weiten Schau betrachtet, kam er äußerst langsam vorwärts trotz seiner hundert Kilometer Geschwindigkeit.

Die Dame in der Gesellschaft fand, er sähe aus wie ein

Spielzeug. Das konnte man wohl sagen, ja das mußte geradezu gesagt werden.

Trotzdem nahm die Konversation eine Wendung ins Ernste. Man sprach vom Elend der Welt. Ein wenig passendes Thema für solch' freundliche Stunde. Sie machte es so leicht, fernes Elend zu vergessen, daß es fast wie Taktlosigkeit gegen sie erschien, sich seiner zu erinnern.

Unten am jenseitigen Seeufer schlupfte der Glühwurm-Expreß in ein Erdloch; man sah auf der andern Lehne des Bergs das Loch, aus dem er wieder herauskommen mußte. «Wie ein Maulwurf gräbt er sich durch», sagte die Dame.

Man sprach von Greueltaten, im Nachbarland an Schuldlosen verübt und von der Grausamkeit der Menschen, die machten, daß solches geschah. Man sprach nicht von der schauerlichen Seelenruhe der andern anderswo, die es, ungestörten Schlafs und ungestörter Verdauung, geschehen ließen.

Der Schriftsteller unter den Gästen äußerte: «Wer seine Kinder liebt, setzt sie nicht in die Welt.» . . . «Zumindest nicht in diese», fügte ein anderer Gast hinzu.

Die Luft roch nach Sommer-Quintessenz, auch zart nach Gebratenem.

Unten kroch das Bähnlein aus der Erdhöhle. Putzig und lieblich war das. Der Dame fiel nichts dazu ein, sie guckte mit stummer Frage den Schriftsteller an, der leicht und ein wenig beschämt die Achseln hob und wieder fallen ließ. Es kam jetzt von der entgegengesetzten Seite her auch ein Eisenbahnzug, in weiten Kehren bergabwärts. Er sah aus wie eine Schlange, hell punktiert, mit feuerroter Schwanzspitze.

Dann geschah etwas Überraschendes. Die beiden Züge glitten nicht, wie zu erwarten war, aneinander vorbei, sondern geradewegs aufeinander los, Kopf gegen Kopf. Und plötzlich erloschen in beiden Zügen die Lichter. Abendschatten und Nebel über der Szene verhinderten zu sehen, was dort sich ereignet hatte.

Ein Unglück ohne Zweifel, ein Eisenbahnzusammenstoß. Der Gesellschaft auf dem Balkon schien es, als wehe der Abendwind etwas von den Geräuschen des Krachens und Splitterns her, die solchen Vorfall begleiten. Alle waren aufgesprungen, standen an der Brüstung des Balkons, starrten, hoffnungslos bemühten Blicks, zu dem Schauplatz der Katastrophe hinüber. Wisse vielleicht jemand von einem ihm Nahestehenden, der Passagier eines der beiden Züge gewesen sein könnte? Nein, glücklicherweise. Nur ganz fremde Menschen – die Gesellschaft fühlte das mit Beruhigung und Dankbarkeit – fielen der Katastrophe da unten zum Opfer. Vielleicht nicht einmal Landsleute. Man stellte sich vor: Tote und Verstümmelte – aber, gottlob, man sah sie nicht. Schmerz und Qual – aber man spürte sie nicht. Jammer und Hilferufe – aber man hörte sie nicht.

So verblaßten die Unglücksbilder bald wieder. Und der Wein in den Gläsern wurde durch sie nicht sauer. Lieber Himmel, wenn einen alles aufregen wollte, was Gott und die Menschen über die Menschen verhängen! Man muß es hinnehmen und denken: Heute dir, morgen, hoffentlich erst übermorgen, oder womöglich gar niemals, mir.

«Von so weit gesehen», sagte die Dame «schien selbst der Zusammenstoß eine Spielzeug-Affaire.» Der Hausherr präzisierte den Eindruck ähnlich, etwa so, daß aus der Ferne auch das Grausige nicht grausig wirke.

Damit kehrte das Gespräch zwanglos zu den früheren Themen, die eines politischen Beigeschmacks nicht entbehrten, zurück.

Reliquie

In Wien fand ein volkstümliches Sommerfest statt, «unter Mitwirkung prominenter Filmkünstler». Einige prominente Filmkünstler aber, die nicht anwesend sein und nicht mitwirken konnten, hatten «persönliche Andenken» gespendet, die während des Festes zur Versteigerung gelangten. Unter diesen persönlichen Andenken das Glanzstück war (schon lange vorher wußten die Zeitungen davon zu erzählen) ein Selbstbinder, den der berühmte Schauspieler in der Rolle des «Jedermann» getragen hatte. Wir kennen nicht den Namen des Beneidenswerten, der den Selbstbinder erwarb und nicht den Preis, der für diesen erzielt wurde. Aber einige Fragen drängen sich auf: War die Echtheit und Authentizität des Selbstbinders als eines, der a) dem Berühmten gehörte und b), den er als «Jedermann» getragen hat, festgestellt worden? Und wenn, wie? Durch notarielle Urkunde? Darf der oder die, der oder die den Selbstbinder erworben hat, ihn in persönlichen Gebrauch nehmen, oder wurde er verpflichtet, die Kostbarkeit in die Vitrine zu legen? Darf er den Selbstbinder verschenken, verkaufen, vernichten, kurz sich seiner entäußern, oder steht das Stück gewissermaßen unter Denkmalschutz? Muß er von Zeit zu Zeit die Reliquie, an der doch auch andere sich das Herz erlaben wollen, öffentlicher Besichtigung zugänglich machen? Fällt sie nach dem Tod des Erstehers dessen Erben zu, oder hat sich der Staat ein Kaufrecht oder zumindest die Option auf ein solches gesichert? ... Jedenfalls ist es erfreulich, zu sehen, daß die Welt doch noch nicht ganz dem Teufel Materialismus sich verschrieben, sondern auch für rein ideale Güter etwas übrig hat. Was kann schon so ein Selbstbinder, sogar in einem ersten Herrenmodegeschäft, kosten? Und doch waren viele bereit, für ihn ein Mehrfaches seines realen Kaufwerts zu opfern! «Wasser auf dem Umweg durch die Rebe wird Wein», heißt es irgendwo bei Friedrich Hebbel. Und ein Selbstbinder auf dem Umweg über einen Filmprominenten-Hals wird zur Kostbarkeit, nach deren Besitz Enthusiasten streben. Wie gut haben es Film-Stars! In ihrer Macht liegt es, Freude zu verbreiten: nicht nur durch ihr Spiel, sondern auch durch ihre abgelegten Krawatten. Welcher Prominente hätte deren nicht eine Menge in seinem Schrank ... und damit eine Fülle von Möglichkeiten, Menschen glücklich zu machen!

Besuch bei Hiden

HIDEN, Deutschlands berühmter Goal-keeper, ist nach Paris gekommen und wird ein Jahr lang ausschließlich für den Racing-Club spielen. Nur im Falle, daß innerhalb dieser Zeit Österreich einen Länderkampf auszufechten und für solchen Kampf keinen vollwertigen Hiden-Ersatz hätte (aber gibt es denn vollwertigen Ersatz für Hiden?) würde der große Torwächter – das sieht sein französischer Vertrag vor – vom Racing-Club beurlaubt werden. Der Trainer des Clubs, Jimmy Hogan, von dem

Hiden sehr schwärmt, lernte ihn beim vorjährigen Länderkampf Österreich–England, den die Österreicher mit 4 : 8 sozusagen siegreich verloren, kennen und lieben, verpflichtete ihn für Frankreich. Wien ließ seinen Hiden nicht gern ziehen, es gab viel Gekränktheit und Widerstand, aber schließlich mußte man dem Wunsch eines Mannes willfahren, der 34mal für die heimatlichen Farben glorreich ins Spielfeld gezogen war und seine guten Gründe hatte, das Angebot aus der Fremde, welches ehrenvoll ist und Gewinn bringt, zu akzeptieren. Dem Wiener W. A. C. nämlich, dessen Zierde Hiden ist, ging es in letzter Zeit schlecht. Die Spielerfolge und die Einnahmen waren gering (wahrscheinlich deshalb, weil Hiden infolge einer Blinddarm-Operation eineinhalb Monate außer Gefecht gesetzt war), und auch der Bäckerei-Betrieb ließ zu wünschen übrig. Der berühmte Torwächter ist nämlich gelernter Konditor und betreibt in Wien eine Konditorei, die u. a. mehrere Ringstraßen-Kaffeehäuser beliefert. Er beschäftigte, wie sich das für einen Fußballer geziemt, genau 11 Jungen, in letzter Zeit aber, die das leider mit sich brachte, nur mehr fünf. Während Hidens Abwesenheit führt seine Frau das Bäckereigeschäft weiter, und er selbst plant hier, trotz und neben dem Sport, die Gründung einer Wiener Konditorei. Eine solche fehlt – nebenbei erwähnt – tatsächlich in Paris, dessen Bonbons- und Backwerk-Kultur von der Wiener eiffelturmhoch überragt wird. Es fehlt auch noch manches andere in Paris, besonders den Zugewanderten, aber das gehört nicht in den Rahmen dieses Berichts.

Ich wurde vom journalistischen Ehrgeiz gepackt, Hiden zu interviewen. Und Fräulein Gottschalk (zu deren glänzenden Eigenschaften als Sekretärin noch eine wahrhaft indianische Pfadfindigkeit hinzukommt) hat herausgebracht, wo er wohnt. Es war nicht leicht.

Hiden wohnt in Colombes, Nr. 60 in der rue des cérisiers, in der Straße der Kirschbäume. Colombes, eine Viertelstunde weit von Paris, noch in der Bannmeile der Stadt, ist ein sehr ausgedehnter Bezirk bereits ländlichen Charakters. Man findet sich nicht leicht zurecht in Colombes, besonders wenn man, wie ich, schon in der vorher gelegenen Station Bois-Colombes aussteigt. Das war das erste Abenteuer. Das zweite ereignete sich vor dem Haus Nr. 60 in der rue des cérisiers. Dort sind zwei Täfelchen angebracht. Auf dem einen steht: «Sonnez, s. v. p.», auf dem anderen: «Chien méchant.» Obschon ich während einer guten Viertelstunde die altmodische mechanische Zugklingel in Bewegung setzte, rief sie keinen Menschen herbei, und die Tür selbst zu öffnen – das wäre gegangen –, dies verbot die Rücksicht auf den chien méchant. Es war zwar kein Hund zu sehen, es antwortete auch kein Gebell auf das immerwährende Läuten – aber vielleicht steckte gerade in diesem Sich-nichts-wissen-Machen die méchanceté des Hundes (chien). Am Ende stellte sich heraus, daß außer der Nr. 60 eine zweite Nr. 60 existiert (mit einem Kreuzchen über der Ziffer), und dort wohnt Hiden. Das also war das zweite Abenteuer. Keine großen Erlebnisse, zugegeben, aber schließlich ist tote Saison, ein journalistischer Schelm, wer mehr erfindet, als er für seinen Bericht unbedingt braucht, und überhaupt ist die Einschätzung von Erlebnissen als abenteuerlich oder nicht durchaus subjektiv. Bei Nestroy steht: «Auf der Reise nach Schwechat hab' ich ein rechtes Abenteuer erlebt ... da hätt' ich nämlich im Postwagen bald meinen Tabaksbeutel vergessen.»

Hiden ist von seinem neuen Club in Colombes einquartiert worden, weil dort der große Spielplatz ist, auf dem er auch dreimal in der Woche trainiert. Die kleine Pension, die ihn wie seinen Freund und Sportkollegen aus Wien, den Stürmer Jordan, der auch vom Racing-Club verpflichtet wurde, beherbergt, ist eine richtige kleine Pension. Mit einem winzigen Gärtchen, in dem eine weißhaarige Dame Fisolen putzt. Zumindest wie ich dort war, tat sie das. Es ist sehr still in dieser Gegend von Colombes, über der, ins Französische übersetzt, der linde Zauber von Weidlingau schwebt, sehr freundlich und friedlich und um einige Grade weniger heiß als in Paris, das in der Augustsonne kocht. Unser Fußballmeister scheint durchaus einverstanden mit seinem Quartier. Er genießt die Ruhe, die Nähe des Trainingsplatzes, die Aufmerksamkeit seitens der greisen Fisolenschälerin, die gute häusliche Kost, in deren Repertoire als Huldigung für den Gast Wiener Schnitzel oft wiederkehrt. Die französischen Sportkollegen sind charmant und stolz auf ihren neuen Star, der, obschon ein wenig erkältet, sich in bester Form fühlt und befindet. Kurz, um es im Gedicht zu sagen: Hiden ist zufrieden. Er hat noch nicht ausgepackt, aber auf seinem Tisch liegen schon Hunderte von beschriebenen Ansichtskarten, für Wien bestimmt. Französisch spricht er vorderhand kein Wort, ist aber entschlossen, gemeinsam mit seinem Freunde Jordan, sich auf dem Weg beharrlichen Studiums der Sprache zu bemächtigen. Der Präsident des Racing-Clubs und der Trainer sprechen übrigens Deutsch. Am 3. September wird im Parc des Princes zu Paris der Kampf um die

Fußball-Meisterschaft von Frankreich ausgetragen. Hiden, Torwächter des Racing-Clubs, ist voll Zuversicht für diesen, der dem Range nach nicht der erste in der Republik ist, aber derzeit über die stärkste Mannschaft verfügen soll. Hiden hat schon oft in Frankreich gespielt und gesiegt, die Franzosen kennen seinen Tritt, wie die Genueser den Fiescos.

Heimweh hat er noch nicht, obwohl er schon drei Tage in Paris ist. Wie es am vierten oder fünften Tag sein wird, darüber kann er freilich heute noch nichts sagen. Von der Schönheit der Stadt Paris ist er begeistert. Im Jahre 1924, wo er auch da war, der Schilling hoch und tief der Franc stand, war die Stadt, sagt er, noch viel, viel schöner. Hiden findet die Franzosen sehr fleißig, sogar die, welche es nicht nötig haben, und überaus entgegenkommend. Gestern war er mit französischen Freunden in einem Restaurant auf dem Boulevard Haussmann, die Kapelle spielte dort sofort Wiener Lieder, und der Sänger sang «Grüß mir mein Wien» aus der Gräfin Maritza.

Ob sich Dollfuß halten wird? Darüber möchte Hiden keine Meinung äußern. Er kennt den Kanzler, der an der Spitze von 50 000 anderen Enthusiasten die österreichischen Fußballer, als sie vom Ländermatch aus England heimkehrten, auf dem Bahnhof sehr herzlich begrüßte.

Ich erzähle ihm, daß ich in Berlin gelebt habe und jetzt nicht mehr in Berlin lebe, Hiden versteht. Er will nichts Politisches und doch mir etwas Loyales und Nettes sagen und sagt, daß er in Wien auch mit Schriftstellern und Schauspielern Verkehr hat, zum Beispiel mit Szöke Szakall und Sigi Hofer.

Hiden ist 23 Jahre alt. Ein reizender junger Mann, liebenswürdig und bescheiden, klug und humorvoll, angenehm durchaus. Es tut wohl, in Paris heute einen Mann deutscher Muttersprache zu treffen, der hier weder einen Film verkaufen, noch schreiben, noch inszenieren will.

Bilanz

In dieser Nacht wollte trotz allen schlafférdernden Mitteln der Schlaf nicht gefällig sein. Zu groß war die Unruhe in Geist und Seele des Nichtschläfers, zu unabweislich der Ansturm böser Vorstellungen von dem, was kommen konnte und mußte, zu schmerzhaft das Gefühl der Ohnmacht, das sich an seinem Herzen festgebissen hatte.

Nie, überlegte der Mann, kann solch verfilzter Knäuel wie der, zu dem die Fäden meines Schicksals sich verwirrt haben, entwirrt oder auch nur gelockert, nie kann solch eine Menge moralischer Rechnungen, wie ich sie zu begleichen hätte (von andern Rechnungen ganz zu schweigen), liquidiert werden. Ein wahrer Trost, zu wissen, daß mit mir selbst auch all die gehäufte innere und äußere Unordnung, in die ich rettungslos gestürzt bin, sich erledigt! Denke ich daran, wird mir so leicht zumute wie einem schlechten Schüler, dem erlaubt würde, den Stoß von Heften mit nicht bewältigten Aufgaben ins Feuer zu werfen. Und den Katalog des Lehrers dazu. Höchst lustvolle Vorstellung, daß der ganze grausig-labyrinthische Bau von Beziehungen zu Gott, Teufel, Menschen – jeden Tag um eine dunkle Windung, um ein Sackgäßchen mehr sich komplizierend – nie wieder aufrichtbar zusammenfällt, wenn das Lebewesen, das ihn hergestellt und bewohnt hat und durch das allein er existierte, aus ihm fortzieht. Die Kreatur sitzt fest im Engen. Was für eine schöne, verführerische Sprachwendung: «Das Weite suchen»! Der Mensch sucht es sein Leben lang; und findet es, wenn er stirbt.

Die Uhr auf dem Nachttisch zeigte drei, und der Mann schluckte noch etliche Pülverchen, die ihm aber auch nicht zum Einlaß verhalfen in das ersehnte zeitweilige Nichts. Gar zu bald versagen die weißen Nachschlüssel, die man in der Apotheke kauft, um in das Haus des Schlafs einzubrechen.

Also konnte der des Wachens Todmüde den grauen Gedankenzug, der durch sein Hirn geisterte, nicht hemmen. Und mit Klarheit erkannte er, daß es Fundamentalgesetz seines Wandels und Irrens gewesen war, Lust zu suchen, Unlust zu meiden. Dies ergab keineswegs eine durchaus schlechte sittliche Bilanz, oh, so einfach liegen die Dinge nicht! Es gibt auch edle Lust, zum Beispiel die der Erfüllung guten Werkes, oder die hohe Lust, welche als Folge des Verzichts auf niedere Lust sich einstellt. Und Vermeidung der Unlust, mit der etwa das Begehen gemeiner Handlung, das Ergattern nicht berechtigten Vorteils, erschlichener Sieg und dergleichen mehr verknüpft ist: gebührte der Abkehr von solcher Unlust kein moralischer Pluspunkt?

Der Mann wachträumte sich in eine Art Zufriedenheit mit der eigenen Führung hinein. Er klagte sich an und sprach sich frei oder nur höchst bedingt schuldig – und konnte dann doch wieder nicht umhin, den selbstischen Gerichtshof als befangen abzulehnen. Da war er abermals preisgegeben allen Martergeistern des Zweifelns und Verzweifelns, keuchend unter der Last der über ihn gewälzten Unwiderruflichkeiten. Oder war es nur schlichter Albdruck, den ein verdorbener Magen so gut bewirken kann wie eine verdorbene Seele? Nein, das war schon ein richtiges Gespenst, mit dem er es jetzt zu tun hatte, ein wunderliches Gespenst in der Maske des Schlafs, vieldeutig von Aussehen, gleichermaßen erschreckend wie beruhigend, gleichermaßen häßlich wie schön. Es lächelte bezwingend liebenswürdig, es öffnete mit zärtlicher Gebärde die Arme, Zuflucht bietend, öffnete sie so weit, als wolle und müsse es mit ihnen Himmel, Erde und was darin, darauf und dazwischen ist, umspannen. Ein trotz aller Unheimlichkeit durchaus traitables Gespenst. Der Mann sprach es an mit dem Namen der Frau, die er geliebt hatte.

Eigentlich dachte er, ist die Welt doch verteufelt schön. Selbst das Abscheuliche hat seinen Reiz als Farbe im großen Bilde, selbst Leiden tut wohl, weil es Daseinsbestätigung ist. Oh, ganz gerne bliebe ich noch ein Weilchen hier!

Er sah auf die Uhr. Sie zeigte drei, genau wie vorhin. Dabei ging sie doch in gewohnt rechtschaffener, geordneter Emsigkeit! Hatten sich vielleicht die Zeiger ineinander verspießt? Nein. Um drei bilden sie einen rechten Winkel, keiner dem andern im Wege. Also, da der Zeitmesser geht und doch immer die gleiche Stunde angibt . . . muß es die Zeit selber sein, die stehengeblieben ist. Wie sonderbar! Die Zeit ist stehengeblieben, und dennoch, als wenn nichts geschehen wäre, folgt alles weiter der unendlichen Spur, gehen weiter die Welten und Uhren, die aufgezogen sind. Der Mann fand den Widerspruch so komisch, daß er lächelte. Dieses Lächeln blieb auf seinem Antlitz stehen wie die Zeiger auf dem Zifferblatt seiner Uhr.

Morgens lag sie neben leeren Fläschchen und Tuben auf dem Boden, offenbar durch den Fall zur Erde außer Gang gebracht. Sie zeigte drei. Daraus schloß man, daß der Tod um diese Stunde oder nur um weniges später eingetreten sein dürfte. Doch ist ja für höhere, etwa astrologische Zwecke nur die genaue Stunde der Geburt von Wichtigkeit, die des Todes nicht, es sei denn in besonders problematisch gelagerten Erbschafts- oder Versicherungsstreitigkeiten.

Illusionen

DEN Balkon vor dem Fenster schmücken rechts und links je ein gewaltiger, von steinernen Früchten überquellender steinerner Obstkorb. Völlig zwecklose Attrappen. Wenn sie auf die Straße hinunterfielen, wäre das kein Schaden, außer wohl für den, der eben unten vorüberginge. An einem dieser Obstkörbe sah ich kürzlich einen Spatzen emsig bemüht, von dem Zeug zu naschen, etwas aus ihm mit seinem Schnabel herauszupicken. Da die Naturgeschichte nichts davon erzählt, daß Spatzen mit Vorliebe Granitstaub fressen, erlaubt der Vorfall nur die Deutung, daß das leichtgläubige Tier sich von dem fürchterlichen Kunstwerk hatte täuschen lassen, daß es die steinernen Wülste und Kugeln als Obst, das sie vorstellen sollen, ansah und aus ihm Nahrung zu gewinnen suchte.

Es gibt Leute, die, glaubend an so etwas wie ein Weltgewissen, wie ein Herz der Menschheit, wie ein unaustilgbares Rechtsgefühl (das doch nicht immerzu stumm bleiben könne, während hunderttausend schuldlose Mitmenschen, eines Machtkalküls wegen, systematisch zu

Tode gequält werden) auf die Empörung dieses für existent erachteten Weltgewissens hoffen. Spatzengehirne, offenbar.

Der Kongreß tanzt

Während einer im Kongreß zu Washington stattgehabten Steuerberatung spielten sich – nach dem Bericht einer Berliner Zeitung – «unbeschreibliche Szenen» ab. Es erschien nämlich mit allen Zeichen höchster Erregung ein Senator im Saal und verkündete den dort tagenden Kollegen, was er eben durch das Radio gehört hatte. Seine Mitteilung brachte den Kongreß außer Rand und Band. Die «würdigen Senatoren», sagt der Bericht, «schlugen sich auf die Schultern und schüttelten sich die Hände», kein Mensch hörte mehr dem Redner zu, vergebens «donnerte der Hammer des Präsidenten», die Ruhe herzustellen schien unmöglich, und die Sitzung mußte unterbrochen werden. Was war das für eine Botschaft, welche die würdigen Senatoren ihre Würde, den Kongreß die Steuerberatung vergessen und sich einem Taumel ungezügelter Freude hingeben ließ? War der Weltfriede ausgebrochen? Die Weltkrise beseitigt? Hatte ein Amerikaner das untrügliche Mittel gefunden, das Leben ad libitum zu verlängern? Dies alles hätten die Senatoren mit der Würde, die ihnen eigentümlich ist, ohne Jubelexzeß hingenommen. Aber die Nachricht, Schmeling habe den Neger Louis in der 12. Runde knock out geschlagen – das war zuviel für ihre Nerven, das warf sie um, da verloren sie alle Contenance, schlugen einander auf die Schultern, schüttelten sich die Hände, der

Präsident, der als einziger ein wenig Fassung bewahrte und mit dem Hammer donnerte, war ohnmächtig, und die Sitzung mußte unterbrochen werden. Von einer Nachricht, die große Sensation hervorruft, gebraucht man gerne die Wendung: sie schlug ein wie eine Bombe. Es gab einmal eine Sitzung (des französischen Parlaments), wo wirklich etwas wie eine Bombe einschlug, nämlich die Bombe, die der Anarchist Henry von der Galerie in den Sitzungssaal schleuderte. Damals sprach der Präsident (ich glaube es war Deroulède) das historische Wort: «la séance continue»! Andere Zeiten, andere Sitten!

Vom Visum

Bis vor ein paar Jahrzehnten kam das Visum (visum torquens comm.) in hiesigen Breitengraden ganz selten vor. Es wurde eigentlich nur an den Grenzen des Zarenreiches gesichtet. In den Nachkriegsjahren aber und speziell in letzter Zeit hat es sich – zum Schrecken aller Wanderer, die das zu sein genötigt sind und deren Wege das Visum unsicher macht – rapid vermehrt. Zahlreiche Menschen, sonst friedlicheren Tätigkeiten zugeneigt, sind deshalb heute mit der Jagd auf das Visum beschäftigt. Eine mühevolle, beschwerliche Jagd, die viel Geduld, Nervenkraft, Scharfsinn erfordert, und zudem auch ziemlich kostspielig ist. Um eines Visums habhaft zu werden, ist es notwendig, wochen-, ja oft monatelang auf dem Anstand zu liegen; die Örtlichkeiten, wo dies geschieht, heißen: Konsulate. Das Visum hat tausend Schliche und Listen, um sich seinen Verfolgern zu entziehen. Wenn der Jäger glaubt, er hat es schon, kann es schon fast mit Händen greifen – da, im letzten Augenblick, macht das Visum eine tückische Retirade und entschwindet im Paragraphengestrüpp, wo es seine komplizierten, schwer zugänglichen Nester baut. Von dort aus das Visum herauszukitzeln erfordert Pfadfindertalente und Jagdglück. Das Visum kommt in verschiedenen Größevarianten vor: kurz und ganz kurz. Es gibt jedoch auch ein wegen seiner Seltenheit sehr geschätztes langes Visum, das aber nur Sonntagskindern vor den Schuß kommt. Angehörige einiger von Gott begünstigter Staaten sind gegen die Bosheit des Visums immun. Sie kennen nur vom Hörensagen diese Überlandplage, deren Existenz zahllosen anderswo geborenen Menschen die ihrige so unleidlich erschwert. An der Grenze vom Leben zum Tode hat sich das Visum, das sonst an allen Grenzen sein Unwesen treibt, noch nicht eingenistet. Da läuft es niemandem, der hinüber will, zwischen die Beine. Kein Wunder, daß an dieser Grenze in letzter Zeit der Übertrittsverkehr ein besonders reger geworden ist.

*

In der Hotelhalle liegen sehr viel schöne, in Buntheit lockende Prospekte auf, die mit Schmeicheltönen dringendst zur Reise da- oder dorthin einladen.

«Kommen Sie in das sonnige Italien!» . . . «Wo könnten Sie Ihre Ferien angenehmer verbringen als in der herrlichen Schweiz?» . . . «Besuchen Sie das romantische schottische Hochland!» . . . «Die Riviera erwartet Sie!» . . . «Auf, in das Zauberland der Mitternachtssonne!»

Da lachen die Hühner und die Visa.

Am prägnantesten scheint die Frozzelei in der Schlagzeile des großen Reisebüro-Plakates gelungen, die treuherzig auffordert: «Choisissez votre voyage!»

Der Mantel

I.

Der Krieg dauerte nun schon länger als ein halbes Jahr, und die Pariser hatten sich an ihn gewöhnt. Die Maginot-Linie hielt fest, da niemand an ihr rüttelte, das Gesicht des obersten Armeechefs, des Generals Gamelin, zeigte auf allen Bildern so beruhigte wie beruhigende Züge, und die Gasmasken verschwanden aus dem Straßenbild; man sah sie nur noch, aus silberfarbener Pappe nachgebildet, als Bonbonnieren in den Schaufenstern der Konditoreien.

Der Dr. Marcel Monnier machte wie in Friedenszeiten Dienst im Hospital des 14. Arrondissements. An jedem Morgen um 9 Uhr folgte er mit zwei anderen Kollegen und Schwester Claire (von der Congregation des Heiligen Vincent) dem Chefarzt Professor Bosselier auf dessen Rundgang durch die Krankenzimmer. Hernach machte er sich bei Operationen und in der Ambulanz nützlich. Um 6 Uhr abends kam er nach Hause, zog seinen alten, gemütlichen blauen Rock mit den großen Löchern in beiden Ellbogen an und schrieb, zu seinem Privatvergnügen, Geschichten, in denen durch die Hand des Schicksals bösen Menschen die Bosheit aus der Seele entfernt wurde. Die Hand des Schicksals operierte hierbei so kunstgerecht wie die Hand des Professors Bosselier.

Dr. Monnier war ein schüchterner, verträumter Mann. Er hielt Schlechtigkeit für eine Krankheit und hatte großes Mitleid mit den Helden seiner Geschichten.

Ein Zimmer des zweistöckigen, in der Ecke eines schmalen Sackgäßchens versteckten Hauses der Monniers war an Herrn Rudolf Swetz vermietet, einen Flüchtling aus der Tschechoslowakei. Das Haus gehörte Madame Amélie, der Frau des Dr. Monnier. In ihm waren ihre Ersparnisse investiert, gesammelt als Dame vom Ballett und als Freundin eines Kaufmanns aus der Türkei, der mit kandierten Früchten großhandelte. Durch zu reichlichen Konsum von kandierten Früchten nahm Amélie an Gewicht und Umfang ständig zu. Das gefiel dem Orientalen, machte aber ihrer Laufbahn als Tänzerin ein Ende. Und das wiederum mißfiel dem Türken, der aus Prestigegründen seinen Ehrgeiz darein setzte, eine Dame vom Ballett zur Freundin zu haben. Deshalb, als Amélie von diesem scheiden mußte, schied er von ihr. Die Menschen lachten über Amélies Mißgeschick in Kunst und Liebe, und sie vergalt ihnen dieses mit Haß. Sie brach alle Beziehungen ab zu der Welt der leichten Sitten und des leichten Sinns. Sie wurde einsam und ihr Herz sauer. Sie heiratete einen entfernten Verwandten, eben den Herrn Monnier, der sie unglücklich geliebt hatte, als sie noch im Tüllröckchen schwebte; und jetzt zufrieden war mit dem späten, nicht mehr allzu kostbaren Lohn seiner Liebe.

Die Ehe dauerte schon fünfzehn Jahre und war eine gute Ehe. Madame gebot, und Monsieur gehorchte. Sie mochte keinen Menschen leiden außer ihm. Sie sparte, wie nur eine französische Kleinbürgerin sparen kann, und immerzu gab es Krach mit Louise, dem Hausmädchen, die klagte, von dem bißchen Essen, das Madame ihr gäbe, könne sie nicht satt werden. Wurde Dr. Monnier Zeuge einer solchen Szene, dann machte er ein verängstigtes Gesicht, flatterte mit den Augendeckeln und sagte in bittendem Ton: «Ne t'échauffe pas, chérie!»

Die besondere Abneigung Amélies galt ihrem Mieter, Herrn Swetz. Herr Swetz war mit dem Zins stets im Rückstand, empfing verdächtig aussehende Besuche (er machte kein Hehl daraus, mit der Widerstandsbewegung in seiner Heimat in Verbindung zu stehen), steckte der hungernden Louise heimlich Eßsachen zu und besaß mehrere gute Anzüge, indes es mit Herrn Monniers Garderobe kläglich bestellt war. Madames Erbitterung wurde noch gesteigert durch die Sympathie, die Herr Monnier für den Mann empfand. Diese äußerte sich in Gesprächen der beiden bei nächtlichen Zusammentreffen im Luftschutzkeller.

Der Keller, angefüllt mit altem Hausrat, Koffern der Monniers, Gartenwerkzeugen in einer Mauernische, war ein lächerlicher Schutz gegen Bomben. Er lag in halber Höhe noch über dem Niveau der Straße, mit der er außerdem durch ein kleines Fenster kommunizierte. Es war bitter kalt nachts im Keller, und man saß schlecht auf der Kohlenkiste und dem alten zerbrochenen Divan: Herr Monnier mit einer Bettdecke um die Schultern, Herr Swetz eingewickelt in einen weichen, dicken Mantel.

Die zwei Herren äußerten sich skeptisch über die Entschlossenheit Frankreichs, den Krieg zu führen oder gar ihn zu gewinnen, und Madame Monnier ärgerte sich über das vertrauliche Gespräch der beiden. Ganz besonders aber ärgerte sie sich über den Mantel des Herrn Swetz.

«Schöner Mantel!» sagte sie giftig.

«Ich habe ihn wenden lassen», entschuldigte Herr Swetz seinen Mantel, gleichsam auf Milderungsgründe für ihn plädierend, «und jetzt sieht er wieder wie neu aus . . . Schade», fügte er hinzu, «daß man das nicht auch mit Menschen so machen kann.»

Dr. Monnier bemerkte: «Wenn Sie die Seele meinen . . ., bei der ist es möglich, denke ich.»

Draußen kratzte etwas ans Kellerfenster. Madame Monnier öffnete es, ließ die Katze herein. Herr Swetz meinte, das Fenster gehöre eigentlich zugemauert. Madame geriet in Empörung. «Und wer soll das bezahlen? Ich vielleicht?» Dr. Monnier flatterte mit den Augendeckeln: «Ne t'échauffe pas, chérie!»

In der ersten Hälfte des Juni marschierten einige hunderttausend Paar deutsche Stiefel über französische Erde und französische Leichen. Und in diesen Tagen fuhr oder lief aus Paris davon, was fahren und laufen konnte. Aus der Stadt, als wäre sie leck geworden, rannen Ströme von Menschen aus, südwärts.

Madame Monnier verwarf die Idee, Haus und Besitz im Stich zu lassen. Sie blieb mit Mann und Louise in der rue du Commandant Marchand No 31. Herr Swetz jedoch packte. Freunde hatten zur Flucht einen ausrangierten Milchwagen erstanden, da konnte er mit. Nachmittags 5 Uhr wollten sie ihn holen. Herr Swetz stopfte Kleider und Wäsche in seinen großen Schrankkoffer, Bücher und Schriften in ein paar andere kleinere Koffer. Um drei Uhr schon statt um fünf hielt der Wagen vor dem Tor, vollbeladen mit Menschen und Sachen. Er hatte noch Leute aus anderen Stadtbezirken mitzunehmen, mußte augenblicklich weiter, und es war kein Platz mehr auch nur für geringstes Gepäck. Nur rasch einsteigen und fort! Madame Monnier und Louise standen vor dem Tor, als Herr Swetz sich in den Wagen zwängte. Die Menschen darin hatten verschwitzte, verstörte Gesichter; Passanten blieben stehen, sahen böse und neidisch auf die Glücklichen da, die fort konnten, und die Katze lief über den Weg. Es war ein elender Augenblick. «Gute Reise!» sagte Madame Monnier kühl. «Adieu, hoffentlich bin ich bald wieder da», rief er zurück. Louise, Nasses in den Augen, winkte mit dem Staubtuch Abschied.

Madame Monnier und das Mädchen gingen in das verlassene Zimmer des Herrn Swetz. Dort standen seine Koffer mit den Schlüsseln daran, der große Kleiderkoffer noch nicht fertig gepackt, offen. Und da hing auch der weiche, dicke Mantel. Madame Monnier nahm ihn vom Haken, ging ans Fenster, besah das schöne Stück genau. «Der arme Herr Swetz, wenn ihm nur nichts passiert!» sagte Louise. Eben kam Herr Monnier die Straße herauf, um den Arm gehängt sein dünnes, abgetragenes Mäntelchen. Madame Monnier legte Herrn Swetz' Mantel beiseite, schloß den Koffer. «Das Gepäck kommt in den Keller», ordnete sie an.

Zwei Tage später zogen Hitlers Maschinen in Paris ein, die aus Eisen und die aus Menschenfleisch.

Am äußeren Leben des Ehepaars Monnier änderte die Okkupation nicht viel. Der Doktor ging weiter in das Hospital. Bei kühlem Wetter trug er den Mantel des Herrn Swetz. Höchst widerwillig nur. Er hatte sich lange hartnäckig geweigert, es zu tun, aber eines Tages war sein alter geflickter Mantel, der einzige, den er besaß, fort. Madame Monnier hatte ein Quantum Kohle gegen ihn eingetauscht.

Von Herrn Swetz hörte man nichts.

Einmal fragte ein Beamter der französischen Polizei nach ihm. «Er ist schon anfangs Juni fort», erklärte Madame Monnier, «mit seinem ganzen Gepäck.» «Wenn Sie etwas von ihm hören, verständigen Sie uns sofort», schärfte der Polizist ihr ein. Kam zwischen ihr und dem Doktor das Gespräch auf Swetz, sagte sie, gleichsam ihrem Mann zum Trost: «Der ist längst in Amerika oder sonstwo weit weg.» Und mit jedem Tag fiel es ihr leichter, sich zu überreden, sie brauche kein schlechtes Gewissen zu haben, wenn sie des Mieters zurückgelassenes Zeug, das nun doch herrenloses Gut sei, in Besitz nehme.

Herr Swetz aber war nicht in Amerika, noch sonstwo weit weg. Er war in Paris.

II.

Ein paar Meilen hinter der Porte d'Orléans krachte der Milchwagen in einen Graben, Herr Swetz schlug sich dabei ein tiefes Loch in den Schädel, und seine linke Kniescheibe ging in Splitter. Die andern schafften ihn auf ein Feld neben der Landstraße, setzten zu Fuß ihren tristen Weg fort, der kein Ziel hatte, nur eine Richtung. Der Verletzte schleppte sich zur nächsten Häuserreihe. Sie gehörte zu einem Vorort am äußersten Südostrand von Paris, wo die Stadt schon langsam in freies Feld vertropft. Kleine Leute wohnten da, Leute, die nicht ans Weglaufen dachten vor der Not, die ihnen vertraut war, in eine, die sie nicht kannten, Leute, die auf die Barrikaden gegangen wären, wenn Paris welche gebaut hätte. Herr Ambroise Lecand, Flickschuster von Beruf und Protestler gegen die Weltordnung aus innerstem Bedürfnis, gab dem gestrandeten Flüchtling Quartier, fragte nicht viel nach woher und warum. Als Herr Swetz wieder humpeln konnte, wehte vom Eiffelturm das Kreuz mit Haken daran.

Er blieb die nächsten Monate bei dem Schuster versteckt, wagte sich nicht in die Nähe der rue du Commandant Marchand. Eines Tages las er in der Zeitung von Emigranten-Razzien, von Konfiskation der Wohnungen und des Eigentums derer, die geflohen waren. Er wußte, daß in seinem kleinen gelben Koffer eine Liste war von Namen und Adressen, die, fiel sie den Deutschen in die Hände, für Freunde in der Heimat sicheren Tod bedeutete. In der Hast seiner Abfahrt hatte er versäumt, das Papier an sich zu nehmen. Aber vielleicht war noch keine Gestapo im Hause Monnier erschienen, vielleicht konnte er noch heran an sein Gepäck. Er mußte es versuchen, auf jede Gefahr hin. Erwägungen, von einem Bezirk jenseits der Logik kommend, festigten seinen Entschluß: War es nicht klar, daß das Schicksal den Unfall im Straßengraben nur arrangiert hatte, um Herrn Swetz zu zwingen, in Paris zu bleiben und ihm so die Möglichkeit zu geben, die Gefahr von seinen Freunden abzuwenden?

Er machte sich auf den Weg in die rue du Commandant Marchand No 31.

Louise stand vor dem Tor, fegte die Straße vom Herbstlaub rein.

«Herr Swetz, um Gottes willen . . .»

Er ließ sie nicht weiter reden, fragte hastig: «Haben die Deutschen mich schon gesucht?»

Sie schüttelte den Kopf.

«Ist mein Gepäck noch da?»

Sie nickte «Ja.»

«Wo?»
«Im Keller.»
Er lief zur Kellertür, besann sich, daß er die Schlüssel zu seinen Koffern nicht hatte.
«Die Kofferschlüssel?»
«Madame hat sie.»
«Ist sie zu Hause?»
«Ja.»
Er war voll Mißtrauen gegen Madame Monnier, kannte auch ihre Abneigung gegen ihn. Aber einfach den Koffer mit sich zu nehmen, wagte er nicht; im Paris jener Tage war ein Mann mit einem Koffer auf den Schultern gewiß, angehalten zu werden.
Er hatte keine Zeit zu Bedenken und Überlegungen. «Louise, ich muß etwas aus meinem Gepäck haben. Rasch! Die Schlüssel! Sagen Sie Madame, ich bin da! Ich flehe sie an um die Schlüssel!»
Louise wußte, daß Madame Monnier die Sachen des Herrn Swetz bereits als ihr Eigentum betrachtete. Sie wußte auch, daß der Polizist gesagt hatte: «Wenn Sie von ihm etwas hören, verständigen Sie uns sofort.»
Madame Monnier saß am Schreibtisch, prüfte, Verdruß in den Mienen, Rechnungen. Der Augenblick war entschieden ungünstig für Louises Mission.
«Was wollen Sie?» fragte Madame.
«Ich muß die leeren Flaschen zurück tragen.»
«Aber bleiben Sie nicht wieder stundenlang weg.»
Die Flaschen waren in der Küche, der Weg zur Küche führte durch das Schlafzimmer der Monniers. Und auf dem Toilettetisch dort stand der Strohkorb mit Madames Schlüsseln, darunter drei flache Kofferschlüssel, von einem Lederbändchen zusammengehalten.

Sie verschwanden in Louisens Schürzentasche, und eine Minute später waren sie in der Hand des Herrn Swetz.

Er lief die Kellerstufen hinunter. Sein Herz segnete die brave Madame Monnier.

Aus dem kleinen gelben Koffer nahm er das schicksalhafte Papier, steckte es in die Tasche, lief zur Kellertür.

Im Hausflur wurden Männerstimmen laut, dazwischen die Stimme Louises, die sagte: «Im zweiten Stock.»

Herr Swetz stolperte in den Keller zurück, stand still. Der Klang harter Schritte wurde vernehmbar, im Gleichtakt die Treppe hinauf. Schritte auch auf der Straße, die näher kamen, sich entfernten, wieder näher kamen. Durch das Kellerfensterchen konnte Herr Swetz den Menschen sehen, der draußen auf und ab ging. Ja, das war einer von ihnen! Die Visage mit dem hineingekniffenen stupiden Ausdruck von Überlegenheit, der Fischaugen-Blick, immerzu auf «durchbohrend» eingestellt, die starre, wie gepanzerte Fresse – unverkennbar: Herrenrasse.

Vielleicht suchten sie nicht ihn, vielleicht galt ihr Erscheinen andren Zwecken, Einquartierung oder etwas dergleichen, und sie zogen wieder ab. Herr Swetz wartete, horchte.

In der Wohnung der Monniers oben wollten die Gestapoleute von Madame allerlei über Herrn Swetz wissen. Sie fragten auch: «Hat er Gepäck zurückgelassen?» Die Courage zu lügen, die sie dem französischen Polizeimenschen gegenüber bewiesen hatte, verließ sie. So antwortete sie, Wut im Herzen: «Ja.»

«Wo ist es?»

«Im Keller.»

Herr Swetz hörte Männerschritte die Stiege heruntertrappen und mit ihnen die Stimme der Madame Monnier, die irgend etwas aufgeregt beteuerte.

Sie waren im Hausflur angelangt. «Rechts», sagte Madame Monnier, «rechts ist der Keller.»

Herr Swetz erkannte, daß seine schwarze Stunde geschlagen hatte. Aber noch ergab er sich nicht darein. Schräg vor der Mauernische, in der die Gartenwerkzeuge lagen, stand sein großer Kleiderkoffer. Er zwängte sich hinter den Koffer, in die Nische.

Die Kellertür wurde geöffnet, die paar Stufen hinunter kamen die Gestapoleute und Madame Monnier.

Sie deutete auf eine Kiste, die Herrn Swetz gehörte. «Das da.» Einer der Männer machte ein Kreidezeichen auf die Kiste, und ebenso ging es mit Swetz' kleinen Koffern und der großen Pappschachtel.

Sie standen vor dem Schrankkoffer, der vollgepackt war mit Herrn Swetz' kostbarer Garderobe: «Und der da?»

«Der da?» wiederholte Madame Monnier, um noch eine Sekunde Zeit zu gewinnen für ihre Antwort. Wütender Ärger, preisgeben zu sollen, was sie schon als eigensten Besitz anzusehen sich gewöhnt hatte, schnürte ihr das Herz zu, erstickte die Furcht, die darin saß.

«Der gehört meinem Mann!» sagte Madame Monnier.

Der Blick der zwei Gestapler ließ den Koffer, heftete sich an die Frau. Unmäßig lächerlich sah sie aus, wie sie dastand, den großblumigen Kattun-Schlafrock, dem die Schnur fehlte, um die Wölbung des Bauchs krampfhaft zusammenhaltend, ein kariertes Küchentuch, das ihr den Hinterkopf hinabgerutscht war, um die wirren grauen Haarsträhnen gewickelt, Mund und Wangen zu einer süß-bitteren Grimasse verzerrt. Sie sah aus wie der Wolf als Rotkäppchens Großmutter.

Die zwei Kerle lachten. Sie schleppten die Sachen mit den Kreidezeichen aus dem Keller. Den großen Koffer ließen sie da.

Madame Monnier schlotterten die Knie. Auf einer Stufe der Kellerstiege setzte sie sich nieder. Das Geräusch des davonfahrenden Wagens mit den Gestapomännern und Herrn Swetz' Gepäck verklang in der rue du Commandant Marchand.

Sie wollte nach Louise rufen, aber vor Entsetzen blieb ihr der Ruf im Halse stecken; aus der Mauernische hinter dem Schrankkoffer kam Herr Swetz hervor, wankte zu Madame Monnier hin, fiel in den Kohlenstaub auf die Knie, faßte und küßte ihre Hand und stammelte Worte des Danks. Madame erfuhr von ihm, daß sie Heldenmut und Seelenadel ohnegleichen bewiesen, daß sie nicht nur Herrn Swetz, sondern auch eine Reihe von Patrioten in seiner Heimat davor bewahrt hatte, in die Hände des Henkers zu fallen.

«Ich verstand augenblicklich», sagte Herr Swetz, «Sie wußten, ich bin noch im Keller . . . Ach, Madame, bis zu meinem letzten Atemzug werde ich den Ton nicht vergessen, in dem Sie sagten: Der gehört meinem Mann.»

Madame brachte noch die Kraft auf, «Louise» zu rufen.

Es war höchste Zeit für Herrn Swetz, fortzukommen, wollte er vor der Polizeistunde zu Hause sein. Noch einmal küßte er ihre Hand, murmelte «Danke, Danke.»

Beim Tor stand Louise: «Madame ruft nach Ihnen», sagte Herr Swetz. «Louise, Madame ist eine Heilige!»

Louise dachte: Er hat vor Schreck den Verstand verloren.

III.

Madame saß wieder am Schreibtisch, und Louise erzählte, was sie zu erzählen wußte, angefangen vom plötzlichen Erscheinen der Deutschen im Haus. Sie berichtete auch die Sache mit den Schlüsseln, bereit, den Sturm des Zorns über sich ergehen zu lassen. Aber der Sturm brach nicht los. Madame nickte nur ein paar Mal mit dem Kopf, als wollte sie anmerken: «Allerdings, allerdings», guckte Louise von der Seite an, sagte schließlich: «Schon gut» und ... nein, Louise irrte sich nicht ... und lächelte!

«Jetzt gehe ich also die Flaschen zurück tragen.»

«Gehen Sie, liebes Kind.»

Liebes Kind? Die ist auch verrückt geworden, dachte Louise.

Madame Monnier nahm ihre Rechnungen wieder zur Hand ... aber sie sah, über die Ziffern weg, durch das Fenster zu den Wolken hinauf, die in vielerlei gelb-rosablau Farben leuchteten, so feinen durchsichtigen Pastellfarben, wie sie kein anderer Herbstabend als ein Pariser Herbstabend an den Himmel malt. Madame Monnier hatte dieselbe Beleuchtung schon hundertmal gesehen, aber so hübsch wie heute nicht mehr seit den Tagen des Balletts. Das Geräusch der Straße, seit Monaten nur noch ein trübselig gedämpftes, wie mit Trauerflor umwickeltes Geräusch, drang in die Stube. Madame Monnier hatte Lust zu weinen; nicht nur als nervöse Reaktion auf die Spannung der letzten halben Stunde, sondern sozusagen überhaupt. Ein Gefühl des Mitleids überkam sie, Mitleid mit Paris, mit ihrem guten Marcel, mit den Leuten auf der Straße unten, mit sich selbst, mit Herrn Swetz. Welche Todesangst der Mensch hinter seinem Koffer ausgestanden haben mußte! Und sie hatte ihm das Leben gerettet, und mit ihm anderen braven Menschen auch. Ihr Puls ging rasch, aber das Tempo war nicht unangenehm. Sie wiederholte in der Erinnerung die Szene im Keller mit jeder winzigsten Einzelheit. «Der gehört meinem Mann», sagte sie laut. Und wie sie diesen Augenblick und die Gefahr, mit der er bis an den Rand geladen war, wiedererlebte, löste sich in Madame Monniers Bewußtsein ihre Tat von dem niedrigen Motiv, aus dem sie sie begangen hatte. Ein Verlangen, der Mensch zu sein, dem solche Tat gemäß wäre, griff ihr ans Herz; und weckte dort das Spielwerk der Güte aus dem Schlaf.

Am Abend erzählte sie ihrem Mann, daß die Deutschen dagewesen waren und Gepäck des ehemaligen Mieters mitgenommen hatten. Das Erscheinen des Herrn Swetz verschwieg sie, verbot auch Louise, davon zu sprechen.

Der Doktor meinte: «Ein Glück, daß Herr Swetz rechtzeitig aus Paris geflohen ist. Wenn sie ihn erwischt hätten, mein Gott! . . .»

«Das sind ja so dumme Bestien», sagte Madame Monnier voll Verachtung.

Am anderen Morgen, als der Doktor nach Hut und Mantel griff, um in sein Hospital zu gehen, sagte sie: «Der Mantel ist dir viel zu weit.»

Herr Monnier war aufs äußerste überrascht. «Nicht wahr?!» rief er.

«Ich muß mich nach einem anderen für dich umsehen.» Ihre Stimme klang wie immer, keinen Widerspruch duldend.

«Das hat Zeit, das hat Zeit, ne t'échauffe pas, chérie! Die Tage sind jetzt so mild, vorderhand brauche ich gar keinen Überrock.»

Sie ließ ihn fortgehen ohne Mantel.

Nachmittags schlug das Wetter um. Wind und Regen. Vom Hospital in die rue du Commandant Marchand aber ging man dreiviertel Stunden, und Fahrgelegenheit gab es keine. Abends kam der Doktor nach Hause, klappernd vor Nässe und Kälte. Madame steckte ihn gleich ins Bett. Sie machte sich Vorwürfe, sentimentalisch-moralischen Regungen, Herrn Swetz' Mantel betreffend, nachgegeben zu haben.

Am nächsten Tag stellte Professor Bosselier Lungenentzündung fest.

Madame Monnier haderte mit Gott: das war nun der Lohn ihrer guten Tat!

Der Professor kam jeden Abend, auch nachdem Dr. Monnier bereits außer Gefahr war. Plötzlich, ohne daß er es vorher angekündigt hatte, stellte er seine Besuche ein.

Am Sonntag aber kam Schwester Claire. Dr. Monnier schlief. «Wecken Sie ihn nicht», sagte Schwester Claire, «er erfährt es noch früh genug!»

Donnerstag, erzählte sie der Madame Monnier, während Professor Bosselier mit seiner kleinen Suite von Ärzten – in der auch bis zu seiner Erkrankung Dr. Monnier nie gefehlt hatte – den gewohnten morgendlichen Rundgang durch den großen Krankensaal machte, erschienen dort Leute von der deutschen Militärpolizei und wollten einen Patienten aus dem Bett weg verhaften. An dem Mann war tags zuvor ein schwerer operativer Eingriff vorgenommen worden. Er war unfähig, aus dem Bett aufzustehen. So zerrten die Polizisten ihn hoch.

Lange Streifen seiner Verbände, losgelöst, schleiften auf dem Boden. Sie schleppten ihn in der Richtung zur Tür. Aus den Betten kamen «Pfui»-Rufe. «Lassen Sie uns den Verband erneuern», bat Professor Bosselier, «das ist in ein paar Minuten geschehen.»

«Vorwärts!» sagte der Unteroffizier.

Ein paar Kranke schrien hysterisch. Und plötzlich flog ein Glas durch die Luft, Spuckschalen, Wasserflaschen, Aschenbecher folgten. «Den einen der Polizisten», erzählte Schwester Claire, «traf eine Wasserflasche so unglücklich an der Schläfe, daß er zusammenfiel.»

«So unglücklich?», rief Madame Monnier, «so glücklich! ... Warum sehen Sie mich an ...?»

Schwester Claire überhörte die Frage, fuhr fort in ihrem Bericht. «Sie verhafteten Professor Bosselier und die zwei Ärzte, die mit ihm waren. Binnen 48 Stunden sollte der, der den fatalen Wurf getan, den Deutschen ausgeliefert sein, sonst ... Ein unmögliches Verlangen, denn das Gläserbombardement kam von vielen Seiten, und nicht einmal der Täter selbst hätte mit Sicherheit sagen können, er sei's gewesen.» Schwester Claire, die Hände im Schoß gefaltet, neigte den Kopf, schwieg eine Weile. Dann sagte sie: «Heute früh hat man sie erschossen. Draußen in Vincennes. Professor Bosselier, Dr. Pinloche, Dr. Rabault.»

IV.

Madame Monnier begleitete den Besuch ins Vorzimmer. Am Rechen dort hing der Mantel des Herrn Swetz. Sie starrte auf den Mantel. «Danken Sie Gott», sagte Schwester Claire, «daß Ihr Mann krank wurde und nicht dabei war Donnerstag im Hospital . . . und heute morgen in Vincennes.»

Madame Monnier ging mit ihr die Treppe hinunter bis vor das Tor. Es war schon Abend. Die Straßenlaternen brannten nicht, und aus den vorschriftsmäßig verhängten Häuserfenstern kam kein Lichtschein.

«Seien Sie nur vorsichtig, Schwester, auf dem Nachhauseweg. Es ist schon fast ganz dunkel.»

«Man gewöhnt sich an die Finsternis», sagte Schwester Claire mit einem Versuch zu lächeln.

Langsam ging sie die Straße hinab. Die Flügel ihrer Nonnenhaube schwebten wie zwei kleine weiße Segel durch die Dämmerung.

Sonntag abend

NACH dem Abendessen erzählte Professor Stefan Norman (Hauptwerk: «Österreichisches Patentrecht») einen Traum.

Ihm hatte vergangene Nacht geträumt, er wäre auf Besuch in der Heimat gewesen, ein paar Privatsachen zu erledigen.

Wien, wie es ihm im Traum erschienen war, hatte unheimlich ausgesehen. Das Gespenst einer Stadt.

«Gibt es noch unsere Straße?» fragte Frau Hildebrand. Die Hildebrands, zu Gast bei Normans am Sonntagabend, waren deren Landsleute und in Wien ihre Nachbarn gewesen.

«Ja. Mein erster Weg war dorthin, das können Sie sich denken.»

«Hat der ‹Tortenkönig› noch die Filiale an der Ecke?» Die große Konditorei hatte Frau Hildebrand gehört. Jetzt buk sie zu Hause Nuß- und Mohnkuchen für Feinschmecker-Emigranten. Nuß war mehr verlangt.

«Ich weiß nicht, ob die Filiale noch dort ist. Darum habe ich mich nicht gekümmert.»

Frau Hildebrand schien ein wenig gekränkt.

«Wenn Sie wieder träumen, daß Sie in Wien sind, kümmern Sie sich darum», sagte ihr Mann, «meiner Frau zuliebe.»

Der Professor erzählte weiter von seiner Traumwanderung. Manchmal hatte er geglaubt, einen Freund zu sehen oder einen alten Bekannten. Aber wie er näher kam, zerrannen sie in Luft, und er wußte, daß es Gestalten aus dem Schattenreich waren, die ihm da begegneten. Von den Lebenden kannte er keinen. Erst als er vor sein Haus kam mit dem steinernen Delphin überm Tor und dem fünfhundertjährigen Ahornbaum im Hof, traf er ein ihm wohlbekanntes Lebewesen, Herrn Burger, den alten Portier von Nummer sieben. «Er hatte die Mütze mit der verschlissenen Goldborte auf seinem Kürbiskopf und trug den blauen Anzug von mir und über dem Bauch die Kette, die wir ihm samt der Uhr zu Weihnachten geschenkt hatten.»

«Wir fütterten ihn mit Trinkgeldern und Geschenken», warf Frau Marie Norman ein. «Am selben Tag, als die Deutschen kamen, hat er uns angezeigt, daß wir über die Nazi schimpfen.»

Der Professor winkte ihr ab, fuhr in seiner Erzählung fort. «Als er mich sah, wurde er weiß wie . . . wie das Zeug da» – er wies auf den Haufen Leinenstreifen, aus denen Frau Norman Kragen nähte für Armstrongs

Hemdenreparatur. «Ich zog meinen Revolver. Burger fiel auf die Knie und winselte um Erbarmen. Von fern klangen Schritte und das Singen marschierender Soldaten herüber. Das rettete ihn. Mir wurde wohl zumute bei dem Gedanken, daß der Krieg aus ist und von den Jungens, die da marschierten und sangen, alle heil nach Hause kommen werden. Also, ich verlor die Lust, das Schwein niederzuknallen. Ich steckte den Revolver ein, trat einen Schritt näher an ihn heran. Seine Kugelaugen schielten verzweifelt nach rechts und links, als wollten sie davonlaufen aus der Visage, und wußten nur nicht, in welche Richtung. Er hob ängstlich den Arm vors Gesicht. Ich hieb ihm den Arm herunter.»

Frau Norman fragte: «Hast du dir dabei nicht selbst weh getan?»

«Nein.» Er strich mit der einen Hand über die Fläche der andern. «In der Fabrik ist die Haut hart geworden.» Professor Norman hatte, als es mit den Augen noch besser ging, Leder sortiert bei Mixwell, Lederabfälleverwertung.

Durch die Dritte Avenue ratterte die Hochbahn, die Kaffeetassen auf dem Tisch klirrten, und Herrn Hildebrands Gesicht verzog sich zu einer Grimasse. «Man gewöhnt sich an den Lärm», sagte die Hausfrau. In Wien hatte sie Paraffinkügelchen in die Ohren gesteckt, wenn die Spatzen im Ahornbaum vor dem Fenster zu lebhaft zwitscherten.

Der Professor nahm seine Erzählung wieder auf. «Wohnt der Herr Neubacher noch in unserer Wohnung? fragte ich den Burger. Ja? Schön. Also du gehst jetzt in die Bodenkammer und hängst dich selbst auf, eh's die anderen tun. Verstanden? Ich gab ihm einen Tritt. Es tat unheimlich wohl, phantastisch wohl. Sieben Jahre ist der

Tritt für Burger in meinem Fuß gesessen wie ein chronischer Schmerz. Jetzt ging der Schmerz weg. Ich gab ihm noch mehrere Tritte.»

Ungläubig schüttelte Frau Hildebrand den Kopf. «So etwas sind Sie ja gar nicht imstande, Professor. Nicht einmal im Traum.»

«Hoho, meine Liebe!» Der Zweifel an seiner Brutalität ärgerte ihn. «Ich bin noch ganz andere Dinge imstande. Nicht nur meine Hände sind hart geworden . . . Wo bin ich stehengeblieben? Ja, also dann sah ich mich in unserer Wohnung. Herr Neubacher war gerade beim Mittagessen, sein kleiner Junge neben ihm.»

«Der berüchtigte Neubacher?» fragte Herr Hildebrand.

«Der Zigarren-Neubacher, ja. So hieß er, weil er den Gefangenen nach dem Verhör seine brennende Zigarre auf die Stirn drückte. Damit er weiß, wer schon dran war.» Der Erzähler machte eine Pause. «Unsern Peter hat er auch verhört.»

Frau Norman schnitt mit der Schere in die Luft, als hinge dort der Lebensfaden des Herrn Neubacher. «Gleich nachdem sie uns verhaftet hatten», sagte sie, «hat sich das Untier in unsere Wohnung gesetzt und erklärt, das gehört jetzt alles ihm.»

«Die zwei saßen an unserem Tisch», fuhr der Professor fort, «auf unseren Stühlen, futterten mit unseren Messern und Gabeln aus unseren Tellern. Die mit den Kakadus.»

«Papageien», korrigierte Frau Norman.

«Kakadus.» Seit vierzig Jahren konnten sie über diesen Punkt nicht einig werden.

«Was immer es für Vögel waren, sie sind fortgeflogen», sagte Hildebrand. «Was geschah dann, Professor?»

«Sie sahen mich nicht. Neubacher nahm die Serviette aus seinem Halskragen – eine aus der Garnitur, Marie, die uns deine Schwester zur silbernen Hochzeit geschenkt hat –, stand auf, ging ins Zimmer nebenan. Die Bücher waren noch dort, aber mir schien es, als wären sie keine richtigen Bücher mehr, sondern Attrappen, wie man sie auf der Bühne verwendet. Neubacher lümmelte sich in den Lehnstuhl. Er steckte eine Zigarre zwischen die Zähne, zündete sie an. Ich starrte auf ihre glühende Spitze, unser Peter fiel mir ein, ich streckte die Hand aus nach der Zigarre. Er grinste nur. ‹Revanche? Machen Sie sich nicht lächerlich!› Wie in schöne Erinnerungen versunken, betrachtete er wohlgefällig den glimmenden Zigarrenkopf. ‹Spaß an so etwas hat man doch nur›, sagte er, ‹wenn man's zum Vergnügen tut wie wir.› Mit Behagen blies er den Rauch aus der Nase.»

«Hat es im Zimmer nicht nach Pech und Schwefel gestunken?» fragte Herr Hildebrand.

«Das ist ja das Teuflische», erwiderte der Professor, «daß so ein Neubacher nicht der Teufel ist, sondern ein Geschöpf wie Sie und ich, mit einem Herzen, das schlägt, und einem Hirn, das denkt. Ich vertrug den Anblick des Mensch-Teufels nicht. Ich schloß die Augen. Als ich sie wieder öffnete . . ., war er fort.»

Frau Hildebrand fragte: «Das Kind auch?»

«Nein», sagte Norman, unwillig über die Störung. «Ja, also, er war fort und mit ihm alle äußeren Spuren seiner Existenz in unserer Wohnung. Alles zwischen und an den Wänden war wieder, wie es vor sieben Jahren gewesen, und auf dem Messingschildchen draußen an der Tür stand wieder ‹Stefan Norman›. Aber alles – wie soll ich's erklären? –, alles, selbst die Erinnerungen, die im Raum geisterten, alles war . . . verdorben. Wie eine Speise verdorben ist. Als ob etwas Widriges sich ins Innere der Dinge eingefressen hätte. Mich packte der Ekel, und ich lief davon. Doch überall in der Stadt war's wie in der Wohnung. Straße und Plätze wie verwunschen. In den Toren der Häuser lauerte Böses, die Regenpfützen im Pflaster schimmerten verdächtig rot, und wenn eine Turmuhr schlug, schnitt jeder Schlag ins Herz. Weiß Gott, ich war froh, als ich aus dem Traum erwachte.»

Hildebrand nickte. «Ja, ja. Sieben Jahre Nazi – das geht Menschen und Dingen unter die Haut.» Seine Frau fragte: «Was geschah mit dem kleinen Jungen des Neubacher?»

Der Professor, als spräche er nicht gern davon, sah zur Seite, rieb sich verlegen das Kinn. «Ich schoß ihn tot!»

«Nein! Das Kind?»

Der Professor zuckte die Achseln. «Es sah seinem Vater abscheulich ähnlich . . .»

Frau Norman starrte auf ihren Mann.

Als die Gäste gegangen waren, machte sie die Betten. Der Professor las Zeitung. Er griff nach einer Zigarette. «Hör auf mit dem Rauchen», sagte Frau Norman böse, «die wievielte ist es heute schon?» Sie klopfte überenergisch die Kissen zurecht, und er schob die Zigarette wieder in das Päckchen. Hinter seinem zeitungspapiernen Schild versteckt, schielte er nach ihr hin. «Marie», sagte er kleinlaut.

«Was willst du?»

«Ich wollte dir nur sagen, ich hab den Jungen nicht erschossen. Das hab ich nur erfunden . . . wegen der Hildebrands. Die halten mich für einen Schwächling.»

Frau Norman hörte auf, die Kissen zu prügeln. «Du bist ein eitler alter Narr», sagte sie.

«Vielleicht hätt' ich ihn aber erschießen sollen.»

«Ich bin froh, daß du's nicht getan hast.»

«Wird nicht leicht sein, zu entscheiden», sagte der Professor, «welche von den Kanaillen man umbringen muß. Und was mit der Brut geschehen soll.»

«Gott sei Dank, Stefan, daß nicht wir das zu entscheiden haben.» Sie räumte ihr Leinenzeug in den Arbeitskorb, seufzte: «Morgen ist Montag . . .»

Vergangenheit und Zukunft wichen in den Schatten zurück, aus dem Herrn Normans Erzählung sie herangeholt hatte. Die Gegenwart, ein Weilchen in den Hintergrund gedrängt, kam breit wieder nach vorn, allein die Szene füllend. Die Gegenwart, das war: die enge Stube, die stickige Luft draußen und drinnen, von der New Yorker Augustsonne durch und durch gekocht, das erbarmungslose Geratter der Züge, der Spengler, auf den das verstopfte Waschbecken schon drei Tage wartete, die Leinenstreifen, die Kragen werden mußten, die notwendige neue Brille, der Schwarm kleiner Probleme, verdeckend die großen.

Frau Norman stellte den Wecker auf sechs Uhr dreißig. «Träum nicht wieder solches Zeug.»

«Von der Heimat, meinst du? Hoffentlich nicht.» Er wischte sich das Feuchte von Stirn und Wangen. «Sogar aus den Augen schwitzt man.» Das eiserne Rasseln der Hochbahn dröhnte ins Zimmer. Der Professor hielt sich die Ohren zu. «Gut, wieder zu Hause zu sein», sagte er.

Irrlicht

Ein Eichhörnchen galoppierte an die Gartenbank heran, beschnupperte die Schuhe des alten Mannes. Er grinste wohlwollend: «Freche Biester das.»

«Ratten!» sagte Thomas.

Der Mann belehrte ihn: «Die kommen aus Australien. Wie ich jung war, gab's die kleinen, rotbraunen Eichhörnchen im Central Park. Die aus Australien haben sie aufgefressen.» Er sah befriedigt rundum. «Schöner Herbst dieses Jahr, noch alles grün.»

«Ja. Wenn man Geld hätte.»

Der Alte grinste: «Dann wär' alles freilich noch grüner.»

Er stand auf, humpelte davon, das Aststück, das ihm als Stock diente, geschultert.

Eine elegant gekleidete Frau spazierte an Thomas' Bank vorbei. Zwei seidengraue Pudel, frisiert nach letzter Hunde-Mode, trippelten hinter ihr her. Die Hunde bellten ihn an, die Frau riß sie mit der Leine näher zu sich, als wollte sie sagen: so ein lumpiges Individuum solltet ihr gar nicht zur Kenntnis nehmen.

Über den Sprudel-Trinkbrunnen an der Ecke beugte sich ein kleines Mädchen, drückte den Finger auf das vorquellende Wässerchen. Es spritzte nach allen Seiten. «Wirst du aufhören, elender Fratz?» schrie Thomas. Er war in übler Laune, müde, hungrig. Er hatte keinen Penny in der Tasche und wollte nicht nach Hause, wo das Abendessen wartete, aber auch das immer mürrische Gesicht der Mutter. Er war arbeitslos und erbittert gegen Welt und Menschen. Insbesondere gegen jene, die so viel Geld hatten, daß sie nicht arbeiten mußten.

Nach einer Weile wurden hinter seiner Bank erregte Stimmen laut. Aus einer Seitenallee kamen die Frau mit den zwei vornehmen Hunden, ein Mann im zerrissenen Ruderleibchen, die Hände in den Hosentaschen, und zwischen ihnen ein Polizeioffizier. Die Frau redete heftig auf den Polizisten ein, schwenkte ihre aufgeklappte Krokodilledertasche ihm vor die Nase. Ein Finger der Hand, die die Hunde führte, war anklägerisch gegen den Mann im Ruderleibchen gerichtet. Der Mann protestierte. Der Offizier hatte beide Arme hoch in einer zur Ruhe mahnenden Geste. Die drei überquerten die Wiese, und wie sie an dem Buschwerk dort vorbeikamen, sah Thomas, daß der im Ruderleibchen die rechte Hand aus der Hosentasche zog und ein zerknülltes Papier ins Gras fallen ließ. Als das Trio außer Sicht war, ging er zu dem Gebüsch hin.

Im Gras dort lag ein Hundertdollar-Schein.

Ein Soldat mit seinem Mädchen schlenderte über die Wiese. Thomas wartete, bis sie vorüber waren. Er setzte sich auf die Wiese und warf seine Kappe über den seltenen Schmetterling.

Er war ein ehrlicher Junge. Den Zeitungsverkäufer kürzlich, der ihm zu viel herausgegeben, hatte er sofort auf den Irrtum aufmerksam gemacht. Und mit dem minderwertigen kanadischen 25 Cent-Stück, das ihm einer angehängt hatte, war er in die Wechselstube gegangen, hatte gar keinen Versuch gemacht, einen anderen damit hineinzulegen.

Was tun mit dem kostbaren Fund? Ihn zur Polizei tragen? Aber dann erhielte die Frau ihre 100 Dollar wieder, und diese Lösung schien Thomas unbefriedigend. Zwei so kompliziert geschorene Hunde deuteten auf empörenden Wohlstand. Den Dieb aber würden sie einsperren. Weiß Gott, der Mann hatte nicht ausgesehen, als stehle er zu seinem Vergnügen, und um den Erfolg seiner Tat war er ohnehin gebracht.

Indem er weiter überlegte, was mit dem Geld zu tun, schimmerte durch diese Überlegungen immer stärker der Gedanke, es für sich zu behalten. Nach einer Weile standen die Argumente dafür und dagegen fünfzig zu fünfzig.

Er setzte seine Kappe auf, strich die Banknote glatt, starrte sie an, als erwarte er von ihr selbst eine Antwort, was mit ihr geschehen solle. Sie schwieg. Präsident Cleveland blickte ernst, uninteressiert; kein Rat war von seinen Mienen abzulesen. Thomas legte eine Hand flach über den Schein. Eine unparteiische Instanz sollte entscheiden. War die letzte Ziffer der Banknotennummer eine gerade, dann hieß das: behalte das Geld. Gustierend wie ein Pokerspieler, schob er die geschlossenen Finger langsam seitwärts, Ziffer um Ziffer. Die letzte war eine Null. Nach kurzem arithmetischen Zweifel entschied Thomas: Null ist eine gerade Zahl.

Die Sonne war schon hinter den Häusern der Westseite, und die Bänke im Park wurden leer. Die Eichhörnchen waren noch munter. Eines kam nah' an ihn heran, beguckte das Monstrum Mensch. «Ich habe nichts für dich», sagte Thomas wohlwollend zu dem Eindringling aus Australien. Er stand auf, ging dem nächsten Parkausgang zu. Als er an dem kleinen Trinkbrunnen vorbei kam, drückte er den Finger auf das vorquellende Wässerchen. Es spritzte vergnügt nach allen Seiten.

Ohne Ziel schlenderte er durch die Straßen. Seine Faust hielt die Banknote in der Rocktasche fest umklammert, seine Phantasie spielte mit den Möglichkeiten, schlummernd in ihr. Das Getöse der Stadt hatte heute abend einen sonderbar erregenden Charakter. Das Leben, das ihre Straßen füllte, trug ihn wie die Welle einen, der weiß, daß er schwimmen kann. Alle Mädchen, sogar die nicht hübschen, waren hübsch. Vor vielen Schaufenstern machte er halt, und die Zahl der Dinge, die um Anteile an seinen 100 Dollar in Konkurrenz traten, wuchs. Lange starrte er auf eine Brosche, ein goldenes Herz von einem Pfeil durchbohrt, und auf eine tulasilberne Armbanduhr mit Sekundenzeiger, $ 39.50. Sein linker Arm probierte ein paarmal den eleganten Schwung, mit dem Armbanduhrenbesitzer sich das Handgelenk vor Augen bringen. Er studierte die Speisekarten, ausgehängt vor den Restaurants. Hunger war kein Schmerz, sondern eine keineswegs lustlose Spannung in den Eingeweiden.

Das Problem tauchte auf, zuerst einmal die 100 Dollar in kleineres Geld zu verwandeln. Kein ganz einfaches Unternehmen für einen jungen Burschen in zerfetzter Kleidung. Thomas verschob die Lösung auf morgen.

Er ging nach Hause, quer durch den Park, aber nicht den kürzesten Weg, sondern einen kleinen Umweg, an der fruchtbaren Wiese vorbei. Der Satz aus vielen Kriminalgeschichten fiel ihm ein: den Verbrecher zieht es zurück zum Ort der Tat. Aber er war kein Verbrecher. Er hatte sich über die hundert Dollar mit seinem Gewissen geeinigt. Es billigte die Sache nicht geradezu, aber erhob auch keine besonderen Einwände. Auf einer Bank neben dem Trinkbrunnen ruhte er ein Weilchen aus. Es war still im Park und dunkel, und Thomas fielen die Augen zu. Der Wind, aus der Ruhe ausfallend wie ein Fechter zum plötzlichen Stoß, weckte ihn, fegte seine Kappe zur Erde. Er bückte sich nach ihr, und ein paar Augenblicke blieb er so regungslos, auf die Wiese starrend. Durch den Nebel, der sie deckte, schimmerte von dort her, wo das Gebüsch stand, ein Flämmchen, bewegte sich eine kurze Strecke knapp über der Erde, erlosch, zuckte neuerdings auf, verschwand, erschien an anderer Stelle, wanderte, verging. Geister gibt es keine in Amerika, besonders nicht in New York; sie kommen nur in der Angstphantasie von Negro-Filmkomikern vor, denen hiebei das Weiße aus den Augen quillt wie Milch aus einem überkochenden Topf. Thomas war in Brooklyn geboren. Dennoch klopfte sein Herz rascher, als er zu dem Gebüsch am Wiesenrand hinging.

Dort auf dem Rasen kniete ein Mann, eine Streichholzschachtel in der Hand. Es war der Strolch vom Nachmittag, der die hundert Dollar gestohlen hatte. Für ihn.

Der Mann sprang auf. Beim Anblick des schmächtigen Burschen, dem die Not aus den Kleidern guckte, schwand das Drohende seiner Miene und Haltung. Er warf die leere Streichholzschachtel weg. «Hast du Zünder, Junge?» Er bekam sie und begann wieder im Gras zu suchen. Mit einem wunderlich verworrenen Gefühl, aus Schuldbewußtsein, Schadenfreude, Mitleid gemengt, sah Thomas zu.

«Hast du was verloren?»

«Ja. Geld.»

«Viel?»

«Viel.»

Der Dieb hatte das letzte Zündholz verbraucht. Er hockte sich auf einen der Steinblöcke an der Wiesengrenze nieder.

Thomas setzte sich neben ihn: «Hier hast du's verloren?»

«Auf dem Fleck hier, ja.»

«Wie ist dir das passiert?»

«Pech, verdammtes Pech.» Er schwieg eine Weile, den Kopf in die Hände gestützt. Plötzlich packte er Thomas am Arm, rüttelte ihn.

«Mensch, hast du schon mal einen Hundert-Dollarschein gesehen?»

«Ja. Der Präsident Cleveland ist darauf. Mit einem Schnurrbart.»

«Der Präsident Cleveland kann mich ... hundert Dollar! Hast du eine Ahnung, was man dafür alles kriegen kann?»

«Einen Haufen Sachen.»

«Hemden. Ein Feuerzeug. Whisky. Krawatten. Ein Taschenmesser.»

«Eine Armbanduhr.»

«Zigarren. Eine ganze Schachtel Zigarren. Ein Taschenmesser, mit Schere, Korkzieher, Pfeifenstierer.»

«Eine Brosche», sagte Thomas.

«Wie? Ja. Meinetwegen. Wenn genug übrig bleibt.» Dann, mit einer resignierten Handbewegung: «Das Geld hat längst einer geschnappt.»

«Vielleicht gibt es der Finder bei der Polizei ab. Dann bekommst du es wieder.»

«Halt's Maul», sagte der Dieb böse. «Guter Witz, ha, ha, ha! Einer geht so über die Wiese, da sieht er was im grünen Gras. Ein Veilchen? Nee, einen Hunderter, einen knusprigen Hunderter. Was tut er mit ihm? Er trägt ihn zur Polizei. Das hast du im Schneewittchen gelesen, was?» Er seufzte. «Heute macht sich der Schuft einen guten Abend mit meinem Geld. Der Gauner, der verfluchte.»

Die beiden bemerkten den Polizisten erst, als das Licht seiner Taschenlampe ihnen in die Augen fiel.

«Was sitzt Ihr zwei noch da herum, spät in der Nacht?»

Thomas lispelte: «Oh, nur so . . .» Weiter brachte er kein Wort hervor. Der Dieb grinste: «Luft schnappen, Herr General.»

«Sei nicht frech, mein Junge», sagte der Polizist, und der Strahl seiner Taschenlampe wanderte über Gesicht und Figur des Vagabunden. Ein paar Augenblicke lag Thomas' Platz im Dunkel. Sachte fingerte er die Banknote aus der Tasche, ließ sie ins Gras gleiten, ganz wie der Mensch neben ihm es vor ein paar Stunden getan hatte. Er schob seinen Fuß über den Schein.

Der Polizist knipste seine Taschenlampe ab.

«Schaut, daß Ihr nach Hause kommt.» Die Hände hinterm Rücken ging er langsam weiter.

Thomas wischte sich den Schweiß von der Stirn. Spöttisch sah der Dieb ihn an. «Mensch, du zitterst ja. Bist du gar so erschrocken?»

«Nein. Du?»

«Ich? Da war nichts zum Erschrecken für mich . . . Nichts mehr. Leider.» Trübselig stierte er auf den Rasen.

«An deiner Stelle würd' ich weiter suchen», sagte Thomas.

«In der Finsternis?»

«Jetzt wird es bald hell. In einer Stunde oder so . . .»

Er stand auf, ging. Nach Hause. Er war zufrieden mit sich, aber die Zufriedenheit hatte einen flauen Beigeschmack. Eine Stimme in ihm sprach: sei froh, daß du das

Ding los bist. Eine andere sagte: Die Armbanduhr. Eine Windjacke, wasserdicht. Eine Füllfeder. Ferner käme in Frage – du lieber Gott, wäre in Frage gekommen! – eine Brosche.

Schneesturm

Joe Burton, früher Johann Buxbaum, wartete auf seinen Omnibus. Es war 11 Uhr nachts, Wind-Salven pfiffen messerscharf durch die 79te Straße East, und der Wagen kam nicht. Hingegen kam Fisselman, spähte nach dem Bus, rieb sich die Ohren, sah Burton, wollte ihn nicht sehen. Aber da war es schon zu spät.

«Hello Joe.»

«Hello Walter.» Der Schneesturm, schien es Burton, biß und stach jetzt noch eine Nuance schmerzhafter als die Minute vorher.

Sie tauschten ein paar bittere Bemerkungen über das New Yorker Klima. Dann erfror das Gespräch. Der Omnibus, vollgepackt, fuhr, ohne zu halten, vorbei.

Aus der Bar gegenüber fiel gemütliches Licht auf die ungemütliche Straße. «Ich muß etwas trinken», sagte Burton und setzte sich in Bewegung. «Kommen Sie mit?» Fisselman überlegte kurz, was ärger sei, die Gesellschaft Burtons oder die Gesellschaft des Schneesturms. Der Schmerz in den vom Frost geröteten Ohren entschied.

In der Bar waren wenig Leute. Ihre Gesichter und Stimmen verschwammen im dicken Tabak-Rauch. Auf dem Tisch, an dem die beiden Männer, Bekannte schon aus Wiener Schultagen her, Platz nahmen, stand ein Teller mit Zigarrenresten und eine kleine Lampe. Ihr grämliches Licht spiegelte sich in Tümpelchen vergossenen Biers. Burton bestellte einen Wodka, warf Seitenblicke auf Fisselman, bestellte daraufhin lieber gleich einen Doppel-Wodka. «Mir einen Eierkognak», sagte Fisselman. Burton schüttelte den Kopf: «Wie kann man dieses süße Zeug trinken?» «Man kann», erwiderte Fisselman, nahm seine Brille ab, steckte sie langsam in ihr Etui. Burton machte Exerzitien mit seinen erstarrten Fingern.

Zwischen den zwei Herren bestand ein intimes Verhältnis gegenseitiger Abneigung. Sie hüteten es sorgfältig vor Bruch und Schaden, trafen einander nur bei gemeinsamen Freunden oder zufällig. Ihre Frauen spielten Bridge miteinander.

«Wie geht das Geschäft, Fisselman?» Burton strich sein noch immer üppiges Haar zurück. Nur eine Locke fiel in die Stirn, blieb dort.

«Für Klavierstunden, wissen Sie, geben die Leute hier nicht mehr gerne Geld aus. Und von fünf Schülern sind sechs talentlos, wissen Sie.»

Burton schluckte seinen Doppelwodka in einem Zug hinunter. Langsam ging die Abneigung gegen sein Gegenüber aus dem passiven Zustand in einen aktiven über.

«Katastrophal, dieses Wetter, wissen Sie», sagte Fisselman und leckte die letzten süßen Tropfen vom Glasrand.

«Katastrophal», bekräftigte Burton. Er legte seine Hand auf Fisselmans Hand. «Eine Frage, lieber Freund: *müssen* Sie nach jedem Satz ‹wissen Sie› sagen?»

Fisselman zuckte die Achseln. «Ich weiß gar nicht, daß ich das tue.»

«Es macht einen kribblig. Aber wenn Sie es tun müssen . . .» Er vollzog eine resignierte Handbewegung.

«Jeder Mensch hat so seine Angewohnheiten», sagte Fisselman und versuchte ein freundliches Lächeln. «Sie zum Beispiel haben Ihre widerspenstige Stirnlocke. Ich finde so kleine Koketterien bei einem Mann in unserem Alter liebenswert.» Er sah gespannt zur Decke hinauf. «Aber andere, wissen Sie, finden das vielleicht nicht. Es verletzt Sie doch nicht, daß ich Ihnen das sage?»

«Keine Spur. Ein offenes Wort von Freund zum Freunde, das ist doch noch etwas Sauberes in dieser schmutzigen Welt. Kellner, einen doppelten Wodka.» Fisselman blieb beim Eierkognak. «Und überhaupt», setzte Burton fort und zog mit dem Zeigefinger Verbindungskanäle zwischen den Biertümpelchen auf der Tischplatte, «kann kein Mensch etwas dafür, daß er so unangenehm ist, wie er ist.»

«Mir auch lieber einen Wodka», rief Fisselman dem Kellner nach. «Eine Atmosphäre ist hier, kaum zum Atmen.»

«Ihr Wohl, Fisselman», sagte Burton.

«Das Ihre.» Die Gläser klirrten aneinander wie gläserne Rapiere. Burton faltete die Hände über dem Magen, drehte die Daumen. «Nett war es am Samstag bei Mannerheim, nicht?»

«Ich fühle mich dort immer wohl.»

Burton nickte. «Reiche Leute, sehr reiche Leute.» Er beugte sich über den Tisch zu Fisselman hin, die hohlen Hände um den Mund gelegt wie zu einer geheimnisvollen Mitteilung. «Mein guter alter Fisselman, lassen Sie sich nicht immer so lange bitten, ehe Sie sich ans Klavier setzen.» Er lachte. «Jeder weiß doch ganz bestimmt, daß Sie's tun werden, gebeten oder nicht gebeten. Also wozu? Und dann: spielen Sie nicht so lang. Letzthin bei Mannerheims habe ich mit der Stop-Uhr die Zeit genommen. Eine Stunde 36 Minuten!»

«Ich habe nicht den Eindruck gehabt, daß es den Leuten zu viel war», sagte Fisselman. «Aber vielleicht Ihnen. Mein Gott, Sie sind Bankbeamter, Sie müssen nichts von Musik verstehen. Es ist keine Schande.»

«Die Leute sind da gesessen, wie . . . wie . . .»

«Jeder», fuhr Fisselman fort, «hat das Recht, auf einem Gebiet, das ihm fremd ist, ein Idiot zu sein, aber niemand sollte von diesem Recht zu lauten Gebrauch machen, alter Kamerad. Eine schreckliche Luft hier.» Er lockerte seine Krawatte, öffnete den Hemdkragenknopf, atmete tief. «Jetzt ist mir leichter. Ihr Wohl, Joe.»

«Zum Wohl, Walter.»

Sie bestellten weiteren Wodka. Aus dem Radio sang ein gemischter Männer-Frauen-Chor das Lob eines Präparats gegen Magensäure.

«A propos, wie geht es eigentlich dem Mannerheim?» fragte Burton.

«Glänzend, offenbar. Haben Sie seinen neuen Cadillac gesehen?»

«Ich meine gesundheitlich. Letzten Samstag schien er recht erkältet.»

«Ein Schnupfen.»

«Sie waren so besorgt um ihn. Meine Frau war ganz gerührt, wie Sie ihm den Plaid um die Beine wickelten. Sie haben ihr mehr leid getan, hat sie gesagt, als der Kranke.»

Fisselman lehnte sich in den Stuhl zurück, setzte die Brille auf. Sein Blick wanderte interessiert über Burtons vertraute Züge. «Immer derselbe!» sagte er. «Heute wie damals. In der Schule seinerzeit daheim, wenn Sie nicht

Antwort gewußt haben, haben Sie kein verlegenes Gesicht gemacht wie andere Jungen, sondern ein ironisches. Und bei dieser Praxis sind Sie die nächsten dreißig Jahre geblieben, wissen Sie.»

«Dreißig Jahre. Mein Gott», seufzte Burton. «Wie hieß unser Lateinlehrer?»

«Prokop.»

«Richtig, Prokop.»

«Er hatte ein Pferdegesicht», sagte Fisselman.

«Aber wir nannten ihn ‹das Krokodil›. Warum eigentlich, weiß ich nicht mehr.»

Sie tauschten noch andere Erinnerungen aus der Schule, und Fisselman war froh, daß das Gespräch in ruhigerem Fahrwasser segelte. Dann aber sagte Burton, er entsinne sich noch ganz deutlich, daß Fisselman immer der Erste beim Kleiderständer war, dem Krokodil in den Mantel zu helfen. Er gab dem alten Schulkameraden einen herzlichen Klaps auf den Schenkel. «Wodka ist eine schöne Erfindung, nicht wahr? Macht klares Wetter im Bauch. Aber Eierkognak?» Er schüttelte sich.

«Wodka ist gut», gab Fisselman zu. «Meine Frau verteidigt Sie immer. Schimpft nicht über ihn, sagt sie. Ein so mißtrauischer, unsicherer Mensch wie Burton merkt es doch, daß ihn keiner ausstehen kann. Ist's ein Wunder, wenn er sauer wird und boshaft wie ein Pavian?»

Burton kniff das linke Auge zu, hielt vor das rechte sein leeres Glas, blinzelte hindurch auf sein Gegenüber. «Irgend ein alter Franzose», sagte er, «erzählt in irgend einem Buch, daß er einmal als Kind den General Napoleon hinter einem Baum Pipi machen gesehen hat. Und seither, so oft der Name Napoleon fiel, ist immer dieses Bild vor ihm aufgetaucht. Zwangsweise.» Er spielte mit der widerspenstigen Locke. «So sehe ich Sie, lieber Freund, immer beim Kleiderständer, den Mantel des Professors in der Hand.»

Der Kellner brachte die Rechnung. «Gentlemen, wir machen Schluß.»

Burton schimpfte über die alberne Polizeistunde, und Fisselman setzte hinzu: «Gerade, wenn man im besten Plaudern ist.»

«Wir fahren ja noch miteinander ein Stück», sagte Burton.

Sie stapften, ein wenig beduselt von Wodka und Wahrheit, zur Haltestelle, warteten schweigend. Der Blizzard hatte sich ausgetobt, aber die Kälte war noch kälter geworden. Fisselman, den Kopf in den hochgestellten Mantelkragen geduckt, lugte mit gemischten Gefühlen in die Richtung, aus der der Omnibus kommen mußte.

Als die grünen Lichter des Wagens auftauchten, sagte er zähneklappernd: «Wundervolle Luft jetzt. Ich gehe doch lieber noch ein Stück zu Fuß. Auf Wiedersehen, Joe.»

«Auf Wiedersehen, Walter.»

«Einen schönen Gruß für Mrs. Burton.»

«Das gleiche für Ihre Lady, Fisselman.»

Veilchen

Die Ecarté-Partie des Grafen Rudolph von Stilz mit dem Rennstallbesitzer Baron Armbruster wurde legendär. Sie begann in Wien eines Samstags im Frühjahr 1914 um 4 Uhr nachmittags und endete am folgenden

Sonntag um 1 Uhr mittags. Da mußte sie enden, weil um 2 Uhr die Rennen anfingen.

Graf Rudolph von Stilz, Oberleutnant in Diensten seiner Majestät Franz Josephs I., war Kavalier bis in die Knochen. Keiner im Regiment tanzte Links-Walzer eleganter als er. Keiner hielt länger am Spieltisch aus, hatte mehr Schulden, Weibergeschichten, Ehrenaffairen. Die betonte Nonchalance in Haltung, Gang, Gebärde, der lässige, nasale Tonfall, verrieten unverkennbar den österreichischen Aristokraten. Der Graf gab Geld mit vollen Händen aus. Die Geschenke, mit denen er seine Freundinnen großzügig bedachte, waren kostspielig; und immer von einem Fläschchen «Violettes de Parme», Molyneux-Paris, begleitet. Deshalb und wegen seiner lustig dreinblickenden blaßblauen Augen nannten ihn die Damen vom Theater und Ballett «Veilchen». Sie mochten ihn gut leiden. Er war ja auch ein schöner Mann mit seinem weichen rötlichblonden Schnurrbart, der dem Gesicht das Strenge nahm, das ihm die scharfgeschnittene Nase geben wollte. Auch bei den Kameraden war er beliebt, schon deshalb, weil keiner so laut und herzlich wie er über die Witze, die in der Offiziersmesse zum besten gegeben wurden, lachte, auch wenn er sie nicht verstand. Hingegen war er selbst gefürchtet als Erzähler von Anekdoten, die keine Pointen hatten oder, wenn sie welche hatten, sie in Rudolphs Erzählung verloren.

Bei jener berühmten Ecarté-Partie erlitt der Graf eine schwere Niederlage. Er verlor weit mehr, als er zahlen konnte. Baron Armbruster erklärte zwar, er bestehe nicht auf Erlegung des ganzen Betrages binnen 24 Stunden, aber ein Graf Stilz konnte die Schande nicht auf sich nehmen, eine Spielschuld länger, als der Ehren-Kodex es vorschrieb, unbeglichen zu lassen.

Der Wucherer Eisenstein, hart wie sein Name, lehnte die Zumutung, Rudolphs Schuldkonto noch mit einer so großen Summe zu belasten, ab. Eisenstein war 90 Jahre alt; selbst so nahe dem Tod, nahm er die Mitteilung, der Graf müsse sich erschießen, wenn er das Geld von ihm nicht bekomme, nur mit einem betrübten Kopfnicken zur Kenntnis und der resignierten Feststellung: «Wir müssen alle sterben, der eine später, der andere früher.» Ja, wenn der Herr Graf die Bürgschaft des Herrn Rittmeisters von Wittgendorf bringen könnte, dann ließe sich über die Sache reden. Von Wittgendorf gehörten Dreiviertel der böhmischen Kohlengruben.

Der Rittmeister war auf Jagdurlaub in den böhmischen Wäldern, seine Rückkehr vor Ende der Woche nicht zu erwarten. Also half sich Rudolph aus der Verlegenheit dadurch, daß er selbst den Namen des Rittmeisters neben seinen eigenen auf den Wechsel setzte. Noch vor Ablauf der 24 Stunden konnte er seine Spielschuld zahlen. «Es wär' doch nicht so eilig gewesen», sagte Baron Armbruster. «Ehrensache», antwortete Graf Stilz. Der Rittmeister aber machte ein saures Gesicht, als ihm Rudolph von der kleinen Freiheit, die er sich herausgenommen hatte, erzählte. Und er machte ein noch saureres, als ihm am Verfallstag der Wechsel, den Rudolph nicht einlösen konnte, zur Zahlung präsentiert wurde. Rudolph verstand diese Säure nicht. Unter Kameraden, meinte er gekränkt, wäre doch so etwas ganz egal. Seine Auffassung von Kameradschaftspflichten war nicht minder streng als seine Auffassung von Kavalierspflichten.

Durch deren Erfüllung geriet der Graf in immer neue

und immer ärgere Verlegenheiten, schließlich in solche, aus denen es keine Rettung mehr gab. Man borgte ihm kein Geld mehr, man setzte sich nicht mehr mit ihm an den Spieltisch, und die ritterliche Genugtuung, die er wegen solchen Schimpfs verlangte, wurde ihm verweigert. Grollend zog er den «Rock des Kaisers» aus, freiwillig, um es nicht gezwungenermaßen tun zu müssen. Der Weltkrieg, den er als einfacher k. u. k. Soldat mitmachte, befreite ihn für längere Zeit von materiellen Sorgen. Aber in den schweren Jahren nachher wurde die wirtschaftliche und gesellschaftliche Basis seines Lebens immer brüchiger, versiegten oder trübten sich immer mehr die Quellen, aus denen er seine Existenzmittel bezog. Er betätigte sich als Tipster auf Rennplätzen, als Zubringer von Kundschaften für Spielklubs, als Vermittler von Darlehen: So blieb er doch einigermaßen im Strahlungskreis der Sphäre (wenn auch an deren äußerstem Rand), in der er so gern und in so vollen Zügen geatmet hatte. Er trug abgerissene Kleider, aber immer weiße Handschuhe und ein Monokel aus Fensterglas. Die Menüs, die er im Gasthaus zu sich nahm, waren karg, aber das Trinkgeld für den Kellner generös. Von Frauen lieh er Geld nur, um es zu Geschenken für sie zu verwenden.

Veilchen war ein doppelseitiger Charakter. Er hatte seine persönliche Moral und blieb deren Grundsätzen treu, auch wenn sie sich mit Vorschriften, wie sie für den gemeinen Mann gelten, nicht vertrugen. Er unterschied scharf zwischen schäbig und nobel, vornehm und vulgär – unscharf zwischen recht und unrecht. Die Wissenschaft würde sagen: Veilchen litt an einer tiefgehenden Spaltung (Schizophrenie) seines sittlichen Bewußtseins.

Zur Zeit, da der Vorfall sich ereignete, der diese Anomalie in Rudolphs Seelengewebe so klar erkennen ließ wie ein anatomisches Präparat Unregelmäßigkeiten im Zellengewebe, zu dieser Zeit war Rudolph schon ein alter Mann, zermürbt von den Anstrengungen eines noblen Lebenswandels in den Tälern des Elends. Er trug noch immer weiße (wenn auch löcherige) Handschuhe und im Aug' das Monokel aus Fensterglas. Den Freundinnen aus alten glorreichen Tagen konnte er keine Geschenke mehr machen, aber an ihren Namenstagen kam pünktlich die glückwünschende Visitenkarte Rudolphs, eine selbstverfertigte, handgeschriebene Visitenkarte mit sorgfältig gezeichneter siebenzackiger Grafenkrone links oben. Das war der einzige zwirndünne Faden, der Rudolph noch mit den Genossen seiner Glanzzeit verband. Nie versuchte er Annäherungen an sie, sich seiner Not schämend, aber zugleich, wie das der wunderlichen Doppelnatur seines Wesens entsprach, sich stolz zu ihr bekennend. Und die alten Bekannten ihrerseits, wenn sie ihn zufällig auf der Straße sahen, waren taktvoll genug, ihn nicht zu sehen.

Um so gewaltiger war die Überraschung, als eines Tages Bettina bei ihm erschien, Bettina, noch immer ein Sternchen, wenn auch schon im Verblassen, der Wiener Operetten-Bühne. Die leibhaftige Bettina in seiner mehr als bescheidenen Stube? Die Rennzeitung, in deren Studium er vertieft gewesen war, fiel ihm aus der Hand, hilflos starrte er die Erscheinung an, und es dauerte eine beschämende Weile, ehe Rudolph Graf Stilz sich darauf besann, was sich gehört. Er sprang auf, zog den einst pompösen, jetzt in Auflösung begriffenen Schlafrock enger um den Leib, stammelte eine Bitte um Entschuldigung für den legeren Aufzug, in dem sie ihn da antreffe, fegte von einem Stuhl alles Zeug, das darauf lag, herunter: «Nimm Platz, bitte.»

«Wie geht es dir, Veilchen?» begann der Besuch, ein wenig unsicher, die Unterhaltung.

«Im Augenblick wunderbar», antwortete Rudolph mit einer chevaleresken Verbeugung. «Und dir?»

«Mein Gott, wie es einem in dieser lausigen Zeit eben geht.»

«An dir gleitet sie spurlos ab ... Du siehst aus wie ... wie der Frühling.»

«Immer der alte Charmeur», sagte die Sängerin.

Diesen Präliminarien eines Wiedersehens nach langer Zeit folgten ein paar Sekunden beiderseitigen Schweigens, bis Rudolph fragte:

«Und was verschafft mir die unverhoffte Freude?»

«Ach, nichts Besonderes.»

Sie sah ihn an mit Blicken, wie ein Tischgast eine ihm servierte Speise ansieht, die er lieber nicht essen möchte, aber zu essen nicht umhin können wird. Wie war das gute Veilchen verblüht, wie verbraucht und antiquarisch sah es aus!

Ihm wurde unbehaglich unter ihrem prüfenden Blick, in dem schon das Ergebnis der Prüfung zu lesen war. Wie entschuldigend strich er über seinen nackten Schädel, den ein zerzauster Kranz von weißlichem Haar umrahmte, seufzend: «Man wird nicht jünger!»

«Das graue Haar paßt dir sehr gut ... und der Schnurrbart ist noch so blond, wie er war.»

Mit den zwei Mittelfingern einer Hand glättete Rudolph, wie das bei galanter Konversation immer seine Gewohnheit gewesen war, den rötlich-braunen Schnurrbart. Der Schnurrbart dankte diese Dauerfarbe den Nikotinspuren von vielen tausend Zigaretten.

«Findest du mich sehr verändert?» fragte die Sängerin.

«Durchaus nicht ... höchstens vielleicht ... vielleicht ... eine Nuance stärker.»

«Eine Nuance! Eine tüchtige Nuance, weiß der Himmel ... und wegen dieser Nuance bin ich heute bei dir ... mit einer Bitte.»

Wie einst im Mai, als noch Sporen an seinen Stiefeln klirrten, schlug Rudolph die Hacken zusammen, soweit das die ausgetretenen Pantoffeln zuließen:

«Tout à votre disposition, chère amie. Was kann ich für dich tun?»

«Heirate mich!» sagte Bettina.

Rudolph machte ein blödes Gesicht, ein so blödes, daß sie lachen mußte. Da fing auch er zu lachen an, jenes übersprudelnde Lachen, das ihn als dankbares Publikum für Witzeerzähler im Regiment so beliebt gemacht hatte. «Ein köstlicher Scherz», sagte er, als er wieder zu Atem kam, und wischte sich Tränen aus den Augen.

Aber die Bitte der Sängerin war, erfuhr er, durchaus ernst gemeint. Die kleine Gewichtszunahme, die Rudolph an ihr aufgefallen war, hatte ihre zwingende natürliche Ursache. Bettina erwartete ein Baby. Ein Baby, dessen Vater jetzt ihr Mann geworden wäre, hätte nicht ein zu rasch um die Ecke biegendes Auto seinem Leben ein plötzliches Ende gemacht. Nun würde also das Kind zur Welt kommen, mit dem Makel der Illegitimität behaftet. Und das bliebe dem armen Ding erspart, wenn Rudolph ihr aus alter Freundschaft den kleinen Dienst erwiese, sie zu heiraten. Dann hätte das Kind einen Namen ... einen klingenden Namen noch dazu.

Rudolph schüttelte wehmütig den Kopf: «Die Republik hat den Adel abgeschafft.»

«Den Titel konnten sie dir nehmen, nicht den Adel!» rief mit Überzeugung Bettina.

Der Graf küßte ihr gerührt die Hand. «Je m'en fiche de la République!» und klemmte sein Monokel ins Auge. «Wann soll geheiratet sein?»

«So bald wie möglich . . . Du verstehst!»

«Ich und ein Ehemann . . . Komisch!»

«Aber, Lieber, Du wirst kein Ehemann sein! Davon ist gar keine Rede. Wir heiraten . . . und lassen uns scheiden. Sofort.»

«Ach so», sagte Rudolph, teils gekränkt, teils erleichtert.

Bettinas Anwalt kümmerte sich um die gesetzlichen Voraussetzungen der Heirat und um die mit diesem Schritt verknüpften Auslagen, der Graf um die Dehors. Text, Druck und Ausstattung der Karten, die die bevorstehende Vermählung des Herrn Stilz mit Fräulein Roland zur Kenntnis brachten, wurden von Rudolph aufs genaueste bestimmt. Das Problem, welche Blumen für das Braut-Bouquet zu wählen seien, beschäftigte ihn sehr. Er löste es.

Da war aber noch ein Problem, das gelöst sein wollte: ein Ring für Bettina. Ein schöner Ring mußte es sein, ein kostbarer. Unbedingt. Point d'honneur. Wolken der Sorge, wie dem zu entsprechen, trübten sein Hirn; der erlösende Gedankenblitz wollte aus ihnen nicht fahren.

Bei dem Besuch, den er wenige Wochen vor dem Hochzeitstag Bettina machte, fiel ihr auf, wie bedrückt er war. Sie saß vor ihrem Toilettentisch, mit Schminke und Puder beschäftigt, und vorsichtig fing sie davon zu sprechen an, daß ihm die Heirat doch wohl Spesen verursache.

«Lassen wir das», sagte Rudolph.

«Aber wenn du vielleicht in Verleg . . .»

Er unterbrach sie: «Du beleidigst mich, wenn du noch eine Silbe davon sprichst.»

Nach diesen mit Energie vorgetragenen Worten versank er wieder in offenbar sorgenvolles Grübeln.

Die Sängerin heftete eine Möwe aus Brillanten an ihr Kleid. «Schön, wie?»

«Zu pompös», sagte Rudolph, und sie nahm eine andere Brosche. Bettina hatte immer viel auf seine Meinung in Toilettedingen gegeben. Sie ging an ihren Kleiderschrank, wählte einen Hut. «Wie gefällt er dir? Nicht zu jugendlich?» Er überhörte den Appell an sein Urteil.

«Woran denkst du denn?» fragte Bettina.

Rudolph war wohl ein gespaltener, zweigeteilter, aber in jedem der beiden Teile entschiedener Charakter. Geriet er durch Festhalten an seinen Grundsätzen in eine schwierige Situation, so schnitt er, um gezwungen zu sein, solcher Situation Herr zu werden, sich den Rückzug aus ihr ab; wie etwa damals, als er die Unterschrift des Herrn von Wittgendorf auf den Schuldschein setzte.

So nun, als Bettina fragte: «Woran denkst du denn?» antwortete er: «Ich überlege, welche Fasson der Ring haben soll, den du von mir zur Hochzeit bekommst.»

Bettina, so tuend, als nehme sie seine Worte ernst, meinte: «Unsinn. Schade ums Geld!» Es rührte sie, wie der arme Kerl sich in die Rolle des Kavaliers, der er nicht mehr sein konnte, hineinphantasierte. Sie holte einen schmalen Goldreif aus ihrer Schmuckschatulle: «Gib mir den da. Der tut's auch.» Rudolph nahm den Ring mit zwei Fingerspitzen, legte ihn in die Schatulle zurück. «Ja, der tät's auch», sagte er, «wenn du eine Näherin wärest und ich ein Kellner.»

Zur Hochzeit erschien er in strahlender Laune. Gleich

nach der Zeremonie im Standesamt nahmen Rudolph und Bettina voneinander Abschied. «Wegen der Scheidung wird mein Anwalt alles in die Wege leiten», sagte sie, «und schönen Dank auch, Veilchen, für deine Gefälligkeit!»

«Nicht der Rede wert, Liebe . . . Hier –» – er zog ein Etui aus der Tasche – «eine Kleinigkeit. Adieu, chère amie!» Ehe Bettina noch ein Wort sagen konnte, war er gegangen.

In dem Etui lag ein Ring, ein Brillantring, mit Platin gefüttert, modern gefaßt. Die Sängerin war tief bewegt. In welche Schulden mag der unverbesserliche Kauz sich gestürzt haben für sein Geschenk!

Einige Zeit später entdeckte sie, daß aus ihrer Schmuckschachtel die Möwe verschwunden war. Die Polizei, wie üblich in solchen Fällen, verständigte die Juweliere der Stadt von dem Verlust oder Diebstahl. Darauf meldete sich einer der Juwelenhändler und gab an, vor einigen Wochen sei ein Herr mit einer Brosche, wie der polizeiliche Laufzettel sie beschreibe, bei ihm erschienen, ein alter Herr mit Monokel und weißen Handschuhen. Der Herr gab Auftrag, aus dem Material der Brosche einen Ring herzustellen, genau nach seinen Weisungen, Form und Fasson betreffend. Die Steinchen in der Brosche, für den Ring nicht gebraucht, deckten die Kosten der Umarbeitung.

Rudolph leugnete nicht einen Augenblick. Er hätte sich in den Boden hinein schämen müssen, am Hochzeitstag ohne Geschenk für seine Braut ihr vor die Augen zu treten. Ehrensache, so etwas. «Ich bin unberührt von der Verwilderung der Sitten heutiger Zeit», erklärte er. «Adel verpflichtet, selbst in dieser traurigen Republik, die ihn abgeschafft hat.»

In dem Altersheim, in dem Bettina ihm Unterkunft sicherte, war er bald sehr beliebt. Besonders bei den Matronen dort, die er im Kartenspiel gewinnen ließ und stets mit der Formel begrüßte: «Madame, j'ai l'honneur de vous saluer».

Nicht lange nach der Scheidung kam das Kind zur Welt. Ein Mädchen. Die Mutter gab ihm den Namen: Violette.

Sentimentaler Besuch

Barbara war nicht der Name, den meine liebe Freundin bei ihrer Geburt erhielt, sondern der Taufnahme, den sie sich beim Übertritt zum katholischen Glauben gewählt hatte. Der Übertritt fand statt in der ehrwürdig verwitterten Kirche des Städtchens M. (im Österreichischen an einem bergumrahmten See gelegen), wo Barbara ein kleines Haus besaß. In diesem lebte sie viele Sommer- und Herbstmonate während vieler Jahre. Mit den Honoratioren von M., gern und häufig Gäste Barbaras, war sie herzlichst befreundet und bei den Ortsinsassen niedrigeren gesellschaftlichen Rangs, Fleischern, Bäckern, Handwerkern und dergleichen, als lukrative Kundin überaus beliebt. An der Zeremonie, die sie zur Christin machte, beteiligte sich der Schulkinderchor mit einem vom Lehrer eigens für diesen Zweck komponierten Lied, und nachher blies auf dem Platz vor der Kirche die Feuerwehrkapelle, Barbara zu Ehren, den Radetzkymarsch.

Nachdem sie so, ihrem neuen Glauben gemäß, den ersten Schritt getan hatte zur Anwartschaft auf ein Visum für den Himmel, sorgte Barbara um ihre letzte irdische Station auf dem Weg dorthin. Lange Besprechungen mit dem Totengräber von M. gingen dem Ankauf des Grabs voraus. Der Totengräber riet zu einem in der zweiten Reihe, hügelab der Steinmauer, die Friedhof und Straße voneinander scheidet. Er war keiner von der philosophischen Spezies seiner Berufsklasse. «Ein Platzerl, liebe Frau . . .», sagte er und küßte die zusammengelegten Spitzen seines Daumens und Zeigefingers, «da haben Sie Morgensonne den ganzen Tag und immer trockene Füße, weil das Grundwasser nicht so hoch hinaufkommt. Neben Ihnen liegt die Frau vom Bezirksrichter, und auf der anderen Seite, da haben Sie einen Direktor von der Sägemühle.» Barbara folgte seinem Rat. Die Wirtin von der «Traube», der Baumeister und andere Freunde aus dem Ort gratulierten zu der Wahl. Oft ging sie jetzt auf den Friedhof, machte sich vertraut mit ihrem kleinen Grundbesitz dort und den Nachbarn, die schon lange angesiedelt waren in der zweiten Reihe. Nach Wahrscheinlichkeitsrechnung hatte Barbara noch Anspruch auf ein paar Erdenjahrzehnte, und deshalb schlug ihr Herz, auch wenn sie ans Ende dachte, nicht unruhiger. «Seit ich mein Grab habe, schreckt mich der Gedanke ans Sterben nicht», sagte Barbara, die über alle Maßen gern lebte. Vielleicht spekulierte sie auch, daß der Tod, befriedigt von soviel Interesse und Aufmerksamkeit, ihm gewidmet, es nicht eilig haben werde mit Barbara.

Justament aber hatte er es eilig. Schon im Juni des nächsten Jahres mußte sie, les pieds devant, auf den Friedhof zur endgültigen Bleibe dort. Die Honoratioren des Orts waren da, «Ruhe sanft» wünschte die Schleife am Tuberosengewinde des Baumeisters, und allen ging es zu Herzen, als der geistliche Herr davon sprach, wie glücklich-beruhigt Barbara sich im Besitz des Plätzchens Erde gefühlt hatte, wo sie nun des ewigen Friedens genießen werde. «Schön hat sie's hier», sagte die «Trauben»-Wirtin beim Händedruck des Beileids jedem der Hinterbliebenen. In der Folge ließen diese ein Gitter aus schmiedeeisernen Weinranken um das Grab ziehen und einen Block aus schwarzem Marmor an sein Kopfende stellen; auch eine Alabasterschale kam hinzu mit Trinkwasser für die Vöglein von M.

Dies alles ereignete sich in grauer Vorzeit, die allerdings, von später her besehen, himmelblau erscheint.

Im Juni jedes folgenden Jahres kam ich nach M. zum Besuch der alten Freundin. Ab 1938 konnte ich aus sozusagen zeitgeschichtlichen Gründen nicht mehr in persona zu ihr hin, nur noch in Gedanken. Und während der folgenden Jahre wurden auch diese Besuche im Geiste seltener und kürzer. Denn die Zahl der Freunde, die zu beweinen waren, wuchs in gespenstischer Progression, und ins Endlose streckte sich die Reihe der anderen, die als Opfer des Kriegs, des Mords, des Henkers auch Anspruch hatten auf trauervolles Gedenken. In der Schar von Toten, die das Herz des Weiterlebenden bedrängten, verschwand Barbara.

Die zeitgeschichtlichen Ereignisse, die mir M. unzugänglich gemacht hatten, wurden liquidiert, scheinbar zumindest, und Sommer 1949 kam ich, sentimentalisch lüstern nach Vergangenheit, wieder in das geliebte Städtchen. Ich sah Berg und See wieder im Farbenspiel der Wirklichkeit – und es schien mir trüber, unreiner als jenes, in dem Erinnerung die Landschaft gesehen hatte. Sie übte nicht mehr den alten Zauber auf Aug' und Gemüt. Aber das lag wohl an diesen mißtrauischen, nicht an Berg und See, die bestimmt keine Infamien begangen hatten während der infamen Jahre. (Ganz bestimmt, freilich, kann man das auch von der Natur nicht wissen.)

Die Bekannten, soweit es solche noch gab, hießen den lange nicht Dagewesenen willkommen aus ganzer Kehle. Dem Baumeister gehörte jetzt auch die Villa Enzian, die dem alten Doktor Kramer gehört hatte, bis er ins Lager abgereist worden war. Der Photograph, ein alter Wiener Schulkamerad, übte gleich in den ersten Augenblicken der Wiederbegegnung ohne Anlaß, gleichsam als Präsent für den Gast aus Amerika, herbe Kritik an dem Führer. Das Dämonische allerdings mußte er ihm lassen, wie sehr auch sonst bereit, mir entgegenzukommen. Mein lieber Schachpartner von ehemals, der Drogist, schimpfte über die Leute von M., über alle. «Lauter Erznazi!»

«Wieso haben Sie's bei ihnen ausgehalten?»

«Mein Gott, mir haben sie ja nichts getan.» Der Drogist war ein Ehrenmann: ebendies machte seine Antwort ein bißchen schaurig.

Dreitausend Meilen weit weg von dem Städtchen war ich ihm näher gewesen als jetzt in ihm. Niemand und nichts mehr gab es in M., mit dem ein Wiedersehen nicht Enttäuschung bringen müßte.

Doch: Etwas. Das Grab der alten Freundin. Das konnte nicht enttäuschen. Dort die Vergangenheit war unantastbar.

Der Friedhof von M. ist ein ganz besonders schön geordnetes und gepflegtes Totenasyl; nichts Düsteres hat er für Besucher, die nicht unter die Oberfläche denken (unter die des Friedhofs, heißt das). An hellen Sommertagen, mit Blumenduft und Käfergesumm, wirkt er geradezu heiter und verhilft zur Illusion, daß an solch freundlicher Stimmung oben auch die unten auf ihre Art teilnehmen. Ich ging gleich in die zweite Reihe, wo Barbara ihre anderthalb Quadratmeter Grund hatte, ging bis zur Kirchenmauer, an die der Friedhof gelehnt ist, denselben Weg zurück, wieder hin und wieder zurück – und fand das Grab nicht. Länger als ein Jahrzehnt war ich nicht hiergewesen, ein erlebnisvolles Jahrzehnt, das viel Material in die Webmaschine des Gedächtnisses geschafft hatte. Da konnten wohl ein paar Fäden dort sich verhaspelt haben. Vielleicht also lag das Grab doch an anderer Stelle als an der, die ich zu erinnern glaubte. Ich suchte es überall, aber überall vergeblich. Niemand war in der Nähe, den ich fragen konnte. Die Stille des Friedhofs wurde unheimlich; als verschweige sie etwas.

Ich ging, lief in den Ort zurück, in den Laden meines Schulkameraden, des Photographen. «Die Barbara?» antwortete er. «Freilich, die haben's ausgeschaufelt, letzten Herbst. Jetzt liegt eine Tante vom Baumeister drin.» Mein Erinnern an Barbara war kraftlos geworden, hatte sich leergelaufen. Die Worte des Photographen brachten es mit einemmal wieder in Gang und die ferne Freundin nah. Ich empfand törichtes Mitleid mit der längst Gestorbenen, Haß gegen die Störer ihres Friedens. Und Empörung. Die Empörung kam aus dem kapitalistischen Winkel meiner Seele: wie konnte man Barbara verjagen aus ihrem rechtlich erworbenen Besitz? Wegnehmen, was ihr gehörte?

«Wir haben Platzmangel auf dem Friedhof», sagte der Pfarrer, ein Nachfolger des geistlichen Herrn, der Barbara ewige Ruhe in der Erde von M. zugesichert hatte. «Deshalb wurde die Neubelegung des Grabes verfügt.»

«Warum, Hochwürden, mußte gerade Barbara Platz machen für die Tante des Baumeisters?»

«Daß wir besonders auf die Ortsansässigen Rücksicht nehmen, ist leicht verständlich. Ich war froh, als man mir sagte, daß dieses Grab frei sei und sich keine Angehörigen mehr in M. befinden.»

Freilich befanden sich keine Angehörigen mehr in M. Vor elf Jahren waren sie weggezogen, ein Teil geradewegs ins Jenseits, nicht aus Bedürfnis nach Ortswechsel; ein Teil über den Großen Teich, nicht aus unbezwinglicher Amerikasehnsucht. Die einzige, die dablieb, war Barbara.

«Wie war's beim Pfarrer?» fragte der Schulkamerad.

«Sehr nett. Ich erhielt alle Auskünfte, die ich wollte. Eines habe ich leider vergessen: zu fragen, wieso eigentlich Barbaras Grab ‹frei› geworden ist.»

«Wahrscheinlich wird jedes frei nach einer gewissen Zeit.»

«Aber andere liegen doch schon viel länger auf dem Friedhof als Barbara . . . vielleicht weiß der Totengräber Bescheid?»

«Den fragen Sie lieber nicht», sagte der Photograph, «das ist ein kleiner Gemeindeangestellter, und der Baumeister ein großer Herr im Ort. Ein ungebildeter Mensch überdies, ohne irgendwas Dämonisches . . . Am besten, Sie lassen die ganze Sache sein, wie sie ist. Ändern können Sie ohnehin nichts mehr.»

Er brachte mich zur Bahn, und wir sprachen nicht mehr über Barbara. Schließlich, obwohl ich es lieber nicht wissen wollte, fragte ich doch: «Was, glauben Sie, ist mit den Überresten geschehen?»

«Du lieber Himmel», er machte eine gutmütig-geringschätzige Handbewegung, «viel wird nicht mehr dagewesen sein. Ein paar Knöcherl.»

Das Bahnhofsrestaurant hat jetzt eine Bauernstube. Vom Fenster rechts sieht man tief in das gemütliche Häusergewirr um die Kirche herum, das Hotel «Traube», die Villa Enzian, leicht erkennbar an ihrer knallblauen Mauertünche, den Friedhof weit draußen und unten die Bucht mit den vielen Booten, Kathi, Gertie, Fritzi, Annie, Mitzi I, Mitzi II, Mitzi III. Wenn Wind ist, stoßen sie einander und klirren mit den Kettchen, an denen die Uferpflöcke sie festhalten.

Die schönere Aussicht aber hat man links, auf die fensterlose Zimmerwand, wo das Plakat der Cunard Line hängt: «Queen Mary. Le Havre–New York 5 Tage.»

Noch am Bahnhof, damit der Poststempel von M. auf die Karte käme, schrieb ich an Barbaras Bruder nach Amerika. Er war ihr Liebling gewesen, und über seinem Bett hängt das Photo des Erdhügels mit dem schwarzen Marmorblock. «Das Grab», schrieb ich, «ist, wie es war, in tadellosem Zustand, und ich habe alles Nötige für seine Pflege vorgesorgt. Derzeit ist es ganz überwachsen von Heckenrosen.»

Dies war das letzte, was ich tun konnte für die alte Freundin.

Der Garten

SCHON als Mann von dreißig konnte der Schauspieler Heinz Amerlan, ohne seine Schminkkassette zu bemühen, aussehen wie ein Sechziger. Er verfügte über einen vortrefflichen Schlottergang, und wenn er die Schultern hängen ließ, trübe Augen machte und die Wangen hohl, wirkte er wie gebrochen von eines langen Lebens Müh und Last. Dies kam ihm zustatten in kritischer Zeit, in der seiner beklagenswerten Erscheinung das Privileg, in Uniform töten und sterben zu dürfen, nicht zuerkannt wurde. Er trug das mit Fassung. Im Theater hatte man ihm, beeindruckt von seinem Debüt als Carlos, nur noch greise Rollen anvertraut, die er leidenschaftlich gern spielte. Als er in Pension ging, hatte er, als Träger von fiktiver Menschen Schicksal, gut seine zehntausend Jahre auf dem Buckel.

Amerlans früher Begabung, alt zu scheinen, lag ein wunderliches Bedürfnis zugrunde, den Gegebenheiten seines Daseins zu widersprechen. Was zu ihm paßte, paßte ihm nicht. Das Leben, wie er es sich zurechtzimmerte, war ganz uncharakteristisch für ihn. In seinem Geschmack, seinen Neigungen ging er gleichsam weg von sich. So zum Beispiel hatte der körperlich und seelisch zart geartete Mann, Dünnhäuter rundherum, ein besonders liebevolles Interesse für Elefanten. Es wurde ihm nie fade, zuzusehen, wie sie nachdenklich, andante ma non troppo, herumstapften in ihrem Gehege. «Wer den indischen Elefanten nicht studiert hat», sagte er, «wird die indische Philosophie nie begreifen.» Zu den Menschen war sein Verhältnis das eines wohlwollenden Mißtrauens: «Am besten gefallen sie mir, wenn ich allein zwischen meinen vier Wänden bin.» Zu Frauen zog es ihn mächtig hin, und deshalb bevorzugte er unter ihnen die mit geringer Anziehungskraft. «Als Sicherheitskoeffizient», wie er das nannte, «im Umgang mit ihnen.» Der Klub kunstschaffender Frauen, wo er Vorträge über «Theater und Dichtung» hielt, bot ihm viel Gelegenheit zu solch gefahrlosem Verkehr. Zuweilen packte trotzdem auch ihn das Verlangen nach Liebe oder diese selbst, aber er strampelte sich immer bald wieder frei.

Im großen ganzen war er mit seinem Leben zufrieden und hatte keine quälenden Wünsche. Bis auf einen: nämlich den, einen Garten zu besitzen. Er war, aus Neigung, Bedürfnis, Gewohnheit, durchaus ein Stadtmensch. Also revoltierte er dagegen, und die Revolte kristallisierte aus in dem Wunsch nach einem Garten.

Wir waren gute Bekannte, fast Freunde, saßen oft am selben Kaffeehaustisch in angeregtem Schweigen miteinander, fuhren auch zuweilen zu den Weinschenken hinaus in die Vororte, wo die Stadt schon in freies Feld vertropft. Vor den kleinen Gärten dort redete er schwärmerisch davon, was das für ein Glück sein mochte, im eigenen Gras zu liegen und «das Laub nur für mich allein Bestimmtes rauschen zu hören» und dergleichen naturseliges Zeug mehr. Besonders ein verwildertes Gärtchen mit einem ausgetrockneten Ziehbrunnen darin hatte es damals ihm angetan. An dem brüchigen Bretterzaun des Gärtchens hing ein Pappendeckel: «Zu verkaufen oder zu vermieten.»

Als ich nach langen Jahren Fernseins wieder in die Heimat kam, hörte ich gerne, daß Amerlan noch lebte, und freute mich, den ulkigen Kauz wiederzusehen.

«Hello, old boy», sagte ich und gab ihm einen kräftigen Klaps auf den Rücken, wie wir Amerikaner zu sagen und zu klapsen pflegen.

«Wer kommt, was sehe ich? O ihr guten Geister, Rodrigo, bist du's?» rief er und schüttelte mir auf gut europäisch die Hände.

«Wie geht's, mein Prinz?»

«Schauen Sie mich an – und Sie wissen's. Ein neuer Mensch, was? Ein Mann in Blüte!»

«Ein Ehemann am Ende?» fragte ich.

«Hoho. Immer der alte Spaßvogel! Nein, Gott sei Dank, ich bin frei. Wie die Vöglein im Wasser, wie die Fischlein in der Luft. Oder umgekehrt. Ich genieße meine Jugend.»

«Die vergangene oder die jetzige?»

«Beide.»

Wirklich, er schien jünger, als ich ihn in Erinnerung hatte. Sein Haar war dünn und weiß geworden wie das meine, und die Falten in seinem Gesicht, echte Falten jetzt, saßen tief und fest, aber Blick, Haltung, Stimme des alten Komödianten protestierten überzeugend gegen die Zahl seiner Jahre. «So gut gelaunt hab ich Sie noch nie gesehen», sagte ich.

«Mein Herr, das hat seine Gründe. Erstens freut's mich, daß Sie wieder da sind. Zweitens treffen Sie mich in einer glücklichen Phase meines Lebens. Seit zehn Tagen hab ich ihn!»

«Wen?»

«Meinen Garten. Erinnern Sie sich an den mit dem Ziehbrunnen? Ja? Also eben den.»

Ich gratulierte ihm zur Erfüllung seines Herzenswunsches, und er sang das Lob seines ländlichen retiro. «Den Apfelbaum müssen Sie sehen! Er trägt nur Holzäpfel, aber das ist seine Sache. Er tut, was er kann.» Immer von neuem kam er auf den Garten zu sprechen und auf die Freude, die er an ihm hatte.

Dann vergingen viele Wochen, ehe ich ihn wiedersah. Im Kaffeehaus. An einem beklemmend heißen Sommernachmittag. Er sah alt aus und verdrossen. Wolken von

Tabakrauch schwebten um sein Haupt. «Wie geht es Euch, mein Prinz, seit so viel Tagen?» fragte ich, keine andere klassische Begrüßung in Vorrat.

«Soso, lala. Mehr lala.»

«Was ist los? Verdruß mit dem Garten? Gefällt er Ihnen nicht mehr? Haben Sie ihn schon satt?»

«Nein, o nein, er ist schöner als je. Ich liebe ihn.»

«Warum sind Sie dann hier, statt draußen? An einem Tag wie heute?»

«Hier habe ich mehr von ihm», sagte er mürrisch und rieb sich mit dem Taschentuch die Stirn trocken. «Sie werden mich für verrückt halten, aber wenn ich so recht, mit ganzer Seele sozusagen, in meinem Garten sein will, muß ich aus ihm fortgehen. Bin ich dort . . . die himmlische Ruhe, die macht mich in einer Weise unruhig, zum Aus-der-Haut-Fahren. Eine wundervolle Luft ist draußen, lauter Ozon, man geniert sich direkt zu rauchen, aber man muß doch, nicht wahr? Die Ameisen» . . . er fuhr sich mit der Hand zwischen Rock und Hemdkragen . . . «das ist auch so ein Kapitel. Recht haben sie, die fleißigen Dinger, natürlich, nur . . . man ist eben doch ein Nervenmensch.»

Die Straßenbahn rumpelte mit Getöse vorüber, und ihre Bremsen kreischten. Ich hielt mir die Ohren zu. «Das stört Sie?» sagte Amerlan. «Für mich ist Straßenlärm, was für den Müller das Rauschen des Bachs. Hören Sie, alter Freund, worauf ich gekommen bin: Gärten sind nicht dazu da, daß man sie hat, sondern dazu, daß man träumt, man hätte sie.»

«Das gilt für viele andere schöne Dinge auch», warf ich ein, «vielleicht sogar für alle.»

«So weit möchte ich nicht gehen», sagte Amerlan,

«aber bei meinem Garten stimmt es. Glauben Sie mir, ich hab ihn mehr besessen, als er noch nicht mir gehörte.»

Ein paar Minuten schwiegen wir beide, dann fragte ich:

«Was machen die Elefanten?»

«Meinen indischen haben sie während des Krieges geschlachtet und aufgefressen. Er ist allerdings menschenfeindlich geworden und war auch schon halb verhungert. Philosophenschicksal.» Er seufzte. «In meinem Garten blühen die Rosen jetzt zum zweitenmal.»

Wieder redeten wir eine Weile nichts. Schließlich sagte er, was man jederzeit sagen kann, ohne das geringste Risiko, es könne falsch sein:

«So ist das Leben.»

«Jawohl», sagte ich, «so ist es.»

Der Fall Elmer

Sie fand Elmer in der Badewanne sitzend, den Kopf zurückgelehnt, die Augen offen, mit dem Blick eines erlegten Wildes. Sein Antlitz streckte, sozusagen, alle viere von sich. Der rechte Arm, in der Hand die Literaturseite der «New York Times», hing über den Seitenrand der Wanne. Auf dem Tischchen lagen Bücher und Zeitschriften. Eine, aufgeblättert, schwamm im Wasser.

«Ist dir nicht wohl?» fragte Harriet.

«Nur dieses Schwindelgefühl.»

«Schon wieder! Dagegen muß endlich etwas geschehen.»

Sie half ihm aus der Wanne und ins Nebenzimmer auf

den Diwan. Mit schwacher Stimme verlangte er nach der «Saturday Review of Literature».

Harriet aber rief Doktor W. M. Brailey an. Brailey war ein Psychosomatiker, ein Leib-Seelen-Arzt moderner Schule, und wußte vieles über die wunderlichen Streiche, die der Geist dem Körper zu spielen imstande ist. Er untersuchte und befragte Elmer eingehend. «Bevor ich Ihnen meine Diagnose mitteile und die nötige Behandlung», sagte er zu Harriet, «möchte ich hören, was Sie an bedenklichen Symptomen im Verhalten Ihres Mannes beobachtet haben.»

«Krankhaftes eigentlich nichts – außer seinem unersättlichen Lesebedürfnis. Das hat ihn auch seine Stellung in der Landeskreditanstalt gekostet, weil er immer heimlich hinter dem Schalter las wie als Schuljunge unter der Bank. Gott sei Dank hat er rechtzeitig von seiner Tante so viel geerbt, daß er nichts zu verdienen braucht. Aber nun tut er überhaupt nichts mehr als lesen.»

«Was liest er?»

«Alles. Was Bücher betrifft, ist er – ich kann's nicht milder ausdrücken – gefräßig. Hemmungslos. Ist er wo zu Gast und sieht ein Regal mit Büchern, gleich schleicht er sich hin, zieht einen Band heraus und liest ein bißchen was.»

«Aha!» sagte der Arzt und nickte, als paßte das zu seiner Theorie des Falls. «Er nascht!»

«Hören Sie, was er sich kürzlich geleistet hat. Er war bei einem Freund zu Besuch, der eine große Bibliothek besitzt, aber grundsätzlich nichts aus ihr verborgt. Was tut Elmer? Er schreibt heimlich seinen Namen in die Bücher, auf die er scharf ist, und verlangt sie dann als sein Eigentum zurück! Dann noch etwas. Es mag sein in welcher Gesellschaft immer, und man mag sprechen über weiß der Teufel was – mittendrin läßt Elmer etwas los von dem und über das, was er gerade gelesen hat. Er ist da nicht zu halten.»

Doktor Brailey nickte abermals wie bestätigt in seiner Ansicht des Falls: «Ich verstehe. Ein plötzlich auftretender Drang nach Ausscheidung, der befriedigt sein will.»

«Aber vor Leuten, Herr Doktor?! In Gesellschaft?! Das ist doch unanständig. Alle sitzen verlegen da, wissen nicht, wohin schauen vor Ungeduld ... und laden uns nicht mehr ein.» Harriet führte ihr Taschentuch an die Augen.

«Kein Grund zu verzagen», tröstete sie der Doktor. «Elmers Zustand ist unangenehm, für ihn wie für andere. Aber wir können ihm helfen. Grob und kurz gesagt: Ihr Mann leidet an Überfütterung des Gehirns. Er hat da drinnen», der Doktor tippte auf seinen Kopf, «zuviel Fett angesetzt. Das muß wieder weg. Er muß geistig abnehmen. Durch entsprechende Diät vor allem. Wir wollen gradatim vorgehen. Also: einmal in der Woche schalten wir eine Art Fasttag ein, wo er nichts Substantielles zu lesen bekommt. Höchstens Zeitungen. Tageszeitungen. Das Fett – Literaturseite und dergleichen – schneiden Sie weg. Klagt er über Hunger, so geben Sie ihm mystery stories. Ad libitum. Detektivgeschichten sind für die geistige Verdauung, was Weißkäse oder Salatblätter für die körperliche. Sie flutschen durchs Hirn, ohne dort nennenswerte Rückstände zu hinterlassen. Erlaubt sind ferner Bücher in einer fremden Sprache, die Elmer nicht versteht.»

Harriet schüttelte das Haupt. «Das habe ich schon versucht. Ohne Erfolg. Sie müssen wissen, wenn Elmer nachts aufwacht, greift er sofort nach einem der Bücher auf seinem Nachttisch. Einmal – es war nach seiner Blinddarmgeschichte, und er sollte nur viel schlafen – schaffte ich das Zeug vom Nachttisch beiseite und legte statt dessen so ein Buch hin, wie Sie eben sagten.»

«Was für ein Buch?»

«Eines in türkischer Sprache.»

«Die versteht er nicht?»

«Keine Silbe.»

«Nun und?»

Harriet machte eine Gebärde der Hilflosigkeit. «Nun, ob Sie's glauben oder nicht, Doktor – er hat es gelesen! Und am andern Tag sich sehr anerkennend über den Autor geäußert.»

«Interessant», sagte Doktor Brailey. «Wir müssen versuchen, ihn abzulenken. Besuche von Freunden . . .»

«Ich habe Ihnen doch erzählt, wie er's mit denen treibt. Sie weichen ihm aus, weil er immer gleich von Büchern redet. Der einzige Mensch, bei dem er nicht auf literarische Gedanken kommt, bin ich.»

«Sehr gut», sagte der Doktor. «Sie sollten überhaupt darauf sehen, daß Elmer möglichst viel mit ungebildeten Leuten verkehrt.»

«Ungebildete Leute! Wo die finden! In unseren Kreisen!»

Doktor Brailey trat ans Fenster, blickte auf die Straße, in der viele Menschen gingen. «Freilich, freilich», sagte er, mehr zu sich sprechend als zu Harriet. «Das ist der Krebsschaden unserer Zivilisation. Diese epidemische Verbreitung der Bildung. Diese Infektion der Menschheit mit geistigen Interessen. Wir vermeiden übermäßige Ausnutzung des Ackerbodens, der der Bevölkerung leibliche Nahrung schafft. Aber mit dem Boden, aus dem das Brot für ihren Verstand wächst, mit dem treiben wir Raubbau.» Er wandte sich wieder zu Harriet. «Wissen Sie, wieviel Bücher sogenannter schöner Literatur unser Amerika in jeder Stunde jedes Jahres publiziert? Drei! Das sind zweiundsiebzig am Tag, zweitausendeinhundertsechzig im Monat, mehr als eine Viertelmillion im Jahr!»

«Mein Gott!» schrie Harriet. «Wie soll Elmer das aushalten?»

«Und was tun wir», fuhr der Arzt fort, «um diesem Angebot die nötige Nachfrage, dieser präfabrizierten Befriedigung das nötige Bedürfnis nach ihr zu sichern? Wir rotten den unverdorbenen, gesunden, der Natur engst verbundenen Kern des Volkes aus: die Analphabeten. Wir vergiften ihnen die reine Luft ihrer Unwissenheit mit den Miasmen des Abc und des kleinen Einmaleins. Und wo halten wir jetzt? Bei der Wasserstoffbombe!»

Traurig und verschüchtert fragte Harriet: «Was aber soll mit Elmer geschehen?»

«Versuchen wir's immerhin mit unseren Hausmittelchen. Detektivgeschichten. Fettlose Zeitungskost. Führen Sie ihn viel spazieren, aber bleiben Sie bei keiner Buchhandlung stehen. Im übrigen – vertrauen wir auf die Natur. Oft, wo ärztliches Können versagt, verfällt sie auf den richtigen therapeutischen Trick.»

Doktor Brailey behielt recht. Im Fall Elmer half die Natur. In der Abgeschlossenheit von Literatur und Menschen nämlich, in der Harriet ihn hielt, kam er auf die rettende Idee, sich seine Bücher selber zu schreiben. Die Zehntausende, die er gelesen hat, liefern ihm auf lange Zeit hinaus Material. Seit er selbst schreibt, ist sein ungesundes Interesse an dem, was andere schreiben, entschieden um vieles schwächer. Zufolge der Anstrengung des Produzierens, die als Massage auf Elmers Gehirn wirkt, zeigt dieses bereits eine deutliche Tendenz zur Abmagerung, und er hat auch schon einen Verleger.

Oft gehen jetzt Elmer und Harriet miteinander spazieren. Bei Buchhandlungen bleibt er stehen. Aber nur, um zu sehen, ob sein Buch im Schaufenster ist.

Jules' Handel mit der Gerechtigkeit

I.

SCHON als Junge litt Jules empfindlich unter den Schikanen der göttlichen und menschlichen Ordnung. Er hielt es für unrecht, klein und schmächtig gestaltet zu sein, wie vorbestimmt zum Prügelknaben. Nur schwer auch konnte er sich abfinden mit so unerschütterlichen Lebensfakten wie, daß die Katze Vögel tötet, aus blankem Spaß an der Sache, oder daß gerade die armen Leute, obschon die es am notwendigsten brauchen, kein Geld haben. Doch dagegen konnte Jules nichts machen. Auch dagegen nicht, daß sein Vater, der verwitwete Geschichtsprofessor Morat im Ruhestand, immer Krach schlagen mußte, ehe die Krankenschwester mit der Bouteille herausrückte, obgleich der Krach dem ausgeleierten Herzen des Professors weit unzuträglicher war als der Kognak. Dagegen aber, daß der Bürgermeister und Polizeioberste von Baudille, Herr Pointeau, den Buben nicht erlaubte, auf dem leeren Bauplatz Fußball zu spielen, konnte Jules protestieren. Er tat es mit Kreide auf der Schultafel: «Der Bürgermeister ist ein Tyrann!» Dies hatte Ungelegenheiten für Jules zur Folge und eine Anzeige gegen Vater Morat wegen Einpflanzung revolutionärer Ideen ins Hirn seines Sohnes. Die Aufregung war zuviel für das Herz des Professors. Heimgekehrt vom Begräbnis, schrieb Jules mit Kohle an die Mauer der Mairie: «Pointeau ist ein Mörder.» Von daher stammte seine erste Bekanntschaft mit dem Gefängnis von Baudille. Die Bekanntschaft vertiefte sich in der Folge mit Jules' Überzeugung, selbst ein so Geringer wie er könne helfen, die Etablierung einer gerechteren Welt zu beschleunigen. Sei es auch nur um den Bruchteil einer Sekunde.

Jules war nicht beliebt im Städtchen. Mit seinem stark entwickelten, sozusagen geschwollenen Rechtsgefühl fiel es ihm schwer, sich zwischen ja und nein so fischglatt durchzuschlängeln wie normale Menschen. Er stieß an, rechts und sogar links. Als Soldat erwarb er sich Ruhm auf dem Feld der Insubordination. Von Krieg und Résistance heimgekehrt, lieferte er der «Gazette de Baudille» sozialkritische Beiträge. Die Gazette erhielt Zustimmungen aus besten Obdachlosenkreisen sowie Absagen von Inserenten und entließ Jules. Trotzdem verliebte er sich mit Erfolg in die bezaubernd gewachsene Arlette Carolle, Leiterin einer Schule für Körperkultur. Die Beziehung wurde dadurch getrübt, daß er Arlette verbieten wollte, den Pointeau-Kindern häuslichen Unterricht in Gymnastik zu erteilen; wegen der erotisch betonten Annäherungen des Hausherrn. Arlette meinte, derlei Unbequemlichkeiten sei nach Gottes Ratschluß jedes wohlgefällige Mädchen ausgesetzt, und eine einträgliche Stellung lohne es, sich diesem Ratschluß zu fügen.

Sie war eine weltkluge Frau, mit Verständnis für alles Natürliche.

Nach dem Zank mit Arlette verkaufte Morat Haus und Bibliothek des Vaters und gründete seine eigene Zeitung. Überflüssig zu sagen, daß ihr Name «La Justice» war.

II.

«Diktator Pointeau» hieß der Artikel, den «La Justice» für ihre nächste Nummer ankündigte.

Der verläßliche Beaujolais 1948 des «Café du Triomphe» hatte Jules' Geist in den rechten Schwung gebracht. Er eilte nach Hause, ihn für die Arbeit am «Diktator Pointeau» zu nützen. Auf diesem Weg lief er seinem Schicksal in die Falle.

In der dunklen Straße begegnete er zwei Männern, von denen der eine den andern am Kragen hatte und schlug. Der eine war ein Polizist, der andere Pompon, wie immer betrunken, eine flüchtige Arrestbekanntschaft Jules', Vagabund aus Neigung und Nötigung. «Nicht schlagen!» rief Jules. «Mischen Sie sich nicht ein», sagte der Polizist. «Sie dürfen ihn nicht schlagen», wiederholte Jules. Der Schutzmann machte Front gegen ihn: «Schauen Sie, daß Sie weiterkommen, oder ...» Nach solchem Schema, beiläufig, ging das Gespräch noch ein Weilchen fort, bis zu seiner Klimax, wo das Gesetz den Knüppel hob und Jules zur Abwehr den Arm. Diesen Augenblick hielt Pompon, gestützt auf taktische Erfahrungen aus zwei Weltkriegen, günstig für einen überraschenden Stoß in den Rücken des Feindes. Der Schutzmann fiel mit dem Kopf hart aufs Pflaster und sprach nichts mehr. Leute, vom Lärm angelockt, riefen «Hilfe» und «Polizei».

Im Arrest, den er mit Jules teilte, ruhte Pompon friedevoll schlummernd aus von den Strapazen der Nacht. Jules schlief nicht. Er trauerte dem «Diktator Pointeau» nach, der nun morgen früh nicht in der Druckerei sein konnte. Mit dem schwerbeschädigten Schutzmann hatte er kein Mitleid. Jules war ein gütiger Mensch. Aber Unrecht reizte seine Seele zur Bildung überschüssiger Säure, von der das Gütige in ihr weggeätzt wurde.

III.

Die Meldung, daß Jules in den bösen Handel verwickelt war, weckte im Polizeichef angenehme Erregung, ähnlich der des Jägers, dem endlich das Wild in die Schußlinie kommt. Er verhörte Pompon persönlich:

«Auf ein paar Jahre Zuchthaus kannst du dich gefaßt machen.»

«Ich hab nichts getan.»

«So, einen Schutzmann totschlagen nennst du nichts?» donnerte Pointeau.

«Tot?!»

«Jawohl, der arme Mann ist tot», log Pointeau, «wer hat ihn umgebracht? Du oder der andere?» «Herr Morat?!» Pompon schüttelte das Haupt.

«Also du! Einer von euch beiden muß es gewesen sein.»

Nach dieser warnenden Einleitung änderte er die Methode, erwähnte, daß Zeugen gesehen haben wollten, wie Jules den Polizisten niederschlug, fügte hinzu: «Dieser Morat ist ein ganz gefährlicher Anarchist. Wer hilft, ihn unschädlich zu machen, erwirbt sich Verdienst um die Stadt.» Sprach von einem Fonds zur Belohnung solcher Verdienste, legte eine Banknote auf den Tisch, ging zum Fenster und sah interessiert in den Regen hinaus. Als er sich umwandte, war die Banknote fort.

Pompon, in seiner Art, hielt auch zur Fahne der Freiheit: Lieber nachher in die Hölle als bei Lebzeiten ins Gefängnis, war sein Grundsatz. Er hätte einen guten Sancho Pansa abgegeben zu Don Jules Quichotte. Aber leider war er moralisch zu verschmutzt. Eine Dreckseele, leidenschaftlich zugetan der guten Sache. Dagegen sind die guten Sachen wehrlos.

Also schwor Pompon vor Gericht, daß Jules es gewesen sei, und zwölf friedliebende Bürger von Baudille fanden, es könne in keinem Fall schaden, den Herausgeber der «Justice» für eine Weile hinter Gitter zu setzen.

Ein Jahr blieb er dort. Die Gefängnisbeamten machte er durch Proteste gegen ihre Übergriffe wütend und die Sträflinge sich zu Feinden, weil sie unter dieser Wut mehr zu leiden hatten als früher unter den Übergriffen. Einen Freund fand er in dem Pfarrer der Anstalt, Doktor Louis Durand, der ihm die Notwendigkeit des Unrechts auf Erden bewies:

«Es wirkt als Reibfläche, an der sich der Sinn für das Recht entzündet wie an der Bosheit die Kampflust der Güte, am Zwang der Wille zur Freiheit . . .» «. . . und so weiter», ergänzte Jules. «Mich haben die Reibflächen wund geschunden bis auf die Knochen.»

Der Geistliche warf einen Blick auf das Kruzifix an der Wand, ließ es aber aus Geschmacksgründen bei dem Blick bewenden.

«Vielleicht, mein Freund, treiben Sie es zu weit mit Ihrem Kampf gegen das Unrecht.»

«Wie weit darf man ihn treiben?»

«Soweit man hierdurch nicht verstößt gegen göttliches und menschliches Gesetz.»

Der Pfarrer war ein Ehrenmann, aber ein Pfarrer.

Gegen Ende seines Strafjahres machte Jules Dienst im Gefängnishospital. Dort sah er Pompon wieder. Der Wärter schimpfte über Gestank im Zimmer. «Hast du wieder ins Bett gemacht, verfluchter Kerl!» Er schüttelte Pompon.

«Dafür kann ein Schwerkranker doch nichts», sagte Jules.

«Kehr den Boden und halt dein Maul . . .»

Pompon schielte nach Jules, der den Boden kehrte: «Herr Morat!»

«Gott verdamm dich», sagte Jules.

«Freilich, weil ich Sie ins Unglück gebracht habe.»

Tränen krochen ihm die Backen hinunter ins Bartgestrüpp. «An allem ist der Bürgermeister schuld. Hören Sie mich an.»

Pompons Geständnis ging in Jules ein wie Schnaps, der scheußlich brennt und dabei doch wohl tut. Sein Herz kochte. In seinem Hirn war Tumult von Racheplänen.

«Schicken Sie den Pfarrer», sagte Pompon. «Er muß es auch hören. Mich drückt das Gewissen.»

«Seit wann hast du ein Gewissen?»

«Seit heute, Herr Morat. Seit Sie mit dem Wärter gestritten haben, meinetwegen.»

Jules teilte nicht unbedingt den Glauben, daß Menschen nahe dem Tod nicht lügen. Manche nützen den Kredit der Wahrhaftigkeit, der Sterbenden zuerkannt wird, um noch jemand hineinzulegen oder herauszureden, und erleichtern sich damit ihr schweres Stündchen. Immerhin, Jules schickte seinen Freund Durand zu Pompon. «Dürfen Sie das Beichtgeheimnis preisgeben, Hochwürden, wenn dadurch ein Verbrechen aufgeklärt wird?» – «Nur wenn der Beichtende es will.»

Pompon wollte es.

IV.

«Führen Sie den Mann herein!» befahl Pointeau dem Gendarmen. «Und bleiben Sie im Zimmer.»

Ohne von den Papieren, in denen er blätterte, aufzublicken, sagte der Bürgermeister: «Morat, Ihr Gesuch ist abgelehnt. Ein Vorbestrafter kann keine Lizenz als Zeitungsherausgeber bekommen.»

«Wenn sich aber herausstellt, daß ich die Strafe zu Unrecht erlitten habe? Daß ich das Opfer einer Schurkerei bin?»

Der Bürgermeister sah Jules an. «Wollen Sie sagen, daß Ihre Richter Schurken waren?»

«Die Richter nicht», sagte Jules.

Pointeau senkte den Blick wieder in seine Akten.

«Lassen Sie sich die Strafe eine Lehre sein. Kümmern Sie sich in Zukunft um Ihr eigenes Betragen, nicht um das der anderen. Spielen Sie sich nicht auf als öffentliches Gewissen. Gewissen ist Privatsache!» Er gab dem Gendarmen einen Wink, den Besuch hinauszuführen.

«Einen Augenblick», sagte Jules und legte ein Schriftstück auf den Tisch. «Darf ich Sie bitten, einen Blick in dieses Dokument zu tun.»

Der Polizeichef las. Seine Hand, die die Zigarre in den Aschenbecher legen wollte, verfehlte das Ziel. «Dummes

Zeug», rief er. «Jedes Wort Lüge. Sie denken doch nicht . . .» Er unterbrach den Satz, wandte sich zu dem Gendarmen: «Ich brauche Sie nicht mehr . . . Sie denken doch nicht, daß irgendein Mensch diese Erfindungen des alten Säufers ernst nehmen könnte?»

«Der Pfarrer hat sie ernst genommen. Hier seine Unterschrift unter dem Protokoll.» Jules setzte sich in den Besucherfauteuil mit einem «Danke!», als habe man ihn zum Sitzen aufgefordert. Pointeaus Glatze begann zu schimmern.

«Pfarrer hin, Pfarrer her . . . Auf Verleumdung und Erpressung steht Zuchthaus, bedenken Sie das.»

«Haben Sie das auch bedacht?» sagte Jules und streckte die Hand aus nach seinem Dokument.

Pointeau zog es weg von ihm. «Merken Sie auf, Morat, ich bin ein gefährlicher Feind . . .» Er machte eine Pause, schob seine kalte Zigarre in den Mund, und Morat gab ihm Feuer. «. . . aber ein nützlicher Freund . . . Ich kann jetzt keinen Skandal brauchen.»

«Während die Kommission aus Paris hier ist, ich verstehe.» Jules stand auf und sah auf die Uhr.

«Ein Vorschlag zur Güte», sagte Pointeau. «Sie bekommen Ihre Lizenz, und wir behandeln Herrn Pompons Phantasien, wie sie's verdienen.» Er machte einen Riß durch das Schriftstück.

«Wenn Sie ein gedrucktes Exemplar vorziehen», sagte Jules, «es dürften schon welche fertig sein.»

«Setzen Sie sich», rief Pointeau, und da Jules dennoch zur Tür ging, in drängendem Ton: «Bitte!» Jules setzte sich.

Der Polizeichef schluckte ein paarmal schwer: «Wieviel?»

«Wieviel was?»

«Ich bin kein reicher Mann, Morat. Also ... Wieviel?»

«Ein Jahr!» sagte Jules. Der Bürgermeister starrte ihn an, verständnislos.

«Ich habe ein Jahr schuldlos im Gefängnis gesessen. Die Rechnung, die ich so bezahlt habe, war gefälscht. Ich verlange meine Zahlung zurück. Beziehungsweise den entsprechenden Gegenwert.»

«Also doch Geld.»

«Nein.»

«Reden Sie vernünftig, Morat. Wenn Sie kein Geld wollen, was dann? Ihr Jahr kann Ihnen kein Mensch zurückgeben.»

«Doch», sagte Jules, «Sie.»

«Wie meinen Sie das? Wollen Sie mich zugrunde richten? Wollen Sie mich um meine Stellung bringen?»

«Keinesfalls. Es liegt mir sogar viel daran, daß Sie sie behalten. Hören Sie zu, Herr Polizeidirektor. Der Staat, die Ordnung, die Sie repräsentieren, schulden mir ein Jahr. Das heißt: ich habe Übertretungen des Gesetzes bis zu einem Jahr Gefängnis gut bei Ihnen. Ein Jahr netto. Ich verlange keine Zinsen. Kapiert? Ich habe das Recht, gegen die Gesetze zu verstoßen, so lange, bis die für diese Verstöße vorgesehenen Strafen sich in summa auf ein Jahr belaufen. Ich habe ein Jahr Gefängnis eingezahlt. Dreihundertfünfundsechzig Tage. Von diesem Konto werde ich abheben, wie es mir paßt. Und Sie werden mir ein mit Ihrem Amtssiegel versehenes Papier geben, das Ihre Polizei anweist, mich ungeschoren zu lassen.»

Pointeau machte den Mund auf und zu, und wieder auf und zu. Kein Ton kam aus seiner Kehle.

«Das ist das Gescheiteste, was Sie sagen können», sagte Jules. «Ich warte auf meinen Schein. Am besten, ich diktiere den Text. Wollen Sie Ihren Sekretär rufen?»

«Nein!» Der Bürgermeister setzte sich an das Tischchen mit der Schreibmaschine und spannte ein Blatt Papier in sie ein. «Herr Morat, Ihr Gerechtigkeitsfanatismus erinnert an Beispiele aus der Antike . . . aber finden Sie nicht, daß der Handel, zu dem Sie mich da zwingen, Recht und Freiheit lächerlich macht? Wie können gerade Sie, ein so leidenschaftlicher Kämpfer für beide, das über Ihr Gewissen bringen?»

«Gewissen ist Privatsache», sagte Jules.

V.

Vor dem Tor des Bürgermeisteramtes blieb er ein Weilchen stehen, schöpfte tief Atem und spannte Brust und Arme wie ein Kettensprenger. Im «Café du Triomphe» trank er verläßlichen Beaujolais 1948 und widmete ein Glas dem Andenken Pompons. Hernach kaufte er ein Passepartout aus rotem Leder für sein kostbares Papier. Die Vöglein zwitscherten und taten überhaupt, was sie wollten, und Jules fühlte sich ihnen verwandt. Auf der Brücke, die ihre Passanten «rechts gehen» hieß, ging er links. An dem Neubau, vor dem ein Schutzmann patrouillierte, hing ein Täfelchen. Befriedigt las Jules: «Eintritt nur den hier Beschäftigten gestattet» und trat ein. «Was suchen Sie hier?» fragte der Schutzmann. «Das geht Sie einen Dreck an, lieber Freund!» sagte Jules und zeigte seinen Schein. Der Schutzmann las, salutierte und lief ans Telefon.

Derlei kleine vergnügliche Intermezzi hatte Jules noch

manche in diesen und den nächsten Tagen. Wo «Nicht Rauchen» stand, schmeckte ihm die Zigarre besonders gut. Wo «Hunde mitzunehmen verboten» war, wurde sein Dackel Stammgast. Und die Plakate der «Justice» klebten auffällig an den Mauern, die mit «défense d'afficher» bepinselt waren. Jules' Phantasie war produktiv in «Störungen der Ruhe und Ordnung», «Erregung öffentlichen Ärgernisses» und dergleichen. «Einmischungen in eine Amtshandlung» besonders machten ihm geradezu sinnliches Vergnügen. Bei warmem Wetter ging er mit Arlette in den Stadtpark, in dem das «Pflücken von Blumen untersagt» war. Nachdem sie einen schönen Strauß gesammelt hatten, kampierten sie auf dem Rasen, der nicht betreten werden durfte, hatten ihre Freude an dem Täfelchen beim nahen Teich: «Baden hier verboten», und Arlette, den ringsum Spazierenden freundlich zulächelnd, begann sich auszuziehen. Sie war der Überzeugung, daß Schönheit ähnlich wie Reichtum verpflichtet, auch andere an ihr teilnehmen zu lassen. «Warte, bis ein Schutzmann kommt», sagte Jules, «dann haben wir mehr Vergnügen am Schwimmen.» Sonntags ging er gern auf den Bahnhof, um ein paar Gleise zu überschreiten. Und es kränkte ihn, daß er kein Auto besaß, angesichts der attraktiven Plätze, wo «Parken verboten» war. Kurz, er trieb es im Zaubergarten seines Privilegs übermütig wie ein junger Widder auf weitem Wiesengrund. Die Bürger von Baudille hielten ihn für übergeschnappt und erklärten sich so die obrigkeitliche Duldung seiner Streiche.

Eines Nachts erschien ihm Justitia persönlich. Sie schob ihre Binde beiseite, so daß ein Auge bedeckt blieb. Mit dem anderen blinzelte sie freundlich ihrem ergebenen Jünger zu. «Mein Sohn», sprach die Göttin, «auf ja und nein wird nichts mehr da sein von deinem Jahr. Spar ein bißchen! Heb dir etwas auf für den Notfall!» Jules versprach der alten, abgehärmten Dame Besserung.

Aber er schaffte es nicht. Zuviel Genugtuung verschaffte es ihm, dem Gesetz kleine, törichte Irreverenzen zu erweisen. Und so schrumpfte sein Guthaben an Straffreiheit rasch zusammen, unheimlich rasch, wie das Chagrinleder in Balzacs Roman. Bald standen auf der Sollseite seines Kontos Abhebungen im Gesamtbetrag von zehn Monaten.

Da erst kam Jules zur Besinnung. Reue überfiel ihn, daß er seinen wundervollen Besitz für Dummheiten verzettelt hatte, vernascht konnte man sagen. Von jetzt an widerstand er allen Versuchungen, an der Ordnung, die ihm so elend mitgespielt hatte, kleinweise seine Revanche zu nehmen. Er mied Passagen mit «Durchgang nicht gestattet», respektierte im «Café du Triomphe» die Polizeistunde und führte seinen Dackel an der Leine. Arlette machte eine Szene wegen des Hausherrn. Dieser hatte nämlich verlangt, sie solle in Rücksicht auf die Parteien gegenüber ihre Turnübungen beim offenen Fenster nicht nackt vornehmen, und Jules weigerte sich, den Mann zu ohrfeigen; nur wegen der lumpigen paar Tage Arrest, die er dafür hätte ausgeben müssen! Nein, nicht eine Minute mehr von seinen zwei überbleibenden Monaten für Nichtigkeiten! Er schwor sich's zu, sie beisammen zu halten und nur für einen guten und noblen Zweck flüssig zu machen.

Auf der angestrengten Suche nach einem solchen konsultierte er seinen alten Schulkameraden Marcel Laferre, von der Advokatenliste gestrichen wegen hämischer

Äußerungen über die Rechtspflege in Frankreich. Laferre blätterte im Strafgesetzbuch. «Etwas Vernünftiges ist mit deinem schäbigen Rest kaum anzufangen», sagte er achselzuckend. «Vielleicht könntest du noch einen Steuerbeamten die Treppe hinunterwerfen ... oder die Regierung eine Bande käuflicher Idioten nennen ... Für mehr reicht es nicht.»

Unbefriedigt verließ Jules den alten Kameraden und suchte Rat bei seinem geistlichen Freund, Dr. Durand.

«Was, Hochwürden, soll ich beginnen mit meinen acht Wochen? Kann ich vielleicht mit ihnen etwas für die Kirche tun?»

«Die Kirche», sagte der Pfarrer, «könnte Ihr Opfer nicht annehmen, denn damit würde sie aus einer Mißachtung des Gesetzes, deren Sie sich ja schuldig machen müßten, Nutzen ziehen.» Nach einiger Überlegung fuhr er fort: «Anders stünde die Sache, wenn sich Ihre zwei Monate Gefängnis in eine Geldstrafe umwandeln ließen. Für diesen Fall käme unser Aloysius-Fonds in Frage.» Jules hielt diese Lösung des Problems nicht für durchführbar.

VI.

Soviel er suchte, er fand nichts Richtiges, daran den Rest seines Guthabens zu wenden. Die Welt starrte von Zwang und Unrecht, die das Gesetz beschirmte, und an Handlungen gegen dieses, wert begangen zu werden, bot sich die schönste Auswahl (Jules lief das Wasser im Mund zusammen, wenn er die Zeitung las). Aber derlei ließ sich mit zwei Monaten Gefängnis nicht bestreiten, und überdies war er ja auf die Möglichkeiten des Städtchens

Baudille angewiesen, auf Gesetzwidrigkeiten im bescheidenen Machtbezirk des Herrn Pointeau, des Garanten seiner Straffreiheit. Er fand und fand keine taugliche Verwendung für diese. Er kokettierte mit der Idee, das Baby des Generals zu rauben, um es zu hindern, auch ein General zu werden. Noch rechtzeitig erkannte er, daß der Säugling ein Mädchen war.

Derlei närrische Pläne kreuzten viele durch sein Hirn, nicht ohne dort einige Unordnung zu hinterlassen.

Die Krise in seinem Kopf brach aus, als die Leute von Baudille zur Bürgermeisterwahl aufgerufen wurden. Pointeau kandidierte wieder. Fiel er durch, so wurden Jules' aufgesparte zwei Monate wertlos, ein Scheck ohne Deckung.

Jules war zerrissen. Die eine Hälfte seiner armen Seele wünschte Pointeaus Niederlage, die andere mußte ihm Sieg wünschen.

Da erschien ihm wieder die Göttin der Gerechtigkeit. Sie hatte diesmal die Binde von beiden Augen weggerückt, und die Schalen ihrer Waage schwebten unsicher hinauf, hinab, als wechselten immerzu die Gewichte in ihnen. «Mein Sohn», sprach die Olympische, «mach dir kein Gewissen daraus, für Pointeau einzutreten. Er ist dein Schuldner, und du mußt ihn, wie Finanzleute das nennen, ‹stützen›, damit er zahlungsfähig bleibt.»

«Aber begehe ich damit nicht ein schweres Unrecht?»

Justitia winkte ab. «Aus diesem sittlichen Dilemma kann ich dir nicht helfen, weil ich heutzutage selbst nicht mehr imstande bin, zwischen Recht und Unrecht klar zu unterscheiden. Böses wird für das Gute getan, Unrecht verübt um des Rechtes willen, und im Interesse der Freiheit die Freiheit abgeschafft – kein Wunder, daß hierdurch ein moralisches Durcheinander entstanden ist, in dem kein Mensch und kein Gott sich zurechtfindet. Ich mit offenen Augen noch weniger als mit verbundenen. Sieh, wie die Schalen meiner Waage auf und nieder schwanken und nicht zur Ruhelage der Entscheidung kommen können – ein Sinnbild für die geistige Situation von Millionen und Millionen redlicher Menschen unserer Zeit ... Aber um auf Herrn Pointeau zurückzukommen: Handle, wie dein Vorteil es gebietet. Damit folgst du freilich einem schäbigen Stern, aber zumindest einem Fixstern.»

Jules rühmte in Wahlreden, zur Bestürzung seiner Gesinnungsgenossen, die Verdienste des Kandidaten Pointeau und fälschte Stimmzettel zu dessen Gunsten. Die zwei Monate Gefängnis, zu denen er hierfür nach Pointeaus Wiederwahl verurteilt wurde, deckte sein Restguthaben bei diesem. Eine große Last war von seiner Seele genommen.

VII.

Sein rätselhaftes Verhalten in der Wahlkampagne sowie seine Absicht, Arlette zu heiraten, bestimmten die Freunde, ihn zum Aufenthalt in einem Haus für nervlich Erschütterte zu überreden. Dort befindet er sich jetzt – und befindet sich wohl, trotz zeitweiliger Umwölkung seines Verstandes, die er nicht bestreitet und nicht bedauert. Ja, wenn man ihm glauben darf, genießt er sie sogar. «Was für ein schönes Wort ...», sagte er dem Dr. Durand, der ihn öfters besucht, «... was für ein schönes Wort: ‹umnachtet›! Und was für ein wundervolles Gefühl! Wie wenn man nach langem Lesen im Bett, denk- und augenmüde, die Lampe abgedreht hat, und die wollig weiche Dunkelheit wickelt sich um alle Sinne, schwerelos wie ein Tuch aus nichts, und das Gehirn drängelt und schmiegt sich hinein in die Finsternis wie ein Kind in die mütterlichen Arme.»

«Hoffen wir, daß es so ähnlich sein mag, wenn der Tod unsere Lampe auslöscht», sagte der Pfarrer, der ein Freund war von Gleichnissen.

Cora

Ende August 1940 kamen die vier Freunde in das Hafenstädtchen Cerbères an der Südostspitze Frankreichs. Dort empfing sie schlimme Neuigkeit: Spanien hatte seine Grenzen gesperrt. Peter Szyk, ehemals Offizier der polnischen Armee und von den drei anderen wegen seiner Energie als Kommandant ihres Fluchtunternehmens anerkannt, entschied: «Wir warten hier, bis die Grenze wieder offen ist.»

«Mein Gott, wann wird das sein?» stöhnte Doktor Lamberti, Arzt aus Wien, und schluckte eine der kalmierenden Pillen, die er lose in der Tasche trug. «Inzwischen laufen unsere Visa ab!»

Szyk nahm seine Badehose aus dem Rucksack: «Vorerst einmal gehe ich schwimmen. Ihr sucht inzwischen Quartier.» Die Badehose war rot, und zum Strand hinuntersteigend, schwenkte er sie überm Kopf wie eine Fahne. Helene, die Frau des Arztes, wünschte sich Szyks Nerven.

«Was Sie seine Nerven nennen», sagte Prosper, «dankt er der Kurzsichtigkeit seiner Phantasie, die ihn alle Gefahren nur wie im Nebel sehen läßt, als Phantome von

Gefahren.» Leo Prosper, Soziologe von Beruf, ältester der vier, über fünzig und dicklich von Statur, liebte, obschon knapp an Atem, auch im Gespräch weitläufige Sätze.

Die Freunde fanden Unterkunft bei einem Weinbauern hügeloben. Die Trauben dort hingen schon in Riesenbüscheln, à discretion für Vögel und Menschen. Sogar für Emigranten. In der Bucht ruhte das Wasser, blau wie Quints Füllfedertinte, von den Strapazen als offenes Meer. Der Schatten einer Felswand fiel in die Bucht und fiel in die Gemüter der Flüchtlinge. Über diese hohe Mauer, hinter der Spanien war, mußten sie, stand die Grenze wieder offen. Frau Lamberti blieb trotzdem nicht unangerührt vom Zauber der Landschaft und von deren großartigem Abschluß durch die Bergwand. In ihren drei Fluchtkameraden allerdings war im Sommer 1940 die Empfänglichkeit für Naturschönheiten herabgesetzt. Das Auge nahm sie auf, aber die Leitung von dort weiter ins respondierende Gefühl schien gestört.

Eine Woche dauerte es, ehe die Spanier ihre Grenzsperre aufhoben. Szyk nützte die Tage zu Verhandlungen mit wegkundigen Cerbèresen. Dem Doktor Lamberti halfen seine Pillen über die quälende Spannung der Wartezeit hinüber. Frau Lamberti hatte die Natur. Und Prosper «Cora».

«Cora oder die Freiheit» war das Manuskript einer soziologischen Studie, zweihundertsiebenunddreißig Schreibmaschinenseiten, in grüne Pappe geheftet. Auf mehreren abenteuerlichen Grenzübergängen und durch halb Frankreich schon hatten sie ihren Verfasser begleitet, an seiner Brust geborgen zwischen Haut und Hemd. Mit der Zeit war so seine Bindung an das Heft im grünen

Umschlag eine noch innigere geworden als die übliche des Autors an sein Werk. Sie nahm abergläubischen Charakter an. Prosper kam zu der Überzeugung, daß nicht er sein Manuskript durch so viele Gefahren gebracht habe, sondern das Manuskript ihn. In Cerbères trennte er sich selten von dem Heft. Wenn er nicht in ihm blätterte, hielt er es unter den Arm geklemmt oder saß auf ihm. Nachts schlief Cora an seiner Seite.

Der Mann, der es unternahm, die Freunde durch die französische Kontrolle zu lotsen, Monsieur Roupignolles, war ein ehemaliger Polizeibeamter des Hafenstädtchens, eine populäre Figur dort. «Le bandit» war sein Spitzname. Den Flüchtlingen gegenüber zeigte er sich aber als korrekter Räuber; er nahm von ihnen nicht mehr Geld, als sie hatten. Kommissar Marcel von der Berggrenzwache (so instruierte er sie) wird die Pässe prüfen und das Fehlen des Ausreisevisums übersehen. Marcel, ein gutes Omen, ist auf einem Auge blind, über ihm trägt er eine schwarze Binde. Nächsten Mittwoch, um acht Uhr abends pünktlich, erwartet er Roupignolles' Schützlinge. Zu dieser Stunde hat nämlich der andere Paßbeamte der Bergstation seine Belottepartie mit dem Gendarmeriekapitän und ist froh, wenn man ihn hierbei nicht stört. Wer das Gepäck untersuchen würde, konnte le bandit nicht sagen. Jedenfalls riet er eindringlich, nichts mitzunehmen, was zu Debatten mit dem Gepäckprüfer, also zu längerem Aufenthalt an der Grenze führen könnte. Vor allem nichts in fremder Sprache Gedrucktes oder Geschriebenes, Briefe, Schriften, Dokumente oder dergleichen.

Lamberti zerriß sein Doktordiplom der Universität Wien und das um vieles Geld erworbene Falsifikat der

Einwanderungserlaubnis in den Belgischen Kongo, das er gern als Kuriosität bewahrt hätte. Szyk vernichtete sein polnisches Offizierspatent. Blatt für Blatt löste Frau Lamberti die beschriebenen Seiten aus ihrem Tagebuch, ballte sie zu einem Knäuel und warf ihn in die tintenblaue Bucht. Prosper, «Cora» im Schoß, sah verstört drein.

«Lieber Freund», sagte der Doktor, «wir alle haben uns von vielem trennen müssen, woran unser Herz hing ... Und übrigens, wenn wir drüben sind, schreibst du dein Buch einfach noch einmal. Du kennst es ja Wort für Wort auswendig.»

Doch Prosper lehnte ab, sich von «Cora» zu trennen. «Mensch», rief Szyk, «es muß sein. Du hast den Banditen ja selber gehört!»

«Ich bin mit meinem Manuskript noch über jede Grenze gekommen.»

«Da stand nur dein eigener Kopf auf dem Spiel. Wir denken nicht daran, alles zu riskieren wegen ...» In seiner Erregung beendete er den Satz polnisch.

Frau Lamberti machte einen Vermittlungsvorschlag. Sie riet, das Manuskript, entsprechend gegen Feuchtigkeit geschützt, unter dem schönen Eukalyptusbaum hinterm Haus in die Erde von Cerbères zu senken. Dort sollte es friedlichere Zeiten und Prospers Wiederkunft abwarten. Sie stellte eine Holzschachtel, in der früher Toiletteseifen gewesen waren, zur Verfügung. Nach langem Widerstand akzeptierte Prosper Vorschlag und Schachtel. Nur wollte er das grüne Heft nicht im Ort vergraben, sondern auf dem Berg oben, neben der Felsennische mit dem Bild der heiligen Genoveva. Die Nische war ein Merkzeichen, leicht wiederzufinden, und die heilige Genoveva eine verläßliche Schutzpatronin. Schon einmal, im fünften Jahrhundert, hatte sie die Hunnen verjagt, aus Paris, wo sie jetzt wieder saßen.

Spätnachmittags an dem von Roupignolles und Marcel festgesetzten Datum traten die vier ihren Schicksalsweg zur Grenze an. Bei der Felsennische machten sie halt. Von hier hatten sie weiten, für ihre Zukunftsmöglichkeiten symbolischen Ausblick: fern oben die Fahne wehte über dem Haus der französischen Grenzwache; das weiß ummauerte Quadrat am linken Hang war der Friedhof von Cerbères; rechts unten aber, die gedrängte Schar staubgrauer Steinwürfelchen mit Fenstern, das war schon Port Bou. Spanien. Dahinter sahen die Freunde, wenn auch nicht mit dem körperlichen Auge, Portugal, und noch ein paar tausend Meilen weiter hinten: Amerika.

Langsam zog die Sonne das Ende ihrer Lichtschleppe vom Gipfel. «Hier oben», sagte Frau Lamberti, «hat der Untergang der Sonne nichts Schwermütiges.» Der Doktor schluckte eine Pille: «Sie hat es leicht, nicht schwermütig zu sein! Geht über die Grenze, wie sie will.» «Und nimmt ihr Licht mit sich», murmelte Prosper.

Er setzte den Rucksack und die Schachtel, in der das grüne Heft war, nieder. Mit der eisernen Spitze seines Stocks tastete er die Erde ab nach einer Stelle, wo sich's leicht graben ließe. Aber so weit und so gründlich, anscheinend gründlich zumindest, er suchte, überall war der Boden unnachgiebig steinern. Keine Höhlung ließ sich aus ihm schaufeln, tief genug für die Schachtel.

Ratlos blickte er auf die Freunde. In den Gesichtern des Ehepaars verschwanden die Zeichen der Teilnahme hinter denen der Unruhe und Nervosität. Szyks Mienen waren hart wie die Felsblöcke von Cerbères. «Mach Schluß! Höchste Zeit, daß wir gehen!»

«Wo soll ich es jetzt hintun?»

«Leg es zwischen die Steine dort! . . . Oder in den Graben!»

Prosper sah auf die Steine, in den Graben, und schüttelte den Kopf.

Im Tal wurde es schon dunkel. «Er bringt es nicht übers Herz», flüsterte Frau Lamberti.

«Aber ich», sagte Szyk, griff die Schachtel mit «Cora» und schleuderte sie in weitem Schwung über den Abhang. Sie verschwand nach kurzem Gepolter tief unten in Buschwerk und Finsternis.

Frau Lamberti stieß einen kleinen Schrei aus, als Prosper zum Wegrand stürzte und abwärts zu klettern begann. Er stolperte, rutschte eine Strecke, blieb liegen. Szyk und der Doktor halfen ihm auf die Beine und langsam den Hang hinauf. Er hinkte.

Vom Hafen her kam, melancholisch gedämpft, das Läuten der Kirchturmglocke. Acht Uhr. Um diese Stunde hätten sie bei der Grenzstation sein sollen.

Sie gingen jetzt im Eilmarsch. Schweigend. Prosper, trotz seinem verletzten Knie, hielt das Tempo.

Ein Auto, die schmale Serpentine hinabkommend, zwang sie an den Rand des Wegs. Im Fond des offenen Wagens saß, die Füße auf dem Rücksitz gegenüber, ein Mann in Ziviltracht, Zigarre zwischen den Zähnen. Auf dem anderen Rücksitz balancierte einer in französischer Uniform, schief vorgebeugt. Mit der hohlen Hand schützte er das brennende Streichholz, das seine andere vor die Zigarre des Zivilisten hielt.

Ein paar starre Sekunden folgten die Blicke der Wanderer dem Auto. Lamberti tupfte die plötzliche Nässe von seiner Stirn: «Das war ein Deutscher!»

«Stimmt», sagte Szyk. «Der Mensch kommt gewiß von Spanien herüber.»

«Warum glaubst du, daß es ein Deutscher war?» fragte Frau Lamberti.

«Hast du nicht gesehen, wie der Franzose dagesessen ist?»

Es war schon Nacht, als sie zu der kleinen Kaserne kamen, von der die Fahne der Pétain-Miliz wehte. Ihr Tuch knatterte mißtönend im Abendwind. Der Soldat, der die Grenzschranke bediente, nahm den vieren, völlig uninteressiert an Sache und Personen, die Pässe ab und ging damit ins Haus.

Der sie ihnen wiederbrachte, trug eine Binde überm rechten Auge.

Doktor Lamberti, Sprecher der vier, bat um Entschuldigung, daß sie später erschienen seien, als mit Monsieur Roupignolles verabredet war: «Der Kamerad hier hatte das Pech, auf dem Weg zu stürzen, und wir mußten . . .»

«Pech?» Des Kommissars freies Auge blinzelte vergnügt. «Wenn ihr früher gekommen wärt, hättet ihr die Inspektion getroffen. Kaum eine halbe Stunde, daß die Herren weg sind.»

«Das Auto . . .? Mit dem Deutschen . . .?»

«Ces sales bêtes!» sagte der Kommissar. «Ces canailles répugnantes!» und klatschte eine Stechmücke von seiner Stirn weg. «Wenn man nicht raucht, fressen sie einen auf.» Die Freunde gaben ihm ihre Päckchen «Gauloises bleues», ein Schatz in Cerbères, September 1940. Die Fahne auf dem Grenzhaus knatterte melodisch im Abendwind.

Ein paar Minuten weiter bergauf war die Erde, über die sie gingen, nicht mehr französische Erde. Die Steine, nicht weniger scharfkantig als die Steine drüben, machten dennoch dem Fuß weniger Beschwerden. Das gleiche Kräuterwerk wie jenseits der Grenze wuchs zwischen ihnen, aber jetzt zum erstenmal erinnerte sein Geruch Frau Lamberti an österreichische Alpenwiesen.

«Phantastisches Glück!» sagte der Arzt, «daß wir so spät hinaufgekommen sind . . . Dank ‹Cora›!»

Szyk schimpfte, weil sie dem Kommissar alle ihre «Gauloises bleues» gegeben hatten: «Ohne etwas zum Rauchen ist die Freiheit kein reines Vergnügen.» Solche Bemerkung, selbst im Rausch dieser glückhaften Stunde geäußert, fand Frau Lamberti zynisch und lästerlich. «Nach allem, was wir erlebt haben!»

Seit dem Vorfall bei der Nische hatte Prosper kein Wort mehr gesprochen. Jetzt, gleichsam zur Verteidigung Szyks, sagte er: «Mit der Freiheit ist es sonderbar. Was man an ihr hat, weiß man erst, wenn man sie nicht hat. Hat man sie, scheint die Freiheit sofort eine solche Selbstverständlichkeit wie Atemluft.» Das war ein Zitat aus «Cora».

Den Verlust seines Manuskripts nahm er mit überraschender Fassung hin. Zu dieser trug gewiß bei, daß er noch vor dem Krieg, aus Paris, eine Kopie von «Cora» an einen Freund nach London geschickt hatte. Und zwei nach New York, an die literarische Agentur «Focus».

Begegnung im Zwielicht

SIE erschien in der Dämmerung zwischen Schlaf und Erwachen, wo der Verstand schon dabei ist, die Kontrolle zu übernehmen und die Gaukeleien des Traums zu durchschauen beginnt. Obgleich das Zwielicht dieser Sekunden ihr Bild trübte, traf doch ein Blitz der Freude mein Herz, als ich sie sah, und lockerte dort die Gewißheit, daß sie tot war, seit Jahren schon. In die Freude mischte sich Verlegenheit. Denn ich merkte das Fünkchen des Erstaunenes in ihrem Aug' und wußte, was es bedeutete: sie war überrascht, mich noch unter den Lebenden zu finden. Doch diskret und feinfühlig, wie sie immer gewesen, brachte sie das Fünkchen gleich zum Erlöschen; und machte es mir leicht, über die Ewigkeitsdistanz hinüberzukommen, die uns trennte.

Sie erinnerte glückhafte Augenblicke unseres Beisammenseins und ließ sich gern an sie erinnern und sprach von der Welt, die sie verlassen hatte, so, als knüpften sich noch Fäden zwischen ihr und dieser. Dabei verriet sich's bald, daß sie über das historische Geschehen seit ihrem Fortgang völlig uninformiert war! Ich suchte ihr in Kürze ein Bild zu geben von den Ereignissen und dem derzeitigen Stand der Weltgeschichte. Nichts hiervon, nicht einmal die Wiederbewaffnung Deutschlands interessierte sie. Das bißchen über Wasserstoffbomben und dergleichen, das auszukramen ich mir doch nicht versagen konnte, duldete sie mit der Miene des Erwachsenen, dem ein Kind seine Spielplatzerlebnisse berichtet. Dort, woher sie kam, scheint leicht zu wiegen, was in unserer Sphäre Gewicht hat. Und umgekehrt: sosehr sie verlangte, die Schicksale einzelner zu erfahren, sosehr langweilte es sie, über die Schicksale von Staaten, Völkern, Nationen zu hören.

«Gehen wir irgendwohin, wo glückliche Menschen sind», schlug sie vor.

«Liebe Ruth», sagte ich, «da müßte ich dich in einen Kindergarten führen oder in eine Idiotenanstalt. Überall sonst sind die Menschen derzeit äußerst verdrossen, und mit gutem Grund.»

«So sprichst du nur, um mich zu trösten, weil ich nicht mehr mit ihnen bin.» Ein Schatten von Traurigkeit lag über ihren Worten. Was meinte sie damit, ich wolle sie «trösten»? Ein wunderlicher, quälender Gedanke überfiel mich: daß sie Sehnsucht haben könnte nach den irdischen Bezirken. Und ich empfand es als Freundschaftspflicht, das Erdental, in das sie doch nie mehr zurück konnte, schlechtzumachen vor ihr; zumindest den Zustand, in dem es sich gegenwärtig präsentierte. Die Aufgabe fiel mir nicht schwer.

Sie unterbrach mich: «Du übertreibst, wie immer. Sicher gibt es noch Menschen, die glücklich sind.»

«Später vielleicht wieder. Heute nicht. Heute sind die allermeisten übel daran. Jene, die nichts haben oder zuwenig, eben deshalb. Und jene, die etwas haben oder viel, weil sie unablässig zittern müssen, ob sie es werden behalten dürfen. Diese Gemütszustände setzen sich in politische Bewegungen um, die ihrerseits außerordentlich dazu beitragen, das Vergnügen am Dasein auf Null herabzudrücken.»

«Bagatellen», sagte Ruth, mit einer Handbewegung, als wehte sie Rauch von ihren Augen fort, «klägliche, lächerliche Augenblicksstörungen. Wenn es den Menschen auch noch so schlecht geht, an ihrer Fähigkeit, am Leben Freude zu finden, ändert das nichts.»

«Immerhin verlieren sie diese Fähigkeit», sagte ich, «wenn man ihnen kräftig genug auf den Schädel haut. Eben das ist kürzlich in großem Stil geschehen und die Wahrscheinlichkeit gewaltig, daß es morgen, wenn's gut geht übermorgen, in noch größerem Stil wieder geschehen wird. Und deshalb gibt es auch keine rechte Freude mehr. Denn es kann keine rechte Freude geben ohne einen, wenn auch noch so schmalen Rand von Sicherheit um sie.»

Weitere Versuche, sie vom Elend hinieden zu überzeugen, schnitt Ruth ab mit der erschreckenden Bemerkung: «Was für ein Glück dennoch, dabeizusein bei der Misere!» Hernach fragte sie: «Gibt es nichts Lustiges zu sehen in der Stadt?»

In der Eile fiel mir nur die Ausstellung abstrakter Malerei ein. Viele Leute waren dort, und meine Bosheit hatte ihren Spaß daran, wie sie gequält auf die Kombinationen von Flecken und Linien starrten, angestrengt, irgendeine faßbare Reaktion auf das Geschaute aus ihrem Gefühl oder Verstand herauszuquetschen. Doch Ruth schien eher gerührt. «Ist das Kunst oder Schwindel?» fragte ich sie, die immer viel verstanden hatte von derlei Angelegenheiten.

«Keine Ahnung. Die Grenzlinie dürfte recht verwischt sein.»

Besucher neben uns, versunken in ein Tableau von Kreissegmenten mit farbigen Dreiecken zwischendurch, murmelten: «Wundervoll.»

«Siehst du», sagte Ruth, «die Menschen haben noch Empfänglichkeit für das Schöne.»

«Oder was sie dafür halten.»

«Das kommt auf das gleiche hinaus.»

«Aus deiner jetzigen Perspektive . . .», wollte ich einwenden – aber da hatte der Traum schon die Kulissen gewechselt, und das sizilische Bauerngärtchen war um uns, mit der niederen Weinlaubdecke, von der die Trauben so tief herabhängen, daß man sie pflücken kann, ohne vom Stuhl aufzustehen. Die Wirtschaft, trotz der Trauben, war noch immer so arm, daß sie sich keinen rechten Abtritt leisten konnte, nur eine offene Latrine. Aber Ruth fand, das «gehöre dazu». Alles gefiel ihr. Auch die erbarmungslosen Stechfliegen. Auch das abgeschundene Zugpferd, an dem sie sich volltranken. Ruth schien so einverstanden mit der konkreten Natur wie vorher mit der abstrakten Kunst.

«Gut, dazusein», sagte sie. Das hieß (diesmal war kein Mißverständnis mehr möglich) soviel wie: «Gut, zu sein.» Wahrhaftig, sie hatte Heimweh nach dem Leben, an dem sie doch keinen Anteil mehr haben konnte außer dem infinitesimalen durch Gnaden meines Traumes – – der schon im Verblassen war.

Dann erlosch er ganz. Ruth war fort. Aber der Dialog lief noch ein Weilchen wie von selbst weiter, nur jetzt bereits als Gespräch zwischen mir und mir. Einer von uns beiden schloß es ab mit dem Diktum: «No Time For Life.»

Mir gefiel der Satz, besonders in der englischen Fassung. Ein guter Titel, dachte ich. Nun müßte einem nur noch die passende story zu ihm einfallen. *Nur!*

Und damit fanden die vom Traum produzierten trübseligen Erwägungen über des Daseins harte Aufgaben zwanglos ihre Fortsetzung in den Wachzustand hinein.

Der Knabe Homer

(Skizzen zu einem imaginären Bild)

1. Vater und Mutter

HOMER war der Sohn eines verträumten Mannes, der nicht viel von Handel und Geschäft verstand, auch nicht viel von der Landwirtschaft, die er betrieb. Vater Homer zählte achtundneunzig Jahre, als ihm nach einer Reihe von Töchtern der Knabe geboren wurde, und es ging deshalb der Klatsch um, nicht er habe den späten Sproß zu verantworten. Aber achtundneunzig Jahre waren kein hohes Alter zu jener Zeit, und selbst in der späteren Periode, die den Namen «das klassische Altertum» trägt, lebten die Menschen lange. Insbesondere (nebenbei bemerkt) Philosophen, Dichter, Künstler, Gelehrte kamen zu hohen Jahren, wie ihre uns erhalten gebliebenen Statuen (die sie fast durchweg als Greise zeigen) beweisen. Ein erstaunliches Phänomen, da doch alle Erfahrung, seit Erdendinge beobachtet und vermerkt werden, lehrt, daß Talent, Streben nach Höherem und Denkleidenschaft Aufzehrer der Lebenskräfte sind, indes Dummheit, Niedrigkeit und Gewöhnlichkeit entschieden konservierend wirken.

Homers Mutter war eine gute Hausfrau. Wirtschaft, das Wort im engeren und weiteren Sinn verstanden, füllte ihr Denken und Wünschen bis an den Rand. Der Vater zählte die unzählbaren Sterne am Firmament, die Mutter den häuslichen Besitz, die Gewänder in den Truhen, die mit Wein und Öl gefüllten Behälter, reihweise geordnet auf den Regalen der Schatzkammer. Der Vater sah das leuchtende Gewoge, in das der Abendsonnenschein die Rücken der heimtrottenden Schafherde verzauberte; die Mutter sah, daß ein oder das andere Tier fehlte und manche an ihrer Wollkleidung schüttere Stellen aufwiesen. Der Vater brachte, völlig zwecklos, schön geformte Muscheln heim, die die Mutter, würde es den giftigen Trost des Tabakrauchens damals schon gegeben haben, als Aschenbecher in Verwendung genommen hätte. Zu diesem unpraktischen, muschelsammelnden, die Sterne zählenden, die Schafe schlecht behütenden Vater hatte Homer eine verschämt sentimentale Beziehung. Beiderseits verschämt: denn Sohn wie Vater, einander ähnlich und zugeneigt, hatten unüberwindbare Scheu, Gefühl auszusprechen oder es geradewegs kundzutun. Nur verstohlen manchmal, wie Zufallsberührung im Gedränge der Gleichgültigkeiten, streifte Herz an Herz. Aber als der Scheiterhaufen geschichtet wurde, die Menschenform des toten Vaters zu beseitigen, da weinte Homer. Er weinte über das Nie-mehr-Auszusprechende des Nichtausgesprochenen, über die Versäumnisse des Gefühls, das sich so lange im Schatten herumgedrückt hatte, bis das Licht verschwunden war, an das es hätte treten können. Genau besehen weinte er also (wie alle Weinenden, wem immer ihre Tränen gelten) über sich selbst.

II. Frühes Ahnen seiner Berufung

Es war im Opferhain der Aphrodite, daß dem Knaben Homer ein Mann auffiel, der sich an den hymnischen, die Schönheit lobpreisenden Wechselreden der Andächtigen nicht beteiligte.

«Warum schweigt der Mann, Vater?»

«Er ist blind.»

«Für welche Schuld ist er mit Blindheit geschlagen?»

«Keinesfalls für eigene, mein Sohn, denn er wurde schon blind geboren.»

«Er weiß nichts von dem, was unsere Augen wahrnehmen?»

«Nichts.»

«So ist also die Schönheit der Welt für ihn nicht vorhanden?»

«Nein.»

«Und wenn alle Menschen blind wären, existierte dann die Schönheit überhaupt nicht?»

«Doch, für die Götter immerzu.»

Zerstreut, stockend nur, wiederholte der Knabe die Kehrzeilen des Dankchors, vergaß, aus dem Korb mit Salz und Gerstenkörnern das Opfer zu streuen. Die Sonne ging unter, in der Schattentiefe des östlichen Himmels knospten schon die ersten Sterne, Tag und Nacht mengten ihre Farben im Schaum der Meereswogen, die sehnsüchtig an die Küste liefen, dort zu zerschellen.

«Man müßte ihm das Meer und die Sonne erzählen, Vater!»

Der Alte lachte: «Sehen würde er sie doch nicht.»

«Man müßte sie ihm eben so erzählen, daß er sie sähe!»

So geht die Anekdote – und es sind natürlich Zweifel erlaubt, ob schon das Kind Homer sich über Sinn und Aufgabe der literarischen Kunst so präzise geäußert hat. Aber Anekdoten obliegt ja nicht die Aufgabe, komplett wahr, sondern nur die, so leuchtkräftig zu sein, als sei in ihre Erfindung ein glänzendes Splitterchen der Wahrheit eingefaßt.

Den späteren Meister der kunstvollen Schilderung verrät die Episode mit Torybulos. Das war ein Jugendgespiele Homers, der aus Hörnern des Steinbocks die kunstvollsten Bogen zu schnitzen wußte. Die dauernde Beschäftigung mit so martialischem Gerät lenkte die Gedanken des Torybulos auf Kampf und Krieg, machte ihn versessen auf diese. Und wenn gerade kein richtiger Krieg war, bei dem er hätte mittun können, suchte er, in des Wortes Sinn: auf eigene Faust, Krieg im kleinen Bezirk seines alltäglichen Lebens. Kurz, Torybulos war ein Raufbold. Ging er vorbei, lüstern danach, einen Blick, der ihn treffe, als beleidigend, eine Zufallsberührung als Anrempelei zu deuten, so verkniffen sich die meisten lieber den heldischen point d'honneur, als daß sie's auf einen Ringkampf mit dem gefährlichen Kerl hätten ankommen lassen. Homer aber war zart und schwächlich, er trieb Sport nur gerade soviel, wie der Brauch es vom griechischen Jüngling unbedingt verlangte, und Tapferkeit dünkte seinem hohen Geist keineswegs etwas Selbstverständliches, sondern eine Frage des Temperaments, der Nerven und nicht zumindest der Erwägungen, welche Nachteile es mit sich brächte, untapfer zu sein. Furcht war ihm nicht fremd. Ja, Homer, der größte Künder und Verherrlicher des Mutes, wußte um die vielerlei Elemente, aus denen diese schätzenswerte Eigenschaft sich zusammensetzt. Er wußte, daß die heldische Tat oft genug nur ein Produkt der Angst ist, der Angst vor dem Zwiespalt, in den den Überlegenden eben schon solche Überlegung, ob die Tat zu tun wäre oder nicht, stürzen müßte. «Wüßte ich», sagt in der Ilias der Lydierfürst Sarpedon beiläufig – und ein feines Lächeln schwebte dabei wohl um seine Lippen –, «wüßte ich, daß mein Leben noch sehr, sehr lange dauerte, wenn ich jetzt heil davonkäme – ohne weiteres würde ich mich vom Kampf drücken. Aber tausend andere Tode warten ja auf uns Sterbliche. Da wollen wir lieber gleich Helden sein und uns in den Tumult der Pfeile und Schwerter stürzen.»

Es geschah also einmal, als Homer Torybulos beim Glätten der Bogen zuguckte, daß eine ganze Schar dem Raufbold Aufsässiger über den Drechsler herfiel. Torybulos schlug blind um sich. Homer verschwand hinter deckendes Gebüsch. Von dort folgte er interessiert der Schlägerei, die damit endete, daß Torybulos auf dem Platz blieb. Es kamen Leute, bemühten sich um ihn; seine Blicke funkelten haßerfüllt zu Homer hinüber. Da begann dieser von dem Kampf, dessen Zeuge er gewesen war, zu erzählen – und es blühte aus seinem Mund eine Schilderung vom kühnen Widerstand des Torybulos, die allem Publikum und dem Helden der Erzählung selber das Herz höher schlagen ließ, so anschaulich war sie, so geschmückt mit starken Bildern und unvergleichlichen Vergleichen und so großartig übertrieben. Dankbar sah der Geprügelte auf den, der ihn im Stich gelassen hatte. Der Ziegenhirt Tremon aber meinte, ähnlich wie später Alexander der Große, der könne wohl von Glück sagen, für den ein so langer Atem, wie ihn der Junge da sein eigen nenne, die Ruhmestrompete blase.

III. Thersites

Der Ziegenhirt Tremon war über hundert Jahre alt und weit herumgekommen in weiter Welt, als Totschläger, Ladendieb, Sklavenjäger, Seeräuber. Als Stromer sogar bis nach Jerusalem, wo er die Propheten in den Wind reden gehört hatte. Also angefüllt mit Erfahrung eines viel Zeit und Raum umfassenden Lebens, quoll er über von Historien und Histörchen. Nie genug bekommen konnte Homer des Geschichtensegens. In seinem fruchtbaren Hirn wuchsen die Abenteuer des Tremon weiter, setzten frische Triebe an, und oft genug geschah es, daß der Alte, wenn Homer nacherzählte, was er, Tremon, ihm erzählt hatte, seine eigenen Geschichten nicht wiedererkannte, so groß waren sie aufgetan, so sublimiert (wie man heute sagen würde). Es ist anzunehmen, daß diese Unterhaltungen mit dem Ziegenhirten Homer namhafte Teile des Baustoffs lieferten, aus dem er später die Gebirge seiner Epen türmte. Tremon selbst dürfte zum Thersites Modell gestanden haben. Mit Zottelhaar und -bart, platter Nase, gichtisch gekrümmten Beinen, von denen das rechte, durch einen Klumpfuß verkürzt, ihn zu hinken zwang, sah er aus wie eine Karikatur des Pan. Die Kinder riefen ihn Kakotragos, das heißt häßlicher Bock. Und ein Bock war Tremon auch. Abgewiesen von den Frauen (die ihm, weil er kein Geld hatte, nicht verziehen, daß er häßlich war), hielt er sich an seinen Ziegen schadlos. Das war wohl gesetzlich unzulässig, aber die Chioten meinten, bei einem Hundertjährigen, der noch so vom Stachel des Eros gepeinigt werde, dürfe man eineinhalb Augen zudrücken, und ließen dem rüstigen Alten sein Pläsier, zumal die Ziegen auch nichts dagegen hatten. Tremon war ein Freigeist mit Fragezeichen. Er schmähte die Götter, weil sie ihn geschaffen hatten, wie er war, aber er leugnete sie nicht. Einmal, als er Homer von den verliebten Abenteuern des Zeus erzählte, fuhr ein Blitz nieder, und der Donner krachte.

Homer fiel auf die Knie, schreiend: «Verschon' uns dein Zorn, o Wolkenerschütterer!» Tremon lachte. «Woher weißt du denn, daß er zornig ist? Weil es donnert? Daß die Menschen, wenn sie sich ärgern, Krach machen, ist kein Beweis dafür, daß die Götter im Ärger ebenso tun. Vielleicht ist der Donner ihre Art, Freude zu äußern, und der Blitz ein Strahl ihrer guten Laune. Mein Junge, laß dich nicht dumm machen von den Priestern! Und à propos Donner! Denke dir, du wärest taub! Könnte das himmlische Gelärme dann auf dich Eindruck machen? Nun also!» So sprach Tremon. Homer aber fiel der Blinde ein, dem von der Schönheit des Geschaffenen kein Tröpfchen ins Hirn dringen kann, wie dem Tauben nichts von aller Musik, die das Sein der Dinge begleitet. Und in Ehrfurcht gebeugt vor den Wundern und dem Glück des Wahrnehmens, ahnte der Dichter seine Sendung.

Tremon konnte nur mit einem Auge scheel die Welt ansehen. Das zweite hatte er im Feldzug der Samoten gegen Chios verloren. Von dieser Kampagne sprach er (wie die Bogenschnitzer, Panzerschmiede, Schwertfeger, die Lanzen- und Schleuderindustriellen und die Pfeilgiftmischer) noch nach Jahrzehnten als von einer «großen Zeit». Im Knaben Homer aber weckten die Kriegserzählungen einander widersprechende Empfindungen. Der Krieg entsetzte ihn, aber die Bilder des Krieges, die Wildheit ihrer Farben, der dramatische Zug ihrer Zeichnung berauschten sein Auge. Er hatte das unzüchtige Herz des Künstlers, das auch mit der Furchtbarkeit, ja selbst mit der Häßlichkeit der Erscheinungen sich lustvoll begattet. Und seiner Phantasie wohnte die zauberische Kraft inne, Geschehenes wieder geschehen zu lassen. Aufs neue, von ihr gerufen, kämpften die Helden, deren Taten Tremon gepriesen hatte, ihre Kämpfe, starben aufs neue ihre qualvollen und glorreichen Tode. Homers nachschöpferischer Geist überführte die vergängliche Form, in der sie auf Erden gewandelt waren, in eine neue, tauglich, die Zeiten zu überdauern. Er erfand als erster das Verfahren, Schatten zu konservieren, sie unabhängig zu machen von dem Körperlichen, das sie geworfen hatte. Er erfand für Irdisches eine Art von Unsterblichkeit; also etwas, was bis zu ihm ein Privileg der Götter gewesen war.

Tremon hielt keineswegs auf geschichtliche Wahrheit seiner Erzählungen, die sich zwecks Berühmung des Erzählers und aus Rankünе gegen die Wirklichkeit schon weit genug von dieser entfernten. In der Form aber, in der Homer die Geschichten des Ziegenhirten wiedererzählte, schien deren Stoff ganz aufgelöst und das Aufgelöste wieder gebunden zu einer neuen, höheren Evidenz des Gewesenen.

IV. Unruhe im Olymp

Im Olymp weckte solche Vermessenheit der Kreatur, sich und andern von der Welt ein Bild zu machen, das der göttlichen Einflußnahme durchaus entzogen war, Unbehagen. Doch die Meinung herrschte vor, daß Menschen nichts tun könnten, die Herrschaft des Himmlischen zu erschüttern.

«Ich bin nicht so sicher», sagte der skeptische Merkur. «Haben sie einmal, was bei dem Nachahmungstrieb dieser hochgezüchteten Affen schwer vermeidlich sein wird, unsere Machtgier kopieren gelernt, so könnten sie schon unangenehm werden.»

«Dieser Mensch da unten, Vater», pflichtete ihm Phoibus bei, in dessen Wirkungsbezirk Lieder und Gesänge fielen, «pfuscht dir ins Handwerk. Er macht die Leute an Geschehnisse glauben, die nicht geschehen sind, gaukelt ihnen Gestalten vor, die du nicht geschaffen hast.»

«Derlei freundlichen Schwindel haben wir den Sterblichen ja erlaubt», sagte Zeus. «Du selbst, Phoibus, schenkst doch manchen von ihnen, wie ein späterer Mensch das ausdrücken wird, des Gesanges Gabe, der Lieder süßen Mund.»

«Ja, damit sie unser Lob singen, aber nicht ihr eigenes. Ich will ihn schinden wie den Marsyas!»

Zeus lächelte. «Da hättest du's mit den Musen zu tun. Besonders meiner Tochter Kalliope hat der griechische Junge es angetan.»

«Verbiet ihr seinen Schutz!»

Der Hochdonnernde schüttelte das Haupt: «Meinen neun guten Mädchen mag ich nichts gebieten und nichts verbieten. Seit sie da sind, finde ich gesteigertes Wohlgefallen an meiner Schöpfung. Wahrlich, wir Segnenden wurden mit ihnen gesegnet. Schöner dünkt mich die ewige Wohnstatt, seit diese liebsten Töchter ordnend und schmückend sie pflegen. Auch den Irdischen haucht ihr Atem Freude ins Herz und macht sie mehr gewillt, den Göttern zu dienen. Ehre die Musen!»

Phoibus verwunderte sich, da er Allvater so getragen reden hörte, viel genauer achtend auf Maß und Fügung der Worte als sonst im Gespräch. Aber er gab sich nicht zufrieden, brachte die Sache vor den großen Rat der Olympischen. Zugunsten des Homer redete Ares, mit der Begründung, daß der Grieche anscheinend das Zeug in sich habe, der Menschenbrut den Krieg schmackhaft zu machen. Eros, verspielt und der süßen Bosheit voll wie immer, schlug vor: «Laßt ihn leben. Aber da er mehr sehen will, als ihm zukommt, schlagt ihn mit Blindheit.»

Heftig widersprach dem Aphrodite: «Seht doch nur», rief sie, «seht doch, wie schön meine Schönheit in den Augen des Knaben sich spiegelt!»

«Was ereifert ihr euch über so unwürdigen Gegenstand!» meinte Hera, und wohl merkend, daß es dem Blitzschleuderer peinlich wäre, die Sache entscheiden zu müssen, forderte sie, falsche Demut in Antlitz und Stimme, den Machtspruch des Gemahls.

Da konnte Zeus nun nicht umhin und redete also: «Wäre ich nicht eingesetzt, zu richten über Himmel und Erde, leicht fiele mir der Spruch. Aber da ich es bin, von aller Zeiten Anfang bis zu aller Zeiten Ende, mag ich nicht sprechen: So sei es oder so!» Niemand verstand das. Niemand erriet die Meinung des vorsichtigen Gottes. Und also blieb die Frage, ob Dichter ein Recht zu existieren hätten, in Schwebe die Jahrtausende hindurch, bis sie, bald nach Erfindung der Kinematographie, im negativen Sinn entschieden wurde.

v. Der große Lehrmeister

Stärker als alles von Menschenmund Gesprochene wirkte die Sprache des Meeres auf Geist und Seele des Jünglings ein. Niemals wurde er müde, dem unergründlichen Rhapsoden zu lauschen, dessen Erzählungen keine Worte hatten und also rein blieben von Zweck und Absicht, wie sie der Menschen Rede trüben.

Von ewigen Fakten erzählte das Meer. Von der Wiederkunft des Gleichen seit Anbeginn, vom Wechsel als dem einzig Beständigen im Ablauf des Geschehens, von Glanz und Finsternis, einander in unzerreißbarer Kette folgend, von den zornigen und freundlichen Mienen, mit denen die so geheißene Natur ihren vollkommenen Gleichmut gegenüber aller beseelten Welt maskiert, von der Fülle, Vielfältigkeit, Unwichtigkeit der Leben und Tode, die, damit noch Spiel sei zwischen den Kulissen, gelebt und gestorben werden.

Das Meer war es, das den eingeborenen dichterischen Formsinn Homers zur schöpferischen Tat inspirierte. Die Gezeiten, die regelmäßigen Atemzüge der See, offenbarten ihm den Zauber, den der Wechsel von Hebung und Senkung auf Ohr und Geist des Menschen übt, brachten ihn so auf die glorreiche Idee des Rhythmus. Vom Gang der Welle, die bergan, talab in melodischem Gleichmaß zum Ufer strebt, lernte er den Vers. Von der verschwenderischen, das Gefühl seltsam befriedenden Dehnung der Meeresfläche nach allen Richtungen hin jene unter dem Namen «epische Breite» populär gewordene Ausführlichkeit, die ihm seitens der Kritik soviel anerkennende Malice und säuerliches Lob eintrug. Homer, nebenbei bemerkt, hatte ein sehr gesundes Verhältnis zur Kritik. Er war ebenso zufrieden, wenn sie ihn rühmte: weil das die Zahl seiner Hörer mehrte, wie zufrieden, wenn sie ihn schmähte: weil er an den Verkleinerern abmessen konnte, wie groß er war. Und verachtete sie in beiden Fällen aus der Tiefe seines kundigen Herzens.

Obgleich er den Erzählungen des Ozeans keinerlei Sinn oder Meinung enträtseln konnte, bestanden sie doch, auch ohne jede Deutung, allein durch die Gewalt und großartige Bewegtheit des Vortrags. Daran nahm Homer sich ein Beispiel. Er begnügte sich in seinem

Werk, souverän alle Kunstmittel der Anschaulichkeit gebrauchend, mit dem Beschreiben und Schildern von sinnlich Wahrnehmbarem und vermied es, seine Darstellungen mit Reflexion zu unterfüttern.

Etliche Jahrtausende später bediente sich wieder ein Erzähler, der Amerikaner Hemingway, mit Erfolg dieser strengen Methode. Allerdings auf einer um ein paar Schraubenwindungen höheren – oder tieferen? – Ebene des Weltempfindens.

Das Urbild

des vollkommenen totalitären Untertans ist in der Bibel zu finden. Abraham, der Stammvater. Er befolgte jedes Diktat von oben mit selbstverständlicher Ergebung, die von keinem Hauch des Zweifels an der Weisheit und Notwendigkeit des Diktas gestreift wurde. Aber so erprobt er war, noch immer hatte er nicht das unbedingte Vertrauen der höchsten Instanz, noch immer war sie der völligen Blindheit seines Gehorsams nicht sicher. Und also erging eines Tages an ihn vom Himmel, vom blauen Himmel, herab die Order: «Schlachte deinen Sohn Isaak!» Nicht einen Augenblick versuchte Abraham, Grund und Zweck des Opfers zu verstehen, das ihm anbefohlen war. Keine Stimme in ihm erhob sich, zu fragen, ob die geforderte Tat der Vernunft eines erwachsenen Menschen (Abraham war damals bereits über hundert) zugemutet werden dürfe. Auch daran, wie Mutter Sarah, gleichfalls schon nahe der Hundertjahrgrenze, die Sache aufnehmen werde, verschwendete er keinen Gedanken. Abraham verbot seinem Herzen jeden widerspenstigen Schlag, seinem Hirn jede ablehnende Reflexbewegung. Er nahm den Isaak, band ihn, legte ihn auf den Altar, schärfte sein Messer und zückte es.

Damit nun begnügte sich, laut Genesis 22, die Gewalt, der Abraham untertänig war. Ein hierzu bevollmächtigter Engel widerrief den unfaßbaren Auftrag und erklärte, die oberste Stelle gäbe sich zufrieden mit Abrahams offenbarter Bereitwilligkeit zur Fügung ins Absurdeste.

So weit die Schrift. Die Vermutung ist jedoch nicht abzuweisen, der Stammvater hätte gewußt, das Gescheiteste, was er tun könne, wäre, zu tun als ob. Das Opfer Isaaks blieb ihm erspart dadurch, daß er das Opfer des Intellekts brachte, den Befehl zur Schlachtung seines Sohnes als etwas ganz Selbstverständliches einwand- und widerspruchslos hinzunehmen; und die Tat, beziehungsweise Untat, in Szene zu setzen.

Auf ähnliche Weise wie er versuchten manchmal, unter späteren Diktaturen, sogenannte Intellektuelle (Gelehrte, Künstler, Schriftsteller) sich aus der Schlamastik zu helfen. Und einigen von ihnen soll es auch wirklich gelungen sein, ihre geistigen Kinder zu retten durch deklarierte Bereitschaft, sie abzutöten. Sie wagten das Vorletzte, damit ihnen das Letzte zu tun erspart bleibe. *A calculated risk* (wie in amerikanischen Politikerkreisen Unternehmungen genannt werden, die eine Erhöhung der Kriegsgefahr riskieren, um den Krieg zu vermeiden).

Gespräch mit einem Meister

Schön, daß der brave Prattner (Josef) noch lebt und noch immer seinen Laden hat an dem engwinkligen, von

Bomben verschont gebliebenen Platz, gegenüber der uralten Kirche mitten drin, die gottlob ebenfalls den Segen von oben überdauert hat. Denn weit herum könnte einer reisen und würde doch kaum eine zweite so bezaubernd zartgliedrige Kirche finden wie diese hier, die dazu auch noch den lieblich-bildhaften Namen führt: Maria am Gestade. Ebenso schwer würde er Schuhe finden gleich denen, die Prattner verfertigte. Sie standen auf dem Boden unglaublich parallel zu diesem, ein großer Fuß erschien in ihnen, obgleich er's bequem dort hatte, klein, ihre Eleganz war so unauffällig, daß man sie erst richtig merkte, wenn man den Preis erfuhr, und sie hielten ihre Form jahrzehntelang. Von keinem, ginge er noch so zerlumpt daher, aber in Prattner-Schuhen, sie mochten so alt sein, wie sie wollten, könnte man sagen: «Ein Bettelmann von Kopf bis Fuß.» Man müßte sagen: «. . . von Kopf bis Fußknöchel», denn von dort ab nach unten schiene er noch immer ein Kavalier. Kräftige Preise allerdings verlangte der gute Prattner, und abhandeln ließ er sich nichts von ihnen. Sein Kaufmannsherz war zäh und undurchlässig wie Boxcalf, sein Schusterherz aber weich wie Antilopenleder, auch Samtleder genannt, mit dem man die Linsen der empfindlichen optischen Instrumente putzt. Dies will sagen: er liebte seine Erzeugnisse. Auf der Rechnung, mit der er sie ablieferte, stand: «Bon voyage». Das galt den Schuhen. Er hatte wenig Klienten, war immer unzufrieden mit ihnen und nahm Bestellungen entgegen, als erwiese er damit dem Besteller eine ganz ausnahmsweise Gefälligkeit. Er sah aus wie und war ein richtiger Gentleman, leise, ein bißchen zeremoniell, sprach in gewählten Ausdrücken und stets mit einem launig-höflichen Lächeln um die Lippen. Mein Freund Bruno Frank, der Autor, leider schon tot, und ich, wir schrieben ihm Lobesbriefe über seine Arbeit, und er hängte die Briefe an das Ladenfenster, so daß die Passanten sie lesen konnten. Nachher änderten sich die Zeiten, und er nahm unsere Briefe wieder weg vom Fenster.

Während eines Aufenthalts in der Heimat besuchte ich ihn, versteht sich. Die Distinktion und das Lächeln waren noch da, aber dieses jetzt unbeweglich, eingeklemmt zwischen zwei scharfen Falten rechts und links, die ihm gleichsam die mimische Zufuhr absperrten. Anfangs war ich ein wenig unsicher, wie immer bei Begegnungen mit lieben Landsleuten daheim, und da saß auch der viereckig ausgesparte, helle Fleck an der schmutzfarbenen Wand. Aber vielleicht hatte dort nicht das gewisse Bild gehangen, sondern das von Prattners Großmutter, und er hatte es fortgenommen, weil er im Testament der Alten nicht bedacht worden war. Ich entschied mich für diese Lesart.

Das Wiedersehen mit alten Bekannten verläuft typisch. Die Bestürzung, wie sehr der alte Bekannte sich verändert hat, benimmt jedem im ersten Augenblick den Atem, den er doch für den zweiten dringend braucht, um dem alten Bekannten zu versichern, wie völlig unverändert er geblieben ist. «Herr Prattner, Sie sehen wirklich ganz unverändert aus.»

«So?» sagte er mißtrauisch. «Sie auch.» Er setzte die Brille auf, sah mich an und setzte sie gleich wieder ab.

«Und die Gesundheit? Alles in Ordnung?»

«Bißchen was mit der Lunge, wie bei jedem Schuster . . . Und die Nerven natürlich.»

«Es waren auch böse Zeiten für euch hier, wie?»

«Wenn Sie es nur wissen», sagte er ein wenig unwirsch.

«Sie haben nicht mitgetan bei der Schweinerei, Herr Prattner, davon bin ich überzeugt.»

«Na ja . . . Na freilich . . .» Er nahm die angebotene Zigarette. «Die Bomben. Hernach die Russen.»

«Und wie geht das Geschäft? Zufrieden mit der Kundschaft?»

Er lehnte mit einer Handbewegung ab. «Die hat ja keinen Begriff. Heute noch weniger als früher . . . Ich mache Arbeit, wie sie kein zweiter macht. Glauben Sie, die Leute erkennen Qualität? Und erkennen sie an?»

«Wem erzählen Sie das, Meister!»

«Meister! Meister!» wiederholte er mit etlicher Bitterkeit. «Da meistert sich nix. Die Herrschaften merken's einfach nicht, wie so ein Schuh aus meiner Werkstatt gebaut ist. Sieht aus, als hätte er sich von selbst gemacht. Ja, oder was! Da steckt sehr viel Gustiererei und Prüferei und Überlegung in so einem Ding, mein Lieber. Aber das verstehen Sie ja nicht.»

«Und ob ich es verstehe! Ich kenne doch Ihre Arbeit. Alles genau bedacht, bis auf das kleinste Komma . . . bis auf den kleinsten Nagel, wollt' ich sagen.»

«Schauen Sie einmal eine Naht von mir an, wie die gestichelt ist . . . auf Kosten meiner Augen freilich. Aber ich würde mich eben kränken, wenn man . . .»

«. . . wenn man die Naht merkte. Natürlich. Ich kann Ihnen das so gut nachfühlen!»

«Und lohnt sich die Mühe? Bis man nur sein bißchen Geld hereinbekommt!»

«Da haben Sie absolut recht. Mit den Honoraren ist es ein Jammer.»

«Mich freut das Ganze nicht mehr.»

«So dürfen Sie nicht reden, Herr Prattner», sagte ich mit aller Überzeugung, die ich für die fromme Lüge aufbringen konnte. «Ihre Kunst muß Ihnen Freude machen – oder sie wäre keine. Es schafft doch Genugtuung, etwas fertigzubringen, von dem man sich selbst sagen kann: Das ist richtig. Da ist nichts zuviel und nichts zuwenig. Da läßt sich keine Silbe wegnehmen oder hinzufügen.»

«Glauben Sie! Aber es gibt Kunden, die lassen meine Schuhe korrigieren! Prattner-Schuhe! Wenn ich mich weigere, macht es ein anderer Schuster. Wissen Sie, was so einer vor kurzem getan hat? Einem glatten Vorfuß von mir – Sie werden es nicht für möglich halten – hat er eine gesteppte Kappe aufgesetzt!»

Er hatte sich warm geredet. Und mich auch. «Ein starkes Stück, so etwas!» rief ich voll echter Teilnahme an seinem Kummer. «Selbstverständlich, die geringste Änderung an solcher Präzisionsarbeit – und das ganze Stück ist aus der Façon.» – «Am liebsten würde ich überhaupt nur für die paar Menschen Schuhe machen, die ich gern habe», sagte er.

«Goldene Worte, Herr Prattner! Aber – um ein x-beliebiges Beispiel zu wählen – davon, daß ein Dichter seiner Frau seine Verse vorliest, kann er nicht leben.»

«Na, dichten muß man ja nicht unbedingt», brummte er. «Aber Schuhe braucht der Mensch.» «Wieviel verlangen Sie heute für ein Paar?»

Er nannte eine grotesk hohe Ziffer und setzte hinzu, indes sein eingeklemmtes Lächeln versuchte, sich freizuringeln: «Zumindest man selbst wird doch die eigene Leistung richtig einschätzen dürfen, wenn es schon die anderen nicht tun.»

«In der Praxis muß man's aber billiger geben.»

«Übrigens, wenn es Sie interessiert», sagte Prattner, «Ihre Maße hab' ich noch.» Er holte ein langes, schmales, hochbetagtes Registrierbuch aus der Schublade. Richtig, da standen sie. Unter dem Datum vom 12. Dezember 1927.

Ich will's nicht verschweigen – es rührte mich ein wenig, daß solche Spur von meinen Erdentagen noch erhalten geblieben war.

Der Egoist an der Grenze

(quasi eine Legende)

DIE Beziehungen des Doktor Michael Lambert, Buchhändler, zur Religion hatten keine klare Linie. Er war zu schwach, um zu glauben, und zu feige, um zu zweifeln. Als der Buchhändler von hoffnungsloser Krankheit befallen wurde, bemühte sich sein alter Freund, der Pastor John McPratt, ihn aus jener seelischen Zwickmühle heraus- und in fromme Zuversicht hineinzumanövrieren. Der Pastor verschied, ehe er das zuwege gebracht hatte. Immerhin, seit Michael wußte, daß es mit ihm selbst zu Ende gehe, spielten krause Vorstellungen, was nachher kommen möge, eine Rolle in seinen Fieberphantasien.

In den letzten, die ihn heimsuchten, sah er sich als schon Gestorbenen ziellos wandernd durch die vertraute Stadt, auch an der Buchhandlung vorbei, in deren Schaufenster sein Bild hing, mit einem Florband über dem Rahmen. Das Florband stimmte ihn traurig. Vor den Menschen, geschäftig straßauf, straßab, ängstigte er sich, wie er sich bei Lebzeiten vor Toten geängstigt hatte. Deren begegnete er manche, lichtdurchlässige Schatten wie er selbst, von einer hauchdünnen milbenfarbigen Kontur umrandet. Michaels Einbildungskraft war nie besonders schöpferisch gewesen; so schuf jetzt seine Imagination die Abgeschiedenen nach dem Muster der Geistererscheinungen, die er aus Filmen erinnerte.

«Seit wann, Michael?» sprach ihn ein Verstorbener an, profiliert wie der alte Freund McPratt.

«Es kann nicht lange her sein», erwiderte der Buchhändler. «Jedenfalls fühle ich mich noch völlig fremd in meinem jetzigen Zustand . . . Bleiben wir bei den Lebenden?»

«So lange, bis sie uns vergessen haben», sagte der Pastor, während der Schatten eines Lächelns über den Schatten seiner Miene glitt, «also nicht allzu lange. Aber wer ihren Anblick schlecht verträgt, kann auch schon früher sein Glück an der Grenze versuchen.»

«Was für eine Grenze?»

«Es liegt noch eine zwischen hier und drüben. Hinter ihr beginnt die Herrlichkeit.»

Michael war immer ein großer Egoist gewesen, den Menschen ein harter Nebenmensch. Er hatte anderen das Leben schwer gemacht, um es sich selbst leicht zu machen. Er ahnte Grenzschwierigkeiten.

«Warum bist du nicht schon drüben?» fragte er. «*Du* brauchst doch keine Bange haben.»

«Ich kann's erwarten», sagte der Pastor. «Das Endgültige hat doch in jedem Fall etwas Beklemmendes.»

Michael wollte nur rasch hinüber. «Wo geht der Weg?»

«Wo du willst. In süd-west-ost-nördlicher Richtung. Nicht zu verfehlen.»

Der Buchhändler, wie schon erwähnt, hatte keinerlei produktive Einbildungskraft. Also dachte er sich die Grenze natürlich als Fluß. Und sogleich schnappte auch die Vorstellung eines solchen in seinem Hirn ein, mit Kahn und dem greisen Ruderer, der die Abgeschiedenen ans andere Ufer hinübersetzt.

«Chaire!» grüßte er, in dessen Gymnasialzeit die alten Sprachen noch obligatorisch gewesen waren.

«Bin ich hier richtig?»

«Das wird sich zeigen.»

«Bist du Charon? Ist dies dein Kahn?»

«Nachen, lieber Herr, Nachen, nicht Kahn. Und seit ich in eine andere Mythologie hinübergewechselt habe, heiße ich nicht mehr Charon.»

«Wie immer du heißt . . . können wir starten?»

«Einen Augenblick. Die Überfahrt ist nicht umsonst.»

«Ach ja, der Obolus! Wieviel ist das in heutigem Geld?»

«Lassen wir die scherzhaften Präliminarien», sagte der Greis. «Michael Lambert! Hier wird in einer ganz besonderen Währung gezahlt. Der Fahrlohn besteht in einer Beisteuer zu unserem Flüßchen. Tauch deinen Finger in die Strömung und koste.»

Michael tat so: «Salzig! Meerwasser?»

«Was deinen Finger genetzt hat, sind Tränen, geweint um die Abgeschiedenen.»

«Mein Gott, das muß ein tiefer Fluß sein!»

«Nicht gar so arg. Beachte das Gewölk über ihm.»

Er deutete auf die Nebelmassen, die die Sicht zum anderen Ufer sperrten. «Dunst! Man möchte es nicht glauben, wie rasch Tränen verdunsten. Und deshalb müssen, damit der Fluß nicht versiege, alle, die über ihn wollen, etwas beitragen zu seiner Substanz. Kannst du das? Beweint jemand deinen Tod?»

«Meine Frau, nehme ich an. Auch Pearl, meine Tochter. Ferner», nach einigem Zögern, «Evelyn, eine Freundin. Dann gewiß Tommy, mein Bürodiener.»

«Wir wollen sehen.» Und der Flußwart, wie das zu seinen Befugnissen gehörte, tat einen Blick in die Herzen der Personen, die Michael genannt hatte. Das Resultat schien ihn nicht zu befriedigen. «Deine Frau», sagte er, «weint um dich, obschon du ein schlechter Ehemann warst. Aber solange du lebtest, gehörte sie doch zu jemand. Auch hielt sie deine Sachen in Ordnung, und das war immerhin so etwas wie eine Aufgabe. Jetzt ist die alte Frau allein. Niemand mehr braucht sie ... Pearl, obschon du ein schlechter Vater warst, beweint deinen Hingang, denn jetzt muß sie die Mutter zu sich nehmen, und das bedeutet Verdruß mit ihrem Mann, und daß das Baby kein eigenes Zimmer mehr haben wird ... Evelyn ist untröstlich über deinen Tod, obschon du dich nie sehr nobel zu ihr benommen hast. Aber in den Spielereien des körperlichen Nahbeinanderseins warst du erfindungsreich und ausdauernd ... Dein Bürodiener hat feuchte Augen, wenn er von dir spricht, obschon du ihn saugrob behandelt hast, aber die Zigarrenschachtel auf deinem Schreibtisch stand immer offen, und das vermißt er sehr bei deinem Nachfolger.»

Der Greis machte eine Geste des Bedauerns. «Tut mir leid, aber all das sind Tränen, die hier nicht zählen und zahlen. Hier gelten nur jene, die für einen Toten aus Liebe zu ihm vergossen werden und aus gar keinem anderen Grund sonst ... Fällt dir vielleicht noch jemand ein?»

Michael kramte in seinem Gedächtnis. Ja, da war noch ein trauernder Hinterbliebener: «Pityu, mein Spaniel.»

Pityu lag auf seiner Matte, dem Verenden nahe. Seit Tagen hatte er kein Futter mehr angerührt. Die Katze beobachtete ihn mit kalter, sachlicher Aufmerksamkeit: «Mir unbegreiflich, wie man sich so an Menschen attachieren kann! Man nützt sie aus, versteht sich, soweit man sie brauchen kann, aber man investiert doch kein wirkliches Gefühl in die Beziehung.» – «Sein Geruch», murmelte der Hund, «sein warmer, guter Geruch! So zuwider mir der Mensch war mit seiner ewigen Erzieherei und Herumbefehlerei ... seit ich seine Ausdünstung nicht mehr rieche, bin ich gemütskrank.»

Der alte Mann hob wieder die Arme hoch zur bedauernden Geste. «Pityu ist wie die anderen», entschied er. «Er trauert um sich, nicht um dich.»

Hier erwachte Michael aus der Fieberhypnose. Er war bei klarem Verstand, und dieser sagte ihm, daß sein Leben zu Ende sei. Kummer überwältigte den Buchhändler. Nasses rieselte über seine Wangen in die weißen Bartstoppeln hinab, und er schloß die Augen, zum letztenmal.

Da stand er wieder am Grenzfluß.

«Komm», sagte der Alte. «Deine Überfahrt ist bezahlt.»

«Womit?»

«Mit Tränen, die um dich geweint wurden.»

«Welche waren das?»

«Deine eigenen, mein Sohn, deine eigenen! Echte,

ehrliche Tränen der Trauer. Die wurden nicht im Lidspalt geboren. Die hat dir dein bekümmertes Herz, von Liebe zu dir gefüllt bis an den Rand, in die Augen gepumpt. Steig ein.»

Die Michael auf dem Sterbebett gesehen haben, erzählen, das Antlitz des alten Egoisten habe einen nicht zu mißdeutenden Ausdruck der Genugtuung gezeigt.

Ein unheimlicher Mensch

MEIN Nachbar in der Liegestuhlreihe des C-Decks war ein älterer Herr mit großen, runden Augen über kurzer Nase. Sein Gesicht erinnerte an das einer Eule. Zumeist las er in «Who's who», wo die namhaften Personen Amerikas verzeichnet sind, und während der Lektüre zog er öfters ein Notizbuch hervor und kritzelte etwas hinein. Mit den Berühmtheiten an Bord war er auf Hello! und Hello!, und er verstand etwas von Schach.

«Die großen Meister zwingen ihren Gegner, den falschen Zug zu tun», behauptete er. Ich meinte, das wäre wahrscheinlich ebenso im Krieg, im Streitgespräch, beim Boxen, beim Fechten, bei jedem Kampf überhaupt . . .

«. . . in der Ehe», setzte er zustimmend fort, «in der Politik.» Von da kam das Gespräch auf einen Kandidaten in der Präsidentenwahl der US. Mein Liegestuhl-Nachbar gab ihm keine Erfolgs-Chancen: «Seine Reden sind zu wässerig.»

«Aber es stecken ein paar verführerische Gedanken dahinter.»

«Das wird ihm nicht viel helfen. Auch die besten Gedanken bleiben wirkungslos, wenn sie nicht ins richtige Wort gefaßt sind. Erst dann bekommen sie Magie.»

Übers Deck kam die berühmte Pianistin, und er stand auf, sie zu begrüßen. Das rechte Bein schleppte er nach. «Nette Frau», sagte er, wieder im Liegestuhl, blätterte in «Who's who» und notierte etwas in sein Taschenbuch. «Auch schon bald sechzig! Erstaunlich, wie die durchschnittliche Lebensdauer gestiegen ist. Nach Wahrscheinlichkeit hat unsere Tastenmeisterin da noch Anspruch auf gute zehn Jahre. Aber auf Wahrscheinlichkeiten soll man sich nicht verlassen. Über jedem hängt der Himmel voll von Damoklesschwertern.»

Ich ertappte mich dabei, daß ich zum Himmel hinaufblickte. Er war fleckenlos blau. Die Pianistin schlenderte wieder vorbei, und er winkte ihr freundlich zu. «In diesem Alter hat allerdings schon jeder seinen Knacks weg», sagte die Eule. Ihr Unken fing an, mich nervös zu machen.

«Sieht aber kerngesund aus, die Dame», bemerkte ich mit einiger Erbitterung.

«Hoffentlich ist sie's. Aber was kann nicht alles passieren! Ein plötzliches, zu heftiges Rumpeln in der Herzgegend. Ein Hühnerknochen, zu rasch geschluckt, zu lange in der Kehle – und sie ist in meiner Gasse.»

Ich verstand nicht, was er mit seiner Gasse meinte. Im Verlauf unserer Unterhaltung kam es heraus. Der Reisegefährte war Zeitungsmann im Dienst eines großen Blattes der Vereinigten Staaten, für das er die «Obituary»-Spalten redigierte, wo die Toten des Tages verzeichnet werden. Den Namhaften unter ihnen schrieb er Nachrufe. Mir wurde klar, was es mit seiner Lektüre von «Who's who» für eine Bewandtnis hatte: er bereitete sich vor für Zeitgenossen, die bald fällig werden oder, wie er das ausdrückte, in seine Gasse kommen könnten. «Während des Krieges müssen Sie viel zu tun gehabt haben», sagte ich.

«Nicht so arg. Für Leute von öffentlichem Interesse liegen ja die Dinger zu neun Zehnteln fertig in unserem Archiv. Man muß sie nur zuweilen herausnehmen, entstauben und up to date herrichten. Die Gräber sind sozusagen geschaufelt, breitere und schmälere, je nach Maß der Persönlichkeiten, für die sie bestimmt sind.»

Ich fand, Nekrologe schreiben wäre ein ziemlich trauriges Metier.

«Aber es hat seine aufregenden Seiten.» Er wickelte sich fester in seine Decken, als ob ihn fröstelte. «Es gibt einem eine gewisse Macht. Bei mir wenigstens ist das der Fall, glaube ich – oder richtiger: fürchte ich.»

«Macht? Worüber?»

«Über die Menschen, denen ich, wenn man so sagen darf, die letzte journalistische Ehre zu erweisen habe.»

«Sie meinen, daß Sie Ihre Nekrologe färben können? Je nach Ihren Sympathien oder . . .»

Die Frage ärgerte ihn. «Was denken Sie von mir? Ich schreibe die Wahrheit, nur die Wahrheit. Und überdies halte ich mich, soweit irgend möglich, an die Mahnung: De mortuis etc.»

«Wie meinen Sie das dann mit Ihrer Macht über die Verstorbenen?»

«Was denn, was denn! Von Macht über die Verstorbenen war mit keinem Wort die Rede.»

Der Steward brachte das Blättchen mit den Funkmeldungen, und darin stand, daß sich der Zustand des Senators Soundso verschlimmert hätte. Mein Nachbar schälte sich aus seinen Decken. «Ich werde jedenfalls noch ein paar Schlußsätze nach Hause telegraphieren», sagte er und hinkte davon. Mich intrigierte das mit seiner sonderbaren Macht, und als wir wieder nebeneinander saßen, brachte ich das Gespräch nochmals darauf. Er schien nicht abgeneigt, sein Geheimnis auszukramen. Und Schiffahrt bringt ja Menschen leicht einander nahe. Weil sie mit beruhigender Sicherheit wissen, daß nach ein paar Tagen die Nähe wieder Ferne wird.

«Sie sind Schriftsteller?» fragte er.

Ich mußte es zugeben.

«Dann werden Sie mich verstehen.» Und nach einem tiefen Atemzug, als wollte er besonders viel Luftvorrat in seine Lungen pumpen, erzählte er: «Früher schrieb ich auch Gesellschaftsklatsch und derlei nebst meinen Nachrufen. Zwei sehr verschiedene Ressorts scheinbar, aber sie schneiden einander. Wie Leben und Tod. Ja, also, vor ein paar Jahren kam ein damals berühmtes italienisches Ballett in unsere Stadt, und ich hatte den Star zu interviewen. Ich konnte den Menschen sofort nicht leiden. Vielleicht war ich neidisch. Ich habe ein verkürztes Bein, und er schwebte, auch wenn er nur so die Straße daherging, wie auf Sprungfedern. Leider gefiel ihm mein Interview so gut, daß er mir eine Dankvisite machte. Und dann kam er noch öfters und – ja, Sie raten schon richtig – er und meine Frau verliebten sich ineinander. Sie ging, nebenbei erwähnt, später fort von mir. Nicht mit ihm. Das wäre auch nicht mehr möglich gewesen, denn inzwischen hatte ich ihn umgebracht. Sie brauchen nicht zu erschrecken. Es war kein Mord im Sinne des Gesetzbuchs. Als ich von seiner Liebschaft mit meiner Frau erfuhr – wie, tut nichts zur Sache –, wünschte ich seinen Tod. Ohne Resultat, natürlich. Aber der Gedanke, daß er sterben solle, hatte sich so fest in mein Hirn gekrallt, daß ich wahrhaftig nichts anderes mehr denken konnte. Vorgestern, wenn Sie sich erinnern, sprachen wir davon, daß Gedanken erst Magie bekommen, wenn sie ins rechte Wort gefaßt sind. Nun ... da fing ich also an, Nekrologe über ihn vorzubereiten. Viele Nekrologe. Alle wirkungslos. Einer endlich, der achtzehnte, schien mir das Zwingende, Unentrinnbare zu haben, das er haben sollte. Besonders für die Schlußformel galt das. Nichts Besonderes, die Formel, aber ... Wollen Sie sie hören?»

Natürlich wollte ich.

«Möge ihm die Erde so leicht werden, wie er ihr war», zitierte er im Tonfall echter Rührung.

«Für einen Tänzer – nicht schlecht», sagte ich.

«Schlecht oder nicht schlecht – im Augenblick, wo die Worte auf dem Papier getippt standen, wußte ich; der Satz hat Saug-Kraft. Der macht ihn ins Grab stolpern. Und er, der arme Kerl, muß es auch gespürt haben, daß ihn etwas hinunterzog. Er wurde schrecklich nervös. Er lief zu Ärzten, ohne daß ihm etwas fehlte. Er wehrte sich, aber er wußte nicht, wogegen. Und schließlich taumelte er seinem Nachruf ins Netz – ein Opfer der Worte, die seinen Tod brauchten, um ins Leben treten zu können, schwarz auf weiß.»

«Er starb?»

Der Zeitungsmann nickte.

«Woran?»

Mit der Spitze eines Mittelfingers tupfte er Feuchtes aus dem Augenwinkel. «Ein Hühnerknochen, zu rasch geschluckt, zu lang in der Kehle.»

Nach diesem Gespräch, ziemlich überzeugt davon, daß ich es mit einem Verrückten zu tun hätte, übersiedelte ich in einen anderen Liegestuhl, auf einem anderen Teil des Decks. Das muß der unheimliche Mensch mir übelgenommen haben, denn als wir einander im Speisesaal begegneten und ich ihn grüßte, dankte er nicht. Bei der Paßkontrolle in New York war sein Platz ein paar Schritte hinter mir in der Reihe. Ich fühlte seinen Blick im Rücken und wandte mich um. Seine Vogelaugen waren starr auf mich gerichtet, in der Hand hielt er Notizbuch und Bleistift. Es war unangenehm. Aber mich beruhigte der Gedanke, daß ich viel zu unberühmt bin für einen Nachruf in der amerikanischen Presse.

Mechanismus der Güte

Pastor Blumentritt saß am Bett des Doktor Gottfried Meyer (Kunstsammler und -Mäzen), dessen Tage gezählt waren, und äußerte seine Zuversicht, der alte Universitätskamerad dürfe eines freundlichen Empfangs oben gewärtig sein.

Der Kranke selbst schätzte seine Möglichkeiten, dort günstig aufgenommen zu werden, gering ein, weil er doch sein Lebtag ein rechter Heide gewesen wäre.

«Aber Sie waren ein guter Mensch.»

«Wie man's nimmt», sagte der Kunstsammler. «Hinter meiner Güte steckte allerlei, das mit der Tugend gleichen Namens nichts zu tun hat.»

«Sie meinen, Ihre Güte war nicht vollkommen rein?» Blumentritt lächelte. «Machen Sie sich darüber keine Sorge. Vollkommen reine Güte nennen wir Engelsgüte, womit schon ausgesprochen ist, daß sie auf Erden nicht zu finden sein kann. Aber auch mit allen Trübungen, mit denen sie hienieden behaftet erscheint, ist sie ein sehr kostbares Ding, das edelste Kleinod in der Schatzkammer des menschlichen Herzens.»

«Mein Kleinod, fürchte ich, war aus Glas. Imitation.»

«Aber dann eine wahrlich glänzend gelungene.» Der Pastor wies zum Fenster hinaus: «Die Bettlerin dort an der Straßenecke . . . Wissen Sie, daß sie jeden Tag herüber humpelt und sich, mit Tränen in den Augen, nach Ihrem Befinden erkundigt?»

«Tut sie das? Brave Frau. Wenn sie etwas bekam, dankte sie immer: ‹Vergelt's Gott tausendmal!› Ich ließ selten die Chance aus, so winzig sie war, für zehn Pfennige hundert Mark zurückzubekommen.»

«Immer Lust zu kleinen Späßchen!» sagte der Pastor, sich eine vergnügte Grimasse abzwingend. «Und wie ist das mit den zahllosen anderen, die bei Ihnen Hilfe suchten und bekamen?»

«Ich hatte Geld im Überfluß. Davon gab ich. Aber Wohltaten, die dem Wohltäter nicht weh tun, sind keine. Und überdies war mir der Gedanke unangenehm, die Leute könnten mir Böses wünschen, wenn sie keine Hilfe bekämen. Ich bin abergläubisch.»

Blumentritt schüttelte mißbilligend den Kopf. «Viele Menschen, die gar nichts von Ihnen hatten, waren Ihre Freunde. Richtige Freunde. Und Sie selbst hielten etwas auf Freundschaft. Auch gerade kein Beweis eines unguten Charakters!»

«Wenn ich's genau überprüfe, lieber Kollege, war meine Beziehung zur Freundschaft ähnlich wie die des Spatzen zum Telegraphendraht: – eine Gelegenheit zum

Niedersitzen und Ausruhen und Plaudern über Spatzendinge mit andern Sitzern auf dem gleichen Stück Draht. Der einzige, glaube ich, zu dem ich eine wirklich amikale, dauerhafte, von Gefühl durchwärmte Bindung hatte, war Doktor Gottfried Meyer.»

«Sie treiben's zu weit mit dem Mißtrauen gegen sich selbst», sagte der Pastor. «Wer soviel Gutes getan hat wie Sie . . .»

«Aber nicht aus innerster Notwendigkeit. Ich sagte Ihnen schon, hinter meiner Güte steckte allerlei anderes: Aberglaube, Sympathieverlangen, Vorsicht und Rücksicht, Eitelkeit, vielleicht auch ein heimlicher Rest von Zweifel an meinen Jenseits-Zweifeln. Gute Werke . . .»

«. . . sind der Schlüssel zum Himmelreich», ergänzte der Pastor.

«Leider hatte ich gar keine Begabung zur Menschenliebe. Ich suchte sie durch Fleiß zu erwerben. Aus Vernunftgründen. Ich übte Güte, das ‹übte› im doppelten Sinn gemeint. Ein schwieriger Prozeß, die Verwandlung von Fleiß in Talent! Kennen Sie die Romane von . . .?»

Blumentritt, nach einem Blick auf die Fiebertabelle überm Bett, hob abwehrend die Hand: «Sie haben hohe Temperatur. Da sieht man die Welt in einem Zerrspiegel. Die äußere wie die innere.»

«Ich sehe mich richtig», sagte der Mäzen, «bei jeder Temperatur. Ich treibe seit sechzig Jahren zu meinem Privatvergnügen Psychologie, mit mir selbst als idealem Versuchstier. Und derzeit erfreue ich mich auch noch dessen, was als ‹clairvoyance des mourants› bekannt ist. Ich sehe in mich hinein bis auf den Grund. Vielleicht noch etwas tiefer. Im Leben muß man sich vor solcher Tiefenschau ins eigene Ich hüten, weil sie leicht zum

Selbstmord führen oder zumindest einem alle Unbefangenheit des Entschließens und Handelns nehmen könnte. Aber jetzt darf ich mir den Luxus schon gestatten.»

Der Pastor ließ nicht locker: «Wenn Sie wirklich der vollkommene, kalte Egoist wären, als den Sie sich verleumden, warum dann Ihr leidenschaftliches Eintreten für eine bessere soziale Ordnung? Es hat Ihnen Ärgernisse genug verursacht.»

«Das Elend auf Erden ist groß», sagte der Doktor. «Überall hin wirft es seine schweren Schatten, auch, unvermeidlich, über meinen Garten. Und ich sitze gern in der Sonne . . . Dazu kommt noch eines: Angst. Angst macht das kälteste Herz warm. Ich meine, mit dem Betrüblichen der Zustände würden die meisten Leute, die, wie ich, nicht unter ihnen zu leiden haben, sich abfinden – ihr Bedrohliches ist es, das sie auf soziale Gedanken bringt.» «Und wirklich selbstlose Güte, Teilnahme an anderer Not, Mitleid, Opferfreudigkeit spielen nach Ihrer Meinung keine Rolle im Getriebe?»

«Die allergrößte! Unausdenkbar eine Welt, deren Lauf nicht von diesen schönen Regungen mitbestimmt würde. Nur sehe ich sie nicht als rein sittliche Phänomene, sondern, zum Großteil mindestens, als Produkte unserer Phantasie. Hört der Mensch von fremdem Mißgeschick, so stellt er sich unwillkürlich vor, das Mißgeschick hätte ihn getroffen – und *diese* Vorstellung erst ist es, die in seiner seelischen Werkstatt den Mechanismus in Gang setzt, der Gleichgültigkeit in Mitgefühl verwandelt. Je lebhafter die Phantasie, desto lebhafter das Mitgefühl.»

«Güte – auf künstlichem Weg?»

«Richtiger gesagt: auf einem natürlichen Umweg.»

Adele, die Haushälterin, kam ins Zimmer und begann dort – so auch andeutend, der Besuch habe schon lange genug gedauert – umständlich Ordnung zu machen. Sie war erkältet und schneuzte sich oft und geräuschvoll. Dies ging dem Kranken auf die Nerven. «Adele», sagte er deshalb, «lassen Sie alles, wie es ist. Ich will, daß Sie sich sofort ins Bett legen und heiße Limonade trinken.»

«Aber . . .», sagte Adele und schneuzte sich.

«Kein Aber. Nur gleich ins Bett mit Ihnen!»

Und das will ein unguter Mensch sein! dachte der Pastor gerührt. Liegt selbst auf den Tod danieder und sorgt sich um anderer Leute Schnupfen!

Großstadtzauber

«GIBT es Neues von Interesse in New York zu sehen?»

«Meinen Sie Theater oder ähnliches?»

«Nein, nichts dergleichen. Ich meine: etwas, das es nur hier gibt. Etwas besonders Newyorkisches.» «Da habe ich einen Leckerbissen für Sie», sagte der Freund, dessen Gast ich war, «die Untergrundbahn, Subway, abends, wenn die Leute von ihren Arbeitsstätten nach Hause fahren.»

«Das ist mir nichts Neues. Das kenne ich zur Genüge von früherem langem Aufenthalt hier.»

«Aber die besondere Gegenwartsvariante kennen Sie nicht. Nämlich, unsere Autobuschauffeure streiken – mit Recht nebenbei –, und die dreieinhalb Millionen Menschen, die sonst den Bus benützten, fahren jetzt per Untergrundbahn heim.» «Wie machen sie das?» fragte ich. «Die Subway-Wagen sind doch schon unter normalen

Verhältnissen an Werktagen mit Menschen bis zum äußersten überfrachtet. Nur dem Umstand, daß sie aus Eisen sind, verdanken sie's, daß sie nicht platzen. Und jetzt sollen noch dreieinhalb Millionen mehr hineingehen?»

«Sie gehen hinein!»

Dem Einwand, solches widerspräche den Naturgesetzen, begegnete der Freund mit dem Hinweis, daß die Naturgesetze, wie alle Gesetze überhaupt, dehnbar sind, verschiedene Interpretationen zulassen und Ausnahmen gestatten. Auf dieser Eigenschaft der Naturgesetze, fügte er noch hinzu, beruhe der Fortschritt der Wissenschaft.

Um die Sache auszuprobieren, gingen wir zu der großen Subway-Station Lexington Avenue, Ecke 59. Straße. Es war ein windiger Jännerabend, 1953. Mit Güssen von echt New Yorker Intensität, und eilig wie die Regenwasserbäche in den Abflußkanal strömten die Subway-Klienten in den Schacht, durch den es treppabwärts zu den Gleisen hinunter geht. Schutzleute in lockerer Formation standen vor dem Schacht. Und wenn dieser eine größere Menschenmenge geschluckt hatte, als er auf einmal vertragen konnte, so daß ein Quantum des Geschluckten ihm wieder hoch kam, sperrten die Schutzleute den Zugang, bis der Schacht sich wieder beruhigt hatte. Unten auf den überstopften Bahnsteigen war auch Polizei. Sie sah dazu, daß keiner von den Fahrlustigen (mein Gott: Lustigen!) auf den metertief gelagerten Bahnkörper hinunterfalle, wo er durch Überfahrenwerden den Verkehr aufgehalten hätte; für zwanzig Minuten durchschnittlich, erfahrungsgemäß. Ein Zug rollte ein, hielt, seine Türen sprangen automatisch auf, und Menschenknäuel quetschten sich aus den Wagen, hierbei auf frontale Gegenwirkung der Menschenknäuel stoßend, die sich in die Wagen quetschten. Die wieder zuschnappende Tür löste den Knoten à la manière d'Alexandre le Grand. Dieser Vorgang läßt Fahrgästen, deren lokale Situation im Augenblick des Türzuklappens noch nicht geklärt ist, den Bruchteil einer Sekunde Zeit, zu entscheiden, ob sie besser daran täten, den Fuß, der noch draußen ist, hinein- oder jenen, den sie schon drinnen haben, wieder hinauszuziehen. Leute von langsamem Entschluß sollten nicht Subway fahren. Zu bemerken wäre, daß der ganze Kampf um Hinaus und Hinein stumm vor sich ging, ohne Geschrei und Geschimpfe. Man konnte überhaupt nicht von einem Kampf sprechen. Was sich da auf den Bahnsteigen der Subway abspielte, war sozusagen ein durchaus passives Gedränge. Das heißt: niemand drängte, aber jeder wurde gedrängt, niemand versuchte es mit Gewalt, aber jeder bekam sie zu spüren. Und stieß notgedrungen, weil selbst gestoßen. Das Ganze machte den Eindruck einer ordentlichen, dem Großteil der Mitwirkenden vertrauten und von ihnen mit verbissener Ergebung ins Unabänderliche durchgeführten Panik.

Mein Freund und ich hatten die Chance, von tüchtigen Hintermännern in einen Wagen hineingedrückt zu werden. Unsere Genugtuung, daß wir, beziehungsweise jene, es geschafft hatten, dauerte kurz, weil sofort überschattet von dem Problem, wie aus dem Wagen wieder hinauszukommen. Glücksache. Die Stimmung im Coupé war solidarisch gepreßt, zwischen den Mitfahrenden schien der denkbar engste Kontakt hergestellt, und es gab kein Geschiebe oder Gestoße, weil es keines geben konnte. Ungenützt pendelten die Hänger von der Decke;

sich an ihnen festzuhalten, wäre Übermut gewesen, denn gegen Schwanken oder gar Umfallen sicherte jeden, auch an den schärfsten Kurven, die festgefügte Mauer von Menschen rundum: Neben-Menschen im maximalen örtlichen Sinn des Begriffs. *Noch* mehr neben war nicht möglich. New Yorker kommen leicht ins Plaudern, auch mit Wildfremden, und sagen gern etwas über das Wetter oder so. Doch im Subway-Wagen herrschte Schweigen. Es war, als ob nicht einmal Worte noch Platz hätten in ihm. Jeder sah, so schwer das ging, an seinem Nachbarn vorbei. Teils aus Verlegenheit, teils vielleicht deshalb, um, da dies körperlich nicht zu machen war, zumindest blicklich ein wenig auseinander zu rücken.

«Trinken wir etwas», sagte zwingend folgerichtig mein Freund nach überstandener Subway.

Was ein ehrlicher Martini ist, besteht aus einem Drittel trockenen Wermuts und zwei Drittel Gin. In New York kommt noch ein mysteriöses viertes Drittel hinzu, von der Luft dieser Stadt hineingemixt. Deshalb schmeckt dort ein Martini (wie vermutlich auch jeder Drink aus der Familie der Cocktails) kräftiger als sonst auf irgendeinem Fleck zivilisierter Erde, und stellt in des Trinkers Seele rascher das Gleichgewicht her zwischen Gut und Böse. Man schluckt in Manhattan und Umgebung Cocktails auch nicht zum Vergnügen, sondern als Medizin gegen den abends unweigerlich eintretenden Gemüts-Notstand, eine Folge der scharfen Abnützung durch Menschen, Geschäfte, Straße und Zeitungen tagsüber. Mit anderen Worten: in New York kommt der Katzenjammer vor dem Trinken; und wird durch dieses, temporär zumindest, beseitigt.

Deshalb redeten mein Freund und ich auch bald mit

Bewunderung von der Subway, die ihr Publikum Bescheidenheit lehrt, Treppensteigen, Geduld, Verträglichkeit, sowie Fügung ins notwendig Üble. Der Vergleich der Subway mit dem Leben lag in der Luft. Aber wir ließen ihn dort liegen.

Landschaft

DIE Landschaft ist unbeschreiblich schön, sagte der Dichter, und dann beschrieb er sie doch. C'est plus fort que lui. In Wirklichkeit ist die Landschaft sowohl schöner wie weniger schön als jede Schilderung von ihr. Das liegt in der Natur der Natur. Und in jener der Kunst.

Mannigfaltig geformte Berge klettern übereinander, als wollten sie zeigen, wer's höher kann. Das Rennen ist entschieden. Zumindest hat sich hier seit Menschengedenken kein Berg mehr vom Fleck gerührt. Auf manchem liegt Schnee, jener, dem als einziger irdischer Erscheinung das Attribut «ewig» zugebilligt ist, sonst deckt überall Grünes die Hänge, in vielen Varianten von hell und dunkel. Unten im Tal stehen Gruppen und Grüppchen kleiner Häuser, mit buntfarbigen, viereckigen Feldern rundherum, wie Flickzeug eingesetzt ins Wiesentuch. Auch einer Ruine erfreut sich die Gegend, nicht solch einer, wie sie vor kurzem en masse künstlich hergestellt wurden, sondern einer echtbürtigen, mit geschichtlichem Pedigree. Auch Strecken unbebauter Erde sind da und bringen auf unnütze Gedanken: wie etwa, daß es doch reichlich Platz gegeben hätte in weiter Welt für Verfolgte und Gehetzte, wo sie vielleicht auch zugrunde gegangen wären an Entbehrung des Notwendigen und an der Unlust der Gesicherten, zu helfen, aber immerhin unter weniger elenden Bedingungen als jenen der Hölle. Von dem Plateau, wo das Berghotel steht, umfaßt der Blick die ganze Weite der Landschaft, ihre begrenzte Unendlichkeit sozusagen, und das Ineinander-Spiel von lieblichen und großartigen Aspekten «stimmt die Seele zur Entzückung», wie es in einem Mozart-Text heißt; «Figaros Hochzeit», glaube ich. Von hier oben, meinte ein Gast aus dem Nachbarland, könnten ein paar ganz gewöhnliche, vor-atomische Geschütze das Tal komplett abriegeln. 20 000 Mann, schätzt er, würde es den Feind kosten, hier herauf zu kommen; Flieger-Angriffe freilich nicht einkalkuliert.

Über den Waldwiesen liegt ein rötlicher Schimmer. Das machen die Erdbeeren und Himbeeren, die jetzt dort gereift sind. Die Dorfkinder pflücken sie in ehemals-Konservengläser, das kleine Mädchen, das sie ins Hotel bringt, verlangt sieben Schillinge pro Glas, und wenn an einem Tag der Absatz stärker war, am nächsten neun. Abgesehen von dieser Früh-Entwicklung ihres kommerziellen Sinns ist Rosemarie ein liebes Ding. Vollwaise. Der jüngere Bruder, den sie gern hatte, kam nicht zurück aus Rußland, der ältere kam und führt ein hartes Regiment im Haus. «Die Guten trifft's, den Schlechten geschieht nichts», sagte Rosemarie, obschon sie erst dreizehn ist und ein Email-Kreuzchen am Halsband trägt. Vielleicht plappert sie die unfromme Weisheit irgendwem nach, aber zuzutrauen wäre sie ihr schon, denn sie ist ein aufgewecktes Kind und sicher von selbst auf den Einfall gekommen, auch zertepschte, faulige Erdbeeren unter die gesunden ins Glas zu tun.

Zum Dorf hinunter führt ein Weg, auf dem es nach den

feinsten Produkten aus der Parfümerie des Waldes riecht, nach ätherischem Nadelöl, frisch vom Faß gleichsam, nach Heuessenz, nach Erdsäften und nach Holz, von der Sonne gekocht. Parallel dem Weg zwängt sich zwischen bemoosten Felsbrocken ein Bach talab, der, wie's Bachbrauch, murmelt. Was er murmelt, versteht niemand, und das ist gut so, denn vielleicht wäre der Text eine Enttäuschung. Im Dorf die alten Bauernhäuser machen den wohltuenden Eindruck der Selbstverständlichkeit: als könnten sie gar nicht anders sein, wie sie sind. Und den gleichen Eindruck machen Tische und Stühle in der Wirtsstube, besonders die schweren, dunkel gebeizten Stühle, angenehm dem Aug' in Maß und einfacher Form, selbstbewußte Stühle geradezu, gewillt, viele Zeiten zu überdauern. Der Ort hat mehrere Jahrhunderte und einen Gauleiter überstanden. «Er war scharf aufs Schießen», sagt der Wirt zur Entschuldigung der Baracke mit Zielscheiben, die das Ende der Dorfstraße verschandelt. In eine Mauer des Friedhofs, der die Kirche umzirkelt, sind nebeneinander Steintafeln gefügt. Auf der ersten stehen die Namen der im Weltkrieg I gefallenen Einheimischen; sie ist schon ziemlich angegraut von Alter und Wetter. Auf der zweiten stehen die Namen der im Weltkrieg II Gebliebenen. Die dritte Tafel, beziehungsweise der Platz für sie an der Mauer, ist noch leer.

Um den Ort streckt sich das landschaftliche Panorama in weiterem Zug als bei uns oben, andere Berge kommen ins Gesichtsfeld, und auf einem steht ein großes Kreuz. Wenn Anno 33 nach Christi Geburt in Jerusalem nicht Kreuzigen, sondern Hängen die Methode gewesen wäre, stünde dann heute auf der tirolischen Bergspitze eine

Stange mit Quer- und kleinem Schrägbalken? Und hinge ein solches Zeichen en miniature an Rosemaries Halsband?

Marie

«Ich weiß nicht, warum ich hier so zunehme», sagte die Zimmerkellnerin Marie, «und dabei schmeckt mir das Essen gar nicht.»

«Bekommt das Personal das gleiche Essen wie die Gäste?»

«Ja.»

«Dann begreife ich Ihre Unzufriedenheit.»

«Und zum Sattwerden ist es nicht genug.»

«Vom Frühstück lassen wir immer die Hälfte stehen. Tragen Sie das doch nicht in die Küche zurück, sondern nehmen Sie's für sich.»

Maries Gesicht verzieht sich zu einer Miene leicht spöttischer Verwunderung: «Was denn haben Sie geglaubt?»

Von den Gästen spricht sie per «der Brandsteiner» oder «die Rothaarige» oder «der mit dem Dackel». Von den Dienstkameraden als «der Herr Ober» oder «der Herr Koch» oder «die Frau Wäscherin». Später löste sich das Rätsel ihres Zunehmens. Sie ist schwanger, legitim. So lang es geht, will sie's verheimlichen und erzählt allen, daß ihr das Essen in der starken Luft hier so gut anschlage, viel besser, als sie möchte. Denn wenn sie zugäbe, was mit ihr los ist, würde der Wirt sie nicht behalten. Eine Schwangere, würde er sagen, kann nicht so flink hinter der Arbeit her sein, wie er's von seinen Leuten verlangt. Maries Mann ist auch Kellner und hat eine Stellung in der Stadt. «Wie lang sind Sie verheiratet?» – «Sechs Monate.» – «Und da lebt und schlaft ihr schon jeder wo anders?» – «Im Sommer halt' ich nichts drauf», sagt Marie.

Wenn die Saison vorüber ist, geht sie zu ihrem Mann in die Stadt. Ungern, weil dort keine Berge sind und Marie nicht versteht, wie man ohne Berge rundherum sich wohlfühlen kann. Sie findet gar keinen Spaß daran, auf Berge zu kraxeln, aber da müssen sie sein.

Marie, einundzwanzig Jahre wird sie, hat ein ausgeprägtes Standesbewußtsein. Auf die Zumutung, rechtzeitig abends die Fenster zu schließen, damit keine Mücken ins Zimmer kommen, erklärte sie: «Das ist nicht meine Arbeit. Das soll der Herr Hausdiener machen.» – «Aber er macht's nicht.» – Marie schluckt, und es ist nicht zu verkennen, was sie schluckt. Nämlich die Bemerkung: «Dann machen Sie's selber.» Natürlich hat sie recht, aber eben deshalb ärgert es einen.

Am selben Tag hatten wir noch so ein Gespräch, an dem unsere Freundschaft fast in die Brüche gegangen wäre; und zwar, wie so viele Freundschaften heutigen Tags, aus politischen Gründen. «Die meiste Unordnung machen die Amerikaner», sagte Marie. – «In den Zimmern?» – «Auch.» – «Auch? Wo sonst noch?» – «Überall in der Welt.» – «Woher wissen Sie das?» – «Aus der Zeitung.» – «Aus was für einer Zeitung?» – «Aus einer Salzburger. Und nach Österreich kommen sie nur, weil sie bei uns alles billiger kriegen als bei sich zu Haus.» – «Vielleicht auch, Marie, weil es so schön ist im österreichischen Land. Wenn man nur die Berge hier anschaut!»

Ob das genügt hatte, sie von ihrer schlechten Meinung

über die Vereinigten Staaten ein wenig abzubringen, weiß ich nicht. Immerhin waren am Abend die Fenster geschlossen.

Vor dem Schlagbaum

DIE Mitternacht zog näher schon, es regnete hart, pausenlos, und auch im Omnibus, dem letzten für heute aus dem österreichischen Städtchen hinüber ins Bayerische, war die Mißlaune des Wetters spürbar. Der Omnibus führte sieben schläfrige Passagiere: einen jungen Mann in ländlicher, zwei Frauen in gleicher städtischer Tracht, Schwestern anscheinend, eine Bäuerin mit Korb, und uns beide. Die Landschaft lag in Nässe und Dunkel, doch wir wußten, daß sie schön war, und dies genügte in so vorgerückter Stunde.

Mitten auf dem Weg aber, ihren arroganten Balken quer über ihm, lauerte die Grenze. Dort stieg der Chauffeur vom Wagen und verschwand in dem Holzbau, über dem Österreichs Fähnlein amtlich flatterte. Seine große Taschenuhr, an silberner Kette von einem Wandnagel hängend, ließ er als Pfand zurück. Wir sahen ihn lange nicht wieder. Sehr lange. «Er trinkt drin einen Kaffee», vermutete der junge Mann. «Oder ein Viertel Wein», sagte die Bäuerin. Jemand in Uniform fragte nach unserem Woher und Wohin und Womit. An seinem Kragen glitzerten, soweit ihnen dies bei der schwachen Beleuchtung im Omnibus möglich war, drei goldene Sterne. Scheinbar zufrieden verließ er uns, kam aber nochmals, winkte einer der städtisch Gekleideten, und beide gingen in die Baracke. Während der folgenden halben Stunde ereignete sich nichts, als daß sie verging. Die Taschenuhr am Nagel zeigte viele Minuten nach der Zeit, zu der wir am Ziel sein sollten. Der mit den goldenen Sternen erschien wieder und guckte unter die Bank, von der er die Frau weggeholt hatte. Er schien ungehalten, nichts dort zu finden als den Straßenkot, den die Stiefel der Fahrgäste in den Wagen geschleppt hatten. Hernach geschah wieder lange nichts. Wir wischten ein Loch in den Dunst der Fensterscheiben und starrten auf das Amtslokal. Drinnen, durch das gläserne Stück der geschlossenen Tür zu erspähen, glitten Schatten teils hin teils wider. Dann geschah etwas. Die Tür ging auf, und ein Mann mit Wetterfleck und Kapuze stapfte in die regenschwere Finsternis hinaus. Neuerdings Stille und Schattenspiel. Der junge Mann verriet Ungeduld im Ton seiner Bemerkung: «Mir scheint, die wollen uns hier übernachten lassen.» «Wie noch Postkutschen waren, wurden an der Grenze auch die Pferde gewechselt. Das muß noch viel mehr Zeit gebraucht haben», äußerte meine Reisekameradin, die immer eine tröstliche Relativität bei der Hand hat. «Aber sie verging rascher», sagte ich, «weil der Postillon dabei geblasen hat.» «Doch nicht in der Station, nur während der Fahrt.»

«Wann er wollte, das hing ganz von ihm ab.»

«Zu dumm so etwas», sagte die Reisekameradin. Die Erörterung wurde unterbrochen durch das Wiedererscheinen des Kapuzen-Manns. Mit ihm kam eine alte Frau, die verschlafen und mißmutig dreinsah. Wir ahnten sofort richtig, wer sie war: das Polizeiorgan für Leibesvisitation weiblicher Individuen. Mir tat das Organ leid. Muß ärgerlich sein, so aus dem besten Schlaf gerissen zu werden. Hoffentlich bekommt die Alte in diesem

Fall wenigstens erhöhtes Honorar, Nachttaxe. Ein recht unnatürliches Geschehnis übrigens, daß einer die Polizei aus dem Bett holt. In der Regel ist es umgekehrt. Und welche Caprice der Zusammenhänge, daß mitten in der Nacht eine Frau sich anziehen muß, damit eine andere sich ausziehen kann. «O je, o je», seufzte die Bäuerin, in Mitgefühl für das Opfer drin im Amtslokal. «Da gibt's gar kein O je», sagte die andere städtisch Gekleidete, «meine Schwester hat ein reines Gewissen.» «Und hoffentlich reine Wäsche» dachte (jede Wette, daß sie's dachte) meine Reisekameradin.

Die Rückkunft der Leibesvisitierten, beziehungsweise was sie über ihre Erlebnisse in der Baracke erzählte, verbreitete Enttäuschung im Omnibus. Sie schien auch selbst beschämt, daß man nichts Unerlaubtes bei ihr gefunden hatte, keine Dollars, kein Gold, kein Bröselchen Uranium. Ihrethalben mußten wir hier so lange festsitzen – und nun hatte sie uns so viel wie nichts zu bieten, kaum etwas Gemurre, ganz im allgemeinen, über Grenzschikanen. «Die wollen eben für ihr Geld etwas tun», meinte der junge Mann. «Oder was!» sagte die Ungeprüfte der zwei Schwestern, «es ist ihnen fad und so verschaffen sie sich ein bißchen Zerstreuung.»

Da erschien auch wieder Gevatter Wagenlenker. Kein Posthorn hing ihm von der Schulter. Er fuhr gleich mit Vollgas los, als wollte er die verlorene Zeit einholen, aber schon Minuten später hielt er wieder. Deutsche Grenze. Er kletterte von seinem Sitz und ging ins Amtsgebäude. «O je, o je», sagte, für jeden Fall, die Bauersfrau.

Gespräch über das Alter

Der Philosoph Anaxias, Zeit- und Ortsgenosse des Sokrates, hatte einen harten Tag des Lebens und Schreibens hinter sich und das Bedürfnis, ein wenig Bewegung zu machen. Durch die Straßen schlendernd kam er zu einem Platz, wo Ringer einen Schaukampf zum besten gaben. Anaxias blieb stehen und sah zu. Viel Volk hielt die niederen Mauervorsprünge der Häuser ringsum besetzt, und ein oder der andere stand auf, dem würdigen, weißhaarigen Herrn seinen Platz anzubieten.

«Danke, ich stehe lieber.»

«Nein doch», beharrte ein Anbieter. «Setz dich nur.»

«Warum soll ich mich denn durchaus setzen?»

«Nun hör einmal! Ein Mann in deinen Jahren?»

Darauf erwiderte Anaxias nichts, sondern ging weiter, weniger leichten Schrittes, als er vorher gegangen war. Auf dem Heimweg trat er in eine Schenke, und der Wirt, nach einem prüfenden Blick auf den Gast, brachte eine Kanne Zider an den Tisch. Anaxias schob das Gefäß von sich. «Keinen Apfelsaft. Wein!»

«Wie du willst», sagte der Wirt, «aber Zider ist gesünder für Leute deines Alters.» Den Dialog unterbrach der Eintritt Phlotions, eines Schülers des Philosophen. Er setzte sich zu dem Lehrer. «Du siehst ein bißchen müde aus, Anaxias. Fehlt dir etwas?»

«Nichts Besonders.»

«Du solltest dich mehr schonen. Ein Mann in deinen . . .»

«Fang du nicht auch noch damit an, Knabe», sagte Anaxias ärgerlich. «Meine Jahre würde ich nicht merken, wenn man mich nicht immerzu an sie erinnerte.

Mein Alter würde ich nicht spüren, wenn nicht die anderen darauf bestünden, daß ich es zu spüren habe.»

«Das geschieht doch nur aus Sorge um dich.»

«Schöne Sorge, die aufgezwungen wird, ob man sie braucht oder nicht! Glaubst du, es ist angenehm, wenn sich dir, sowie du Miene machst, von deinem Stuhl aufzustehen, eine ungebetene Hand unter die Achsel schiebt, nicht davon abzubringen, dein gemächliches Aufstehen in ein ungemächliches Aufgestandenwerden zu verwandeln? Laß dir sagen, keinen schlechteren Dienst kannst du einem Alten erweisen, als ihm zu Bewußtsein zu bringen, daß er einer ist. Erzähle ihm, ich bitte dich, nichts von seiner erstaunlichen Frische! Zwänge ihm kein Kissen unters Gesäß, wenn er lieber hart sitzt! Rate ihm nicht zu Grießpapp, wenn er auf Knoblauchwurst Lust hat! Vom ‹Druck der Jahre› würde mancher, der sie auf dem Buckel hat, weniger merken, wären die guten Nebenmenschen weniger beflissen, auf den Druck zu drücken. Aber mach etwas dagegen! Trägt einer die Last des Alters leicht, so halten das die Leute für einen unnatürlichen Zustand, für eine Illusion, aus der der arme Mann gerissen werden muß . . . wenn sie's nicht geradezu als ein ganz besonders bedenkliches Alterssymptom ansehen.»

«Nimm es nicht übel», sagte Phlotion, «aber . . .»

Anaxias winkte unwillig ab. «Unterbrich mich nicht, wenn ich im Zuge bin . . . Gewiß, der Spruch hat recht, der sagt: das Alter selbst ist eine Krankheit. Aber muß man sie den von ihr Befallenen bei jeder Gelegenheit zu Gemüt führen? Spricht man von einem, der mit den Nieren zu tun hat, konsequent als von einem Nierenleidenden? Oder von einem Phthisiker immer als: der

Schwindsüchtige . . .? Nein. Aber ist von einem Alten die Rede oder Schreibe, fehlt nie ein Prädikat, das ihn an seine Krankheit, das heißt an sein Alter, festnagelt: der Greis; der Betagte; der Hochbetagte; und was es an Kosenamen dieser Spezies sonst noch gibt. Wahrhaftig, mich wundert's, daß sie unsereinen mit ‹Guten Abend› grüßen und nicht mit ‹Guten Lebensabend›, damit man nur ja wisse, wo man hält. Ganz zu schweigen von dem perfiderstaunten ‹noch›, das unweigerlich in die Texte einfließt, mit denen zu Geburtstagen, Jubiläen oder dergleichen ein Alter bedacht wird. ‹Der alte Herr duscht sich noch jeden Morgen›; ‹der Hochbetagte ist noch ständiger Gast bei den Wagenrennen›; ‹der Greis trinkt noch seine zwei Kannen thrazischen Heurigen täglich›. Es liegt Vorwurf und Tadel in diesem scheinbar beifälligen ‹Noch›; als sollten die Alten gemahnt werden, sich vielleicht doch schon weniger in die Richtung: Leben, und lieber mehr in die Richtung: Tod zu orientieren . . . Aber was wolltest du vorhin sagen, Phlotion?»

«Ich wollte fragen, ob dich das viele Reden nicht anstrengt. Und möchtest du nicht eine Decke über die Beine? Hier kommt es kalt herein.»

«Höre», sagte Anaxias, «wenn du willst, daß wir Freunde bleiben, laß diese verdammten Faxen. Wenn mich das Reden anstrengt, höre ich damit auf, und daß frische Luft hereinkommt, ist mir angenehm . . . Gestern», setzte er seine Diatribe fort, «hatten wir eine junge Freundin meiner Frau zu Gast, und als sie sich zum Fortgehen fertigmachte, half ich ihr, ihren Himation in den richtigen fließenden Falten um die Schultern legen. Bezaubernde Schultern, wie von Phidias modelliert! Nachher sagte meine Chloe, die es, weiß Zeus, gut mit mir meint: ‹Willst du noch immer den Galanten spielen, du alter Esel?› Ihr Götter, wenn sie wüßte, was ich noch alles spielen wollte und könnte! Die Frauen, das ist ein besonders tragikomisches Kapitel in der Geschichte vom alten Mann. Traum und Sehnsucht, ihnen geltend, machen ihn – auch wenn er von der Ehe und ihren sittlichen Bindungen freigeblieben ist – machen ihn der Umwelt, merkt sie etwas davon, zum Gespött. Aus seinem Olymp muß Eros verschwinden! Hat er es noch mit der Liebe, inbegriffen, versteht sich, deren profane Regungen und Wünsche, so wird er zur lächerlichen Figur. Und zu einer abstoßenden überdies. Denn es gilt als etwas Unsauberes bei einem alten Mann, ein Mann zu sein. Ich sage dir, Phlotion, von mir verlangen, daß mich fraulicher Reiz und Zauber nicht mehr in Herz und Nerven treffen sollten, hieße von mir verlangen, bei lebendigem Leibe tot zu sein.» Als er so sprach, kam ein Glanz der Entzückung in seinen Blick, und ein Schimmer jugendlicher Schönheit breitete sich über sein unschönes, von tiefen Narben der Denk- und Lebensmühe zerrissenes Greisenantlitz; so daß Phlotion schon fragen wollte: «Hast du Fieber?» Aber er besann sich und schluckte die Frage hinunter.

«Noch eines, mein Sohn», sagte Anaxias lächelnd. «Wenn ich närrisches Zeug geredet habe, geschah es nicht mit Absicht. Wirr im Kopf nämlich wird der alte Mensch, ohne daß er dies wahrnimmt. Mit der Senilität ist es wie mit der Liebe: sie kommt und sie ist da. Und leider (oder soll ich sagen: den Göttern sei Dank?) liegt es in ihrem Wesen, daß sie dem, bei dem sie sich eingenistet hat, die Fähigkeit nimmt, ihre Anwesenheit zu bemerken.»

Damit erhob er sich und schritt, gefolgt von dem verwunderten Schüler, zum Ausgang der Schenke, wo Phlotion plötzlich schrie:

«Vorsicht, Anaxias, Stufe!»

«Hol dich der Teufel!» murmelte der Philosoph, über die Stufe stolpernd, was ihm ohne des Schülers Warnungsruf bestimmt nicht passiert wäre.

Brief an Ingrids Sohn

New York, Frühjahr 1951

LIEBER Renato Roberto Rossellini:

Meinen Brief hier, falls er Dich erreicht, wirst Du derzeit nicht zur Kenntnis nehmen können, weil Du noch nicht eingeweiht bist in die unheimliche Kunst des Lesens. Auch kaum Zeit dazu hättest. In der jetzigen Vor-Frühlings-Phase Deines Lebens bist Du vermutlich vollauf damit beschäftigt, durch Geschrei, achtlosen Stoffwechsel und dergleichen, der Welt, auf die Du gekommen bist, Deinen berechtigten Mißmut über sie zu bezeigen. Später einmal aber mag mein Brief dazu dienen, Dich über Umstände Deines Erden-Debuts zu unterrichten, die man Dir vielleicht wird verheimlichen wollen. Du bist nämlich ein «Kind der Liebe». Dieser märchenhaft schöne, aber abfällig gemeinte Name wird Kindern solcher Eltern beigelegt, die, einander lebhaft zugetan, aus dieser Zuneigung die natürlichen Konsequenzen gezogen und geraume Zeit nachher erst, wenn überhaupt, aufs Standesamt gegangen sind. Deshalb heißt aber ein Kind von Eltern, die es umgekehrt gemacht haben, nicht «ein Kind der

Gleichgültigkeit» (obschon in zahllosen Fällen es rechtens so heißen dürfte).

Du, Renato, hast unter ziemlich komplizierten Verhältnissen das Irrlicht der Welt erblickt. Deine Mutter nämlich war, als sie Dich bekam, einem andern Mann als Deinem Vater ehelich-gesetzlich verbunden; und überdies war sie eine berühmte Frau, also wurde ihr Privatleben von der Öffentlichkeit mit geführt. Diese Umstände bewirkten es, daß Du bei Deinem Eintritt ins Dasein empfangen wurdest wie ein Königssohn, bei dessen Geburt die Kanonen feuern. Nur waren in Deinem Falle die Kanonen nicht aus Stahl, sondern aus Zeitungspapier (aus welchem Material auch sehr tückische Mordwaffen hergestellt werden), und sie feuerten nicht Salut, sondern geradezu das Gegenteil, und sie waren nicht blind, sondern scharf geladen, und sie schossen nicht in die Luft, sondern zielten auf Deine Mutter.

Vielleicht wirst Du einmal, als Mann, durch Begabung und Leistung Aufsehen bei Deinen Zeitgenossen erregen – aber es wird Dir schwerfallen, jenes zu überbieten, das Du als Säugling bei ihnen erregt hast, als winziges Stückchen Mensch, sechseinhalb amerikanische Pfund alles in allem!

Ich hoffe, Du wirst Deiner Mutter die stürmische Affäre mit Signore Rossellini, deren Konsequenz Du bist, nicht übelnehmen. Nach Rechts- und Sprachgebrauch war, was sie da tat: ein Fehltritt. Alle Menschen, ausgenommen amerikanische Senatoren und Clubdamen, begehen einen solchen, oder sogar mehrere, im Lauf ihres Lebens, besonders in dessen Sexualbezirk. Ein amerikanischer Senator war es auch, der in öffentlicher Sitzung

Deine Mutter «a common mistress» und «an apostle of degradation» genannt hat. Aber glaube mir, das Fehlste an ihrem Fehltritt war, daß sie ihn mit trotziger Offenheit beging, nicht hinter der Lügen-Fassade, deren Aufrechterhaltung nach außen hin man von einem gut erzogenen Fehltreter verlangt; gleichsam als sittliche Forderung an die Unsittlichkeit.

Deine Mutter nun, wie gesagt, hat sehr freimütig ihre Liebe zu Deinem Vater, die stärker war als sie, bekannt. Und sie war nicht verlegen, sondern geradezu herausfordernd glücklich, als Du kamst, quiekender Kronzeuge ihrer Schuld. Vergiß das nicht, wenn Du über sie richtest.

Gut, daß Du von den häßlichen Reden, die ihr gelten, nichts hören und Dich darüber nicht kränken kannst. Könntest Du's, so würde ich zu einigem Trost Dir sagen: Gewiß, dem Sittsamkeits-Renommee Deiner Mutter hat ihr Absprung ins unerlaubte Freie geschadet – aber ihrem Talent wird es von Nutzen sein. Die Gefühls-Radikalität, die große, sich und andere nicht schonende Leidenschaft, die das Erlebnis mit Deinem Vater in ihr auslösten, werden ihrer Kunst zugute kommen. Um die Bühnen- und Filmgestalten Deiner Mutter nämlich, auch um die bestgeglückten, war immer ein Hauch von Kühlem. Ihr Spiel, auch wenn noch so affektgeladen, durchriß nie ganz das Brav-Bürgerliche, das ihnen anhaftete wie eine Haut, aus der sie nicht fahren konnten. Und die Hemmung, so schien es, lag nicht im Können, sondern tiefer, in der Natur der Ingrid Bergman: der echte, eingeborene trait passionné fehlte dort.

Jetzt, Renato, – im Ernstfall sozusagen – hat Deine Mutter bewiesen, daß er ihr keineswegs fehlt. Sie hat es bewiesen in einer gefährlichen, undankbaren, Publikumserfolg ausschließenden Rolle, die ihr das Leben schrieb; und in der sie überzeugend darstellte, was für wilde Dinge Liebe, die Himmelskraft, wenn sie der Fesseln sich entrafft, mit der Kreatur aufzuführen imstande ist, sogar mit einer kühlen Schwedin.

Darstellerin und Stück wurden ausgepfiffen, besonders dessen Pointe, Du. Sei trotzdem Deiner Mutter dankbar, Renato Roberto, daß sie Dir zu dem Abenteuer: Leben verholfen hat. Es ist ein Abenteuer mit unabweislich letalem Ausgang. Aber einmal zumindest, glaube ich, sollte es doch jeder mitmachen – obschon ich Dir nicht recht sagen könnte, warum.

In eigener Sache

Der Bruder

MEIN Bruder ist um einige Jahre älter als ich. In den Tagen der Kindheit benutzte er das, um mich zu tyrannisieren. Wir bekamen jeder ein Stück Torte auf unser gemeinsames Zimmer: er nahm, unter Gewaltanwendung, auch mein Stück und fraß es auf. Andern Tags erhielt er, strafweise, überhaupt keinen Kuchen. Vorher hatte er den Eltern ein bindendes Versprechen gegeben, mir meinen nicht wegzuessen. Das hielt er. Er begnügte sich damit, mein Kuchenstück zu packen und zum Hoffenster hinauszuwerfen.

So ein Mensch war er.

Gelegentlich prügelte er mich auch. Ich schwor mir selbst mit furchtbaren Eiden zu, ihm das, wenn ich größer wäre, zu vergelten. Ich hatte ein eigenes Notizbuch, in dem auf der Soll-Seite jeder Gewaltakt von ihm gegen mich, mit Datum und kurzer Schilderung der Tat, verzeichnet war. Das alles würde er dereinst zurückbekommen.

Mein Bruder ging nach Amerika. Viele Jahre sah ich ihn nicht wieder. Eines Tages erschien er mit seiner Frau, als amerikanischer Staatsbürger. Er trug einen Rock, der eigentlich eine Schachtel aus Tuch war, und viereckige Schuhe. Er lebte nobel, und wir ließen uns miteinander photographieren.

Dann fuhr er nach Paris, um sich späterhin in einem französischen Hafen einzuschiffen. Beim Abschied küßten wir uns.

Wie er aber weg war, tat es mir leid, daß ich mit

keinem Wort auf die durch ihn als Kind erlittene Unbill zurückgekommen war, und ich schrieb ihm sofort einen Expreßbrief nach Paris mit dem Ersuchen, mir tausend Franken zu leihen.

Er fragte, ohne sachlichen Briefinhalt, zurück, wie ich es nur übers Herz bringen konnte, ihm vor Verlassen des Erdteils noch zu einem so peinlichen Schlußeindruck seiner Europafahrt zu verhelfen?

Infolgedessen brach ich jede brüderliche und menschliche Beziehung mit ihm ab.

Und so vergingen Jahre, in denen ich gar nichts von ihm hörte.

Während des Krieges nun dachte ich manchmal an meinen Bruder. Insbesondere als die amerikanische Sache ganz akut wurde. Soviel ich ihn kenne, ist er ein leidenschaftlicher Amerikaner, trägt die Sterne und Streifen auf dem Hut, im Knopfloch, an der Uhrkette. Und sieht überhaupt dem Verfall Europas mit Genugtuung zu. Die letzten Eindrücke, die er von diesem Erdteil vor vier Jahren empfangen hat, waren auch zu peinlich gewesen!

Aber November 1917 erhielt ich, zu meiner großen Überraschung, von einer Bank im neutralen Ausland Geld ... über Auftrag aus New York!

Ich möchte nun gerne wissen, was für psychologische Wandlung in meinem Bruder ihm dieses erfreuliche Lebenszeichen abgenötigt hat.

Hat gerade das große Trennende die kleinen Zusammenhänge stärker akzentuiert?

War es die Sentimentalität eines Augenblicks?

Reue über die vor vierundzwanzig Jahren weggefressene Torte?

Da ich weiß, daß mein Bruder ein gescheiter Junge ist, so glaube ich: seine Sendung war nichts als ein Protest gegen die aufgezwungnen Feindschaften. Er wollte sagen: «Die Individuen sind gut miteinander. Nur die Staaten sind verfeindet.»

Er wollte sagen: «Glaube nicht, daß ich jetzt erst recht böse bin. Im Gegenteil: jetzt kommt mir das Ganze besonders lächerlich vor . . .»

Wir waren feindliche Brüder. Der Krieg hat uns zu brüderlichen Feinden gemacht: so deute ich die kleine Botschaft der neutralen Bank.

Es würde mich freuen, bald mehr von meinem Bruder zu hören.

Jugend

ZUFALL führte durch die alten Straßen, seit den Tagen der Kindheit nicht mehr begangen. Sie sind arm und häßlich wie vor Jahrzehnten und erfüllt von der gleichen quälenden Geschäftigkeit. Kleinheit, Unmusik, Stumpfsinn der Daseinsmüh' spiegelt sich in ihr. Vielleicht beobachtet eben ein braves Gottkind das Geracker – wie wir den Insekten zusehen im Gräserwald –, und sein Präzeptor sagt ihm: Gehe hin zum Menschen und lerne! All dieser Straßen und Schauplätze frühesten Erlebens hatte ich längst nicht mehr gedacht. Nun steigen mit den alten Kulissen aus Versenkungen des Hirns Szenen und Figuren wieder auf, Klang und Geruch, Stimmen, Gesichter. Tote Welt, blaß hineinschattiert in die lebendige Straße, wird offenbar.

Da ist der alte Kaufmannsladen, und noch steht der

Name des Besitzers, der Besitzer war zu meiner Zeit, auf dem Schilde, nur mit einem beigepinselten «vormals». Mir fällt ein, daß mein Bruder in diesem Laden aus Wut über elterliche Verweigerung irgendwelchen Wunsches tückisch den Hahn des Petroleumfasses aufgedreht hatte. Es brach Feindschaft aus zwischen dem Kaufmann und meinem Vater, der Schadenersatz leisten mußte. Beide sind längst tot und wohl schon wieder versöhnt. Der Kommis hatte das Gesicht voll Blatternarben und hieß Heinrich. Ich sehe ihn die Brotlaibe von dem Wagen abladen, auf dessen Trittbrett hinten ein Stück mitzufahren meine große Passion war. Die Brotlaibe hatten in der Mitte eine Einbuchtung wie ein Nabel und glänzten roßkastanienbraun. Der Kaufmann kaufte alte Zeitungen, vier Heller gab er für das Kilo oder den Gegenwert in Äpfeln.

Äpfel ... Gibt es noch den Kaufmannsladen in der Straße?

Nein, den Laden gibt es nicht mehr, aber die Straße zieht, obgleich es ein winterlicher Tag ist, sogleich Sommergefühl aus der Erinnerung: verfaultes Obst, Hitze und säuerlicher Geruch der Gärung und Fliegen und Melonenschalen in der Straßenrinne. Viele Tröge mit zerquetschten Kirschen, Riesenkörbe voll Aprikosen, die alle eine kranke Wange hatten, Stachelbeeren, denen Teile der Eingeweide außen an der Hülle klebten. Alles so ekelhaft billig, lästig, unter jedem Wert, voll verschämten Bewußtseins, daß es eigentlich weggeschüttet gehöre, mißmutig-verlegen in die Rolle einer Ware sich schickend. Ich stehe in der winterstarren Straße und bekomme Sommerbauchweh. An der Ecke ist noch das Haus, wo mein Vater die Klavierschule hatte. Ich sehe zu den Fenstern hinauf, und leises Mißbehagen beunruhigt das Rückenmark. Irgendwas Widriges, Unkompensiertes, Offenes meldet sich. Plötzlich ist es da: Schulschlußfeier, bei der mein Bruder und ich vierhändig die «Don Juan»-Ouvertüre spielten. Ich wollte heute noch, ich könnte es ungeschehen machen. Warum mußte ich damals so kläglich patzen, warum? Mein Herz fragt wieder die vergessene Frage und schmeckt die alte Bitterkeit. Armer Vater! Wenn wir, er im Nebenzimmer, übten, hörte er die falschen Fingersätze und rief die Korrekturen hinein. Ich führte unterm Klavier mit meinem Bruder erbitterte Fußkämpfe ums Pedal. O wie ich ihn haßte! Ich hätte ihm nicht nachgeben, sondern ihn schlagen sollen. Aber so fing es an . . . und so blieb sie, die Beziehung zum Bruder und zum Bruder Mensch. Meine Arme sind lahm von nicht versetzten Schlägen. Ungegebene Prügel klagen geisterhaft im Blute. Die Mutter pflegte, war Zank zwischen den Kindern, jedem heimlich zu sagen: Der Gescheitere gibt nach. Mein Bruder, der der Gescheitere war, verzichtete darauf, es zu sein, und behielt recht.

Auch das Durchhaus mit den drei viereckigen Höfen steht noch. Es war dort eine Fabrik oder Niederlage von Spirituosen und immer ein mildscharfer, wohliger, essenzieller Geruch von gebrannten Wässern, ein Geist, der mit ausgespannten, durchsichtigen Flügeln sich schwebend hielt über den drei viereckigen Höfen. Dieser Geruch war eine der stärksten Erlebnistatsachen meiner Kindheit, stärker als Haß und Liebe. Aber warum es so war, kann ich nicht sagen. Jetzt riecht das Vorstadthaus ganz gemein nach Vorstadthaus. In Wehmut denke ich des verstorbenen Duftes. Bis auf die feinste Nuance kann ich ihn in der Nase erinnern.

Und da ist das Gymnasium. Ich gehe durch das höllische Tor. Mit größter Heftigkeit, mit beiden Füßen sozusagen, springt der Name des Schuldieners ins Gedächtnis: Kunschner! Nicht wenn es das Leben gegolten hätte, wär' er mir alle die Jahre hindurch eingefallen. Gesichter, Bärte, Augengläser und, sonderbarerweise, Unterschriften von Professoren erscheinen halb und durcheinander, wie auf einem futuristischen Bild. Da ist die kleine Freitreppe, drei Stockwerke hoch, und ich entsinne mich der Sensation, die es bei uns Schülern machte, als wir einmal den Katecheten mit dem jüdischen Religionslehrer in trautem ernsten Gespräch, haltmachend nach jedem zweiten Schritt, die Stufen hinaufsteigen sahen. Gefühlsbetont war die Sensation freilich nur bei den Juden. Im ersten Stock haftet der Blick parsifalisch gebannt lange an der Türaufschrift: Lehrmittelkabinett. Freundlich-schlimme Magie wirkt aus dem Wort. Auch aus der Aufschrift «Sprechzimmer» weht ein erregendes Fluid. Ich möchte hineingehen und mich nach den Lernerfolgen eines Schülers erkundigen. Ob ich die Antwort bekäme: «Der Junge könnte ja, wenn er nur wollte!»? Eigentlich nimmt meine Seele das Wiedersehen mit der Schule in Wurschtigkeit hin. Auch ein Abstecher ins Klosett, liebe Erinnerung an manche Viertelstunde sabotierter Unterrichtszeit weckend, vermag daran nicht viel zu ändern.

Wie ich den Bezirk der alten Straßen verlasse, habe ich so ein gewisses leeres Gefühl. Sympathetische Schrift der Vergangenheit, für Minuten heraufentwickelt, blaßt wieder zurück in ihre Unsichtbarkeit. Dies ist Gesetz: Alter Text muß versickern ins Papier, auf das er geschrieben ward. Zum Ende ist das Papier so leer wie zum Anfang.

Immerhin werde ich jetzt bis zu meiner Tage letztem nicht vergessen, wie der Schuldiener geheißen hat. Er hieß Kutscher. Oder Kürschner? Küttner? Ach Gott, wie hieß er denn nur?

Der junge Großmann

STEFAN Großmann wurde geboren am 18. Mai des Jahres 1875 – zwei Jahre nach dem großen Börsenkrach und zweihundert Jahre vor dem Anschluß Österreichs an Deutschland – zu Wien, wenn ich nicht irre, in der Zirkusgasse. Das ist eine Gasse des Bezirkes Leopoldstadt, die, auch heute noch, hinter dem altberühmten Carltheater verläuft und ihren Namen dem «Zirkus Renz» dankt, in dem Großmann jene ersten hippischen Eindrücke aufnahm, die dann für sein ganzes späteres Leben so gar keine Bedeutung hatten. Stärker dürften die Impressionen, die Stefan von der benachbarten Schrotgießergasse empfing, auf sein kindliches Gemüt eingewirkt haben. Er lernte dort «die Frau im Fenster» kennen, und seinem Ohr erklang das Sirenenlied, das, ungleich den Sirenen selbst, nie veraltet, und für die, denen es aus der Kehle dringt, Lied ist, das kärglich lohnet. Wie sieht sie heute aus, die Schrotgießergasse! Nur mehr ganz wenige Häuschen alten Stils, zwischen Zinskolossen fast zerquetscht, zeugen noch von traulicher Vergangenheit, nicht mehr durchsummt zart-vielstimmiges «Pst Pst» den Frühlingsabend, und hinter den Fenstern, an denen Irma ihre Topfhyazinthen begoß und Pauline, die schwarzhaarige, mit zerbrochenem Kamm entfesselte Locken vor dem Glasscherben strählte, falliert jetzt langsam das Bankhaus Pollitzer. Ach, du goldene Jugendzeit!

Meine Wiege schaukelte nicht weit von Stefans Wiege, und die gleiche Stadtgegend, in der er aufwuchs, war auch meiner Knaben- und Jünglingszeit Kulisse. (Ob ich jemals Jüngling gewesen, könnte ich allerdings nicht mit Bestimmtheit sagen; diese Lebensperiode habe ich, scheint mir, übersprungen.) Sehr lebhaft erinnere ich mich an Moriz Lustigs rituelle Selcherei, in der mein Onkel, Philipp hieß er, ein alter pensionierter Versicherungsbeamter, freiwillig und ohne Lohn hinterm Ladentisch aushalf. Solche Männer gab es in meiner Familie. Gewiß hat auch Stefan bei Lustigs verkehrt und dort das Würzige, Schmackhafte sich einverleibt, das dann später in seiner Schriftstellerei als Geist und Stil manifest wurde. Weiß man denn, wovon man fett wird? Auch das Carltheater darf der Biograph wohl zu den Lokalitäten zählen, die den jungen Großmann beeinflußten. Sein Weg führte notwendigerweise immer ums Theater herum, am Theater vorbei, und das ist seinem Weg, wo und wie immer der seither sich wand, geblieben.

Als ich Stefan kennenlernte – dreiunddreißig Jahre sind es her, dreiunddreißig Jahre währt die Freundschaft schon –, trug er ein Paar weite weiße Hosen, rechte Arbeitshosen, nur daß sie eben weiß waren. Sie müssen irgendwie charakteristisch für ihn gewesen sein, denn sie hängen in der Garderobe meiner Erinnerung, Fach Großmann, als repräsentatives Stück. In der Tat war Stefan stets ein Arbeiter, wenn auch im Geiste, und so durften seine Hosen Werkhosen sein und doch weiß. Er hatte, als wir zum erstenmal auf der promenade de la vie – sie war damals noch nicht so voll Staub und Dreck wie heute – einander begegneten, das Aussehen eines intellektuellen Handwerksburschen. Stark und verträumt, ein empfindsamer fester Kerl, dem ein goldnes jüdisches Herz an eiserne gojische Rippen schlug, ganz schon ein Mann und noch ganz ein Junge, schwer und doch voll geheimer Beweglichkeit, und in dieser inneren Mobilität so behindert wie beschützt durch seine Schwere, mit großen dunklen Augen und ebensolchen Händen, einer schönen Stirn und einer Fülle braunen Haars. Das hat er noch heute – denn wen die Götter lieben, bei dem heißt es: Tugend vergeht, Jugend besteht –, und indes mir, dem fast gleichaltrigen, schon die Alpakalocke über die Schläfe wallt, braucht er sich wegen grauen Haars noch kein graues Haar wachsen zu lassen. Ja, wie gesagt, er war stets Arbeiter. Er hat nie gespielt, außer mit mancherlei Ernst, und nie Zeit vergeudet, außer um was zu tun, und wenn er manchmal sich scheinbar in den Müßiggang entfernt, so ist das nur ein Distanz-Schaffen für den Anlauf zu neuem Sprung.

Er imponierte mir schon damals sehr und er tut das in unvermindertem Maß noch heute. Es ging und geht in sein Leben so viel hinein! So viel Liebe und Haß, Freund- und Feindschaft, Wollen und Können, so viel Weltanschauung, Bekenntnis und anderer Sport, so viel Kampf und Idyll, Glauben und Skepsis, Güte und Bosheit, der ganze Kurfürstendamm, die Schrotgießergasse und viele Wege zu Gott!

Von seinem Talent rede ich nicht, denn das versteht sich bei uns Leopoldstädtern von selbst. Aber er hat was Besseres als Talent, nämlich Kraft und Lust an der Kraft. Es macht ihm Freude, seine Spur im Sande zu ziehen, obzwar er ja genau weiß, daß Abend kommt und Flut, die alle Spur verwischt. Er liebt das Leben und wird von ihm geliebt, und heute begreif' ich es, daß ihn damals, obzwar er zu jener Zeit Anarchist war und aussah wie ein Schlosserlehrling der Literatur, daß ihn damals die wunderschöne Baronesse B. einem feinen Jüngling wie mir vorzog. Als ihre Mutter ins Kaffeehaus kam und sie von Stefans Seite riß, sprach die Süße das geflügelte Wort: «Mama, die Jugend steht hinter mir!» Sie bekam daraufhin zwei Ohrfeigen, aber das hat sie nicht gehindert, bald hernach, in München, sich schriftstellerisch zu betätigen.

Nur scheinbar stört es die Reinheit dieser erinnernden Betrachtung, wenn in das Bild des jungen Großmann, wie ich ihn sah, unwillkürlich auch Züge des heutigen Großmann einfließen (etwa wie die Bilder im Film, wenn Vision sein soll). Denn der fünfzigjährige Stefan ist, in allem Wesentlichen, mit dem zwanzigjährigen so identisch, daß jemand, der, wie ich, beide Auflagen kennt, nur staunend rufen kann: «Nein, wie die Zeit nicht vergeht!» Man dürfte eine Festansprache an unseren Freund ohne alle Schmeichelei mit den Worten beginnen: «Zum dreißigsten Male, lieber Stefan, begehst Du heute Deinen zwanzigsten Geburtstag.» Denn ich versichere Euch, er ist genau der, der er im Jahre 1895 war, als er die weiten, weißen Hosen trug, die tapfere «Zukunft» herausgab, um Theater und Liebe warb, aus vollem Herzen und vollen Lungen Politik trieb, Novellen und Stücke dichtete und der wunderschönen Baronesse B. Grinzinger Weinlaub ins Haar flocht. Fest in seinem Selbst verankert gleich dem Baum in seiner Wurzelerde, ändert er sich, wie dieser, gar nicht, entfaltet sich nur, hat mehr Blätter bekommen, das «Tage-Buch» und den

«Montag Morgen», steht in allen Stürmen und gibt den Seinen Frucht und Schatten.

Aber darüber will ich nicht sprechen, denn das schlägt schon mehr ins Ressort des geistlichen Festredners.

Interview

Ich bin interviewt worden, zum erstenmal im Leben und überraschenderweise. Der Mann, dem die seltsame Laune angekommen war, sich in mir ein bißchen umzusehen und mich als Führer durch mich zu benützen, ist eine höhere geistige Potenz, als ich es bin. Das erschwerte den Fall.

Ich kam mir vor wie ein betrügerischer Kassierer, während seine Kasse skontriert wird. «Was haben Sie an exakten Meinungen im Hirn? Zeigen Sie uns Ihre philosophischen Barbestände! Lassen Sie mal Ihr Goethe-Kontokorrent sehen! Es müssen ja auch Zinsen da sein des Verkehrs mit bedeutenden Zeitgenossen? Und die geistigen Einnahmen aus der Antike, was ist's mit denen, he? . . .»

Er stellte ganz präzise Fragen. Und bei mir ist doch eine Unordnung, ein Durcheinander, eine Sauwirtschaft! Mußte vor dem Herren schamrot werden.

Der seelische Zustand, in den ein solches Interview versetzt, ist analog dem körperlichen, der sich einstellt, wenn man künstlich zum Erbrechen gereizt wird.

Ach, jeder ist sich selbst der Fernste! Bei der plötzlichen Prüfung erfuhr ich das, sah betroffen, daß ich über mich gar nichts weiß, außer vielleicht so bißchen was, das mir durch Tratsch zu Ohren gekommen ist. Aber ist auf den was zu geben? Gezwungen, einem Spaziergänger durch meine Landschaft den Führer zu machen, merke ich konsterniert, daß ich mich gar nicht auskenne, weiß nicht die geringste klare Auskunft zu geben über Lage, Genesis, Geschichte der durchwanderten Örtlichkeiten, sehe nur Nebel und vor lauter Nebel nirgendwo eine deutliche Kontur. Alles fließt und verschwimmt.

Ich lebte still und friedlich, bis der Interviewer kam. Seine Fragen enthüllten meine schauerliche Ahnungslosigkeit in puncto ich, und wie der Meyrinksche Tausendfüßler sich nicht mehr vom Fleck rühren konnte, als ihm die Tausendzahl seiner Füße zu Bewußtsein kam, so ging mir alle innere Balance verloren, als ich der tausend Sicherheiten bewußt wurde, die ich nicht habe. In den eigenen Abgrund gestürzt. Oder: Verirrt in sich selbst. Oder: Schreckliches Erwachen eines Tagwandlers.

Vielleicht, wenn ich vorher präpariert hätte. Aber das Interview kam so überraschend wie ein Erdstoß, offenbarend die Lockerheit der Fundamente, den oberflächlichen Verputz, die Beiläufigkeit und Brüchigkeit meines geistigen Hauses. Keine Wand, daran zu lehnen, kein Stück Boden, das sicher trüge!

«Grundsätzliches Ihrer Weltanschauung, bitte.» Es kam mir dunkel vor, als hätte ich so was gehabt, aber wo jetzt in der Eile suchen? (Und überhaupt ist eine verräumte Weltanschauung so gut wie keine.) «Frau Nowak, wissen Sie vielleicht . . .?» Die brave Wirtschafterin, die doch sonst mein Inventar in ausgezeichneter Ordnung hält, wedelte nur hilflos mit dem Staubtuch.

Wenn er mich doch etwas fragen wollte, worauf ich, als Ertrag langer Empirie und bohrenden Nachdenkens, sichere Antwort in mir wüßte! Zum Beispiel, ob ich an

Sodbrennen leide. Oder an Psychoanalyse. Oder ob ich glaube, daß der Mensch monogam sei. Aber an solche Probleme, über die ja der Gebildete, will er nicht auf Schritt und Tritt in was hineintreten, sich sonnenklar sein muß, tippte er mit keiner Frage. Und ich konnte doch nicht antworten im Stil des kleinen Ploetz: «Die derzeitige deutsche Dramatik halte ich entschieden für derzeitig, aber der Mensch ist nicht monogam.»

Oder: «Der Einfluß der Lektüre auf das Individuum hängt von beiden ab, aber der Schriftsteller hat leider einen Bleistift.»

Ich bin gegen Interviews. Sie stürzen die Seele in das bodenlose Defizit, über dem sie bisher sorglos geschwebt hat, und rauben ihr alle kommerzielle Unbefangenheit. Du fühlst dich wie auseinandergenommen und nicht mehr zusammenzusetzen, aufgetan, abgetan.

Und dir ist so zu Unmute, daß du in den Spiegel spucken möchtest.

Die kleine Form

(quasi ein Vorwort)

MEIN Buch: «An den Rand geschrieben», kleine Erzählungen und Studien, hat sehr nachsichtige Beurteiler gefunden. Doch war der Titel nicht glücklich gewählt. Er regte manche an, aus der Bescheidenheit des Namens, den das Buch führt, auf Bescheidenheit des Inhalts zu schließen, andere wieder brachte er auf den zierlichen Einfall, daß meine Literatur, schriebe ich sie an den Rand, eben dort stünde, wo sie hingehört. Mit dem

Schlagwort, das den Lesern der Titel in die Hand gab, schlugen sie mich, und das Stichwort, das er ihnen brachte, versetzten sie mir. Auch kamen, von der Wendung «an den Rand geschrieben» herbeigelockt, viele kränkende Assoziationen zugelaufen, wie: unscheinbar, nebensächlich, fern vom Kern, Notizen, Notizchen, Brosamen (süddeutsch: Brösel), Randleisten, Randschnörkel. Kurz, es lebte sich kritisch, auf meine Kosten, bequem vom Rand in den Mund; und ich lernte es sehr bedauern, daß ich dem Rat guter Freunde nicht gefolgt und mein Buch nicht «Die silberne Glocke» oder «Gewölk im Südsüdnord» oder schlechtweg «Silpelith rudert über die Erlen» betitelt habe.

Durch Erfahrung gebeugt aber auch gewitzigt, nenne ich den hier vorliegenden zweiten Band: «Orchester von oben». Da kann mir keiner was tun. Da werden die Beurteiler, wenn sie sich dran machen, genötigt sein, vom Inhalt, nicht vom Titel her zu urteilen, und wenn sie stechen wollen, dies wollen, dies mit ihrer eignen, nicht mit meiner Spitze zu tun.

Verderblicher noch als der Titel wurde den unter ihm zusammengelegten Arbeiten *die kleine Form*, in die sie gefaßt sind. Meine armen Erzählungen bekamen es zu fühlen, daß zehn Seiten bedruckten Papiers, auf eine richtiggehende Waage gelegt (gleiche Stärke und gleicher Umfang des Papiers angenommen), entschieden weniger wiegen als tausend. Mühelos sprang in den Wertungen meines Buchs sein Leichtgewicht aus dem Materiellen ins Geistige, aus dem Unmetaphorischen ins Metaphorische über, und Lektüre, zu der man fünf Minuten braucht, legte den kritischen (wenn man so sagen darf) Gedanken nahe: Lektüre, wenn man was für fünf Minuten braucht. Als Stunden, meistens hieß es «Stündchen», in die mein Buch tauge, wurden angegeben: das Stündchen nach dem Mittagessen. Das nach dem Abendessen. Das vor dem Einschlafen. Das in der Straßenbahn. Das verregnete Ferial-Stündchen. Als Orte, wo das Buch gut zu lesen wäre, wurden erkannt: die Sitzgelegenheiten um den winterlichen Kamin. Die sommerliche Wiese. Das Kanapee, die Ottomane, die Hängematte, der Fauteuil, die Chaiselongue, das Sofa. Als Position, die beim Lesen einzunehmen wäre: jede lässige, bequeme, entspannte.

Obwohl mich so mein konsequentes, mit mancher Qual verknüpftes schriftstellerisches Bemühen, aus hundert Zeilen zehn zu machen, zum Autor für Nachspeise- und Vorschlummerstündchen herabgesetzt hat, obwohl ich bittere Phantasien wälze, wie, hätte ich's umgekehrt versucht und hundert Zeilen immer zu tausend zerrieben und zerschrieben, wie ich also dann vielleicht dastünde, eingesenkt in den Fettnapf der Anerkennung, den ganzen Tag mit Honorare quittieren und Autogramme geben reizvoll beschäftigt, im Besitz eines Motorboots, eines goldenen Füllfederhalters und zweier schottischer Schäferhunde, denen ich die Namen der Helden meines berühmtesten Romans gäbe, nicht übergangen von den Rundfragen der Journale: Welches ist Ihre liebste Süßspeise? Was und vor allem warum arbeiten Sie?, abgebildet in der Illustrierten Zeitung und von Schwärmen süßer Frauen begehrlich umflattert ..., will ich doch keineswegs behaupten, daß meinen Büchern Unrecht geschehe, wenn man sie als Bagatelle behandelt. Die so tun, werden schon wissen, warum, und ihre Meinung, sogar die falsche, gut und schön zu begründen imstande sein (was ja ein Haupt-Reiz und -Spaß des kritischen

Metiers ist). Ich bin mir überdies wohl bewußt, daß auch in einer Geschichte von geringem Umfang gar nichts stehen und daß die kleine Form ganz gut ein Not-Effekt des kurzen Atems sein kann. Aber ich möchte für diese kleine Form, hätte ich nur hierzu das nötige Pathos, mit sehr großen Worten eintreten: denn ich glaube, daß sie der Spannung und dem Bedürfnis der Zeit gemäß ist, gemäßer jedenfalls, als, wie eine flache Analogie vermuten mag, geschriebene Wolkenkratzer es sind. Ich halte episodische Kürze für durchaus angemessen der Rolle, die heute der Schriftstellerei zukommt. Außer Debatte bleibt ja das Wunder des großen Werks, bleibt die Berechtigung der tausend Druckseiten für eine Vision, deren ideelles Riesenmaß in geringerem Raum nicht Erscheinung werden könnte. Aber wie wenige sind unter uns Schreibenden, die eine solche Genie-Portion an Raum beanspruchen dürften. Wer von Erzählern und Betrachtern hat so Großes zu sagen, daß er sich unmöglich kürzer fassen könnte, als er tut? Wo ist der Geist, dem gemeine Welt, sich ihm verbindend, so Wichtig-Neues von ihrem Chemismus offenbarte, daß solche Offenbarung zu fixieren die knappste Form und Formel nicht genügte? Ich meine, es müssen schon säkulare Gedanken, Welt-Gesichte von besonderster Klarheit und Tiefe, eine mehr als großartige Phantasie sein, für deren Unterkunft die Architektur etwa des Romans bemüht werden dürfte. Geringeres in dieser hohen Form scheint so lächerlich wie trautes Heim im Monumentalbau.

Das Leben ist zu kurz für lange Literatur, zu flüchtig für verweilendes Schildern und Betrachten, zu psychopathisch für Psychologie, zu romanhaft für Romane, zu rasch verfallen der Gärung und Zersetzung, als daß es sich in langen und breiten Büchern lang und breit bewahren ließe. Daß die Schriftsteller Zeit finden, weitläufig zu schreiben, kann ich zur Not verstehen: der Dämon treibt, Fülle drängt sie, der gewaltige Strom gräbt sich sein gewaltiges Bett. Da kann man nichts machen. Aber daß Menschen dieser tobenden, von nie erlittenen Wehen geschüttelten Epoche Ruhe und Zeit, innere Zeit, finden, weitläufig zu lesen, ist mir ein rechtes Mirakel. Ein großes Beben wirft um, was steht, versenkt das sicher Gegründete, treibt neuen Erdgrund hoch: wie vermessen, auf solchem Boden schwer und massiv zu bauen! Ewigkeiten erweisen sich als zeitlich, die solidesten Götter als Götzen, alle Anker sind gelichtet, kein Mensch weiß, wohin die Reise geht, aber daß sie geht und wie sausend rasch sie geht, spüren wir am Schwindel: wer wollte da mit überflüssigem Gepäck beladen sein? Ballast ist auszuwerfen – und was alles entpuppt sich nicht als Ballast? –, kürzeste Linie von Punkt zu Punkt heißt das Gebot der fliehenden Stunde.

Auch das ästhetische. «Schöne Literatur» mit geschwollnem Wanst ist ein Widerspruch im Beiwort.

Geburtstag

MEIN fünfzigster Geburtstag, der jetzt sozusagen gefeiert wurde, war gar nicht mein fünfzigster Geburtstag. Und das war das Feine an ihm. Ich kann nichts für den Irrtum, doch hab' ich ihm allerdings auch nicht widersprochen, denn man soll die Feste nicht nur feiern, wie sie fallen, sondern sie auch fallen lassen, wie sie gefeiert werden. Schließlich muß ein Schriftsteller ja nicht gerade durch zehn teilbar sein, um dem Gedächtnis der Mitwelt angenehm aufzustoßen. Das wäre traurig, wenn das einzige System, nach dem unsereins in die Tagesgeschichte kommen könnte, das Dezimalsystem wäre.

Ich beging also den fünfzigsten Geburtstag, der es nicht war, in der guten Stimmung eines Zuschauers, den das Ganze nichts angeht, eines Mannes, der über der Situation steht, in der er sich befindet. Ich schritt als Freudtragender hinter meiner Wiege, so wunderlich unbeteiligt-teilnehmenden Gemüts, wie es ein Leidtragender hinter seinem Sarge haben mag.

Es war ein herrlich schöner, sommerlicher Herbsttag, an dem mein Geburtsbegängnis stattfand. Überall standen die Fenster offen, die Menschen stellten ihr Herz in die Sonne, wie man Topfblumen in den Regen stellt, das gelbe Laub der Bäume schien in goldener Laune und dachte nicht ans Hinunterfallen, die Paviane im Zoologischen Garten waren noch aufgeregter und verliebter als sonst, auf der Straße herrschte ein lebhafter, geradezu herzlicher Verkehr, und die Männer, die ihn regelten, strahlten eine solche Freundlichkeit aus, daß auf ihren gestreckten Arm sich die scheuen Waldvöglein gesetzt hätten, wenn es solche in Berlin gäbe.

In dieser Stadt nämlich verbrachte ich den besonderen Tag, in dieser oxygenialen, so gar nicht anziehenden, vielmehr, schon infolge ihrer heftigen Bewegung, zentrifugal wirkenden, jeden durch ihren Luftdruck an sein Geschäft und seine Arbeit pressenden Stadt, die so groß ist, daß man bequem aus ihr in sie verreisen kann, in der das Leben wirklich strömt und deshalb, sogar wenn es von Wienern geführt wird, keine Tendenz zur Sumpfbildung zeigt. Berlin hat doppelt so viel Einwohner und zehnmal so viel Menschen als Wien, es ist nicht hold und anmutig wie meine weiche Heimat, aber wenn ich seine Luft lange nicht geatmet habe, bekomme ich rechtes Fremdweh nach der harten Stadt, ein Verlangen, wie man es oft an der Seite der heiß Geliebten nach dem kühleren Freunde verspürt. Kurz, Berlin ist eine Gegend, in der es einem, glaube ich, nicht so leicht widerfahren kann, daß man fünfzig Jahre alt ist, ohne sie gelebt zu haben, daß man plötzlich von der Mitteilung geweckt wird: «Hallo! Fünfzig Jahre sind um!» und darauf nur bestürzt erwidern kann, «da muß ich rein verschlafen haben».

Die Leute waren sehr nett zu mir an meinem Feiertag und ließen, gutherzig, mich nicht fühlen, was ich fühlte. Ich bekam auch Gratulationen, größtenteils von alten Herren. Ihre Glückwünsche hatten einen seltsamen Unterton, wie wenn ich, «Grüß Gott, tritt ein!», irgendwo als Zuwachs empfangen, mit bittersüßer, ein wenig schadenfroher Freundlichkeit aufgenommen würde in eine Sekte, die schon lange auf mich gewartet hätte. So: «Ja, wer kommt denn da?!»

Ein Humorist, der in diesen ernsten Zeiten nichts mehr zu lachen hat, schrieb mir: «Soll ich Ihnen Glück wünschen zum Eintritt in die zweiten Fünfzig? Oder dazu, daß Sie die ersten überstanden haben?» Von der schönen L. D. aber empfing ich eine Ananas. Was bedeutet dieses Obst?

Auch mehrere Zeitungen nahmen von dem Tag Notizchen. Nur zwei solcher Würdigungen der bisherigen Dauer meines Erdenwandels kamen mir zu Gesicht, eine sehr konzise, die mir für jedes Jahrzehnt eine Zeile widmete, und eine ausführlichere, die mit warmen, innigen

Worten Talent und Geist eines verstorbenen Kameraden pries. Auch jene zu meinem Geburtstag erschallten (oder heißt es: erschollenen?) Zeitungsstimmen, die ich nicht gehört habe, dürften wohl freundlich geklungen und keine Gemeinheiten enthalten haben, sonst hätte man sie mir ja zugeschickt. Die lebensgetreue Zeichnung meines Antlitzes zum Beispiel, die der «Tag» veröffentlicht hat, wurde mir dreiundzwanzigmal übersandt.

Ja, was ich noch sagen wollte: Durchaus imstande, jedem, der sich meines Geburtstags erinnert hat, einzeln zu danken, tue ich dies hiermit nicht auf diesem Wege.

Wie soll Ihr Nekrolog aussehen?

HOCHBETAGT, friedvoll, unverheiratet und lebenssatt ist er gestorben, in den Armen seiner entzückenden jungen Freundin, deren Eifersucht ihn nicht abhalten konnte, aus seiner unerschöpflichen Zärtlichkeit auch an viele andere bezaubernde Frauen zu verschenken, die nach ihm begehrten. Wer den Hingeschiedenen an seinem 90. Geburtstage – es ist kaum ein paar Jahre her – bei dem Skispringen in Nordensholm gesehen hat, kann es gar nicht glauben, daß er nun schon auf der Bahre liegt! Er schlief schmerzlos hinüber, allein kraft des eigenen Willens und Wunsches, weil es ihm schon langweilig war, immer wieder morgens aufzustehen, sich die Zähne zu putzen, zu waschen, ein Kleid anzuziehen und im dialektischen Labyrinth des Daseins noch und immer noch ein paar nutzlose, nie zu einem Ausgang führende Schritte zu stolpern. Wir versagen es uns, das Genie und die Arbeit dieses glänzenden, einzigartigen, wahrhaft überlegenen Mannes zu rühmen, weil wir wissen, wie unendlich geringschätzig er über Ruhm, Nachruhm, Lob und Anerkennung dachte, und daß die einzige Meinung, an der ihm zeit seines Lebens etwas gelegen, die war, die er selbst von sich hatte. Obgleich das gerade Gegenteil von besitzgierig, hatte er mit seinen Schriften nicht nur den gewaltigsten moralischen, sondern auch einen ganz großen materiellen Erfolg. So flossen ihm z. B., wie wir allen Aufzeichnungen des Verlages Rowohlt entnehmen, aus diesem Verlag allein im Frühjahr 1927 Summen zu, die hinreichten, ihm für lange Zeit eine seigneurale Lebensführung zu gestatten. Durch das so beklagenswert frühe Hinscheiden des großen Schriftstellers bleibt die Revue, die er vor ein paar Jahrzehnten mit Dr. Tucholsky zu schreiben unternommen hatte, ein Torso.

Vorleser

WAS ein Scheffel ist, weiß ich nicht, aber daß ich, als Vorleser von Selbst-Geschriebenem, mein Licht unter ihn stelle, weiß ich.

(Einen Augenblick! Im Begriff, meine Erfahrungen als Vorleser zu Papier zu bringen – zu Papier bringen: was für eine sinnreich-boshafte, auf Makulatur anspielende Ironie der Sprache! –, merke ich, daß solcher Bericht von dem Pronomen «ich» ganz durchspickt sein müßte. Nun ist «ich» aber ein empfindliches Wort, man soll es nur sparsam in die Feder nehmen; die alten Lateiner, so selbstbewußt sie waren, vermieden überhaupt, sich seiner zu bedienen. Deshalb also geht meine

Mitteilung von hier ab in der weniger heiklen dritten Person weiter.)

Der Vorleser, von dem die Rede ist, stellt sein Licht unter den Scheffel, weil er ganz bewußt schlecht vorliest. Nicht mit Absicht, sondern innerem Zwang gehorchend. Lassen wir dahingestellt sein, ob er's besser könnte, wenn er wollte; jedenfalls hat er unüberwindliche Hemmungen, gut zu lesen. Es widerstrebt ihm, durch Akzent, Pause, Tonfall auf Reize der eigenen Arbeit wie mit ausgestrecktem Finger hinzudeuten. Er kann sich nicht selber so protegieren. Es ist ihm unmöglich, den Hörern Zeichen zu geben, wie heiter, rührend, stark ihm selbst das Selbstgeschriebene vorkäme, sie gleichsam auf Knien seiner Stimme zu beschwören, daß es ihnen auch so vorkommen möge. Die Methode des guten Vorlesers, der bei dem beziehungsvollen Satz beziehungsvoll mit dem Ton blinzelt, bei dem rührenden die Rührung, aufsteigend im eigenen Schlund, nur mit sichtlicher Anstrengung zu drosseln vermag, bei der munteren Wendung aber seiner Stimme direkt eins auf den Klang geben muß, damit sie nicht ins Zwitschern gerate – diese Methode, die nichts unter den Tisch fallen läßt, ist meinem Vorleser fremd. Er bringt es nicht zuwege, vor Publikum sich selbst eine Liebeserklärung zu machen, noch dazu eine mit detaillierten Zärtlichkeiten. Wenn ein Autor das eigene Œuvre schön vorliest, ist es, als höre man zwischendurch sein zärtliches Flüstern: «Ja, wem gehört denn das Geisterl da?»

Solche verschämt-arrogante Hemmung, seine Sache gut zu machen, ist das eine große Manko meines Vorlesers. Das andere ist, merkwürdig genug, nicht so sehr Befangenheit, als vielmehr eine Neigung, aus der Befangenheit plötzlich hinabzugleiten ins Wurschtige. Mein Vorleser kommt bald an den Punkt, wo er das Lampenfieber überwunden hat. Dann fällt dieses aber auch gleich ganz tief, bis unter die Contenance: eine Messung ergäbe sublampenfebrile Temperatur. Dem Vorleser selbst macht sich das als Schlafsucht des Willens fühlbar. Ein betäubend starkes, konzentriertes «und wenn schon» durchdringt ihn ganz, bleierne Gleichgültigkeit senkt sich auf sein Hirn, nur noch automatisch laufen Aug' und Lippen den Text entlang, die Hörer verdämmern zu unwirklichem, bloß hingepinseltem Publikum, kühl steigt das Überflüssige der ganzen Sache dem Vorleser bis an Herz hinan, Wunsch und Absicht betten sich zur Ruh' im weißen Schoß der Lethargie . . . und erst nach Schluß einer Vortragsnummer der blitzende Applaus, beziehungsweise das donnernde Schweigen, rütteln den Mann auf dem Podium aus seiner Gelähmtheit.

Eine Erklärung für das beschriebene Phänomen wäre vielleicht diese: indem der Vorleser sein Produkt im Munde führt wie der Vater das Kind an der Hand, überfällt ihn plötzlich tiefe Unlust am Familienleben. Er empfindet das Gezeugte als Last, die ihm anhängt, ihn verpflichtet und seiner Freiheit Schranken setzt. Das innere Band zwischen ihm und dem Sprößling reißt, er verliert ihn aus dem Gefühl . . . er schleppt das Kind nur noch mechanisch hinter sich her auf der Promenade.

Vor kurzem erst bestand mein Vorleser sein Debut. In einer kleinen Stadt, die sich ungemein freundlich benahm. Die liebenswerte Familie, welche den Saal, man kann nicht gut sagen: füllte, hatte den Mann vorher zum Abendessen nachher geladen, und so war der Kontakt zwischen Vorleser und Zuhörern schon da, als jener ihn herstellte. Er hielt zu Beginn des Abends eine kleine Stegreifrede, die hier wiedergegeben sei, weil sie ein Muster darstellt, das von jedem Autor jeglicher Literatur, der's zum erstenmal öffentlich macht, ungeändert gebraucht werden kann.

«Ich lese heute zum erstenmal öffentlich, lege vor Ihnen meine Jungfernschaft als Vorleser ab. Obwohl mir die gute Mutter alles gesagt hat, was da bevorsteht und daß es ganz ohne Schmerzen nicht abgehe, bin ich doch ein wenig unsicher. Erstens, weil ich nicht weiß, ob, was ich schreibe, überhaupt zum Vorlesen taugt – das Beste liegt in der Luft zwischen den Zeilen, und wenn es nicht gelingt, diese Luft mitschwingen zu machen, bekommen Sie gewissermaßen nur die schlechtere Hälfte des Textes zu hören – und zweitens, weil ich nicht weiß, ob *ich* für mein Geschriebenes der richtige Sprecher bin, ob ich ihm als Vorleser vielleicht eher schade als helfe oder am Ende keines von beiden, und dann die komische Figur eines Reiters mache, der neben seinem Pferdchen herläuft. Jedenfalls bitte ich Sie um Nachsicht. Es wäre mir peinlich, wenn Sie von diesem Abend sagten: ‹Heute war ich zweimal bei einer Vorlesung des P.: zum ersten- und zum letztenmal.›»

Haben Sie sich schon einmal im Mai verliebt?

Ich habe immer so große Mühe, mir die Person zu merken, in die ich mich verliebe, daß ich auf das Datum, wann's geschieht, gar nicht achten kann. Zum Beispiel weiß ich bestimmt, daß ich mich bei meinem letzten

Aufenthalt in Berlin, vor etwa drei Wochen, dort verliebt habe, vermöchte auch noch die betreffende Person mit ziemlicher Sicherheit zu agnoszieren, aber ob es im Mai gewesen ist, kann ich beim besten Willen nicht sagen. Man ist ja, leider, beim Verlieben überhaupt sehr unaufmerksam und zerstreut. Wäre man es nicht, wer weiß, ob man's überhaupt täte. Im allgemeinen bin ich der Ansicht, daß man Krebse nur in Monaten ohne r essen und sich verlieben nur in Monaten mit x soll. Dann kann einem nichts passieren. Wenn Sie wieder eine Rundfrage haben, vergessen Sie, bitte, ja nicht

Ihren ergebensten
Alfred Polgar

Namen machen Leute

UNTER diesem Titel erschien in den «Hamburger Nachrichten», Abendblatt vom 21. September, eine Betrachtung über Pseudonyme. Der Betrachter zeichnet O. H. Er enthüllt Interessantes.

Zum Beispiel, wer Ferdinand Bruckner ist. «Ferdinand Bruckner, diese ganz geheimnisvolle Persönlichkeit, ist identisch mit Otto Kaus.» In Klammer fügt, mit leichter Ruhmredigkeit, der Verfasser hinzu: «(was hier zum erstenmal veröffentlicht wird)». Gott, es hat schon einmal jemand eine Originalnachricht gehabt!

Mehr Grund, sich patzig zu machen, gäbe dem Mann von den Hamburgern eine andere Neuigkeit, die er als erster mitteilen kann: «Moissi heißt eigentlich Moses.» Auch du, Alessandro?! Ach, um vieles besser verstehen wir nun plötzlich das wehe Flackern im Aug' des Sängers, die Leidensspur, tief eingeätzt um den bittersüßen Mund: tausendjähriger Schmerz schnitt da seine Runen. Aber welche Ungeschicklichkeit auch, sich Moissi zu nennen, wenn man Moses heißt, auf der Flucht aus dem Namen gerade die kompromittierende Silbe mitzunehmen, eine Klangspur zu hinterlassen, die schlauen Köpfen die Verfolgung der Wahrheit so sehr erleichtern muß. Andererseits . . . Otto Kaus nannte sich Ferdinand Bruckner: was hat es ihm genützt? Er ist doch von den «Hamburger Nachrichten» erwischt worden. Freilich nur von diesen.

Aus den Mitteilungen O. H.'s geht hervor, daß man von den meisten bekannteren Leuten der Literatur im zwiefachen Sinn des Wortes sagen darf, sie hätten sich einen Namen gemacht. Knapp formuliert: in den seltensten Fällen sind die Namen der Leute von Namen die Namen der Leute. Und wenn man schärfer auf ihre Namen sieht, als was entpuppt sich fast jeder dieser Leute? Als einer von unseren Leuten. Dabei ist die erschreckend lange Reihe getarnter Juden der Literatur, die die «Hamburger Nachrichten» aufzählen, noch immer sehr lückenhaft. Es fehlen so große Nummern wie zum Beispiel Jacques Perles, der sich als Shakespeare Weltruhm erlistet hat. Es fehlen die zahllosen drastischen Beispiele aus der Antike, der gerissene Herz Fleckel, der seine öden Oden unter dem Pseudonym Horatius Flaccus lancierte, Livius, durch den deutlich genug der Löwi schimmert, oder Ovidius Naso, hinter dem – keinen, der sein schmutziges Buch «ars amandi» gelesen hat, wird das überraschen – ein sicherer David Nass steckte. Von den deutschen Klassikern heißen manche auch recht dubios. Sollte, um nur einen fragwürdigen Fall herauszugreifen, das Ei, aus dem «Herder» geschlüpft ist, nicht vielleicht ein «Herzfelder» gewesen sein? Schiller, Charakter auch hier, blieb tapfer bei seinem verdächtigen Namen: Schiller.

Den Beschluß der aufregenden Pseudonyme-Zertrümmerung in den «Hamburger Nachrichten» macht ein charakteristisches Geschichtchen: «Alfred Polgar, Egon Friedell und Heinz Pol saßen, jeder für sich, in der Halle eines Berliner Hotels. Ein Page erscheint und ruft unter die wartenden Gäste: ‹Ein Herr Pollak aus Wien wird am Telephon verlangt!› Wie von der Tarantel gestochen fuhren alle drei – Alfred Polgar, Egon Friedell und Heinz Pol – hoch aus ihren Träumereien und liefen stracks zur Telephonzelle. Sie hatten sich an den neuen Namen noch nicht gewöhnt.» Ich entsinne mich des Vorfalls in der Hotelhalle noch ganz genau, sehe es, als ob es gestern gewesen wäre, wie wir, jeder für sich, dasaßen, in Klubsessel und Träumereien versunken, und wie wir, als der Ruf erscholl: «ein Herr Pollak aus Wien wird verlangt», von etwas gestochen wurden. Es war die Tarantel. Die Beschämung dann beim Telephon, wo wir mit noch ein paar verschieden heißenden Herren, die gleichfalls auf den Ruf des Pagen hinzugeeilt waren, zusammenstießen, kann man sich denken. Friedell machte ein so leidvolles Gesicht, wie Alexander Moses als Fedja im letzten Akt des «Lebenden Leichnam». Ihn wird es wohl von uns dreien auch am meisten kränken, jetzt in den erbarmungslosen «Hamburger Nachrichten» lesen zu müssen, daß er Pollak heißt (was dort zum erstenmal veröffentlicht wird).

Dank an den Verleger

(quasi ein Vorwort)

DAS ist nun der zehnte, mit dem Auswahlband sogar der elfte Band Polgar, den Du, unerschrockener Ernst Rowohlt, dem deutschen Buchhandel, beziehungsweise seiner Kundschaft zumutest, man kann in diesem Fall auch sagen: zutraust. Es ist Zeit, daß ich Dir öffentlich danke für dieses Festhalten an einem Autor, dessen Bücher so gar nicht geeignet sind, das zu erregen, was Sensation heißt, und der für Deinen Verlag (das weiß ich mit ziemlicher Sicherheit) weder ein aufregendes Mehr an Ruhm noch (das weiß ich mit voller Sicherheit) ein lukratives Geschäft bedeutet. Es ist ja bekannt, daß Du Autoren, von deren Wert Du überzeugt bist, Verlegertreue hältst, selbst wenn kein moralischer oder materieller Erfolg sie rechtfertigt, daß Du, tapferer Mann aus Bremen, in Deinem Kauffahrteischiff einen größeren Posten Idealismus verfrachtet hast, den Du, auch wenn widrigste Stürme des Geschäfts Dich umwettern, ja selbst in des Schiffbruchs Knirschen, niemals, fast hätte ich geschrieben: nimmer, über Bord wirfst. Aber zu jenen Schriftstellern, für die Du, aus frommem Glauben an ihre Auserwähltheit oder zumindest Berufung, den großen Kummer kleiner Auflagen wie den sanfteren Schmerz unsanfter Zeitungskritiken gelassen auf Dich nimmst, zähle ich ja kaum. Was ich schreibe, entspricht keineswegs so sehr Deinem literarischen Ideal, daß Du, aus innerer Notwendigkeit gleichsam, mich verlegen müßtest. Woher also seit nunmehr fünf bitteren Jahren diese immerwährende Bereitschaft, Spesen, Mühe, Sorgfalt,

Geduld, Alkohol, Zeit und niemals sauer werdenden Humor an einen Autor zu verschwenden, um den, ehe Du Dich seiner annahmst, wahrlich kein Streit war zwischen den Verlegern, und den, seit er unter Deinem Signet fährt, Dir keiner sonderlich neidet? Ich glaube, Du schätzest an meiner Schriftstellerei, daß sie der natürliche, von keinem Zusatz aus der literarischen Küche verfälschte, von keiner Absicht als der geistigen bestimmte Ausdruck des Menschen ist, der sie verübt, und überträgst – «Affektverschiebung» – die Zuneigung, die Du für jenen übrig hast, auf sein Produkt, das mit ihm eins ist wie die Muschel mit dem Perlmutter, oder, wenn Dir dieser Vergleich zu nobel ist, wie die Schnecke mit dem Haus. Vielleicht hast Du auch nach dem ersten Versuch mit mir herausgekriegt, daß meine Art, das Spiel des Lebens zu betrachten, den Spielern in die gezinkten Karten zu schauen und das Geschaute ins Wort kurzzufassen, für manchen Leser ihren Reiz hat (auch für manchen Schreibenden leider), und hast Dir dann, aus Menschenfreundschaft, das Vergnügen gemacht, den Leuten das Vergnügen zu machen. Vielleicht auch bist Du in Deinem Laboratorium draufgekommen, daß meine Schriften einen zwar ganz billigen, aber lebenswichtigen und trotzdem in der heimatlichen Literatur nur äußerst spärlich vorkommenden, in der Chemie deutschen Geisteslebens kaum verwendeten Stoff enthalten, nämlich NaCl, und es war diese gemeine Substanz, die Dir so ungemein Appetit auf Bücher von mir erregt hat. Wie es auch gewesen und gekommen sein mag, genug an dem – «übergenug» werden Hämische sagen –, es sind solcher Bücher bisher elf aus Deiner Zucht hervorgegangen, jedes mindestens 300 Seiten stark, das sind 3300 Seiten, jeder Band durchschnittlich in einer Auflage von zumindest 5000 Exemplaren, das sind 16 500 000 Seiten, sechzehnmillionenfünfmalhunderttausend Seiten, mitsammen ein riesenhaftes Stück raschelnder Materie, ein bedrückendes bedrucktes Ungeheuer von Papier, ein glatthäutiger schwarzgesprenkelter Drache aus Pflanzenfaser, den Du großgezogen hast, für den Du die Verantwortung trägst und den Du füttern mußt, damit er Dich nicht frißt. Hier stehe ich, Du kannst nicht mehr anders!

Wenden wir uns, lieber Rowohlt, von solch erschreckender Vision wieder meiner Dankschuldigkeit an Dich zu, die öffentlich zu bekennen dieser Schreibe Sinn ist. Denn nicht zu geringem Teil ist es *Dein Werk*, wenn das meine Geltung erlangt hat, und daß jene sechzehneinhalb Millionen Seiten auf und über die deutsch lesende Welt gekommen sind, ist gewiß mehr Dein als mein Verdienst . . . das Wort hoffentlich auch als Masculinum verstanden. Mit wie viel sorgsam prüfendem und wählendem Interesse hast Du die elf Bände eingekleidet und geputzt, damit sie zumindest auf dem Regal eine Zierde jeder Bibliothek seien, wie warst Du hinterher und vorneher mit Anpreisung und Werbe-Ruf, was für verführerische Waschzettel hast Du komponiert, wie hast Du die Bände ausgerüstet für die stumme Kampagne im Schaufenster, was für lockende Bauchbinden ihnen umgetan, vor denen kein Auge unlüstern danach bleiben konnte, ins Innere des Exemplars zu dringen! Mit Witz und Erfindungskraft, mit allen Listen und Eifern verlegerischer Strategie hast Du meine Sache gefördert, die Trommel so für mich gerührt, daß ich stets von neuem es wurde. Elf Bände zeugen nun für Dein liebreiches Bemühen; und, wie ein Beurteiler kürzlich anmerkte, für meinen «Bienenfleiß». Was haben dem Mann die Bienen getan, daß er sie um ihren sprichwörtlichen Kredit bringen will?

Mögen Dir, Vater Rowohlt, wenn Du Abschied nehmen mußt von hier, meine Werke zu den «guten Werken» zugerechnet werden, welche Einlaß sichern in das selige Gefilde der Verleger, wo die Auflagen unendlich sind, der Absatz ewig und die Pleite nie.

Erste Liebe

MEINE allererste Liebe – abgesehen von den durch die Seelen-Wissenschaft unweigerlich festgelegten erotischen Bindungen der Säuglingszeit – hieß Siegmund und war ein älterer Schulkamerad, der bis sieben Uhr im Prater bleiben durfte, während ich schon um sechs Uhr zu Hause sein mußte. Diese eine Stunde Freizeit, die er voraus hatte, ließ ihn mir stark, kühn, groß erscheinen, ich war glücklich, daß er mich seines Umgangs würdigte, und stolz, ihm das Leder mit den Schulbüchern tragen zu dürfen. Siegmund nahm Verehrung und Dienstbarkeit als selbstverständlichen Tribut und quälte mich mit Geheimnissen, die er nicht hatte. Die Wendung «das verstehst du noch nicht», süffisant hingelegt, kehrte immer wieder. Er konnte kunstpfeifen und auf den Händen gehen. Waren Mädchen mit im kindlichen Spiel, so behandelte er sie mit einem Hochmut, der ihnen Tränen in die Augen trieb. Mutter oder Kinderfräulein trösteten die Heulenden und nannten Siegmund einen Lausbuben, dessen Eltern zu bedauern seien. Dann sagte er «Das will ich hoffen!», und alle braven Kinder schämten sich, erstens seinethalben, zweitens, weil sie so gewöhnliche brave Kinder waren. Und die beleidigten Mädchen sahen ihn mit noch nassen Blicken strahlend an.

Meine erste Liebe aber, an der jene allererste zerschellte, war Amélie, ein elfjähriger ekelhafter Fratz, der auf der Feuerwerkwiese im Prater, die es nicht mehr gibt, unter Obhut einer älteren Schwester eine Art Hoflager hielt, von den Kindern, die mit ihr spielten, als Primadonna des Kreises anerkannt. Ich, damals dreizehnjährig, liebte das unausstehliche, aber langbeinige Wesen mit einer Liebe, die alle Merkmale der großen Leidenschaft an sich trug: Eifersucht und Sehnsucht, Verklärungstendenz, schlaflose Nächte und Verschacherung der Schulbücher beim Antiquar, um der Geliebten Bonbons zu kaufen. Auch Siegmund brachte Begehrenswertes auf den Spielplatz mit, Datteln, schachtelweise (sein Vater war Südfrüchtenhändler). Er verschenkte sie freigebig. Einmal, als Amélie fragte: «Hast du Datteln mit?», sagte er scharf: «Nein.» Gleich darauf zog er welche aus der Tasche und fraß sie bis auf die letzte allein. Amélie errötete, und ich litt mit ihr an der absichtlichen Kränkung. «Warum warst du so gemein zu ihr?» Er lächelte undurchdringlich: «Das verstehst du noch nicht.» Ich verstand es nicht, aber ich verstand, daß meinethalben Amélie noch nie errötet war. Und deshalb verwandelte sich meine Zuneigung zu Siegmund in Haß.

Eines Nachmittags gingen wir statt in die Schule gleich auf die Feuerwerkwiese. Die Lehrbücher mitzuschleppen, war lästig. Wohin mit ihnen? Wo sind Gegenstände am sichersten aufgehoben? Bei der Polizei. Ich hinterlegte also die Bücher unter der Angabe, sie auf der Wiese gefunden zu haben, in der nahen Wachstube. Siegmund sollte sie später dort als Verlustträger reklamieren und abholen.

Gegen sechs Uhr, der Stunde meines Nachhausemüssens, weigerte er sich, die Bücher zu holen. Er hätte ja noch Zeit. Es kam zu einer Prügelei zwischen uns, und Amélie, indem sie, obschon der Raufhandel durchaus unentschieden geendet hatte, Siegmund einen bewundernden Blick zuwarf, sagte, sie würde Anstalten treffen, daß so etwas nicht mehr in ihrer Gesellschaft vorkäme. Mein Freund-Feind erwiderte, auf Anstalten dürfe man nicht schießen, also könnten sie auch nicht getroffen werden. Dieser köstliche Witz erregte das Entzücken Amélies und meinen sinnlosen Neid über solche Schlagfertigkeit und ihre Wirkung auf Frauen. Ich schrieb der Geliebten einen von Vorwürfen und Drohungen strotzenden Brief, den Amélies Schwester meinen Eltern übersandte. Infolgedessen durfte ich nicht mehr auf die Feuerwerkwiese.

Selbst Siegmund empfand Mitleid mit der Herzensnot, die ich litt, und erklärte, «die Kleine» interessiere ihn gar nicht mehr, sie sei ihm noch zu kindisch. Überdies heiße Amélie eigentlich: Mali.

Dennoch wollte ich sterben.

Zum Glück wurde ich wegen schlechter Körperhaltung zu einer Gymnastiklehrerin geschickt, die noch viel längere Beine hatte als Amélie, nach Fichtennadel-Extrakt roch und mir die Arme so nach hinten bog, daß die Ellbogen zusammenstießen. An dieser hilflosen und ein wenig schmerzhaften Position, das süße Gesicht der Lehrerin über mir, empfand ich ein unbeschreibliches Vergnügen, in dem der Kummer um Mali sich sanft löste. Und Siegmund hielt sich ja Gottseidank so kerzengerade, daß keine Gefahr bestand, er könne in die Gymnastikschule geschickt werden.

Es waren gückliche Zeiten!

Biographische Notiz

WURDE 1875 in Wien geboren. Mein Vater war Musiker. Ich habe vielerlei studiert und nichts gelernt. War Journalist, Parlamentsberichterstatter, Theaterkritiker. Übersiedelte 1927 nach Berlin und ging 1933 wieder nach Wien zurück. Besondere Kennzeichen meines Lebens: Keine.

Lieber Dr. Oprecht!

DIE Daten meines äußeren Lebens sind nicht belangreich. Die meines inneren sind es nur für mich. Von meiner Entwicklung kann ich nicht mehr erzählen, als daß sie stattgefunden hat. Meine Bildung besteht zum größten Teil aus Lücken. Aber es ist ja uninteressant, was einer geistig zu sich genommen hat; interessant könnte höchstens sein, was er hergibt. Es sind von mir vier Bände kritischer Schriften erschienen, neun Bände voll ungewöhnlich-gewöhnlicher Geschichten; und ein Theaterstück: «Die Defraudanten». Die sogenannte öffentliche Meinung bewahrt meinen Büchern gegenüber vornehme Zurückhaltung. Wenn Sie das Private dieser öffentlichen Meinung in literarischen Sachen bedenken, wie «die Schifflein herüber, hinüber schießen», wie sich Urteil und Gegenurteil kameradschaftlich verketten (nach dem Grundsatz: was du willst, das man dir tu, das füge auch dem andern zu), werden Sie daraus den richtigen Schluß ziehen, daß ich jene Zurückhaltung mir selbst zuzuschreiben habe. Und damit hätten Sie schon einen Zug des Bildes, das ich Ihnen von mir geben sollte. Zu dessen Ergänzung könnte ich noch Folgendes mitteilen: Ich glaube an das Gute im Menschen, rate aber, sich auf das Schlechte in ihm zu verlassen. Mein Geburtsort ist Wien; auch sonst eine bezaubernde Stadt. Ich beherrsche die deutsche Sprache, aber sie gehorcht nicht immer. Die letzten Worte des Schauspiels: «Die Defraudanten» lauten: «Der Mensch ist ein armer Teufel. Aber zum Glück weiß er das nicht. Wenn er es wüßte – was wär' er für ein armer Teufel!»

In diesem Sinne Ihr a. p.

Rechtfertigung

a) überhaupt:

Ich bin Kritiker. Meine Erzählungen sind Kritiken über Komödien und Tragödien, wie das Leben sich beehrt, sie darzubieten. Möglichst verdichtete, Überflüssiges meidende Kritiken, die den Inhalt des Stücks so wiedergeben, daß die Wiedergabe auch schon Wertung ist.

Ich versuche die Arbeit, die ich als die meine erkannt habe, so zu leisten, daß sie vor meinem Geschmack und Gewissen besteht. Billigt man dieser Arbeit keinen oder nur geringen Wert zu, trifft mich das so wenig, wie wenn man die Farbe meiner Augen mißbilligte oder das Datum meiner Geburt. Das sind Gegebenheiten, die zu ändern ich nicht imstande bin.

Eher in Verlegenheit könnte die Frage setzen: Ist es notwendig, daß geschrieben wird, was du schreibst? Eine wahrhaft kitzlige Frage! Hätten die Legitimation, da zu sein, nur Bücher, deren Schreiber jene Frage mit einem redlichen «Ja!» beantworten könnten: die Weltliteratur schrumpfte auf den Umfang einer Handbibliothek zusammen. Nein, ich glaube nicht, daß meine Arbeit notwendig ist; dennoch muß ich sie tun. Sie ist meine Reflexbewegung des Widerstands gegen das Bedrängende, Lächerliche, Unentwirrbar-Dunkle innerer und äußerer Welt, sie ist der natürliche Ausdruck meiner Freude am Geschenk des Daseins und meines Zweifels an dem Wert dieses Geschenks, sie ist ein so wesentlicher Teil von mir, daß ich mich selbst verneinen müßte, wollte ich sie verneinen. Dazu fehlte mir zwar nicht die Lust, aber die Kraft.

Viel und vieles wird gesprochen über die Aufgabe des Schriftstellers von heute. Ich glaube, es ist im Grunde dieselbe, die er zu jeder Zeit hatte: dem Geist als dem erkennbar obersten Ordner der Menschendinge Treue zu halten und die Sprache als die Erscheinung, in der sich seine schönsten Wunder offenbaren, so zu behandeln, daß er nicht aus ihr fahren mag. Dabei können – auch wenn sie nicht ausdrücklich als höchste, Dienst und Opfer fordernde Götter inthronisiert sind – Wahrheit, Recht, Menschlichkeit und alle Forderungen, die sie in sich begreifen, niemals zu kurz kommen.

Ein gewaltiges Aber freilich hat es mit dem Geist: daß er auf unendlich viele Arten verstanden und also auf ebenso viele Arten mißverstanden werden kann. Dagegen gibt es leider wenig Sicherung. Der Mensch hat auch als Schriftsteller keine andere Gewähr dafür, auf der rechten Spur zu sein, als seinen Glauben, er sei es.

b) der Kürze:

Mein erstes Buch hieß: «An den Rand geschrieben». Dies brachte manchen Beurteiler auf den so nahen wie zierlichen Einfall, daß meine Literatur, schriebe ich sie an den Rand, eben dort stünde, wo sie hingehört. Mit dem Schlagwort, das der Titel in die Hand gab, schlugen sie mich.

Gefährlicher noch als der Titel wurde den unter ihm zusammengelegten Arbeiten die knappe Form, in die sie – als Ergebnis konsequenten, mit mancher Qual verknüpften Bemühens, aus hundert Zeilen zehn zu machen – gefaßt sind. Ich bin mir wohlbewußt, daß auch in einer Geschichte von geringem Umfang gar nichts stehen und daß die Knappheit ganz gut der Not-Effekt eines kurzen Atems sein kann. Dennoch glaube ich, daß eben die konziseste literarische Form der Spannung und dem Bedürfnis der Zeit gemäß ist, gemäßer jedenfalls, als, wie eine flache Analogie vermuten mag, geschriebene Wolkenkratzer es sind. Ich halte Kürze und Wortsparsamkeit für durchaus angemessen der Rolle, die heute den Schreibenden zukommt und nur wenige von diesen berechtigt, für die Behausung ihrer Gedanken und Gesichte eine geräumige Architektur, also etwa die des Romans, in Anspruch zu nehmen.

Das Leben ist zu flüchtig für behaglich verweilendes Schildern, zu romanhaft für Romane, seine Wahrheiten zu rasch verfallen der Gärung und Zersetzung, als daß sie sich in langen und breiten Büchern lang und breit bewahren ließen. Daß Schriftsteller Zeit finden, weitläufig zu schreiben, kann man konzilianterweise verstehen: der Dämon treibt, Fülle drängt sie, der gewaltige Strom gräbt sich sein gewaltiges Bett. Aber daß Menschen dieser tobenden, von nie erlittenen Wehen gemarterten Epoche Ruhe und Zeit, innere Zeit finden, weitläufig zu lesen, nimmt wunder. Ein großes Beben rüttelt die geistige Welt, wirft um, was steht, versenkt das sicher Gegründete, treibt neuen Erdgrund hoch; wie vermessen, auf solchem Boden schwer und massiv zu bauen! Alle Anker sind gelichtet, kein Mensch weiß, wohin die Reise geht, aber daß sie geht und wie sausend rasch sie geht, spüren wir am Schwindel: wer wollte da mit überflüssigem Gepäck beladen sein? Ballast ist auszuwerfen – und was alles entpuppt sich nicht als Ballast?

Kürzeste Linie von Punkt zu Punkt heißt das Gebot der fliehenden Stunde. Auch das ästhetische.

c) des bißchens Narrheit:

Die Anstrengungen der Menschen, sich über das Maß der Leiden, die ihnen aufgebürdet sind, hinwegzutäuschen, bauen die Welt und bestimmen deren Lauf. Sehen die Götter, die uns vermutlich zuschauen, wie wir den Affen im Zoo, die ernste Possierlichkeit, mit der der Mensch im Käfig seiner lebenslangen Not Kletterübungen macht, sehen sie sein wildes Rütteln an den Gitterstäben, und wie er dann doch wieder sich zufrieden gibt, wenn er zu fressen, zu lieben, zu spielen hat, so brechen sie in das bekannte homerische Gelächter aus. Von ihm den Hauch eines Echos einzufangen, ist, unter anderm, dieses Buch bemüht.

Ein Jahr im Studio

VOR etlicher Zeit nahm ein hilfsbereites Film-Studio in Hollywood ein paar europäische Schriftsteller (ich gehörte zu ihnen) in seine Dienste. Ein durchaus selbstloser Akt des Studios, denn es brauchte uns in keiner Weise und wußte, als wir ihm gehörten, mit diesem seinem Besitz nichts anzufangen. Doch ließ man uns noblerweise nicht fühlen, wie unnütz wir waren, machte uns die Stellung als quantités négligeables leicht. So verbrachten wir, von niemand gekränkt, ein Jahr auf dem gastfreundlichen «lot», zwar nicht beschäftigt, jedoch hierfür bezahlt. Kein idealer Zustand; aber weit besser, als wenn es umgekehrt gewesen wäre.

«Mach' dich so wenig wie möglich bemerkbar!» so lautete der Rat in Studio-Dingen erfahrener Freunde. Und das war auch der Wunsch der Studio-Herren. Sie äußerten ihn nicht in klaren Worten, aber er war ihnen von den Augen abzulesen bei den spärlich gebotenen Gelegenheiten zu solcher Lektüre. Ich darf mir das Zeugnis ausstellen, daß ich redlich bemüht war, der Aufgabe, mich nicht bemerkbar zu machen, nachzukommen. Kein Verdienst, denn sie harmonierte aufs beste mit meinen persönlichen Anlagen und Neigungen.

So wäre das Jahr in ungetrübtem Frieden verlaufen, ohne das Zwischenspiel mir Mr. Bogojan.

Mr. Bogojan, balkanischer Herkunft, hatte in Europa mit dem Verleih von Filmen zu tun gehabt, nichts mit deren Produktion. In Hollywood fand er bei der Firma, für die er im alten Erdteil kommerziell tätig gewesen war, Unterkunft. Aber keine Beschäftigung. Ganz unser Fall also. Das Studio wußte mit Bogojan nichts anzufangen, wie es mit uns nichts anzufangen wußte. Was lag da näher als der Gedanke, diese zerstreut herumliegenden Non-Valeurs zusammenzutun? Das Studio entsann sich des Satzes, daß zwei Verneinungen eine Bejahung ergeben – «Litotes» nennen das die Grammatiker –, und unterstellte unsere Kompagnie der Führung des Mr. Bogojan.

Er war ein guter Mann, ohne sichtbare Flecke an seinem Charakter. Nur hatte er eine lästige Leidenschaft, nämlich: Leidenschaft. Dauernd befand er sich, grundlos, in feurigem Zustand. Wenn er das Gleichgültigste sagte, funkelte doch sein Auge, hatte seine Stimme den Tonfall stürmischer Bewegtheit. Und wenn er schwieg, schwieg er temperamentvoll. Er war wie ein stets straff gespannter Bogen. Ohne Pfeil. Den Filmen, die er uns, zur Einführung in die Kunst der Story-Ersinnung, vorführen ließ, saß er, obschon im Umgang mit pictures alt und grau geworden, in kindlicher Unblasiertheit gegenüber, schluchzend bei den traurigen, von Lachen geschüttelt bei den heiteren Szenen. Und es bedurfte wirklich voller Konzentration auf den vorgeführten Film, um von Gram und Freude, zu denen er unseren Mentor hinriß, nicht angesteckt zu werden. Es war nicht seine Schuld, daß die Inspirationen, die er uns aus eigenen geistigen Beständen zuteil werden ließ, auf unfruchtbaren Boden fielen. «Ein Mann trifft eine Frau» – so beiläufig skizzierte er, flammend, was ihm als dankbarer Film-Stoff vorschwebte – «eine Frau, ein Weib, ein solches Weib» (er ballte die Fäuste) – – – – – – «und er muß sie haben und – – Sie verstehen – sie ist verrückt nach ihm, aber eben deshalb – – – Sie wissen, was ich meine. – Und da ist eine andere Frau, und – – – also mehr brauche ich

Ihnen doch nicht zu sagen – und da folgt dann eine spannende Szene auf die andere – und zum Schluß nimmt das Ganze eine Wendung – – – – eine Wendung . . .» (er knirschte mit den Zähnen) «– – Sie wissen, was ich meine?»

Bogojan erlebte Enttäuschung über Enttäuschung an seinen hoffnungslosen Zöglingen. Die Gefühle, mit denen er uns schließlich von der Lohnliste scheiden sah, mögen wie die eines Feldherrn gewesen sein, dessen hohe strategische Pläne nur an der elenden Truppe gescheitert sind.

Ich hatte die Chance, noch anderen interessanten Figuren des Studios zu begegnen.

Da war z. B. der freundliche Mann, der am Nebeneingang, durch den ich das Studio betreten und verlassen mußte, Wache saß. Sein Gruß hatte gleich am Tag meines ersten Erscheinens einen solchen Beiklang wissenden Mitgefühls, als sähe er schon den meines letzten herandämmern. Und als dieser letzte Tag gekommen war, wußte er's. Sein Herz mag es ihm zugeflüstert haben; oder vielleicht das für Torwache-Angelegenheiten zuständige Department. Ich will lieber an die rührende Version glauben, daß es sein Herz gewesen war. An diesem Tag zum erstenmal sagte er nicht: «nice day» oder «nasty day», wie sonst jeden Tag, zur Begrüßung, sondern er sagte gar nichts. Wie taktvoll! Denn «nice day» hätte wie Ironie geklungen, und «nasty day» wie peinliche Anspielung.

Und da war der bezaubernde Negerknabe, der immer um 12 Uhr mittags, nach Schluß der Filmkinderschule, an meinem Fenster vorbeikam, und zwar fast jeden Tag mit einem anderen Hut auf dem Kopf. Er besaß – keiner, der meine Aufzeichnungen darüber, ein Jahr hindurch geführt, einsieht, wird das bestreiten wollen – die größte Anzahl von Hüten, die je ein Negerkind in den Vereinigten Staaten besessen haben mag. Hüte von verwirrender Vielfalt der Form, Farbe und des Materials. Der graue, hohe aus Filz mit dem schottischen Band wurde mein erklärter Liebling.

Dann die Stars. Sie sind, anders als die ebenso genannten Himmelskörper, auch bei Tageslicht deutlich sichtbar. Und unterscheiden sich von jenen noch dadurch, daß man sie nicht nur entdecken, sondern auch erfinden kann. Stars leiden sehr an ihrer Popularität. Das Interesse, das ihnen gilt, würde sie zur Verzweiflung treiben, wäre nicht ihre beständige, tiefe Angst, es könnte aufhören.

Die Gelegenheit sei nicht versäumt, der vielbemühten Spezies der Studiosekretärinnen Anerkennung zu erweisen. Es sind ungemein liebenswerte, gefällige und geduldige Geschöpfe, wunderbar immun gegen Stories und Screenplays, deren Verblödungs-Giften ihr Verstand zumindest vierzig Stunden in der Woche ausgesetzt ist. Geistigen Samen der Studio-Dichter und -Denker aufnehmend und weitertragend, erfüllen sie im Bezirk der Filmschöpfung eine ähnlich verdienstvolle Funktion wie im Pflanzenreich die Schmetterlinge und Bienen, die sich dort als Pollensammler und -Übertrager nützlich machen.

Als exemplarische Studio-Figur bewahre ich in Erinnerung den begabten und erfolgreichen Kollegen, der, obschon bei den obersten Lenkern der Filmplantage bestens angeschrieben, um seinen Job zitterte. Das taten und tun, mit höchstem Recht, alle anderen auch. Aber das Tremolo des Kollegen war pausenlos. Es hielt die

Luft um ihn, als wäre sie erwärmt, in beständiger leiser Schwingung, die, nach den Gesetzen der Wellenbewegung sich fortpflanzend, auch das Nervensystem der in der Nähe Befindlichen zum Vibrieren brachte. Er verhielt sich zu den Schicksal-bestimmenden Personen des Studios wie ein kluger Atheist zu Göttern, von deren Gottheit er nicht überzeugt ist, denen er aber, aus Vorsicht, jedenfalls opfert. Er befruchtete den Produzenten, für den er arbeitete, ihn hierbei in der Täuschung lassend, daß er seinerseits von ihm befruchtet werde. Er praktizierte ihm die Einfälle, die er selbst hatte, listig in die Tasche und empfing sie von dort als Originaleinfälle des Vorgesetzten dankbar wieder.

Der Produzent mochte ihn gut leiden.

Es geschah einmal, daß der Oberste des Studios in der Tür zum Speisesaal erschien. Auf den Kollegen wirkte die Erscheinung zugleich elektrisierend und lähmend. Ein Ausdruck gehemmter Ehrerbietung trat in seine Züge, er pflanzte Messer und Gabel senkrecht auf den Tisch hin wie «Habt Acht» stehende Schildwachen und saß stramm. Was anders konnte er unter den gegebenen Umständen für den Chef tun?

Gewiß, überall in heutiger Zeit und Welt, wo Arbeit ein Glücksfall ist und kein selbstverständlicher Anspruch, wird um den Job gezittert. Aber nirgendwo so heftig wie in Hollywood. Daher kommt es wohl, daß in dieser Gegend, in der Erdbeben nichts Seltenes sind, sensitive Leute oft ein solches verspürt haben wollen, auch wenn keines stattgefunden hat.

Hollywood ist ein Paradies, über dessen Tor geschrieben steht: «Laß, der Du eintrittst, alle Hoffnung fahren.» Das ist aber in Kalifornien nicht so einfach. Der Pessimismus braucht dort eine Weile, um sich gegen den Optimismus durchzusetzen, zu dem Klima und eine von Schaffenslust überquellende Natur verleiten. In Kalifornien blüht der Rosenstrauch viele Male im Jahr. Hollywoodisch gesprochen: wenn eine story, die er produziert hat, ungepflückt verdorrt ist, beginnt er sogleich an einer neuen zu arbeiten.

En passant

MISSTRAUE der Begeisterung des immer Begeisterten. Er braucht sie als Korrektiv seiner Gleichgewichtsstörungen. Der Kreisel muß sich drehen, wenn er nicht umfallen will. [1]

Es gibt Verse, die sind «geborene Verse», und Verse, die sind frisch geadelte Prosa. Laß dich nicht ein mit Parvenus! [2]

ERFAHRUNGEN stehen wie Kreuze über Begrabenem. Je mehr deine Lebenslandschaft verkirchhoft, desto klüger wirst du. Weisheit ist die höchste Prämie für Totengräberfleiß. [3]

LEERE Reden sind noch kein Beweis für leeres Herz. Viele Menschen sind nur oberflächlich aus unglücklicher Liebe zur Tiefe. [4]

WENN dich alles verlassen hat, kommt das Alleinsein. Wenn du alles verlassen hast, kommt die Einsamkeit. [5]

Es dauert lange, bis man wahrhaft reif zur Lebensfreude. Man wird es etwa an jenem Tag, an dem die Todesangst beginnt. [6]

Du sollst keinen verurteilen, ehe du ihm den Denkprozeß gemacht hast. [7]

In allen lehrhaft-frommen Erzählungen werden die, die Gott leugnen, so lange von ihm mürbe und mürber gemacht, bis sie endlich an ihn glauben. Elend, Sturz und Jammer bricht ihren Übermut. Gerade durch diese Praxis wird die Sache Gottes verdächtig. Er muß seine Geschöpfe erst wehrlos machen, ehe er sie niederwerfen kann. Keine Legende erzählt von einer partie égale, die er gewonnen hätte. [8]

Anerkennen und hochachten müssen stört die Freundschaft; die festesten und wahrsten Freundschaften gedeihen auf der Basis wechselseitiger Geringschätzung. Kluge Freunde achten darauf, solche Basis nie zu verlassen. [9]

Jemandem Freund sein heißt, ihm als Krücke für sein lahmes Selbstbewußtsein dienen. Wer aber liebt seine Krücken? Man leidet an ihrer verfluchten Unentbehrlichkeit. [10]

Wahre Harmonie zwischen zwei Menschen bestünde dann, wenn sie alles, was sie denken, vor einander laut denken dürften. Ich glaube, nicht einmal Philemon und Baucis hätten das riskieren können.

Von Castor und Pollux ganz zu schweigen. [11]

Der größte Einwand gegen jede Lehre sind die Lehrer. Religionsstifter wählen deshalb gern die Methode der göttlichen Offenbarung. Da ist dann die Lehre vom Himmel gefallen. [12]

Der kleine Sohn des Bankiers hat eine Eisenbahn geschenkt bekommen, mit Drehscheibe, Semaphoren und wirklichem Dampfmaschinchen.

Jetzt spielt er den ganzen Tag Generaldirektor. [13]

Dem reinen Deterministen muß die strafende Gerechtigkeit genauso dumm vorkommen wie der Bauer im Theater, der den Darsteller des Franz Moor verprügeln will. [14]

Schrecklich stelle ich mir die Bestürzung eines Erlösers vor, wenn er eines Tages aufwachte, und die Erlösung wäre vollzogen. [15]

Der Nebenmensch ist vor allem Zuschauer. Das ist seine wahre, aufrichtige Beziehung zu dir. Nur in besonderen Fällen, etwa unter Kollegen, macht ihn dein Glück neidisch, dein Unglück schadenfroh. Im allgemeinen ist er zufrieden, wenn überhaupt was vorgeht, egal ob Hochzeit oder Leichenbegängnis. [16]

Torheit schützt vor Alter nicht. (Aus Sprichwörtern fällt viel mehr heraus, wenn man sie umdreht.) [17]

Der Kritiker läßt den Künstler, den er nicht versteht, das fühlen. Er behandelt ihn sehr von unten herab. [18]

Wunder. Ein Wunder wäre es zum Beispiel, wenn der Stein, den ich loslasse, in die Höhe schwebte.

Und daß er zur Erde fällt, ist keines? [19]

Aus dem Tod blüht immer neues Leben. Aus dem Leben blüht immer neuer Tod. Beklagenswert der, den nur jenes tröstet, nicht auch dieses. [20]

Erst das, gute oder böse, Ende einer Erzählung bestimmt die ethische Nutzanwendung, die ihr abzugewinnen ist. Es kommt immer darauf an, wie die Sache ausgeht: das wohl ergäbe sich aus einer Geschichte der Moral als Moral der Geschichte. [21]

Dichter-Seele. Weil ihr alles nahegeht, geht ihr nichts nahe. Weil sie allem Leben sich zugehörig fühlt, ist sie einsam. Weil sie die ganze Welt umspannt, ist sie heimatlos. [22]

GEIST rühmt man Menschen nach, deren Intelligenz ausgezeichnet geschliffene, überlegene, glänzende Formen zur Schau trägt. Hochstapler haben meist ein vortreffliches Benehmen.

Geist blendet. Damit ist schon gesagt, wie wenig er taugt, im Dunkel Tappenden als Führer zu dienen. Geist schlägt Brücken aus Regenbogenstoff über logische Abgründe. Vorm Betreten wäre zu warnen. [23]

EROTIKER in der Klemme: «Alle sind zu wenig . . ., eine ist zuviel!» [24]

MAN möchte gar nicht glauben, wieviel Talent der Schriftsteller oft aufwenden muß, um zu verhehlen, wie wenig er hat. [25]

GEMEINE Seele ist oft gepaart mit ungemeinem Geist. Aber Dreck bleibt Dreck, auch wenn er phosphoresziert. [26]

MIT der Uniform «zieht man einen anderen Menschen an», und mancher wird überhaupt erst einer durch die Uniform. Vielleicht erklärt sich ihre ungemeine Beliebtheit aus dieser zauberischen Kraft, nicht nur etwas in etwas anderes, sondern sogar nichts in etwas zu verwandeln. [27]

Es ist ein Echtheitszeichen der Genialität, daß die kommentierenden Worte sie immer nur, beutegierige Raubvögel, umkreisen, aber nie in ihr Wesentliches stoßen können. [28]

Lebenskünstler ist, wer seinen Sommer so erlebt, daß er ihm noch den Winter wärmt. [29]

Eine wahre Himmelsgabe ist die Lächerlichkeit des anderen. Sie erhöht das Selbstgefühl dessen, der sie bemerkt, und ermöglicht es sogar dem Traurigen, sich lustig zu machen. Brächte man es dahin, die eigene Lächerlichkeit so zu exploitieren – was wär' das für ein fröhliches Leben! [30]

Theater: ein Charlatan, der wirklich zaubert. [31]

Die Poesie beginnt gerade dort, wo «das Poetische» aufhört. [32]

In den rosigen Gefilden der Operette und des Films werden dem widrigen Schicksal die Zähne nur gezeigt, damit alle sehen, wie weiß und tadellos sie sind. [33]

Wie aus Schicksalen ein Charakter wird: Sache des Romans. Wie aus Charakteren ein Schicksal wird: Sache des Dramas. [34]

Ein schlechter Komödiant ist wie ein Mann, der eine fremde Sprache sprechen will und sie nicht beherrscht. Eine schlechte Komödiantin ist eine Frau, die in ihrer Muttersprache stottert. [35]

Von andern Pflanzen unterscheiden sich Schauspieler dadurch, daß sie eintrocknen, wenn sie *nicht* in die Presse kommen. [36]

Der treffende Aphorismus setzt den getroffenen Aphoristiker voraus (Wort als Stigma der gedanklichen Passion). [37]

Es gibt hohe Kunstwerke von doch so zauberischer Klarheit, daß man ihnen bis auf den Grund sehen kann. Ihre Tiefe, wie wunderbar!, liegt an der Oberfläche.

Der Deutsche meint, nur trübe Wasser können tief sein. [38]

Erfahrung lehrt, daß es beim Dichten wie beim Pistolenschießen immer ein wenig die Hand verreißt. Meist nach unten. Man muß höher zielen, als man treffen will. [39]

Expressionistisches Drama. Gestern noch eine Sache von übermorgen, heute schon eine von vorgestern. Wie die Zeit vergeht! [40]

WITZ ist Unzucht wider die Kausalität. [41]

DAS Genie geht glatt durch Mauern und stößt sich wund an der Luft. [42]

DEUTSCHES Lustspiel. Der Humor trägt eine Tarnkappe; immerzu schreit er: «Ich bin da!», und nie sieht man ihn. [43]

DER Dichter betrachtet aus solcher Ferne, daß Welten wie Punkte erscheinen ... oder aus solcher Nähe, daß etwa ein Menschengesicht die Welt bedeutet. [44]

FILM. Atelier-Aufnahme: Tagwesen im Gespensterlicht. Freiluft-Aufnahme: Gespenster im Tageslicht. [45]

DER große Satiriker zieht, was er ins Lächerliche zieht, mit dem gleichen Griff auch ins Ernsteste. [46]

JAZZ. Der Rhythmus reitet die Harmonie gar. Oft auch frißt er sie ganz roh, nur mit Pfeffer und Salz. [47]

DER Gegensatz von genial ist nicht: ungenial, sondern: geschickt. [48]

KOMMENTAR zur Dichtung? Geister werden nicht besser sichtbar, wenn man Licht macht. [49]

LEICHTE Musik, um sogleich «einzuschlagen», bedarf einer wunderlichen Eigenschaft, nämlich: wohlvertrauter Originalität. [50]

DAS Symbolische sitzt dann richtig, wenn es nicht als künstliche Verdunkelung der Werte erscheint, sondern als ihr natürlicher Schatten; als etwas, das sie plastischer, wesenhafter, mehrdimensional macht. [51]

WAHRUNG der Tradition. Aber was nützen Gläubige, Altäre, Priester, wenn die Götter fort sind? [52]

WENN die Kulturmenschen ehrlich wären . . . Aber dann wären sie keine Kulturmenschen. [53]

TAUSEND Hände – die Menschen, die dran hängen, bleiben unbemerkt – flechten und flicken immer wieder den Kanevas, in den die «Kultur» ihre komplizierteren Muster stickt.

Die Individuen sterben, die Hände bleiben. [54]

Eine Hand ohne Revolver, aber zum Schuß entschlossen, ist eine bessere Waffe als ein Revolver in zögernder Hand. [55]

Der Dichter heute, aus allen Wolken seiner Geist-Gläubigkeit gefallen, ist übel dran. Er verrichtet eine Arbeit, von deren Wirkung und Nutzen er nicht mehr überzeugt ist. Und kann doch nicht umhin, ihr weiter zu dienen. Mit allergetreuester Skepsis.

Es ist schwer, sich nach Sternen zu orientieren, die erloschen sind! [56]

Phänomen der menschlichen Beziehungen, wenn sie lange genug dauern: das Unerträgliche wird das Unentbehrliche. [57]

Individualität. Nicht ohne Erfolg ist er bemüht, die Mängel seines Talents durch Defekte des Charakters wettzumachen. [58]

Irrtum. Ich habe immer geglaubt, er ist ein Esel, und jetzt stellt sich heraus, er ist ein Schwein. Wie man sich in einem Menschen täuschen kann! [59]

ALTER. In diesem Stadium der Daseinskomödie ist man nicht mehr so ganz richtig interessiert an dem Stück; aber immerhin noch ein bißchen daran, wie es ausgehen wird. [60]

REISEERFAHRUNG: jede Reise ist um die letzte Stunde zu lang. [61]

SCHLAF ist das einzige Glück, das man erst recht genießt, wenn es vorbei ist. [62]

MÄRCHEN sind allemal dramatisch. Denn ihre Voraussetzung ist: das Böse. Seine Existenz erscheint notwendig, damit Phantasie-Siege über es errungen werden können. Das Märchen lebt vom Bösen, wie der Held von den Feinden, das happy end vom schlechten Anfang, der Arzt von der Krankheit, der Erlöser (von den Übeln) von den Übeln.

Märchen sind pessimistisch. Sie lehren, daß ohne Geister, Feen, Zauberer, kurz, ohne übernatürliche Protektion, gegen die Mächte der Finsternis und Bosheit nicht aufzukommen ist. [63]

DIE Freiheit, aus der eine Frau den höchsten Gewinn schöpft, ist jene, die sie einem anderen nimmt. [64]

Unbegrenzte Macht verliert ihr Amoralisches auch dann nicht, wenn sie höchst moralisch ausgeübt wird. Kommt eine unreine Sache in reine Hände, so kann das nur zur Folge haben, daß die Hände schmutzig werden, nicht die, daß die Sache sauberer wird. [65]

Als wirklich große Bücher sollten nur jene gelten dürfen, die ihren Leser noch in articulo mortis zu interessieren vermöchten. Aber da käme nicht viel andere Literatur in Betracht als für Gläubige die religiösen Schriften, für Nichtgläubige Schopenhauers Sätze «vom Tode» und für Angelsachsen beider Kategorien der Sportbericht. [66]

Am schönsten ist der Ozean vom Ufer her betrachtet. Auf hoher See sieht man das Meer vor lauter Wasser nicht. [67]

Geschichten werden niemals richtig erlebt, nur manchmal, sehr selten, richtig erzählt. [68]

Anhang

Editorische Notiz

DIE Alfred Polgar-Werkausgabe, «Kleine Schriften», soll die wesentlichen Texte des Wiener Essayisten, Kritikers und Erzählers vereinigen. Sie kann und will nicht den Anspruch einer historisch-kritischen Ausgabe erheben, allein schon deshalb nicht, weil keine Manuskripte erhalten sind. Auch sind dies keine «Sämtlichen Werke», denn wollte man das Gesamtschaffen des Theaterkritikers, insbesondere die vielen hundert Kurzrezensionen aus Polgars frühen Jahren, wiederauflegen, würde allzuviel journalistische Routinearbeit mit reinem Informationscharakter und ohne literarischen Anspruch den Blick auf seine eigentliche Leistung verstellen. Die «Kleinen Schriften» sind vielmehr als möglichst exakte und übersichtliche Leseausgabe gedacht, für heute und für die Zukunft.

Polgar selbst hat seine Kurzprosa, seine Erzählungen, Skizzen und Betrachtungen, seine Glossen und Theaterkritiken in 27 Bänden veröffentlicht. Daneben liegen eine dreiaktige Komödie («Die Defraudanten», 1931) und drei – gemeinsam mit Egon Friedell verfaßte – Kabarettstücke (1908/1910) im Druck vor. Die Zahl 27 mag falsche Vorstellungen über die Größe des Polgarschen Werkes erwecken, da die Buchausgaben, vor allem die aus der Zeit nach 1933, oft Texte enthalten, die bereits in seinen vorangegangenen Bänden erschienen waren. Überdies sind die Originalausgaben, zumal die frühen, meist dünn und auch großzügig gesetzt. Daher ist sein Œuvre insgesamt kleiner, als es die umfangreiche Bibliographie vermuten läßt.

Zudem war Polgar Tagesschriftsteller im doppelten Verständnis: Er ließ sich nicht nur durch die Chronik der großen und kleinen Ereignisse anregen, sondern veröffentlichte auch, aus finanziellen Gründen, fast jeden Text zuerst in Tageszeitungen oder Zeitschriften. In den Bänden von «Der Quell des Übels» (1908) bis zu «Im Lauf der Zeit» (1954) hat Polgar dann zumeist bloß geerntet, was er zuvor in den Zeitungsspalten und «unter dem Strich» gesät hatte.

Gewiß, als Perfektionist im Sprachlichen feilte er von Mal zu Mal an Formulierungen, straffte und verdichtete, ließ zeit- und anlaßbedingte Details weg. Diese Konzentrationstechnik führte bisweilen zu aphoristischer Kürze, wie im Fall seines «Handbuchs des Kritikers» (1938). Andererseits, war ihm einmal eine seiner Ansicht nach exemplarische Pointe oder modellhafte Geschichte gelungen, scheute er sich keineswegs, sie in anderem Zusammenhang neuerlich zu verwenden. Bei der Zusammenstellung der «Kleinen Schriften» wurde darauf geachtet, Wiederholungen zu vermeiden, wo immer das möglich war.

Die Erstveröffentlichung in Zeitungen gestattet eine relativ genaue Datierung, so daß eine verläßliche chronologische Anordnung der Texte erfolgen konnte. Freilich bietet die Werkausgabe beinahe immer die von Polgar meistens überarbeitete Buchfassung. Wo sich keine Vorlagen eruieren ließen, wurde der Text an den Beginn des Erscheinungsjahres des jeweiligen Buches gestellt.

Da in Polgars Werk die Grenzen zwischen Formen wie Glosse, Skizze und Erzählung fließend sind und eine strenge Trennung somit oft nicht möglich ist, können sich die Kriterien der Zuordnung bisweilen als problematisch erweisen. Jedenfalls schien eine Gliederung sowohl nach formalen als auch nach thematischen Gesichtspunkten zweckvoll.

«Irrlicht» heißt eine von Polgars im amerikanischen Exil geschriebenen Kurzgeschichten, und ein beträchtlicher Teil der im vorliegenden gleichnamigen Band der «Kleinen Schriften» präsentierten Prosastücke ist vor dem Hintergrund einer Vertriebenenexistenz, eines unsicheren Flüchtlingslebens entstanden. Die Themen: Aufkommen, Untaten und Folgen des Faschismus, Flucht, Krieg und Entwurzelung sind daher oft zwischen den Zeilen gegenwärtig, wenngleich nur selten beim Namen genannt. Die Zeit der Emigration, die für Polgar bis zum Tod währte, bewirkte freilich auch eine Veränderung in seiner Erzähltechnik. Viel von dem, was ihre unnachahmliche Besonderheit ausmachte, war jenseits der (Sprach-)Grenzen seiner Heimat nicht zu gebrauchen. Die Wortspiele und Anspielungen, verwurzelt im Boden europäischer, genauer: Wiener und Berliner Bildungstradition, widersetzten sich der Übertragung in die fremde Sprache, in den fremden Kulturkreis. Polgars in den USA verfaßte Erzählungen näherten sich – in Umfang und stärkerer Handlungsbetonung – der «short story», und von seinen Versuchen in der epischen Großform zeugt die Studie «Der Knabe Homer», die als einziges Kapitel eines geplanten und großteils bereits ausgeführten Romanmanuskriptes die Wirren der Flucht aus Europa überdauerte.

Wurden in «Kreislauf» (1983) erzählende Schriften und Feuilletons aus den Jahren 1907 bis 1929 aufgenommen, bringt «Irrlicht» die Fortsetzung aus Polgars Spätzeit: von 1930 bis 1954. Außerdem enthält Band 3 der

«Kleinen Schriften» eine Rubrik «In eigener Sache» mit autobiographischen Texten. Manche dieser Skizzen ließen sich zweifellos mit guten Gründen unter einem anderen Obertitel zusammenfassen, doch hat es Polgar verstanden, selbst in Geburtstagsartikeln für befreundete Literaten (so in «Der junge Großmann») sehr viel, ja in erster Linie, von sich selbst zu erzählen. Auch Feuilletons mit augenscheinlich vor allem kunsttheoretischem Inhalt (wie «Die kleine Form») sind derart auf die Person des Verfassers zugeschnitten, daß sie sich ohne weiteres dem Motto «Ad me ipsum» zuordnen lassen.

Polgars Stil war seinem Wesen nach aphoristisch. Die möglichst prägnante Formulierung, die ewige Suche nach dem sparsamsten, geschliffensten Ausdruck kennzeichnet seine Schreibweise. Aphorismen mußte er im Grunde bloß aus den Texten herausbrechen, und nach dieser «Steinbruch»-Methode ist er als Sammler und Herausgeber eigener Schriften des öfteren verfahren. Immer wieder hat er kleinere oder größere Passagen aus früher erschienenen Arbeiten unter Titeln wie «An den Rand geschrieben», «En passant», «Sätze und Grundsätze», «Anmerkungen zu Nebenmenschen und Nebensachen» zusammengefaßt. Die hier vorgelegte Auswahl von Aphorismen «En passant» sucht Überschneidungen nach Möglichkeit zu vermeiden und verzichtet daher auf den Abdruck solcher Reduktionsformen von Geschichten, die schon an anderer Stelle dieser Werkausgabe nachzulesen sind.

Die in «Irrlicht» vereinten Texte stammen hauptsächlich aus den Bänden «Bei dieser Gelegenheit» (1930), «Ansichten» (1933), «In der Zwischenzeit» (1935), «Sekundenzeiger» (1937), «Anderseits» (1948), «Begegnung im Zwielicht» (1951) und «Standpunkte» (1953). Darüber hinaus wurden Artikel aus Zeitungen und Zeitschriften wie «Prager Tagblatt», «Die literarische Welt» (Berlin) und «Das Tage-Buch» (Berlin) berücksichtigt. In der Textgestaltung wurde eine behutsame Modernisierung von Orthographie und Interpunktion versucht, im übrigen folgt sie getreu den Vorlagen. Über die Herkunft der Texte und verschiedene Fassungen informiert ein Quellennachweis.

Quellennachweis

Begebenheit

Aus: Anderseits, S. 97–100. Erste Buchveröffentlichung: Bei dieser Gelegenheit, S. 205–209. Unter dem Titel LEBEN NACH DEM TOD in Geschichten ohne Moral, S. 29 ff., veröffentlicht unter dem Titel ENTLEGENES STÄDTCHEN in: Im Lauf der Zeit, S. 50 ff.

Pendelversuch

Aus: Bei dieser Gelegenheit, S. 231–234.

In der Klemme

Aus: Begegnung im Zwielicht, S. 111–114. Erste Buchveröffentlichung in: Bei dieser Gelegenheit, S. 269–272.

Zirkus

Aus: Anderseits, S. 147–150. Erste Buchveröffentlichung in: Bei dieser Gelegenheit, S. 291–294. Erstveröffentlichung in: Das Tage-Buch, XI(1), 4. 1. 1930, S. 23 ff.

Gespräch über Aberglauben

Aus: Taschenspiegel, S. 122 ff. Am 19. 1. 1930, S. 15, in Der Tag erschienen.

Heimat

Aus: Bei dieser Gelegenheit, S. 35–38. Erstveröffentlichung in: Berliner Tageblatt, Nr. 52, Morgenausgabe, 31. 1. 1930, S. 2.

Das Urich

Aus: Standpunkte, S. 133–136. Erste Buchveröffentlichung (in Details abweichend) in: Bei dieser Gelegenheit, S. 149–152. Erstveröffentlichung in: Berliner Tageblatt, Nr. 68, 9. 2. 1930, 1. Beiblatt.

Anna

Aus: Bei dieser Gelegenheit, S. 47–50. In der (leicht gekürzten)

Fassung aus Standpunkte, S. 26 ff., wurden auch Charakteristika für die Entstehungszeit weggelassen. Erstveröffentlichung in: Berliner Tageblatt, Nr. 128, Morgenausgabe, 16. 3. 1930, 1. Beiblatt.

Begegnung

Aus: Bei dieser Gelegenheit, S. 263 ff. Erstveröffentlichung in: Das Tage-Buch, XI (19), 10. 5. 1930, S. 750 f. Unter dem Titel EIN GERECHTER abgedruckt in: Geschichten ohne Moral, S. 83 ff. Eine «amerikanisierte» Fassung erschien unter dem Titel EIN PHILOSOPH in: Anderseits, S. 104–107.

Aus Aufzeichnungen eines Radiohörers

Aus: Bei dieser Gelegenheit, S. 191–194. Unter demselben Titel am 11. 5. 1930, S. 3, in Der Tag veröffentlicht.

Eine kitzlige Frage

Aus: Bei dieser Gelegenheit, S. 197–201. Am 1. 6. 1930, S. 3, in Der Tag erschienen. Unter dem Titel KITZLIGE FRAGE erschien eine etwas gekürzte und bearbeitete Fassung dieses Textes in: Begegnung im Zwielicht, S. 57–60.

Existenzen

Aus: Bei dieser Gelegenheit, S. 133–137. Am 3. 8. 1930, S. 3, in Der Tag erschienen. Unter dem Titel DER DOKTOR in leicht veränderter Form abgedruckt in: Im Lauf der Zeit, S. 138 ff.

Dort unten

Aus: Ansichten, S. 33–36. Am 28. 9. 1930, S. 5, in Der Tag erschienen.

Sonnenklar

Aus: Ansichten, S. 69–73. Am 26. 10. 1930, S. 5, in Der Tag erschienen.

Der zerstreute Professor

Aus: Begegnung im Zwielicht, S. 150 ff. Erste Buchveröffentlichung (abweichend) in: Ansichten, S. 141–144. Am 25. 12. 1930, S. 3, in Der Tag erschienen.

Geschenke

Aus: Ansichten, S. 119–122. Erstveröffentlichung in: Berliner Tageblatt, Nr. 609, Abendausgabe, 27. 12. 1930, S. 2.

Fachmann und Laie

Aus: Begegnung im Zwielicht, S. 9–13. Erste Buchveröffentlichung (etwas abweichend, u.a. am Beginn: «In Ungarn wurde ein Mörder hingerichtet, der in seinen letzten Stunden . . .») unter dem Titel GESPRÄCH IN DER ZELLE in: Ansichten, S. 17–21. Erstveröffentlichung in: Berliner Tageblatt, Nr. 86, Morgenausgabe, 20. 2. 1931, S. 2.

Abschied vom Freunde

Aus: Begegnung im Zwielicht, S. 115 ff. Erste Buchveröffentlichung (etwas ausführlicher und stilistisch abweichend) in: Ansichten: S. 175–179. Erstveröffentlichung in: Berliner Tageblatt Nr. 116, Morgenausgabe, 15. 3. 1931, S. 3.

Straßen-Ecke

Aus: Ansichten, S. 51–54. Erstveröffentlichung in: Berliner Tageblatt, Nr. 1, Morgenausgabe, 1. 1. 1932, 1. Beiblatt.

Wahrheit führt irre

Aus: Ansichten, S. 169–172. Erstveröffentlichung in: Berliner Tageblatt, Nr. 47, Abendausgabe, 28. 1. 1932, S. 2.

Ein unmöglicher Mensch

Aus: Ansichten, S. 193–196. Erstveröffentlichung (in ihr wird Franz Hessel, der «unmögliche Mensch», noch beim Namen genannt) in: Berliner Tageblatt, Nr. 19, Abendausgabe, 12. 1. 1932, S. 2.

Trauerfall

Aus: Ansichten, S. 9–14. Erstveröffentlichung in: Berliner Tageblatt, Nr. 98, Morgenausgabe, 27. 2. 1932, 3. Beiblatt.

Diminuendo

Aus: Anderseits, S. 5–8. Erste Buchveröffentlichung in: Ansichten, S. 25–29. Erstveröffentlichung in: Berliner Tageblatt, Nr. 263, Abendausgabe, 4. 6. 1932, S. 2.

Ein Spaßvogel

Aus: Ansichten, S. 159–165. Erstveröffentlichung in: Berliner Tageblatt, Nr. 410, Morgenausgabe, 30. 8. 1932, S. 2. Aus der Zeitungsfassung geht hervor, daß es sich bei Sankt G. um Sankt Gilgen handelt.

Der Debütant

Aus: Ansichten, S. 199–202. Erstveröffentlichung in: Berliner Tageblatt, Nr. 537, Abendausgabe, 11. 11. 1932, S. 2. Unter dem Titel DER BETTLERDEBÜTANT abgedruckt in: Begegnung im Zwielicht, S. 21–24.

Bahnsteig

Aus: Jedermann, 1(9), 3. 12. 1932, S. 5.

Nutzen des Bridge

Aus: Jedermann, 1(10), 10. 12. 1932, S. 9.

Trost in Krisenzeit

Aus: Ansichten, S. 39 ff.

Ein Vorschlag

Aus: Ansichten, S. 45 ff.

Drehorgel

Aus: Ansichten, S. 55 ff.

Die Uhr

Aus: Anderseits, S. 45 ff. Erste Buchveröffentlichung (in leicht abweichender Fassung) unter dem Titel GESTERN UND HEUTE in: Ansichten, S. 125 ff.

Der Sport und die Tiere

Aus: Begegnung im Zwielicht, S. 132–135. Erste Buchveröffentlichung in: Ansichten, S. 147–150.

Exakter Nachweis

Aus: Ansichten, S. 187 ff.

Der Anzug

Aus: In der Zwischenzeit, S. 15–19. Erstveröffentlichung in: Berliner Tageblatt, Nr. 84, Abendausgabe, 18. 2. 1933, S. 2. Leicht verändert (z. B. zu Beginn: «Der Klavierlehrer hatte zwei Anzüge.») unter dem Titel DER BLAUE ANZUG erschienen in: Anderseits, S. 14–17.

Bar-Besuch heute

Aus: Bei Lichte betrachtet, S. 28 ff. Erste Buchveröffentlichung in: In der Zwischenzeit, S. 23–26. Erstveröffentlichung unter dem Titel BAR-BESUCH 1933 in: National-Zeitung, Basel, 19. 5. 1933.

Die gute Kinderstube

Aus: Standpunkte, S. 66–70. Erste Buchveröffentlichung (abweichend, zu Lebzeiten von Maria Montessori und im Präsens gehalten) unter dem Titel INSEL DER SELIGEN in: In der Zwischenzeit, S. 64–68. Erstveröffentlichung in: Prager Tagblatt, 28. 1. 1934, S. 3.

Das Meer

Aus: In der Zwischenzeit, S. 43 ff. Erstveröffentlichung in: National-Zeitung, Basel, 8. 6. 1934.

Geschichte ohne Moral

Aus: Begegnung im Zwielicht, S. 153 ff. Erste Buchveröffentlichung unter dem Titel UNGLÜCKSFALL in: In der Zwischenzeit, S. 49 ff. Am 22. 7. 1934, S. 3, im Prager Tagblatt erschienen.

Die Stufe

Aus: In der Zwischenzeit, S. 52 f. Am 22. 7. 1934, S. 3, im Prager Tagblatt erschienen.

Idyll

Aus: In der Zwischenzeit, S. 79–83. Am 10. 9. 1934, S. 3, im Prager Tagblatt erschienen.

Bescherung

Aus: Standpunkte, S. 105–108. Erste Buchveröffentlichung unter dem Titel BESCHERUNG (NACH EINER LOKALNOTIZ IN DER ZEITUNG) in: In der Zwischenzeit, S. 185–188. Erstveröffentlichung in: Weihnachten 1934. Erste Beilage zum Prager Tagblatt vom 25. Dezember, S. I.

Tessin

Aus: Begegnung im Zwielicht, S. 212 ff. Erste Buchveröffentlichung (etwas abweichend) unter dem Titel SEE IM TESSIN in: In der Zwischenzeit, S. 261–264. Erstveröffentlichung in: National-Zeitung, Basel, 11. 4. 1935.

Kreisel (Studie über einen Zeitgenossen)

Aus: Sekundenzeiger, S. 31–52. Ein Teil dieses Textes unter dem Titel STRICHE veröffentlicht in: Der Tag, 18. 5. 1924, S. 3, ein anderer in: Pariser Tageblatt, III (558), 23. 6. 1935, S. 4. STRICHE wurde außerdem aufgenommen in: An den Rand geschrieben, S. 141–145. Eine Kurzfassung des Textes KREISEL erschien in: Begegnung im Zwielicht, S. 14–17. Kreisel war in Wirklichkeit Polgars Freund Rudolf K. Kommer.

Ein neues Jahr

Aus: Sekundenzeiger, S. 159–163. Erstveröffentlichung in: Prager Tagblatt, I. I. 1935, Neujahrs-Beilage, S. I.

Von armen Leuten

Aus: Anderseits, S. 68–75. Erste Buchveröffentlichung (in der Zusammenstellung: GEGENDIENST, KUMMER DES BEKÜMMERTEN, WEISHEIT DER SCHÖPFUNG) in: In der Zwischenzeit, S. 147–153. Erstveröffentlichung der Einzeltexte: REDE DES WOHLTÄTERS: unter dem Titel ANSPRACHE DES WOHLTÄTERS in: Prager Tagblatt, 15. I. 1935, S. 4. KUMMER DES BEKÜMMERTEN in: Pariser Tageblatt, III (432), 17. 2. 1935, S. 4 und 6. GEGENDIENST: ebd.

Tischnachbarin

Aus: Sekundenzeiger, S. 175–178. Erstveröffentlichung unter dem Titel DIE TISCHNACHBARIN in: Prager Tagblatt, 10. 2. 1935, S. IV.

Tod eines Wortes

Aus: Anderseits, S. 164 ff. Erste Buchveröffentlichung (nur in Details abweichend) in: In der Zwischenzeit, S. 255–258. Am 17. 2. 1935, S. 3, im Prager Tagblatt erschienen.

Die Ersten

Aus: Begegnung im Zwielicht, S. 61–65. Erste Buchveröffentlichung in: Sekundenzeiger, S. 53–58. Erstveröffentlichung in: Pariser Tageblatt, III(481), 7. 4. 1935, S. 3.

Erinnerung an einen schlichten Mann

Aus: Anderseits, S. 176–180. Erste Buchveröffentlichung (stilistisch etwas abweichend und ohne einige später eingefügte zeitgeschichtliche Anspielungen) unter dem Titel ABSCHIED VON EINEM SCHLICHTEN MANN in: Sekundenzeiger, S. 7–14. Erstveröffentlichung in: Prager Tagblatt, 18. 4. 1935, S. 3.

Schlafwagen

Aus: Im Lauf der Zeit, S. 113 ff. Erste Buchveröffentlichung (etwas abweichend) in: Sekundenzeiger, S. 179–186. Erstveröffentlichung in: Prager Tagblatt, 26. 5. 1935, S. 3.

Abschied

Aus: Sekundenzeiger, S. 85–90. Am 26. 5. 1935, S. 3, im Prager Tagblatt erschienen. Unter dem Titel ABSCHIED AUF DEM BAHNSTEIG in: Fensterplatz, S. 87 ff., abgedruckt.

Toddy und die Schwämme

Aus: Sekundenzeiger, S. 111–117. Erstveröffentlichung in: National-Zeitung, Basel, 16. 7. 1935.

Künstler

Aus: Standpunkte, S. 13–17. Erste Buchveröffentlichung (leicht abweichend, u. a. am Schluß) in: Sekundenzeiger, S. 119–125. Erstveröffentlichung in: Prager Tagblatt, 15. 9. 1935, S. 3.

Kultur

Aus: Sekundenzeiger, S. 244 f. Erstveröffentlichung unter dem

Titel DIE GLÜHBIRNE VON ARCEGNO in: Die Nation, III(40), 11. 10. 1935, S. 8.

Später Geburtstag

Aus: Begegnung im Zwielicht, S. 178–181. Erste Buchveröffentlichung unter dem Titel GEBURTSTAG in: Sekundenzeiger, S. 63–70. Unter demselben Titel am 12. 12. 1935 in der National-Zeitung, Basel, erschienen.

Sport als Erzieher

Aus: Sekundenzeiger, S. 251 f. Erstveröffentlichung unter dem Titel SPORT in: Die Nation, III(50), 19. 12. 1935, S. 8.

Und darum Räuber!

Aus: Sekundenzeiger, S. 270 f. Am 25. 12. 1935, S. III, im Prager Tagblatt erschienen.

Herr Lederer (Eine Legende von heute)

Aus: Sekundenzeiger, S. 15–21. Erstveröffentlichung in: National-Zeitung, Basel, 30. 1. 1936.

Langes Leben

Aus: Sekundenzeiger, S. 284 f. Erstveröffentlichung in: Prager Tagblatt, 22. 3. 1936, S. 3.

Aber der Frühling

Aus: Sekundenzeiger, S. 286 f. Erstveröffentlichung in: Die Nation, IV(10), 5. 3. 1936, S. 2. Am 22. 3. 1936, S. 3, unter dem Obertitel GLOSSEN im Prager Tagblatt erschienen.

Im Licht der Statistik

Aus: Sekundenzeiger, S. 275 ff. Erstveröffentlichung in: Die Nation, IV(18), 7. 5. 1936, S. 8. Am 10. 5. 1936, S. 3, im Prager Tagblatt abgedruckt.

Der letzte Schritt

Aus: Sekundenzeiger, S. 59–62. Erstveröffentlichung in: Die Nation, IV(21), 22. 5. 1936, S. 8.

Auf den Künstler gekommen

Aus: Sekundenzeiger, S. 264 f. Erstveröffentlichung in: Die Nation, IV(22), 28. 5. 1936, S. 8 (Rubrik: Streiflichter von Alfred Polgar). Am 31. 5. 1936, S. 3, im Prager Tagblatt (Glossen) veröffentlicht.

Was hilft

Aus: Sekundenzeiger, S. 211 ff. Am 25. 6. 1936, S. 3, im Prager Tagblatt erschienen.

Zwei Seelen wohnen, ach . . .

Aus: Sekundenzeiger, S. 237 f. Am 25. 6. 1936, S. 3, im Prager Tagblatt veröffentlicht.

Pendelgesetz

Aus: Sekundenzeiger, S. 103–110. Am 5. 7. 1936 veröffentlicht in: Pariser Tageszeitung, I(24), S. 3.

Idyll

Aus: Sekundenzeiger, S. 95–102. In der Fassung aus Anderseits, S. 111–115, fehlen zeithistorische Anspielungen. Erstveröffentlichung in: Prager Tagblatt, 2. 8. 1936, S. 3.

Auf dem Balkon

Aus: Anderseits, S. 21–24. Erste Buchveröffentlichung (etwas abweichend) in: Sekundenzeiger, S. 165–172. Erstveröffentlichung in: National-Zeitung, Basel, 9. 8. 1936.

Reliquie

Aus: Sekundenzeiger, S. 261 ff. Erstveröffentlichung in: Die Nation, IV(33), 13. 8. 1936, S. 8.

Besuch bei Hiden

Aus: Prager Tagblatt, 20. 8. 1933, S. 3.

Bilanz

Aus: Begegnung im Zwielicht, S. 221–224. Erste Buchveröffentlichung unter dem Titel EIN ENDE in: Sekundenzeiger, S. 187–192.

Illusionen

Aus: Sekundenzeiger, S. 216 ff.

Der Kongreß tanzt

Aus: Sekundenzeiger, S. 258 ff.

Vom Visum

Erstveröffentlichung unter dem Titel VOM VISUM UND ANDERES in: National-Zeitung, Basel, 3. 8. 1938. Der Zeitungstext enthält auch einige aphorismenartige Bemerkungen über das Leben in der Fremde, die Polgar später in den Text DER EMIGRANT UND DIE HEIMAT integriert hat. Siehe Bd. 1 der Kleinen Schriften, Musterung, S. 220 f.

Der Mantel

Aus: Anderseits, S. 28–44. Eine Vorfassung war in englischer Übersetzung unter dem Titel THE ELEGANT OVERCOAT im Esquire, June 1943, S. 66 f., erschienen.

Sonntag abend

Aus: Anderseits, S. 208–214. Erstveröffentlichung in: Austro American Tribune, v(7), Februar 1947, Beilage Kunst – Literatur – Musik, S. 3.

Irrlicht

Aus: Anderseits, S. 51–58.

Schneesturm

Aus: Anderseits, S. 154–159.

Veilchen

Aus: Standpunkte, S. 85–97. Vorher erschienen in: Story, v(1950), Heft 1, S. 32–38.

Sentimentaler Besuch

Aus: Begegnung im Zwielicht, S. 188–196. Letzte der insgesamt vier unter dem Titel BARBARA zusammengefaßten Geschichten. Erstveröffentlichung unter dem Titel EIN SENTIMENTALER BESUCH in: Aufbau, XVI(19), 12. 5. 1950, S. 27.

Der Garten

Aus: Begegnung im Zwielicht, S. 45–50. Erstveröffentlichung unter dem Titel DAS GLÜCK, IM EIGENEN GRAS ZU LIEGEN in: Die neue Zeitung, 27. 5. 1950, S. 10 f. Unter dem Titel DER GARTEN abgedruckt in: Aufbau, XVI(32), 11. 8. 1950, S. 32.

Der Fall Elmer

Aus: Begegnung im Zwielicht, S. 172–177. Am 21. 7. 1950 veröffentlicht in: Aufbau, XVI(29), S. 32.

Jules' Handel mit der Gerechtigkeit

Aus: Begegnung im Zwielicht, S. 76–94. Als «Film-story» Anfang August 1950 beendet und an Willi Schlamm geschickt. Unter dem Titel HANS IM GLÜCK. EIN MÄRCHEN abgedruckt in: Lieber Freund! Lebenszeichen aus der Fremde, S. 76–93.

Cora

Aus: Begegnung im Zwielicht, S. 25–34.

Begegnung im Zwielicht

Aus: Begegnung im Zwielicht, S. 106–110.

Der Knabe Homer (Skizzen zu einem imaginären Bild)

Aus: Begegnung im Zwielicht, S. 136–149. Einzig erhaltenes Kapitel aus einem Homer-Roman, an dem Polgar Mitte der dreißiger Jahre arbeitete.

Das Urbild

Aus: Bei Lichte betrachtet, S. 61 f. Erstveröffentlichung in: Echo der Woche, 15. 3. 1952.

Gespräch mit einem Meister

Aus: Standpunkte, S. 7–12. Am 2. 5. 1952 erschienen in: Aufbau, XVIII(18), S. 3.

Der Egoist an der Grenze (quasi eine Legende)

Aus: Begegnung im Zwielicht, S. 215–220. Erschienen in: Aufbau, XVIII(21), 23. 5. 1952, S. 40.

Ein unheimlicher Mensch

Aus: Standpunkte, S. 109–115. Am 7. 6. 1952, S. 2, im Wiener Kurier erschienen.

Mechanismus der Güte

Aus: Standpunkte, S. 37–41. Am 18. 4. 1953, S. 2, im Wiener Kurier zum Sonntag erschienen.

Großstadtzauber

Aus: Standpunkte, S. 137–141. Am 14. 3. 1953, S. 5, im Wiener Kurier am Sonntag erschienen.

Landschaft

Aus: Standpunkte, S. 171–174.

Marie

Aus: Standpunkte, S. 175 ff.

Vor dem Schlagbaum

Aus: Standpunkte, S. 178–181.

Gespräch über das Alter

Aus: Im Lauf der Zeit, S. 5–8. Am 27. 11. 1953 erschienen in: Aufbau, XIX(48), S. 17, zuvor in Nr. 234 der Süddeutschen Zeitung, 10./11. 10. 1953, S. 7.

Brief an Ingrids Sohn

Aus: Im Lauf der Zeit, S. 56 ff.

In eigener Sache

Der Bruder

Aus: Hinterland, S. 41 ff. Erste Buchveröffentlichung: Kleine Zeit, S. 108 ff.

Jugend

Aus: An den Rand geschrieben, S. 23–27. Erstveröffentlichung in: Prager Tagblatt, 30. 4. 1922, S. 2.

Der junge Großmann

Aus: Das Tage-Buch. Sonderheft zum fünfzigsten Geburtstag von Stefan Großmann, 18. 5. 1925, S. 13 ff.

Interview

Aus: Orchester von oben, S. 279 ff. Unter dem Titel WAS SO EIN INTERVIEWER ALLES ANSTELLT erschienen in: Die literarische Welt, II (11), 1926, S. 7.

Unter dem Titel INTERVIEW erschienen in: Der Tag, 28. 2. 1926, S. 3.

Die kleine Form

Aus: Orchester von oben, S. 11 ff. Datiert mit August 1926.

Geburtstag

Aus: Orchester von oben, S. 273 ff.

Wie soll Ihr Nekrolog aussehen?

Eine kleine Anleitung für künftige Biographen zur richtigen Gestaltung des Nachruhmes. Aus: Die literarische Welt, III (15/16), 15. 4. 1927, S. 3.

Vorleser

Aus: Schwarz auf Weiß, S. 151–154. Erstveröffentlichung in: Berliner Tageblatt, Morgenausgabe, 26. 4. 1928, S. 2.

Haben Sie sich schon einmal im Mai verliebt?

Antworten auf eine neugierige Rundfrage

Aus: Christian Ferber (Hrsg.): Uhu. Das Magazin der 20er Jahre. Frankfurt–Berlin–Wien 1979, S. 216 ff., S. 217. Die

Rundfrage erschien in der Ausgabe vom Mai 1928. Die übrigen Beiträger waren: Hedwig Courths-Mahler, Egon Friedell, Hans Reimann und Kurt Tucholsky.

Namen machen Leute

Aus: Das Tage-Buch, X (40), 5. 10. 1929, S. 1661 f. Erste Buchveröffentlichung: Taschenspiegel, S. 116 ff.

Dank an den Verleger
(quasi ein Vorwort)

Aus: Bei dieser Gelegenheit, S. 9–12.

Erste Liebe

Aus: In der Zwischenzeit, 229–232. Erstveröffentlichung in: National-Zeitung, Basel, 14. 8. 1934.

Biographische Notiz

Aus: Die Mission des Luftballons, S. 7. Erstveröffentlichung in: Das Wort. Literarische Monatsschrift, II (4/5), April/Mai 1937, S. 180.

Lieber Dr. Oprecht!

Aus: Handbuch des Kritikers, S. 5 f. Unter dem Titel BRIEF AN VERLEGER OPRECHT erschienen in: Der Morgen, 22. 11. 1937, S. 8.

Rechtfertigung

Aus: Geschichten ohne Moral, S. 5–8. Trotz einiger Überschneidungen mit dem Text DIE KLEINE FORM schien es angebracht, auch vorliegende Betrachtung in diesen Band aufzunehmen, weil sie, entstanden in der Emigration, in vieler Hinsicht eine Erweiterung des Themas bringt.

Ein Jahr im Studio

Aus: Anderseits, S. 80–85.

En passant

Auch die in diesem Band abgedruckten 68 Aphorismen sind chronologisch angeordnet:

1–6 stammen aus: Die Schaubühne, XIII (46), 15. 11. 1917, S. 474 f.

7– 8 aus: Das Tage-Buch, II (51), 24. 12. 1921, S. 1587–1590.

9–10 aus: Gestern und heute, S. 106 f.

11–20 aus: Orchester von oben, S. 155 f.

21–30 aus: In der Zwischenzeit.

31–53 aus: Handbuch des Kritikers.

54–56 aus: Geschichten ohne Moral, S. 196 f., S. 213.

57–60 aus: Begegnung im Zwielicht, S. 230 ff., S. 240.

61–65 aus: Im Lauf der Zeit.

66–68 aus: Fensterplatz.

Nicht aufgenommen wurden jene Aphorismen, die zusammen mit größeren Glossen (unter dem Titel AN DEN RAND GESCHRIEBEN) in dem Band Ich bin Zeuge (S. 85–90) enthalten sind. Da es unzweckmäßig schien, sie aus der hier von Polgar offensichtlich angestrebten Einheit zu lösen, wurde der integrale Text bereits in Band 1 der Kleinen Schriften, Musterung (S. 325–330), abgedruckt.

Verzeichnis der Buchausgaben Alfred Polgars

Der Quell des Übels und andere Geschichten. (= Kleine Bibliothek Langen, Bd. 90). München (Albert Langen Verlag für Litteratur und Kunst) 1908.

Egon Friedell und Alfred Polgar: *Goethe*. Eine Szene. Wien (C. W. Stern) 1908.

Alfred Polgar und Egon Friedell: *Der Petroleumkönig oder Donauzauber*. Musteroperette in vier Bildern. Text nach einer Idee des Dante Alighieri mit teilweiser Benützung eines Motivs aus Bjoern Nils Hlawatscheks Novellenband «Müdes Obst» (Verfasser der «Herbsttropfen»). Der Wortwitz im zweiten Bild ist von Alfred Polgar und Egon Friedell (Verfasser des «Goethe»). Musik von Sch.(erber) Konrad. Wien (Eigenverlag des Theater und Kabarett «Fledermaus») 1908.

Bewegung ist alles. Novellen und Skizzen. Frankfurt a. Main (Literarische Anstalt Rütten & Loening) 1909.

Alfred Polgar und Egon Friedell: *Soldatenleben im Frieden*. Ein zensurgerechtes Militärstück, in das jede Offizierstochter ihren Vater ohne Bedenken führen kann. Wien (Hugo Heller & Cie.) 1910.

Brahms Ibsen. Berlin-Westend (Erich Reiß Verlag) o. J. (1910).

Hiob. Ein Novellenband. München (Albert Langen) 1912.

Kleine Zeit. Berlin (Fritz Gurlitt Verlag) 1919.

Max Pallenberg (= Der Schauspieler. Eine Monographiensammlung. Hg. von Herbert Ihering, Bd. 9). Berlin (Erich Reiß Verlag) o. J. (1921).

Gestern und heute. Dresden (Rudolf Kaemmerer Verlag) 1922.

An den Rand geschrieben. Berlin (Ernst Rowohlt Verlag) 1926.

Orchester von oben. Berlin (Ernst Rowohlt Verlag) 1926.

Kritisches Lesebuch (= *Ja und Nein.* Schriften des Kritikers, Bd. I). Berlin (Ernst Rowohlt Verlag) 1926.

Stücke und Spieler (= *Ja und Nein,* Bd. II). Berlin (Ernst Rowohlt Verlag) 1926.

Noch allerlei Theater (= *Ja und Nein,* Bd. III). Berlin (Ernst Rowohlt Verlag) 1926.

Stichproben (= *Ja und Nein,* Bd. IV). Berlin (Ernst Rowohlt Verlag) 1927.

Ich bin Zeuge. Berlin (Ernst Rowohlt Verlag) 1927.

Schwarz auf Weiß. Berlin (Ernst Rowohlt Verlag) 1929 (Cop. 1928).

Hinterland. Berlin (Ernst Rowohlt Verlag) 1929.

Bei dieser Gelegenheit. Berlin (Ernst Rowohlt Verlag) 1930.

Auswahlband. Aus neun Bänden erzählender und kritischer Schriften. Berlin (Ernst Rowohlt Verlag) 1930.

Der unsterbliche Kaspar. Kleine Kasparspiele. Mit Erlaubnis des Verfassers für die Handpuppenbühne bearbeitet von Hugo Schmidtverbeek (= Radirullala, Kaspar ist wieder da, Heft 14). Leipzig (A. Strauch) o. J. (1930).

Die Defraudanten. (Nach Motiven aus dem gleichnamigen Roman V. Katajews). Komödie in drei Akten. Berlin (Ernst Rowohlt Verlag) 1931.

Ansichten. Berlin (Rowohlt) 1933.

In der Zwischenzeit. Amsterdam (Allert de Lange) 1935 (Cop. 1934).

Sekundenzeiger. Zürich (Humanitas Verlag) 1937.

Handbuch des Kritikers. Zürich (Verlag Oprecht) 1938. Neudruck dieser Ausgabe: Wien–Hamburg (Paul Zsolnay Verlag) 1980.

Geschichten ohne Moral. Zürich–New York (Verlag Oprecht) 1943.

Im Vorübergehen. Aus zehn Bänden erzählender und kritischer Schriften. Auswahl: H. M. Ledig. Stuttgart–Hamburg (Rowohlt) 1947.

Anderseits. Erzählungen und Erwägungen. Amsterdam (Querido Verlag N. V.) 1948.

Begegnung im Zwielicht. Berlin (Lothar Blanvalet Verlag) 1951.

Standpunkte. Hamburg (Rowohlt Verlag) 1953.

Im Lauf der Zeit (= rororo Taschenbuch 107). Hamburg (Rowohlt) 1954.

Ja und Nein. Darstellungen von Darstellungen. Hg. (und mit einem Nachwort) von Wolfgang Drews. Hamburg (Rowohlt Verlag) 1956.

Fensterplatz. Hg. von Wolfgang Drews. Hamburg (Rowohlt Verlag) 1959.

Im Vorüberfahren. Hg. von Friedrich Luft. Frankfurt a. Main (Büchergilde Gutenberg) o. J. (1960).

Oswin (d. i. Oswald Meichsner) – Alfred Polgar: *Fremde Stadt*. Berlin (Colloquium-Verlag) o. J. (1962).

Auswahl. Prosa aus vier Jahrzehnten. Hg. von Bernt Richter. Mit einem Vorwort von Siegfried Melchinger. Reinbek bei Hamburg (Rowohlt) 1968.

Bei Lichte betrachtet. Texte aus vier Jahrzehnten. Zusammengestellt von Bernt Richter (= rororo Taschenbuch 1326/1327). Reinbek bei Hamburg (Rowohlt) 1970.

Die Mission des Luftballons. Skizzen und Erwägungen. Hg. und mit einem Nachwort versehen von Fritz Hofmann. Berlin (Verlag Volk und Welt) 1975.

Die lila Wiese. Skizzen und Feuilletons. Hg. von Wilhelm Lüderitz. Illustriert von Marianne Schäfer. Berlin (Eulenspiegel-Verlag) 1977.

Taschenspiegel. Hg. und mit einem Nachwort «Alfred Polgar im Exil» von Ulrich Weinzierl. Wien (Löcker Verlag) 1979.

Sperrsitz. Hg. und mit einem Nachwort «Wien, Jahrhundertwende. Der junge Alfred Polgar» von Ulrich Weinzierl. Wien (Löcker Verlag) 1980.

Lieber Freund! Lebenszeichen aus der Fremde. Hg. und eingeleitet von Erich Thanner. Wien–Hamburg (Paul Zsolnay Verlag) 1981.

Musterung/Kleine Schriften/Band 1. Herausgegeben von Marcel Reich-Ranicki in Zusammenarbeit mit Ulrich Weinzierl. Reinbek (Rowohlt-Verlag) 1982.

Kreislauf/Kleine Schriften/Band 2. Herausgegeben von Marcel Reich-Ranicki in Zusammenarbeit mit Ulrich Weinzierl. Reinbek (Rowohlt-Verlag) 1983.

Zeittafel

1873 17. Oktober: Alfred Polgar wird als drittes Kind des «Claviermeisters» (späteren Klavierschulinhabers) Josef Polak und seiner Frau Henriette, geb. Steiner, in Wien Leopoldstadt (II. Bezirk) geboren.

1879–1883 Volksschule in Wien Leopoldstadt, Holzhausergasse.

1884–1888 Unterstufe des Leopoldstädter Communal-Real- und Obergymnasiums, Wien II, Kleine Sperlgasse, repetiert die 4. Klasse.

1889 Handelsschule Karl Porges in Wien.

1895 Eintritt in die Redaktion der «Wiener Allgemeinen Zeitung», arbeitet im Feuilleton, Theater- und gelegentlicher Musikreferent. Patient bei Dr. Arthur Schnitzler, der ihn später als einen seiner kritischen Hauptfeinde betrachten wird.
2. August: In der «Zukunft – Organ der unabhängigen Socialisten» erscheint unter Pseudonym (Alfred von der Waz) Polgars erstes Originalfeuilleton: die Skizze «Hunger».

1896 7. Mai: Zum k. k. Landwehr Inftr. Reg. Wien No. 1 assentiert, gehört zum Kreis der Peter Altenberg-Jünger.

1897 1. Mai–15. Juni: Ausbildung im Sanitätsdienst. Theaterkritische Tätigkeit, schließt sich in der Folge an Emma Rudolf («Ea») an, die von zahlreichen Literaten wie Altenberg, Friedell und später vor allem Hermann Broch umschwärmt wird.

1902 Beginn der Mitarbeit am «Simplicissimus» (München).

Die erste Skizze, «Charles und Dorothy», erscheint in Nr. 34. Polgar übernimmt, anfangs unter dem Pseudonym seines Vorgängers Robert Hirschfeld (L. A. Terne), die Burgtheater-Berichterstattung für die «Wiener Sonn- und Montagszeitung».

1903 3. Juli: Durch positive Zitierung seiner «Erdgeist»-Kritik in der «Fackel» wird Polgar von Karl Kraus «in die Literatur eingereicht».

1905 Beginn der Zusammenarbeit mit Siegfried Jacobsohns «Die Schaubühne».
21. Dezember: Polgars erster Beitrag, «Oscar Wildes Lustspiele», erscheint.

1908 Bei Albert Langen (München) erste Buchpublikation: «Der Quell des Übels – und andere Geschichten». Zusammenarbeit mit Egon Friedell für das Kabarett «Fledermaus», die Szene «Goethe» und die «Musteroperette in vier Bildern»: «Der Petroleumkönig oder Donauzauber» werden gedruckt.

1909 Polgars Novellen- und Skizzenband «Bewegung ist alles» wird bei Rütten und Loening (Frankfurt) veröffentlicht.

1910 Im Januar erscheint auf Anregung Siegfried Jacobsohns Polgars Kritikenserie über exemplarische Ibsen-Aufführungen unter Otto Brahm: «Brahms Ibsen» als eigenes Bändchen im Erich Reiß Verlag (Berlin). Polgars und Friedells «zensurgerechtes Militärstück, in das jede Offizierstochter ihren Vater ohne Bedenken führen kann»: «Soldatenleben im Frieden» wird in der «Fledermaus» gespielt und im Verlag von Hugo Heller (Wien) gedruckt.

1911 Bearbeitung von Nestroys Posse «Kampl» für die Berliner Freie Volksbühne.

1912 Polgars und Armin Friedmanns Einakter «Talmas Tod» wird im Dezember in Altona mit mäßigem Erfolg aufgeführt. Polgars deutsche Fassung von Franz Molnárs dramatischer Vorstadtlegende «Liliom» leitet mit der Erstaufführung im Berliner Lessingtheater den Welterfolg des Stückes ein. Bei Albert Langen (München) erscheint der Novellenband «Hiob».

1914 Polgar zieht in eine Mansardenwohnung im «Bräunerhof», Wien 1, Stallburggasse 2.
23. September: Legalisierung des Pseudonyms, offizielle Namensänderung Polak – Polgar.

1915 13. April: Infolge «allgemeiner Mobilisierung» eingezogen.
1. Mai: Der «literarischen Gruppe» des Kriegsarchivs in Wien zugeteilt (gemeinsam mit Stefan Zweig, Franz Theodor Csokor und anderen), dort am 20. September zum Feldwebel befördert.

1917 10. April: Polgar wird zu seinem «Standeskörper» befohlen.
1. August: Als Parlamentsberichterstatter der «Wiener Allgemeinen Zeitung» «auf unbestimmte Zeit» vom Dienst enthoben.

1918 Seit Jahresbeginn Mitarbeit an der pazifistischen Zeitschrift «Der Friede» (Wien 1918/19), für deren literarischen Teil Polgar verantwortlich ist.

1919 Im März erscheint bei Fritz Gurlitt (Berlin) der Prosaband «Kleine Zeit» mit pazifistischen und sozialkritischen Texten, die u. a. in der «Schaubühne» (ab April 1918 «Die Weltbühne») und im «Prager Tagblatt» publiziert wurden.
Polgar verläßt die Redaktion der «Wiener Allgemeinen Zeitung», leitet den Literaturteil der aus dem «Frieden» hervorgegangenen Tageszeitung «Der Neue Tag», an der Joseph Roth als Polgars «Schüler» mitarbeitet.

1920 Beginn der Mitarbeit am eben gegründeten «Tage-Buch», das von Polgars Jugendfreund Stefan Großmann herausgegeben wird.

1921 Der Erich Reiß Verlag bringt Polgars Monographie «Max Pallenberg» heraus.
29. Januar: Die erste der insgesamt fünf Zeitungsparodien Polgars und Friedells, «Böses Buben Journal», erscheint in Wien (1922: «Böse Buben Presse»; 1923: «Böse Buben Reichspost»; 1924: «Die böse Buben Stunde»; 1925: «Die aufrichtige Zeitung der bösen Buben»).
Im Winter Abschluß der Editionsarbeit an Peter Altenbergs Nachlaß.

1922 Im Frühjahr erscheint bei Kaemmerer (Dresden) der Skizzenband «Gestern und heute». Polgar wird vom «Tag», der besten liberalen Wiener Tageszeitung, als Theaterkritiker engagiert, in der Folge auch Mitarbeit am Montagsblatt «Der Morgen».
1. August: Premiere von «Talmas Tod» in den Berliner Kammerspielen. Regie: Bernhard Reich, Bühnenbild: John Heartfield.

1923 Für Max Reinhardt und die Salzburger Festspiele bearbeitet Polgar Karl Vollmoellers «Turandot».

1925 Polgar verlegt seinen Arbeitsschwerpunkt nach Berlin, bereits vorher verstärkte Mitarbeit am «Berliner Tageblatt». Da sich Polgar um zwei Jahre jünger macht, wird im Oktober sein «50.» Geburtstag von der Presse gefeiert.

1926 Die ersten beiden Rowohlt-Bände «An den Rand geschrieben» und «Orchester von oben» erscheinen, ebenso die ersten drei Bände gesammelter Theaterkritiken «Ja und Nein»: «Kritisches Lesebuch», «Stücke und Spieler» und «Noch allerlei Theater».
Robert Musil schreibt für die «Literarische Welt» sein «Interview mit Alfred Polgar».

1927 Neben Band IV der «Schriften des Kritikers», «Stichproben», erscheint das Skizzenbuch «Ich bin Zeuge». Polgar unterzeichnet, gemeinsam mit Sigmund Freud, Robert Musil, Alfred Adler, Franz Werfel und anderen, eine «Kundgebung des geistigen Wien» zugunsten der Sozialdemokratie, diese wird am 20. April in der «Arbeiter-Zeitung» veröffentlicht.

1928 «Schwarz auf Weiß» erscheint bei Rowohlt (Berlin), unter dem Titel «Das Gedächtnis zu stärken» enthält diese Auswahl Antikriegstexte.

1929 «Hinterland», Polgars pazifistische Sammlung, die viel aus «Kleine Zeit» (1919) übernimmt, erscheint bei Rowohlt.
23. Oktober: Heirat mit Elise Loewy, geb. Müller, in Wien. Polgar wird in den Vorstand des «Schutzverbands deutscher Schriftsteller in Österreich» (S. d. S. Oe.) gewählt.

1930 Mit Franz Theodor Csokor Arbeit an der Dramatisierung von Valentin Katajews Roman «Die Defraudanten». Bei Rowohlt erscheinen die Sammlung «Bei dieser Gelegenheit» und ein «Auswahlband. Aus neun Bänden erzählender und kritischer Schriften».

1931 Uraufführung der «Defraudanten» an der Berliner Volksbühne, bei Rowohlt erscheint die Komödie als Buch, es entsteht eine umgearbeitete Filmfassung (Drehbuch: Alfred Polgar und Fritz Kortner): «Der brave Sünder» (Regie: Fritz Kortner, Hauptdarsteller: Max Pallenberg und Heinz Rühmann).
Polgar beteiligt sich an einer Solidaritätsaktion gegen den geplanten Ausschluß der Linksopposition aus dem «Schutzverband deutscher Schriftsteller» (Mitunterzeichner u. a.: Leonhard Frank, George Grosz, Erich Kästner, Walter Mehring und Ernst Toller).

1933 Der letzte Rowohlt-Sammelband der Weimarer Republik, «Ansichten», erscheint. Unmittelbar nach dem Reichstagsbrand verläßt Polgar mit seiner Frau Berlin Richtung Prag. Bis 1938 Hauptwohnsitz Wien. Häufige Reisen nach Zürich und Paris. Hilfsaktionen des Zürcher Literaten Carl Seelig für Polgar. Sehr eingeschränkte Publikationsmöglichkeiten – Veröffentlichungen fast nur im «Prager Tagblatt» und in Exilzeitschriften wie Leopold Schwarzschilds «Neuem Tage-Buch» (Paris), dort unter dem Pseudonym Archibald Douglas.
Im Winter: Mit Friedrich Kohner Drehbucharbeit für die Verfilmung von Knut Hamsuns «Victoria». In dem 1935 fertiggestellten Film mit Luise Ullrich und Mathias Wieman werden die Drehbuchautoren nicht genannt.

1934 Arbeit an einem Homer-Roman, von dem nur das Anfangskapitel erhalten ist.

1935 Im Frühjahr erscheint bei Allert de Lange (Amsterdam) Polgars Skizzenband «In der Zwischenzeit».
16. Oktober: Anläßlich von Polgars «60.» Geburtstag erscheint in der «National-Zeitung», Basel, «Dank an Alfred Polgar» mit Glückwünschen von Thomas und Heinrich Mann, Joseph Roth, Albert Bassermann und Paula Wessely. Beginn der regelmäßigen Mitarbeit an der in Bern herausgegebenen antifaschistischen Wochenschrift «Die Nation» (eigene Rubrik: «Streiflichter»).

1936 März: Paris-Reise in Filmsachen.
Arbeit an einem Filmexposé «Es war einmal . . .» (über ein altösterreichisches Thema, die Affäre Alexander Girardi – Helene Odilon).

1937 Januar: «Sekundenzeiger», Skizzenband mit zahlreichen politischen Glossen, wird im Humanitas Verlag (Zürich) veröffentlicht. Mit Hilfe Carl Seeligs Planung weiterer zwei Bände (Theaterkritiken und Skizzen; geplanter Titel für das Skizzenbuch: «Taschenspiegel»). Im Herbst in Paris: Verhandlungen mit Marlene Dietrich über ihre von Polgar zu verfassende Biographie.

1938 Arbeit am Dietrich-Buch, Polgars «Handbuch des Kritikers» erscheint im Oprecht Verlag (Zürich).
11. März: «Anschluß» Österreichs ans Deutsche Reich, Polgar ist durch Zufall bereits in Zürich, seine Frau kommt nach – Beginn der Flüchtlingsexistenz, Verweigerung der Aufenthaltsbewilligung in der Schweiz. April: Weiterfahrt nach Paris, dort Arbeit u. a. als Inserattexter für eine Schweizer Zigarettenfabrik.

1939 Im Beirat der «Zentralvereinigung österreichischer Emigranten» (mit Sigmund Freud, Franz Werfel und Berta Zuckerkandl).
11. Mai: Aberkennung der deutschen Staatsbürgerschaft.

1940 Mitte Juni: Lisl und Alfred Polgar fliehen vor den einmarschierenden deutschen Truppen aus Paris nach Süden, Manuskripte und Bücher bleiben in der Wohnung am Bois de Boulogne zurück.
Juli: Das Ehepaar Polgar sitzt mit zahllosen Flüchtlingen in Montauban fest.
August: Polgar erhält in Marseille Vertrag als Drehbuchautor bei Metro-Goldwyn-Mayer.
Ende August: Illegaler Grenzübertritt, zu Fuß über die Pyrenäen, nach Spanien.
ca. 10. September: Ankunft in Lissabon.
4. Oktober: Einschiffung auf der «Nea Hellas» Richtung New York (auf dem Schiff außerdem Heinrich und Golo Mann, Alma und Franz Werfel).
13. Oktober: Ankunft in New York, nach einwöchigem Aufenthalt Weiterreise nach Hollywood.
Anfang November: Beginn der Arbeit im Studio (mit Polgar zusammen sind Alfred Döblin und Walter Mehring).

1941 Anfang Februar: Herzattacke. Der auslaufende Filmvertrag wird u. a. auf Intervention Thomas Manns verlängert. Beginn der Mitarbeit am «Aufbau» (New York).

1943 Betreut von Carl Seelig erscheint bei Oprecht (Zürich) der noch von Polgar in Paris vorbereitete Auswahlband «Geschichten ohne Moral». Übersiedlung nach New York, Plan der Gründung einer Zeitschrift für ein befreites Österreich: «Der Friede», Polgar arbeitet ein Grundsatzprogramm aus.

1944 Auf Vermittlung Willi Schlamms Mitarbeit am Projekt einer deutschen Ausgabe von «Time» (u. a. mit Friedrich Torberg und Leopold Schwarzschild).

1945 Das deutsche «Time»-Projekt wird nach der Null-Nummer fallengelassen. Polgar wird Bürger der Vereinigten Staaten.

1946 Polgar übersetzt amerikanische Theaterstücke ins Deutsche.

1947 Zusammengestellt von Heinrich Maria Ledig-Rowohlt erscheint der Polgar-Auswahlband («aus zehn Bänden erzählender und kritischer Schriften»): «Im Vorübergehen».

1948 Der Querido Verlag (Amsterdam) bringt Polgars Band «Anderseits» heraus, der auch eine Glossenreihe «Der Emigrant und die Heimat» enthält.

1949 Mai: Erste Europa-Reise seit der Emigration: Paris–Zürich.
30. Juni: Eintreffen in Wien, nach kurzem Aufenthalt Sommerfrische in Salzburg.
Oktober: Erster Deutschland-Besuch: München. Berichtet für den «Aufbau»: «Notizbuch von einer Europa-Reise».

1950 18. Oktober: Rückfahrt nach New York.

1951 Mai: Neuerlicher Europa-Aufenthalt. Zuerkennung des erstmals verliehenen Preises der Stadt Wien für Publizistik.
Ende Oktober: In Berlin zur Präsentation seines Bandes «Begegnung im Zwielicht», der bei Lothar Blanvalet verlegt wird. In Berlin zahlreiche Ehrungen durch Presse und Öffentlichkeit.

1952 Aufenthalt in Zürich, wo Polgar immer im Hotel Urban wohnt. Im Sommer in Tirol Arbeit an einer gekürzten Fassung des «Schwejk».
Dezember: Auf Einladung von Lili Darvas Flug nach New York.

1953 30. Januar: Rückflug nach Europa. Im Rowohlt Verlag (Hamburg) erscheint «Standpunkte».

1954 Im April erscheint bei Rowohlt Polgars erstes Taschenbuch: «Im Lauf der Zeit».
Mai: Romreise des Ehepaars Polgar mit Lili Darvas. Reiseleben zwischen Österreich, Deutschland und der Schweiz, Premierenbesuche, Theaterkritiken.
August: Polgar wird zum literarischen Beirat des Theaters in der Josefstadt bestellt.

1955 Vorbereitung eines Bandes von Theaterkritiken.
23. April: Fertigstellung der Kritik «Drei Theaterabende in Deutschland» für Friedrich Torbergs «FORVM».
24. April: Alfred Polgar stirbt in seinem Zürcher Hotelzimmer.